Lucia, Lucia

Adriana Trigiani

Lucia, Lucia

2006 – De Boekerij – Amsterdam

Oorspronkelijke titel: Lucia, Lucia (Random House)
Vertaling: Daphne de Heer en Cora Woudstra
Omslagontwerp: marliesvisser.nl
Omslagfoto: Time Life Pictures, Getty Images

ISBN 90-225-4492-3

Voor mijn zussen Mary Yolanda, Lucia Anna,
Antonia en Francesca, en mijn broers Michael en Carlo

1

$\mathcal{V}$anuit haar raam kan Kit Zanetti precies zien wat er in Commerce Street gebeurt. De naam past niet goed bij de rustige straat; hij zou beter het 'Kronkelpad', de 'Lavendellaan' of de 'Edelsteenstraat' kunnen heten. 's Avonds is Greenwich Village ronduit betoverend door de bundels blauw licht rondom de wortels van de oude bomen die om de paar meter aan beide kanten van de straat staan. 's Ochtends is het er het mooist wanneer de zon de rijtjeshuizen beschijnt, geen van alle meer dan drie verdiepingen hoog, sommige begroeid met klimop, een aantal met witte dakspanen en zwarte afwerklijsten; en er is één winkelpui die zo oud is dat de kastanjebruine bakstenen tot vaaloranje zijn verbleekt. Aan weerszijden van de bruine stenen trapjes staan verweerde terracottapotten met schaduwplanten, voornamelijk roze en wit springzaad. Het trottoir met grote vierkanten betonnen tegels is onregelmatig. De luiken voor de ramen zijn geverfd in gemarmerde tinten crème en 'Mamie-roze', de favoriete kleur van mevrouw Eisenhower (en het lijkt erop dat de luiken ook niet meer geverfd zijn sinds Eisenhower president was).

Dit is de ideale buurt voor een toneelschrijver: huizenblokken vol verhalen en mensen wier eigenaardigheden afsteken tegen de kleinsteedse routine. Elke ochtend zit Kit voor haar raam terwijl de koffie pruttelt en kijkt ze naar hetzelfde tafereel. Een tenger vrouwtje met knalrood haar laat een Deense dog uit die net zo groot is als zij, en als ze de hoek om gaan, geeft ze een ruk aan de riem, waarop hij een sprongetje maakt en het autoalarm van een Chevy Nova afgaat. Aan de overkant komt een kale accountant in een Snickers-kleurig pak uit zijn souterrain. Hij kijkt naar de lucht, haalt diep adem en houdt een taxi aan. Ten slotte komt de huismeester van het appartementencomplex uit de hal, springt op zijn kale fiets (niet veel meer dan twee wielen verbonden door een kleerhanger), zwaait een bezem over zijn schouder en rijdt weg, als een Italiaan in de Tweede Wereldoorlog.

Er wordt hard op de deur geklopt. Kit verwacht haar huisbaas en de beheerder van het gebouw, Tony Sartori, die voor de tiende keer dit jaar langskomt om haar wastafel te ontstoppen. De huurders hebben nog nooit een vakman (loodgieter, elektricien, schilder) met goed gereedschap in het complex gezien. Alles in het gebouw, van de bedrading tot aan de gas- en pijpleidingen, wordt door Tony gerepareerd met ijzersterke, zilverkleurige isolatietape. Het hele tapeverhaal nam zulke hilarische proporties aan dat Kit een artikel had uitgeknipt over deelneemsters aan de Miss America-verkiezing die hun decolleté met behulp van dat soort tape verfraaiden, en ze had het bericht in de envelop met haar huur gestopt. Meneer Sartori had er nooit iets over gezegd, maar noemde Kit vanaf dat moment Miss Pennsylvania.

'Ik kom eraan,' roept Kit met de hoge, honingzoete en dankbare stem van een huurder die vooral niet lastig wil zijn. Ze doet de deur open. 'O, tante Lu.' Tante Lu is niet echt Kits tante, maar iedereen in het complex noemt haar zo, dus Kit ook. Soms zet tante Lu cadeautjes bij Kit voor de deur – een zakje dure koffiebonen, een stuk seringenzeep, een doos met parfummonsters – met een briefje erbij waarop in haar grote, schuine handschrift staat: *Geniet ervan!* De kleine ecru kaartjes met een gouden L erop zijn bijzonder smaakvol.

Lu glimlacht hartelijk. 'Hoe gaat het met je?' Ze woont op de bovenste verdieping in een appartement aan de achterkant en is de enige andere vrijgezelle vrouw in het complex. Ze is in de zeventig, maar heeft de chique uitstraling van een oudere New

Yorkse vrouw die met haar tijd meegaat. Haar haar zit keurig, haar lippenstift heeft de modieuze kleur fuchsia en ze draagt een klassieke Hermès-sjaal die is vastgezet met een glinsterende broche. Tante Lu is klein en slank. Haar parfum is kruidig en jeugdig, niet bloemig zoals het parfum dat oudere dames meestal dragen.

'Ik dacht dat het meneer Sartori was,' zegt Kit.

'Wat is er aan de hand?' Lu kijkt om zich heen, duidelijk in de veronderstelling dat er water uit het plafond gutst, of erger.

'De afvoer is weer verstopt. Ik heb al van alles geprobeerd, maar niks helpt. Ik ben met de ontstopper in de weer geweest. Ik heb gebeden. En ik heb genoeg ontstoppingsmiddel gebruikt om heel Brooklyn mee te vergiftigen.'

'Als ik Tony zie, zal ik zeggen dat hij meteen naar boven moet komen.'

'Bedankt.' Als er iemand overwicht heeft op de huisbaas, dan is het tante Lu wel. Ze zijn tenslotte familie.

Tante Lu trekt haar handschoenen aan. 'Ik vroeg me af of je vanmiddag iets te doen hebt. Ik wilde vragen of je thee bij me kwam drinken.'

Ze had Kit nog nooit bij zich thuis uitgenodigd. Ze kennen en respecteren immers allebei de ongeschreven regels van het wonen in een appartementencomplex. Het is verstandig om in een klein complex een beetje afstand te bewaren tot je buren. Vriendelijk gedag zeggen bij de brievenbus is prima, maar daarna wordt het ingewikkelder, aangezien er niets vervelender is dan een buurman die te vaak langskomt, je te lang aan de praat houdt en continu dingen komt lenen. 'Nou, ik was eigenlijk aan het schrijven,' zegt Kit. 'Maar misschien kunnen we een andere keer afspreken.'

'Natuurlijk, laat me maar weten wanneer het uitkomt. Ik heb mijn appartement opgeruimd en ik heb een hoop spullen die je misschien wel wilt hebben' – Lu kijkt het appartement rond –'of zou kunnen gebruiken.'

Kit twijfelt. Er is niets zo leuk als een overdekte vlooien-markt zonder dat je je zorgen hoeft te maken over andere bezoekers. En tante Lu doet Kit denken aan haar eigen oma. Ze komt erg zelfstandig en scherpzinnig over, iets wat Kit ook graag zou willen zijn. Hoeveel vrouwen kunnen zich tenslotte permitteren een enorme emaillen libel op hun borst te dragen? 'Misschien lukt het om rond een uur of vier te komen.'

'Dat zou ik heel leuk vinden!' zegt Lu lachend. 'Tot straks.'

'Hoe gaat-ie, tante Lu?' vraagt Tony Sartori terwijl hij de trap op loopt naar Kits appartement.

'Met mij gaat het prima. Ik wou dat ik hetzelfde kon zeggen over Kits afvoer.' Tante Lu knipoogt naar Kit als meneer Sartori naar binnen loopt.

'Ja ja, er is hier ook altijd wat,' moppert hij.

Lu pakt de trapleuning vast en loopt de smalle trap af naar beneden. Het is begin oktober en nog niet zo koud – rond de tien graden – maar Lu draagt haar lange nertsmantel alweer, en hij sleept op de trap achter haar aan als de cape van een hertogin. Ongeacht hoe warm het is, van september tot en met juni draagt tante Lu haar bontjas.

'Kom binnen.' Kit had hem niet binnen hoeven vragen want hij stond al in de badkamer. 'Tante Lu is een mooie vrouw,' zegt ze, in de hoop wat punten bij hem te scoren.

'Mooi? Ze was een schoonheid. Ze zeggen dat ze de ver-ruk-kul-lukste meid in de Village was.'

'Echt waar?'

'Yep. Je zei dat het lekte.'

'De wastafel in de badkamer is verstópt,' corrigeert Kit hem.

'Alweer?' zegt hij, op een toon waarmee hij impliceert dat het wel Kits eigen schuld zal zijn. Tony Sartori is een kleine man met wit haar en zwarte borstelige wenkbrauwen. Hij lijkt genoeg op Gepetto, de vriendelijke houtsnijder uit *Pinokkio*, om Kit een veilig gevoel te geven, maar zijn accent is plat New Yorks, wat haar een beetje intimideert.

Kit lacht nerveus. 'Sorry. U weet dat ik elke avond olijfpitten in de afvoer gooi, zodat u hem moet blijven ontstoppen.'

Het lijkt even of Tony Sartori gaat schelden, maar in plaats daarvan lacht hij. 'Kalm blijven, Miss Pennsylvania. Ik repareer 'm wel.'

Kit lacht flauwtjes, maar weet wel beter. Hij zal de wastafel ontstoppen, wat isolatietape om het gat in de leiding wikkelen en over twee weken terugkomen als die troep loslaat en de boel weer overstroomt.

'We zullen dit keer denk ik een loodgieter moeten laten komen,' zegt hij vanonder de wastafel.

'Halleluja!' Kit klapt vrolijk in haar handen.

Sartori grijpt zich vast aan de wastafel en hijst zichzelf overeind. Kits badkamer is van het plafond tot aan de vloer behangen met afwijzingsbrieven van elk plaatselijk theater in het land, van Alaska Rep tot aan de Wyoming Traveling Players. De brieven zijn allemaal variaties op hetzelfde thema: geloofwaardige karakters, goede dialogen, maar 'u kunt geen verhaal vertellen, mevrouw Zanetti'. Tony Sartori leest er een en schudt zijn hoofd. 'Heb je nooit zin om het bijltje erbij neer te gooien? Ik bedoel, als je alleen maar dit soort brieven krijgt, wat heeft het dan allemaal voor nut?'

'Ik word steeds beter,' zegt Kit.

'Dat zal best, maar blijkbaar zijn er weinig mensen in de theaterwereld die denken dat je een goed stuk kunt schrijven.' Sartori haalt zijn schouders op. 'Trouwens, wat stelt het theater tegenwoordig nog voor? Het is niet meer wat het geweest is. Vroeger was het goedkoop en had je er nog wel eens wat aan, met die revuemeisjes en goede muziek. Nu is het verdomme veel te duur. Ze drijven je als vee naar binnen en de zitplaatsen zijn zo krap dat je been al aan het afsterven is voordat het eerste nummer is afgelopen. Mijn vrouw is dol op de musical *Het spook van de opera*. Ik vond 'm wel aardig. Het is gewoon een vent met een masker op die een mooi meisje bang maakt en er vervolgens over zingt.'

'Tot zover de recensies!' zegt Kit vrolijk. Ze is inmiddels gewend aan alle hatelijkheden en kritiek die nu eenmaal bij haar beroepskeuze schijnen te horen. Je kunt toneelschrijven nauwelijks een carrière noemen. Een toneelschrijver kan niet van zijn werk leven, en tegenwoordig is theater ongeveer net zo belangrijk als glasblazen of houtsnijden. Kit houdt deze gedachten voor zich, want het laatste waar ze op zit te wachten is een discussie over kunst met Tony Sartori.

'Zo denk ik erover.' Meneer Sartori draait de rol tape rond om zijn wijsvinger en loopt naar de deur. 'Zou je de wastafel even niet kunnen gebruiken?'

'Hoe lang niet? U weet dat ik 's avonds een uitgebreid schoonheidsritueel heb en stromend water nodig heb om de dikke smurrie te maken die ik op mijn gezicht smeer tegen rimpels.'

'Dat zal me een vertoning zijn. Gebruik voorlopig maar even de gootsteen in de keuken.'

'Goed.' Kit glimlacht. 'Meneer Sartori?'

'Ja?'

'Vindt u ooit iets wat ik zeg ook maar een beetje grappig?'

'Niet echt.'

Tony Sartori trekt de deur achter zich dicht, en Kit hoort hem op de gang giechelen.

De Pink Teacup in Grove Street heeft de lekkerste kokoscake van de stad. De ambachtelijk gemaakte cake is zo plakkerig dat het lijkt alsof hij niet lang genoeg in de oven heeft gezeten. Hij zit vol kleine stukjes ananas en is bestreken met room die zo licht geklopt is dat de kokossnippers erin wegzinken. Juanita, de kokkin, mag Kit graag omdat ze op internet een keer wildenthousiast over de cake heeft geschreven. Als Kit langskomt krijgt ze altijd een gratis plak. Vandaag bestelt Kit twee plakken, een voor zichzelf en een voor tante Lu. Op weg naar huis tekent ze in gedachten aan dat ze een aantal gerechten moet opnemen in het stuk 'Beste gerechten in de Village', dat ze voor *Time Out* aan het schrijven is. Ze krijgt weinig betaald voor de artikelen, maar de extraatjes zijn geweldig: gratis eten in haar favoriete restaurants. Tot nu toe bestaat haar lijstje uit:

Beste ontbijt: *'Het weekendje weg' bij Pastis op Ninth Avenue, dat bestaat uit een mandje met kaneelbroodjes, chocoladecroissants en notenbrood, gevolgd door roerei met krokante frieten die met uien zijn gebakken in boter.*
Beste lunch: *de hamburger bij Grange Hall, op de hoek van Commerce en Barrow, met een glas robuuste rode wijn erbij.*
Beste sandwich: *het broodje tonijnsalade met een subtiele spread van avocado en tomaat bij Elephant and Castle op Greenwich Avenue.*
Beste diner: *Stefano's spaghetti pomodoro bij Valdino West in Hudson Street.*
Beste troostvoedsel: *de aardappelpuree met knoflook bij Nadine's in Bank Street.*

In Kits buurt komen vaak toeristen die literaire wandeltochten maken en met een reisgids rondsjouwen. Ze wijzen naar de patriciërshuizen waar Bret Harte en e.e. cummings hebben gewoond, en naar het café waar Dylan Thomas zijn laatste glas dronk, bewusteloos raakte en het loodje legde. Kit speelt met het idee om een culinaire wandeltocht in de Village te organiseren. Literatuur versus een heerlijke sandwich. Ze heeft sterk het gevoel dat haar tour meer mensen zou aantrekken.

Thuis bergt Kit de plakken cake op in een Tupperware-bakje en gaat aan het werk. Ze heeft al haar wilskracht nodig om de kokoscake niet meteen op te eten, maar die te bewaren voor haar theeafspraak bij tante Lu. Ze weet dat ze het overgrote deel van de middag om de cake heen zal cirkelen als een eenzame havik in de woestijn boven een bord steak tartar. Dit is uiteraard wat schrijvers doen als ze niet schrijven: ze zijn alleen maar met eten bezig, alsof iets lekkers nemen er op de een of andere manier voor zal zorgen dat een dialoog opeens wel loopt of hen ertoe zal inspireren een briljante scène te schrijven (het werkt nooit). Dit is de reden waarom de bijeenkomsten van de Weight Watchers op Fourteenth Street en Ninth Avenue vol schrijfsters zitten, onder wie Kit, die haar streefgewicht dit jaar twee keer heeft bereikt. Eten en schrijven zijn onlosmakelijk met elkaar verbonden.

Om klokslag vier uur loopt Kit met een triomfantelijk gevoel met haar twee overheerlijke plakken kokoscake de trap op naar het appartement van tante Lu. Ze hoopt dat gloeiend hete thee en iets lekkers erbij hen door het bezoek heen zal loodsen, aangezien ze geen idee heeft waar ze het over zouden moeten hebben.

Net als de meeste New Yorkers die in een appartementencomplex zonder lift wonen, is Kit nooit boven haar eigen verdieping geweest. De overloop op de vijfde verdieping ziet er knus uit en er is een klein dakraam met een metalen ladder die naar het dak leidt, als de periscoop op een onderzeeër. Kit is heel benieuwd naar het uitzicht, maar in het huurcontract staat dat huurders het dak niet op mogen. Hoe langer Kit erover nadenkt, hoe meer ze zich realiseert dat Tony Sartori strenger is dan haar ouders vroeger. Maar ze heeft er wel wat voor over om in Commerce Street te wonen.

'Tante Lu?' roept Kit. De deur staat op een kier en wordt opengehouden door de ijzeren zwarte kat die ervoor staat.

'Kom erin, liefje.'

Kit duwt de deur langzaam open. 'Ik heb…' Ze kijkt met grote ogen rond in het sprookje van chintz waarin ze terecht is gekomen. Elk hoekje, elk gaatje en elke wand is gevuld met spullen.

'Wat zeg je, liefje?' vraagt Lu vanuit de keuken.

'Cake,' antwoordt Kit. 'Van de Pink Teacup. Hij is heerlijk. Ik heb erover geschreven. Hij wordt elke dag vers gemaakt. Ik hoop dat u hem lekker vindt.'

'Ik ben daar al vaak geweest. Je kunt er voortreffelijk eten.'

Tante Lu draait het gas uit onder de gillende fluitketel in haar piepkleine keuken, terwijl Kit rondkijkt en de omgeving in zich opneemt. De muren zijn hoog en in het plafond zit een groot dakraam dat schuin loopt en aan één kant uitkomt bij de balkondeur. Het regent, en als de druppels het glas raken, is het getinkel net muziek. Op het hemelbed van tante Lu ligt een fluwelen sprei, wit met wilde viooltjes en een schelpenrand. Het meubilair ziet er duur uit en is rijkelijk voorzien van ruches en kantjes: een vaalblauwe fluwelen tweezitsbank en twee antieke stoelen van chintz met een patroon van irissen. Op de salontafel staat een verzameling kleine zilveren bekertjes met zijden bloemetjes erin.

'Ik heb veel spullen, hè?' zegt tante Lu grinnikend vanuit de keuken.

'Ja, maar het is allemaal…' Kit probeert te beschrijven wat ze ziet. 'Interessant. Ik vermoed dat u een interessant leven hebt gehad – ik bedoel, hébt.'

'Kijk rustig rond. Geneer je niet.'

Kit loopt voorzichtig tussen de meubels door. Op elk horizontaal oppervlak staat een snuisterij: twee roze poedels van keramiek die met elkaar verbonden zijn door een gouden ketting, piepkleine vazen van Venetiaans glas, een briefopener versierd met edelstenen, rommel door de jaren heen verzameld, afschuwelijke cadeaus, geërfde rotzooi, en spullen die in de uitverkoop waren. Zelfs het behang met grote pioenrozen op trellis zegt: 'Hier woont een oude vrouw.' Kit is overweldigd, alsof ze midden in een dekenkist staat, tussen talloze lagen spullen die wel emotionele waarde hebben maar verder nutteloos zijn.

Kit draait zich om en staat met haar gezicht naar de langste muur in het appartement. Er staan rijen rood-met-witte geschenkdozen, waar met zwierige letters op staat: *B. Altman*. De dozen die bovenop staan zijn verkleurd door de zon, en het rood is veel bruiner dan dat van de onderste dozen.

In de hoek naast de dozen staat een kleine bijzettafel met daarop een kanten kleedje. Op het tafeltje staan verschillende sierlijke zilveren fotolijstjes met in het midden een kleurenfoto van 20 bij 25 centimeter van een mooie jonge vrouw in een strapless jurk van goudlamé. De foto is intens en doordringend, het is net een still uit een oude film. De jonge vrouw is een jaar of vijfentwintig; haar hartvormige gezicht is zachtroze en ze pruilt een beetje met haar volle lichtroze lippen. Haar amandelvormige ogen worden omlijst door lange zwarte wimpers met daarboven volmaakt gevormde wenkbrauwen, die haar een Egyptisch of Italiaans uiterlijk geven. Exotisch. 'Wie is die schoonheid?' vraagt Kit.

'Dat ben ik,' antwoordt tante Lu. 'Toen was ik ongeveer net zo oud als jij.'

'Echt waar?' zegt Kit, en ze verontschuldigt zich daarna meteen. 'Ik bedoelde dat niet zo naar als het klonk. Natuurlijk bent u het. Dit is uw gezicht.'

'Nee, ik ben nu een oude vrouw, die tijd is voorbij. Het heeft even geduurd voordat ik dat kon accepteren. Het is niet makkelijk om afscheid te moeten nemen van je jeugd, geloof mij maar.'

'Met dat gezicht zou u nu voor op modetijdschriften hebben gestaan. En dat lichaam! Ik schrijf af en toe voor tijdschriften en ze zijn altijd op zoek naar modellen die dat hebben.'

'Wat hebben, liefje?'

'Die uitstraling. Die betoverende schoonheid, waarbij elk lichaamsdeel volmaakt is en ze samen iets bijzonders vormen. Uw ogen hebben een heel speciale kleur blauw. En uw lippen zijn als de boog van Cupido. En ik wil niet overdrijven, maar u hebt de mooiste neus die ik ooit heb gezien; hij is recht, maar het puntje wijst een klein beetje omhoog. Dat is bijzonder voor

Italiaanse vrouwen zoals wij. Soms worden we immers met een enorme gok geboren.'

Tante Lu lacht. 'Nou, dank je wel.'

'Ik meen het.'

Lu neemt de foto van Kit over en kijkt ernaar. 'Wat was dat een avond, zeg. Oudejaarsavond in het Waldorf Hotel. The McGuire Sisters luidden 1951 met ons in. Ik zat samen met mijn baas, Delmarr, en mijn vader en moeder aan een tafel op de eerste rij, vlak voor het podium. Dat was een van de mooiste avonden van mijn leven.'

'U bent adembenemend,' zegt Kit.

'Ik had gewoon geluk,' zegt Lu, en ze voegt er dan aan toe: 'Jij bent ook een mooi meisje.'

'Dank u. Maar mijn grootmoeder zegt altijd dat het niet uitmaakt hoe we eruitzien als we jong zijn, want als we tegen de zeventig lopen, lijken we allemaal op de vrouw van de kerstman.'

Tante Lu moet lachen. 'Ik zou het volgens mij uitstekend met jouw grootmoeder kunnen vinden. Kom zitten.' Ze zet een zilveren dienblad met de cake, theekopjes, een kleine theepot, melk en suiker op een bijzettafeltje.

Kit leunt achterover in de stoel, die zo zacht is dat de kussens met dons gevuld moeten zijn. Ze giet een beetje melk in haar thee terwijl ze erover nadenkt wat ze nu weer moet zeggen. 'Is uw volledige naam Lucy?'

'Nee. Lucia.' Tante Lu zegt het heel zachtjes, met een zwaar Italiaans accent.

'Loe-tsjie-aa,' herhaalt Kit. 'Net als in de opera?'

Tante Lu glimlacht, en Kit ziet een diep kuiltje in haar rechterwang. 'Papa noemde me Lucia di Lammermoor.'

'Wat deed hij voor werk?'

'Hij was de eigenaar van de Groceria.'

'Op Sixth Avenue?' Kit leunt verrast naar voren. De Groceria is een populaire Italiaanse delicatessenzaak en is daarom een van de grootste toeristentrekpleisters in de stad. Ze hebben alleen de beste geïmporteerde producten, waaronder olijfolie uit Toscane, en verse pasta en salami's uit elke regio. Ze verkopen kaas van over de hele wereld, en de mozzarella wordt er dagelijks vers gemaakt; de bolletjes drijven als golfballen in bakjes water. De winkel staat bekend om zijn uitgebreide assortiment brood, vlees en vis.

'Is de winkel nog steeds van u?'

Tante Lu fronst haar wenkbrauwen. 'Nee, liefje. Hij is ongeveer twintig jaar geleden verkocht. Het familiebedrijf beheert nu voornamelijk appartementencomplexen.'

'Heeft Tony Sartori méérdere appartementencomplexen?' Kit kan niet geloven dat de meester van de isolatietape nog meer onroerend goed heeft.

'Samen met zijn broers, ja. Tony is een verhaal apart. Hij is zo ongeduldig, zo driftig. De jongens lijken in niets op mijn vader. Soms doen ze me wel eens aan mijn broers denken, maar die hadden tenminste respect voor familie. Vandaag de dag mag ik blij zijn als ze zich nog herinneren dat ik hier boven woon. Ik weet wel dat bejaarden niet bijster interessant zijn voor jonge mensen, maar ik ben wel hun tante, en de enige link met de familie van hun vader.'

Kit knikt en voelt zich een beetje schuldig. Zij had tenslotte ook niet staan trappelen om hier een middag door te brengen.

Tante Lu vertelt verder. 'Tony is de oudste zoon van mijn oudste broer, Roberto. Mijn broer is nu uiteraard al jaren dood.'

'Met hoeveel kinderen waren jullie thuis?'

'Ik had vier broers. Ik was de benjamin.'

'Wat is er van ze geworden?'

'Ze zijn nu allemaal overleden. Ik ben de laatste echte Sartori die nog in leven is. Ik mis ze enorm. Roberto, Angelo, Orlando en Exodus.'

'Geweldige namen. Exodus. Zijn jullie allemaal vernoemd naar personages uit een opera?'

'Twee van ons maar.' Tante Lu glimlacht. 'Houd je van opera?'

'Mijn grootmoeder houdt ervan en die heeft mij aangestoken. Ik heb aangeboden om cd's te branden van haar platencollectie, maar dat wil ze niet. Ze houdt ervan om ze op haar pickup te leggen en te beluisteren, met krassen en al. Oma vindt dat de krassen de muziek versterken.'

Tante Lu schenkt Kits theekopje bij. 'Weet je, Kit, als je oud bent, dan wil je vasthouden aan alle kleine dingen die iets voor je hebben betekend. Dat voelt prettig en goed. Laat haar het maar op haar manier doen. Het is tenslotte háár manier, begrijp je?'

'Ja, dat begrijp ik. Woont u daarom ook in het complex van uw neef? Of wacht de familie Sartori met het verkopen van dit pand tot ze een grote klapper kunnen maken, en wordt u dan uitgekocht zodat u naar een appartement met uitzicht op Central Park kunt verhuizen?'

'Natuurlijk. Ik wacht op mijn uitzicht op het park,' zegt tante Lu glimlachend.

'U hebt groot gelijk. Het zou u iets moeten opleveren om hier te wonen. Ik wil niet klagen maar het gebouw wordt niet bepaald goed onderhouden. Ik ben altijd bang dat meneer Sartori me eruit gooit als ik te veel klaag.'

'Ik ken het gevoel,' zegt tante Lu zacht.

'Mijn appartement is natuurlijk in slechtere staat dan dat van u. Mijn badkamermuur kan elk moment instorten.'

'Hoe kunnen ze een complex als dit ook goed onderhouden als het ze gewoon in de schoot geworpen is? Ik heb mijn hele leven gewerkt, dus ik ben zuinig op mijn spullen.'

'Wanneer bent u gestopt met werken?'

'Ik ging in 1989 met pensioen toen B. Altman failliet ging. Van alle werknemers werkte ik er het langst, vanaf 1945. Ze hebben me een onderscheiding gegeven.' Lucia pakt een gegraveerde kristallen presse-papier van de salontafel en geeft hem aan Kit.

'Het is net zoiets als een verklaring van goed gedrag op school.'

'Inderdaad.'

Kit zet de onderscheiding weer terug op de salontafel. 'Als u er zo lang gewerkt hebt, dan had u het vast erg naar uw zin.'

'O, ik vond het er heerlijk.' Terwijl tante Lu in gedachten verzonken is, verandert de uitdrukking op haar gezicht. De gedistingeerde oude vrouw wordt weer even een beeldschone, zelfverzekerde jonge vrouw. Kit schaamt zich dat ze eronderuit probeerde te komen om hier een kopje thee te drinken. Lucia Sartori is tenslotte niet geschift, zoals die man op Fourteenth Street die zich verkleedt als Shakespeare en sonnetten voordraagt terwijl hij door Washington Square Park loopt. Kit kijkt naar de alkoof waar Lucia's nertsmantel op een paspop hangt. Het glanzende zwarte bont lijkt als nieuw in het spaarzame licht dat door de ramen naar binnen komt. Het is gestopt met regenen en de lucht heeft nu de kleur van grijze parels.

'Tante Lu? Mag ik u Lucia noemen?'

'Natuurlijk.'

'Ik heb me altijd afgevraagd, aangezien je hem zo vaak draagt, wat het verhaal is achter de nertsmantel.'

Lucia staart naar de alkoof. 'Het verhaal van die nertsmantel is het verhaal van mijn leven.'

'Zou je het me willen vertellen?' Als Lucia begint met haar verhaal pakt Kit haar kopje thee en leunt achterover in haar stoel.

2

'Loeoe-tsjie-aaaaa! Loeoeoe…'

'Mama, ik kom al!' roep ik van boven aan de trap.

'*Andiamo*! Papa zit te wachten op de envelop!'

'Ik weet het, ik weet het, ik kom eraan.' Ik pak snel mijn handtasje en stop er mijn lippenstift, mijn sleutels, een klein leren agendaatje, een flesje doorzichtige nagellak en mijn vilten speldenkussen in de vorm van een kleine rode tomaat met de elastieken polsband in. Ik heb een simpele marineblauwe jurk uitgekozen met een wijde rok, diepe opgenaaide zakken en een keurig lijfje met een rechtopstaande witte kraag, lichtblauwe kousjes en blauwe schoenen met hoge hakken, een wreefband en een beige gesp. Ik doe mijn doos met doordeweekse hoeden open en haal er een kleine turkooizen fluwelen cloche uit die over één oog zakt, waardoor mijn scheiding aan de zijkant plat en netjes blijft zitten. Ik pak mijn korte, witte handschoenen, sla de slaapkamerdeur dicht en loop zo snel de trap af dat ik in minder dan een minuut beneden in de vestibule ben.

'Zeg tegen papa dat ik wil dat hij om zes uur thuis is.' Als mama een bevel uitvaardigt, gehoorzaam ik. Ze strijkt een losgeraakte krul terug op zijn plaats en stopt hem in de haarwrong. De witte strepen in haar zwarte haar worden steeds duidelijker zichtbaar, maar haar huid is nog altijd zo glad als die van een jong meisje. Haar hoge jukbeenderen hebben een roze waas, en ze heeft een scherpe kaaklijn.

'Onthoud,' zegt ze terwijl ze de envelop in mijn tasje stopt, 'dat we vanavond ons grote diner hebben.'

'Wat gaat u maken?'

'Bracciole. Papa gaat de haasbiefstuk zelf snijden. Het vlees zal zo *delicato* zijn dat het van Claudia DeMartino's vork zal vallen.'

'Heel goed. Ik wil echt een goede indruk op haar maken.'

'En dat gaat lukken. Zorg dat je op tijd thuis bent.' Mama geeft me een kus op mijn wang en duwt me de deur uit. Wat een prachtige herfstdag is het. De zon schijnt zo fel in Commerce Street dat ik mijn linkeroog dichtdoe zodat mijn rechteroog even aan het licht kan wennen en daarna sper ik ze allebei open.

'*Bellissima,* Lucia!' roept onze buurman meneer McIntyre me toe als ik langs hem loop.

'Waarom kom ik nou nooit een Ierse jongen tegen die zulke leuke dingen tegen me zegt?' vraag ik aan hem.

Hij moet lachen en kauwt op zijn sigaar. 'Ik ben te oud. Bovendien behoor jij al toe aan een Italiaanse jongen.'

'Ja, zoiets heb ik ook gehoord.' Hij weet, en ik weet, dat mijn moeder van mijn broers en mij vanaf het moment dat we geboren werden maar één ding verlangde: dat we met een Italiaan thuiskwamen. Mijn broer Exodus kan de preken van mama over het feit dat we 'met ons soort mensen' moeten trouwen heel goed nadoen, tot en met de biddende gebaren met de gevouwen handen aan toe wanneer ze God aanroept en hem smeekt dat we ons verstand zullen gebruiken. We moeten weliswaar lachen als Ex haar nadoet, maar we weten maar al te goed dat ze het heel serieus meent. Papa maakt het niet uit. Hij zegt altijd: '*Stai contento.*' Hij is gelukkig als wij dat zijn.

De schooljongens op Seventh Avenue fluiten naar me als ik voorbijloop. 'Lucia!' roept een van de jongens. Als ik niet reageer, roept hij opnieuw: 'Lucia, Lucia!' Soms draai ik me om en geef ik ze een knipoog; het zijn tenslotte maar jongens.

Mijn broer Angelo is de stoep voor Sartori's Groceria aan het schoonspuiten, de enige Italiaanse delicatessenwinkel in Greenwich Village. Mijn broer heeft de grote etalageruiten opengezet en de luifels omhooggedaan zodat de terracotta-vloer in de zon kan drogen.

Angelo heeft een klassiek, rechthoekig gezicht, ver uit elkaar staande bruine ogen, een gelijkmatige mond en een kleine neus. Met zijn een meter zesenzeventig is hij de kleinste van mijn broers, maar veel mensen vinden hem de knapste van het stel. Mama gelooft dat hij pastoor had moeten worden, omdat hij de vredestichter binnen de familie is. Angelo besproeit de pompoenen voor Halloween die netjes bij de ingang liggen op-gestapeld en zwaait met de slang alsof hij me wil natspuiten.

'Waag het eens!'

Angelo lacht. Hij is negenentwintig, een dikke vier jaar ou-der dan ik, maar hij zal nooit te oud zijn om me te pesten.

'Waar is papa?' vraag ik.

'Hoor je 'm niet?'

Ik leun wat naar voren en hoor de stemmen van Roberto en papa die op luide toon ruzie aan het maken zijn. 'Hebben ze weer eens mot?'

'Zoals gewoonlijk. Ik dien twee meesters. De een wil dat alles zo blijft als in het land waar hij vandaan komt en de ander wil dat alles net zo wordt als bij de supermarkt hier verderop in de straat. Een winnaar is er niet.'

'Nog niet, in elk geval,' zeg ik tegen hem.

De deur wordt opengehouden door een enorm blik gepelde tomaten. Papa en Roberto staan met de neuzen tegen elkaar voor de kratten vol robijnrode appels.

'Ik koop de appels waar ik ze koop!' schreeuwt papa.

'Maar u betaalt te veel!' werpt Roberto tegen.

'Ik ken de boer al tweeëndertig jaar! Hij kweekt die appels speciaal voor mij! Ik ga geen spullen kopen die van marktkwe-kers komen. Wie weet waar die appels vandaan komen?'

'Van een appelboom! Een appelboom, pap! Alle appels zijn hetzelfde! En wie kan het nou wat schelen waar ze vandaan ko-men als ze vijftig cent per bushel goedkoper zijn?'

'Mij kan het wat schelen! Het kan mij heel veel schelen! De helft van dat fruit is verrot. Ik ga geen oude en verrotte spullen verkopen in mijn winkel!'

'Ik geef het op. Hoort u dat? Ik geef het op, pap!' Roberto grijpt naar zijn klembord.

'Niet zo schreeuwen tegen pap!' schreeuw ik tegen mijn broer.

Roberto is met zijn een meter vijfentachtig veel langer dan zijn vader, maar hij krimpt een beetje in elkaar van mijn stemgeluid. 'Bemoei je er niet mee. Ga jij nou maar naaien,' zegt hij nukkig, en hij draait zich om en loopt naar het magazijn. Roberto lijkt op mijn moeders familie: zwart haar en bruine ogen, lang, rechte neus en dikke, expressieve wenkbrauwen. Hij gedraagt zich al net zo: hij kan vreselijk driftig zijn. Toen hij nog klein was, leek het wel alsof hij altijd een keel opzette, ik was bang voor zijn woedeaanvallen. Nu krijs ik gewoon terug.

'Hier is de envelop van mama.' Ik overhandig papa de envelop met geld.

'*Grazie*.' Papa neemt het geld mee naar de kassa en stopt de biljetten netjes onder de metalen klem. 'Hoe gaat het met mijn meisje?' vraagt hij op serieuze toon.

'Papa, waarom maakt u zich zorgen over mij?' vraag ik, maar ik weet het antwoord al. Hij maakt zich overal zorgen om: zijn familie, zijn zaak, en de wereld, die voor hem te snel verandert. Sinds de oorlog zet hij tweemaal zo veel om, is zijn dochter een carrièrevrouw geworden, en hebben zijn zonen een grote mond en een heleboel meningen gekregen.

'Ik kan er niks aan doen.' Papa haalt zijn schouders op en gooit een muntje in de kassala. 'Ik wil dat je gelukkig bent.'

'Maar pap, ik bén gelukkig,' verzeker ik hem.

Alles aan mijn vader straalt warmte en humor uit; als hij ergens binnenkomt vult hij de ruimte direct. Hij heeft krullerig, peper-en-zoutkleurig haar en blauwe ogen. Ik heb als enige zijn blauwe ogen geërfd, en dit is een van de vele dingen die ons op een speciale manier met elkaar verbinden. Als papa lacht, wat vaak voorkomt, heeft hij kleine oogjes met lachrimpeltjes eromheen. Hij heeft brede schouders en het stevige postuur van een dokwerker, maar zijn handen lijken wel die van een musicus, met lange, spits toelopende vingers.

'En wat is trouwens geluk, pap?' Ik sla mijn armen om hem heen en knuffel hem eens goed. Op weg naar buiten schreeuw ik richting het magazijn: 'Ik moet weer aan het werk. Er is weer het nodige naaiwerk te doen!', en tegen mijn vader: 'Tot later, pap.'

Als ik buiten op de stoep sta hoor ik papa roepen: 'Lucia di Lammermoor!' Ik draai me om. 'Doe voorzichtig!' roept hij me achterna.

Ik blaas hem een kushandje toe en loop naar de bushalte.

Elke ochtend als ik op de hoek van Thirty-fifth Street en Fifth Avenue uitstap, verbaas ik me erover dat ik in het beste warenhuis van New York werk. Ik vind het nog altijd bijzonder. Het mooiste moment van de dag is wanneer de passagiers die uit het metrostation op Thirty-fourth Street naar boven komen, opgaan in de menigte op straat. In een grote golfbeweging lopen we het heuvelachtige deel van de straat op die ineens naar beneden gaat waarna B. Altman & Company opdoemt, zo groot dat het een heel deel van de stad aan het oog onttrekt.

Toen de winkel in 1906 zijn deuren opende, heette hij het Handelspaleis, en die naam is nog steeds van toepassing. Op Fifth Avenue, waar de meeste gebouwen als toonbeeld van architectonisch meesterschap staan te pronken, valt dit gebouw extra op. Het is gebouwd in Italiaanse renaissancestijl; zes zich breed uitstrekkende verdiepingen met zes meter hoge plafonds, immens en spectaculair om te zien. De majestueuze gevel is voorzien van een zuilengalerij die uit Frans kalksteen is opgetrokken en die tot aan de tweede verdieping reikt. Boven elk gigantisch raam hangt een luifel in de vorm van een halve schelp van groen rookglas; als je vanuit de juiste hoek kijkt zijn het net een stel elegante Tiffany-lampenkappen.

Binnenin staat het vol met hoogwaardige producten afkomstig uit alle delen van de wereld. Elk product is met zorg uitgekozen en is zo uitgestald dat het de klant begerig maakt, net als in papa's winkel. Elke keer als ik door de hoofdingang naar binnen loop – en dat doe ik al mijn hele werkende leven – voel ik een vlaag van opwinding, gevolgd door een golf van zelfvertrouwen. Ik kijk omhoog naar de fonkelende kroonluchters, adem de heerlijke parfums in – zoete tonen van verfijnde fresia, houtachtige muskus en verse rozen – en geloof ik dat alles mogelijk is.

Ik kan nog steeds niet geloven dat ik hier werk, dat ik om de twee weken op vrijdag een salarisstrookje krijg, lichtblauw papier met mijn naam er in het zwart netjes op getypt. NETTO UIT TE BETALEN AAN: MISS LUCIA SARTORI. Rechts onderaan staat in de hoek het officiële stempel van R. Prescott, adjunct-directeur, en linksonder staat in een keurig handschrift 'Couture-afdeling' geschreven.

Ik neem nooit de lift naar ons atelier op de derde verdieping. Liever neem ik de roltrap, omdat ik geen enkele uitstalling wil missen. Ze worden maandelijks vernieuwd door onze etaleurs, die bekendstaan om hun realistische taferelen. Afgelopen winter hadden ze op de vloer een schaatsbaan gemaakt van spiegels, omgeven door groene bomen met kunstsneeuw erop; ze hadden er etalagepoppen op gezet die twee aan twee schaatsten met bungelende glazen sterren boven hun hoofd. De mannelijke etalagepop droeg een blauw-witte Noorse trui. Het tafereel was zo populair dat iedere dochter in New York, onder wie ikzelf, die trui als kerstcadeau voor haar vader kocht.

Terwijl ik langs de vitrines loop – diepe glazen kastjes, bekleed met fluweel en netjes afgewerkt met glanzend kersenhout – inventariseer ik snel de meest recente aanwinsten. De nieuwste kristallen broches uit Oostenrijk, gladde leren handschoenen uit Spanje, en met kraaltjes versierde handtasjes glinsteren onder de zachte, heldere verlichting. Overal waar je kijkt zie je een schat aan mooie spullen. Godzijdank bestaat er zoiets als nu kopen, straks betalen!

Ik neem elke dag dezelfde route. Elke ochtend loop ik over de begane grond naar de Herenmode, langs de Overhemden, door de Stoffen-afdeling, langs de Foto-afdeling, om de Kantoorartikelen heen in de richting van de roltrap die naar de tweede verdieping leidt, langs de Baby- en kinderkleding en de Damesmode, om vervolgens naar de derde verdieping te gaan, langs de Bont-, stola- en jassenafdeling. Tegen die tijd heb ik mijn handschoenen uitgetrokken en voel ik als ik daar langs loop aan de luxueuze nerts- en vossenmantels. Het weelderige sabelbont! Het koninklijke hermelijn! Het chique luipaardvel! Een vrouw zou hier voorgoed kunnen verdwalen en geen moment moe worden van alle glamour.

Tegen de tijd dat ik de klapdeuren, waar SPECIALE BESTEL-AFDELING VOOR KLEERMAKERIJ EN MAATWERK op staat, naar het atelier openduw – waarachter zich een grote werkruimte met een lange kniptafel, tekentafels, naaimachines en stoompersen bevindt – ben ik gereed om aan de slag te gaan. Mijn baas en hoofdontwerper Delmarr (zonder achternaam, wat heerlijk avant-garde!), schenkt een kop koffie voor zichzelf in uit een thermoskan met een zwart-wit visgraatpatroon. Hij ziet eruit alsof hij op de foto moet voor de rubriek 'Wat dragen zij?' in een gerenommeerde krant, met zijn grijze tweedjasje met de zwartsuède elleboogstukken en zijn zwarte broek van kasjmier. 'Je bent wat je draagt' heeft Delmarr ons geleerd. Hij is lang en slank, en heeft zulke grote voeten dat hij zijn suède loafers met kwastjes erop speciaal op maat heeft laten maken. 'Duikboten' noemt hij ze. 'Een goede schoenmaker is een genie. Je hebt kunstenaars- en ontwerptalent nodig om een stijlvolle en comfortabele schoen te kunnen maken.'

Delmarr heeft een vrolijk gezicht met geprononceerde jukbeenderen, diepe rimpels en een krachtige kin. Hij heeft een knap gezicht, maar de toegevoegde waarde zit 'm in zijn wijsheid en zijn intelligente ogen en grijzende slapen. Delmarr is een 'wereldwijs type' zou mijn beste vriendin, Ruth, zeggen. Als hij geen lange dagen maakt op het werk, is hij op pad met een van zijn vele societymeisjes. Delmarr is het prototype van de charmeur, lang en knap, zonder ook maar enige aandrang om zich te binden. Zo nu en dan kom je zijn naam tegen in de societyrubrieken. Delmarr kent iedereen, lijkt het wel. Als er een nieuwe klant binnenloopt om advies in te winnen, vraagt hij net zo lang door tot hij heeft uitgevonden waar ze elkaar van zouden kunnen kennen. En wat ontwerpen betreft, weet hij eerder dan wie ook wat de nieuwste mode wordt. Delmarr heeft een speciaal talent om het juiste moment te kiezen.

'Hé, schat,' zegt hij met een grote grijns tegen me, 'wat is het laatste nieuws uit Greenwich Village?' Hij haalt een zilveren doosje uit zijn jaszak, pakt er een sigaret uit en steekt hem aan.

'Nou, het is de eerste week van oktober, dus de appels zijn er weer.'

Hij gooit zijn hoofd naar achteren en lacht. Niemand lacht zoals Delmarr: het komt van diep uit zijn binnenste. 'Voor zulk nieuws kunnen we net zo goed naar Ohio verhuizen. Wat heb je nog meer? Een tochtje per huifkar door Central Park?'

'Wie weet.'

'Dus je vader is de hele dag in de weer om appels in een piramidevorm te stapelen? Ik zou wel eens willen zien hoe hij dat doet,' zegt Delmarr op serieuze toon. 'Het is echt een talent. Presentatie. Dat is het wáre talent.'

'Ik heb je toch gezegd dat ik uit een familie van artistieke boeren kwam?' Ik jat een kop koffie uit Delmarrs thermoskan en loop naar mijn werktafel.

Ruth Kaspian, mijn collega-naaister, kijkt op van haar tekentafel. 'Waar komt dat marineblauw vandaan? Dat is echt een begrafeniskleur. Is er iemand dood?'

'Bij mijn weten niet.'

'Het ziet er zo streng uit. Je bent veel te knap om er zo streng uit te zien. Die jurk kan echt niet.'

'Het was een cadeautje.'

'Geef hem dan terug.' Ruth pakt een roze krijtje en schetst de zoom van een jurk die ze getekend heeft.

'Dat kan niet. Ik heb hem van mijn familie gekregen. Van mijn aanstaande schoonmoeder.'

'Oei.' Ruth trekt een grimas, glijdt van haar kruk en rekt zich uit. Ze is klein; om precies te zijn, compact, ze zal zo'n een meter vijfenvijftig zijn. We zijn allebei vijfentwintig, maar zij zou voor veel jonger kunnen doorgaan. Ze heeft prachtige donkere krullen die haar gezicht in gelijkmatige golven omlijsten. Haar bleke huid en bruine ogen worden gecompenseerd door haar helderrode lippenstift. 'Ik snap het al. Je draagt die kleren om indruk te maken op mevrouw DeMartino, ouwe slijmjurk. Laat me even weten of het werkt. Mijn toekomstige schoonmoeder heeft me een paraplu gegeven. Misschien moet ik hem een keer binnenshuis opendoen om haar de stuipen op het lijf te jagen. Ze is namelijk nogal bijgelovig, Russisch.'

'Mevrouw DeMartino is heel aardig voor me. Ik mag niet klagen.'

'Dan bof je. Mevrouw Goldfarb helpt ons bij de voorbereidingen van het verlovingsfeest. Ze wil het in de Latin Quarter houden.'

'Kun je niet iets beter je best doen om een beetje enthousiast te klinken?'

'Nee,' zegt Ruth. Ik moet lachen om de droge toon. 'Ik ben veel te praktisch ingesteld om uit mijn dak te gaan, dat weet je best. Ik heb helemaal geen zin om met mijn familie of met die van Harvey naar de Latin Quarter te gaan. Ik zie ze al zitten als een stelletje stijve harken. Alsof er een koude tochtvlaag uit Brooklyn overwaait.'

'Geef ze een kans.'

'Nou, ik denk dat ik gewoon eerlijk moet zijn. Ik wil helemaal geen Goldfarb worden.' Ruth rolt haar tekening op en stopt hem in een koker. Ze geeft hem aan mij en ik berg hem op in een mand achter me. Straks leggen we al onze tekeningen aan Delmarr voor en dan kiest hij er een paar uit om de komende lente aan zijn klanten te laten zien.

'Maar je houdt van Harvey,' zeg ik.

'Ik hou van hem. Jazeker. Vanaf het moment dat ik veertien was en hij vijftien en ik met hem danste in Morrie's Acres nadat hij een hotdog voor me had gekocht. Maar ik heb altijd een hekel aan zijn naam gehad. Ik vind het ongelooflijk dat ik de naam Kaspian, een prachtige naam, moet inruilen voor... Goldfarb.'

'Doe dat dan niet,' zegt Delmarr terwijl hij een paar opdrachten in de bak legt. Hij neemt een laatste trekje van zijn sigaret en gooit de peuk uit het raam. 'Het is 1950. Er zijn zo veel vrouwen die hun achternaam niet veranderen.'

'Ja hoor, en dat noemen we nou oude vrijsters,' zegt Ruth.

'Nee, getrouwde vrouwen. Vooral binnen artistieke kringen. Actrices. Vrouwen die veel in het openbaar verschijnen en al een leven hadden voordat ze hun toekomstige echtgenoot ontmoetten.'

'Wie dan?' wil Ruth weten.

'Heb je wel eens van Lunt en Fontanne gehoord?'

'Tuurlijk.'

'Ze heten niet Lunt en Lunt, toch?' Delmarr haalt zijn schouders op en neemt wat papieren mee naar zijn kantoor.

Ruth fluistert zodat Delmarr haar niet kan verstaan. 'Harvey ziet weinig in Kaspian en Goldfarb, dat kan ik je wel vertellen. Het klinkt als de naam van een viskraam aan de Lower East Side.'

'Misschien moet je hem vragen wat hij ervan vindt. Wie weet vindt hij het wel goed als je je eigen naam houdt.'

'Dat lijkt me sterk. Ik mag er niet eens over beginnen. Ik ben zijn meisje, en ik neem zijn naam aan, punt uit. Harvey neemt zijn beslissingen tien jaar voor het nodig is. Hij heeft ook al namen voor onze kinderen bedacht: Michael, naar zijn grootvader Myron; en Susan, naar zijn grootmoeder Sadie.'

Plotseling krijg ik een claustrofobisch gevoel, terwijl ik naar Ruth zit te luisteren als ze het over kinderen en namen heeft en wat Harvey wel wil en wat Harvey niet wil. Ruth is een briljante kunstenares, ze kan alles tekenen, ze heeft een geweldige smaak en oog voor wat wel en niet werkt. Delmarr denkt dat ze een geweldige ontwerpster zal worden. Dat gedoe met Harvey en kinderen duwt die voorspelling ver naar de achtergrond. Hoort Ruth zelf wel wat ze zegt?

'Hé, vind je Susan geen leuke naam?' Ruth kijkt me aan.

'Ja, ja, dat is een leuke naam.'

'Wat is er dan?' Ruth kijkt me aandachtig aan. Ze weet wat ik denk, maar ik wil de discussie niet aangaan. Ik hou veel te veel van haar om mijn mening aan haar op te dringen. Dus lach ik maar wat en zeg: 'Niks.'

'Leugenaar.' Ruth breekt een stukje zwart krijt af en begint te tekenen. 'Jij hebt niks te klagen. DeMartino is net zo'n leuke naam als Sartori. Jij boft.'

Ik kijk omlaag naar mijn verlovingsring; een diamant omringd door een cirkel van goud glanst aan mijn linkerhand. Waarschijnlijk bof ik inderdaad. Ik ben verloofd met een aardige Italiaanse jongen die ik al mijn hele leven ken. Mijn ouders vinden hem aardig. En zelfs mijn broers hebben niks op hem tegen.

'Dante is het type jongen van wie je wel je naam zou mogen houden. Hij vindt alles goed wat je vraagt. Ik weet niet hoe je het doet, Lu. Jij hebt een knappe kerel met een hart van goud aan de haak geslagen. Dat kunnen de meesten van ons niet zeggen.'

'Lucia, Ruth, ik wil jullie even spreken in mijn kantoor,' zegt Delmarr vanuit de deuropening. Ruth en ik kijken elkaar aan.

Delmarr klinkt nogal formeel, en formeel betekent meestal slecht nieuws.

'Goed, wat hebben we verkeerd gedaan?' vraagt Ruth als we in Delmarrs kantoor gaan zitten. 'Vond mevrouw Fissé de kraag van haar operajas afschúwelijk?'

'Er is helemaal niks aan de hand, daarom ben ik ook naar Hilda Cramer toe gegaan om te vragen of er een salarisverhoging in zat voor jullie.'

'Opslag!' Ik kijk naar Ruth.

'Wat zei ze?' vraagt Ruth zo onverschillig mogelijk.

Delmarr lacht. 'Voor mekaar. Jullie krijgen voortaan 48,50 dollar in plaats van 46,75 dollar per week.'

'Dank je wel!' Ik klap in mijn handen.

'Dank je wel,' zegt Ruth op plechtige toon, en ze laat het goede nieuws langzaam op zich inwerken.

'Jullie twee zorgen ervoor dat het hier gezellig is. Jullie werken hard, jullie nemen extra opdrachten aan als ik daarom vraag, jullie werken zelfs af en toe in het weekend. Jullie zijn professioneel, slim, en je kunt nog echt een gesprek met jullie voeren ook. Gelukkig hapte het Hilda-monster toe op mijn voorstel. Daar ben ik heel blij om.'

Ruth kijkt naar mij, ik kijk naar haar. We staan op om Delmarr te omhelzen om onze dankbaarheid te tonen en realiseren ons dat we zoiets nog nooit eerder hebben gedaan. Zij weet wat ik denk en ik weet wat zij denkt, dus we doen het gewoon toch en storten ons op Delmarr. Hij duwt ons als twee te enthousiaste puppy's van zich af.

'Zo is het wel weer mooi geweest, meisjes. We moeten aan het werk. Sartori, kom mee. We hebben een afspraak in B.'

Ik loop naar mijn bureau, trek het speldenkussen om mijn pols, pak een krijtje en volg hem naar de pasruimte. Ons favoriete model, Irene Oblonsky, een blonde, Russische schone van een meter tachtig, een en al nek, benen en prachtige vormen, staat in haar slipje op een houten blok. Vanuit welke hoek je haar ook bekijkt in de driedelige spiegel, ze ziet eruit als een roos, een lange dunne steel met een bloem erop. De enige ronding van haar lichaam is de ronde overgang van haar schouders naar haar lange, slanke armen. Er bungelt een sigaret in haar mondhoek. Ze ziet er verveeld uit. Ze is verveeld.

Delmarr pakt de sigaret voorzichtig uit Irenes mond en legt hem in een asbak. 'Schaar.' Hij steekt zijn hand uit. Ik leg de schaar met de ogen naar voren in zijn handpalm, net als Kay Francis toen ze een operatieassistente speelde in een van haar dramatische rollen. Ik kijk toe terwijl Delmarr witte mousseline stevig over Irenes lijf heen drapeert en begint te knippen. Waar hij heeft geknipt, steek ik spelden. Ik volg al zijn bewegingen: achter haar rug, onder haar armen, over haar borsten. Ik trek de stof aan rond haar middel, laat de rok hangen en maak de naden dicht. Al snel is Irene volkomen bedekt met mousseline in de vorm van een avondjurk.

'Neem hem een beetje in bij de knieën. Jacques Fath laat op het moment het zeemeerminmodel zien in zijn shows,' zegt Ruth vanuit de deuropening. 'Maak het zo strak dat ze kleine stapjes moet nemen.' Delmarr knikt goedkeurend, en ik speld de jurk strak om de knieën als een soort tweede halslijn.

'Er moet wat bij rond de buste, anders wordt het weer zo'n saai strapless ding.' Met zijn schaar creëert Delmarr waanzinnige bloemen van mousseline, en geeft ze aan mij om vast te houden. Dan pakt hij een lange strook mousseline en bindt een gigantische strik om haar buste. Hij bevestigt de bloemen van stof onder de strook, en maakt zo een stijve ondergrond voor het lijfje. Ik speld ze snel vast. Het slanke silhouet werkt. Het is gewaagder dan de new look, die alweer op zijn retour is met zijn kokerrokken en wespentailles. Dit is veel dramatischer en moderner.

'Klaar.' Delmarr doet een stap naar achteren, en ik maak het speldwerk af.

'Nou, dat ziet er boeiend uit,' zegt Ruth.

Irene tilt haar armen op, strekt ze uit, draait langzaam rond. Ze stopt en kijkt naar zichzelf in de spiegel. 'Koet.' Ze haalt haar schouders op.

'Laten we hem van satijn maken. Robijnrood. Niet kersenrood. Robijnrood. Niet granaatrood. Robijn. En maak een brede ceintuur voor me, doe maar iets van tien centimeter breed, met een simpele vierkante sluiting. De ceintuur moet losjes om haar middel vallen. Bedek hem helemaal met satijn, ik wil de eenheid niet verstoren. Ik wil geen zwarte gesp zien, alleen maar rood, van boezem tot vloer. Maak er een, en zorg dat-ie helemaal af is. Uiterlijk vrijdag.'

'Jawel, meneer.'

'Helen, Violet!' roept Delmarr, terwijl hij zijn ogen strak op Irene gericht houdt.

Helen Gannon, de patroonknipster, een slungelige vrouw met rood haar die zo dun is dat ze zelf model zou kunnen zijn, komt binnengestormd. Ze staat stil wanneer ze de avondjurk ziet en begint te schmieren. 'Nou, nou. Een grote strik zo groot als Jersey City. Leuk, Delmarr. Heb je niet van je moeder geleerd dat eenvoud de mens siert? Dit ding heeft meer lagen dan een tulp.'

'Dat heet modern,' zegt Delmarr tegen haar. 'Violet, waar ben je?'

Violet Peters, een kleine brunette die de samenwerking tussen de verschillende afdelingen coördineert, komt aangerend. 'Hier ben ik, hier ben ik,' zegt ze nerveus. Violet maakt zich overal zorgen om, maar ze hoeft zich geen zorgen te maken over haar werk. Delmarr heeft haar persoonlijk opgeleid dus ze hebben aan een half woord genoeg. Violet kijkt naar Irene. 'Wauw.' Dan zegt ze tegen Delmarr: 'Dit is arbeidsintensief.'

Delmarr negeert haar. 'Mm-mm.'

Helen en Violet drentelen als werkbijen om Irene heen en verwijderen de lagen mousseline een voor een, en leggen die vervolgens netjes op een zijtafel.

Ik loop rechtstreeks naar het naastgelegen magazijn om onze stoffenvoorraad te controleren. Terwijl ik langs de grote rollen fluweel, wol, zijde en gabardine loop, zie ik dat we alleen nog maar beige satijn hebben, een restant van de bruidskleding die we gemaakt hadden voor een Grieks meisje uit Queens, (er wordt me een geld uitgegeven aan die diners).

'Vanwaar al die haast?' vraag ik aan Delmarr als we naar mijn werkplek lopen.

'The McGuire Sisters hebben een nieuwe show in het Carlyle. En ze willen Parijs op de catwalk.'

'The McGuire Sisters!' Dit moet ik aan Ruth vertellen.

'Maak een prachtige avondjurk, en misschien blijven er dan nog wat plaatsen vooraan over voor jou.'

'O, heel graag. Mijn vader is helemaal weg van ze.'

'En je verloofde?'

'Wat is er met mijn verloofde?'

'Ik dacht meer aan een romantische avond voor jou en Dante.'

'Hij is niet zo'n uitgaanstype. Bakkers liggen al om acht uur in bed. Het deeg is om drie uur 's nachts gerezen, dus dan staan ze op om brood te bakken.'

'Dat zal ik onthouden de volgende keer dat ik een broodje ham bestel. Ik zal dan aan jouw Dante denken die alle leuke dingen in het leven moest opgeven zodat ik vers brood heb met de lunch.'

'Ja, doe dat maar,' zeg ik tegen hem.

Na een dagje zomen leggen in zwarte operajassen (het Filharmonisch Orkest heeft dit weekend zijn openingsprogramma), ben ik toe aan een lekkere maaltijd en een glas wijn. Dit is de eerste keer dat de Sartori's en de DeMartino's samen dineren sinds Dante en ik onze verloving hebben aangekondigd. We zien de familie DeMartino al zo vaak sinds ze brood en banket leveren aan onze delicatessenwinkel dat een officieel diner over de invulling van het huwelijk een beetje te veel van het goede is. Maar mama, die alles nou eenmaal goed wil aanpakken, stond erop dat we allemaal bij elkaar zouden komen en de plannen met de ouders van de bruid en bruidegom zouden bespreken. 'Respect,' zegt mama. 'Je zult als je eenmaal getrouwd bent nog wel ontdekken dat zoiets belangrijker is dan brood op de plank.'

Dante en ik zijn al een halfjaar verloofd, dus het wordt ook wel eens tijd om de zaken serieus te gaan voorbereiden. Dat valt niet mee gezien het feit dat Dante dag en nacht werkt en maar heel weinig vrije tijd heeft. Papa sluit de winkel tenminste nog tijdens de vakanties. Mijn toekomstige schoonvader reageerde fel toen ik voorstelde dat hij de bakkerij best af en toe kon sluiten. Hij zei: 'Op welke dag van het jaar eten de mensen dan geen brood?'

Nadat ik een paar minuten op de bus heb staan wachten, besluit ik maar naar huis te lopen. Ik ben erg gesteld op mijn lange wandelingen door de stad. De natuur zelf verandert nog minder snel dan de etalages op Fifth Avenue, waar altijd wel wat nieuws te zien is. Na werktijd lopen de straten leeg. Een paar straten lang is het zelfs rustig genoeg om na te denken.

Ik sla rechts de bocht om bij Ninth Street richting Sixth Avenue, en kom langs statige huizen van bruinrood zandsteen met brede stoepen en erkertjes die versierd zijn met overdadige zijden draperieën. Er staat een aantal grote appartementengebouwen met groen-witte luifels die zich over het hele trottoir uitstrekken, steunend op buizen van gepoetst koper. Ik vraag me mijn hele leven al af hoe het zou zijn om in een van die panden te wonen, om een goedgeklede portier te hebben die taxi's voor je aanhoudt en je helpt met dozen sjouwen als je gewinkeld hebt in de chiquere buurten van New York.

De mooiste huizen in New York liggen altijd rondom een park, in dit geval Washington Square. De portiers knipogen naar me als ik langsloop en soms knipoog ik terug. De ene dag krijg ik meer knipoogjes dan de andere, meestal meer als ik een hoed draag. Het heeft iets met blauw fluweel te maken. Als ik sta te wachten voor het stoplicht op Sixth Avenue, stopt er plotseling een busje voor mijn neus.

'Stap in.'

'Exodus, in godsnaam!'

'Schiet op, zussie.'

Ik klim in de bestelbus waar Exodus in rijdt; hij is van mijn broers het meest onbehouwen en degene die het vaakst door het een of ander in de problemen komt. Exodus heeft donkerblond haar met een beetje rood erin. Zijn gezicht heeft dezelfde vorm als dat van papa, en hij heeft mama's ogen. Hij wordt vaak aangezien voor een lange, breedgeschouderde Ier, maar als je hem eenmaal in het Italiaans hoort vloeken (wat vaak voorkomt), weet je dat hij een van ons is. Ik heb zijn bravoure altijd bewonderd; hij is eerlijk, en het kan hem niks schelen wat anderen van hem denken. Hij kan een geheim bewaren, wat een pluspunt is binnen een grote familie.

'Mam trekt zich de haren uit haar hoofd. De DeMartino's zitten erbij als marmeren standbeelden. Ik heb net even een kratje water langsgebracht, dus ik vertel het je uit de eerste hand.'

'Zijn ze er al?' Ik had eerder naar huis moeten gaan. De DeMartino's zijn altijd te vroeg. Toen Dante en ik een keer met zijn moeder naar de film gingen, had ze het einde al gezien tijdens de voorstelling die voor de onze draaide en zo haar eigen plezier vergald.

'Ja. Als je ooit een dochter krijgt hoop ik maar dat ze niet op haar oma lijkt. Met die lelijke *faccia*.'

'Zo erg is het nou ook weer niet,' zeg ik tegen hem.

'Zo denk ik erover. Een prachtige meid als jij trouwt met een lid van een stam als die van hen, je krijgt een kleine meid, en jouw schoonheid wordt automatisch half tenietgedaan door die moeder, geen twijfel over mogelijk.'

'Wat ontzettend aardig van je om me te attenderen op het feit dat onze kinderen – jouw neefjes en nichtjes – niet vooraan zullen staan als er schoonheid wordt uitgedeeld. Dat stelt me nou echt gerust.'

'Waarom wil je trouwens met hem trouwen?'

'Ik dacht dat je Dante aardig vond?'

'Hij is een sukkel. Het zijn allemaal sukkels. Ze werken met deeg, nota bene. Gist rijst, en waarom? Omdat het deeg vol lucht zit. Hoe slim kunnen die lui zijn?'

'Hun bakkerij loopt anders hartstikke goed.'

'Iedereen kan koekjes bakken en daar zijn geld mee verdienen. Dat stelt toch niks voor? Ik hoop maar dat je weet wat je doet, Lucia.'

'En of ik dat weet. Trouwens, wie had jou iets gevraagd?'

'Ja, nou... Je had me maar beter wel wat kunnen vragen. Ik weet heus wel dat je al een dagje ouder wordt, maar dat betekent niet dat je je daarom maar overhaast in van alles en nog wat moet storten.'

'Ik stort me helemaal nergens in.' Als Exodus eens wist hoe rustig aan ik het heb gedaan met Dante. Ik hou van mijn verloofde, maar ik wou dat ik nog een jaar of twee verloofd kon blijven. Ik vind het prettig zoals het nu is.

Wanneer Exodus me voor het huis afzet, staat papa op de stoep te wachten.

'Je bent te laat.' Mijn vader doet de deur voor me open.

'Sorry, papa. Ze zouden pas om zeven uur komen.' Ik spring uit het busje. 'Ik heb nieuws. U zult uw oren niet geloven. Ik heb opslag gekregen!'

Papa klapt opgetogen in zijn handen, net als ik gedaan had en hij grijnst breed. 'Ik ben trots op mijn meisje!' zegt hij. 'Je verdient het. Mijn moeder zou apetrots geweest zijn. Zie je wel, al die naailessen die ze je gegeven heeft beginnen vruchten af te werpen.'

'Ik wou dat ze kon zien hoe ik tegenwoordig een zoom inleg. Ik sla bijna geen steek meer over!'

'Ze ziet je. Ze weet het.' Papa slaat zijn arm om me heen als we het opstapje op lopen. Ik ben blij met mijn opslag, maar het maakt me nog blijer om papa gelukkig te zien. Zijn goedkeuring betekent alles voor me. Als we het huis in lopen, hoor ik Perry Como op de grammofoon. De zoete geur van salie, gegrilde uien en basilicum verwelkomt me in de gang. Ik neem niet de moeite me even op te frissen in mijn eigen kamer. Ik doe de deur open en loop naar de ontvangstkamer.

'Mevrouw DeMartino, wat ziet u er prachtig uit.' Ik geef mijn toekomstige schoonmoeder een kus op de wang. Ze lacht naar me. Exodus heeft gelijk: ze heeft een onopvallend gezicht met een zweempje buldog erin. 'Wat zit uw haar leuk.'

'Ik ben naar de schoonheidssalon geweest.' Ze frunnikt wat aan de krullen in haar gitzwarte haar. 'Waarom ben je zo laat, Lu?'

'Ik ben naar huis gelopen.'

'O, *Dio*. Alleen?' Mevrouw DeMartino kijkt haar man aan.

'Ja. Maar maakt u zich maar geen zorgen, hoor. Ik neem altijd een veilige route. Ik ken alle portiers die ik onderweg tegenkom.' Terwijl ik dit zeg besef ik dat ik dat beter niet had kunnen doen. Het klinkt goedkoop, alsof ik portiers spaar als op straat gevonden lootjes. Mevrouw DeMartino leunt naar haar man en mompelt iets tegen hem in het Italiaans wat ik niet kan verstaan.

'Meneer DeMartino, wat fijn u weer te zien!' Ik steek mijn hand uit.

'Hoe gaat het met je?' Meneer DeMartino draagt een wollen pantalon, een overhemd en een stropdas. Ik heb hem nog nooit zonder zijn witte schort gezien.

'Waar is Dante?'

'Hij sluit de winkel af. Je broers zouden hem ophalen.' Mevrouw DeMartino bekijkt mijn jurk aandachtig.

'O, nog bedankt voor deze prachtige jurk.'

'Mijn nicht bracht er een paar mee uit Italië, mijn dochters hadden er ieder een uitgekozen en ik dacht dat jij deze wel leuk zou vinden. Ik weet dat het qua kleren erg nauw luistert bij jou, maar deze jurk leek me wel wat voor je.' Ze lacht.

'Ik vind hem erg leuk. Als u me nu wilt excuseren, ik moet mijn moeder even helpen in de keuken.'

Ik ga naar de keuken, waar mama tomatensaus over de bracciole giet, kleine builtjes mals rundvlees, gevuld met basilicum. 'Ze waren hier veel te vroeg,' fluistert ze.

'Ik hoorde het, ja.'

'Ik ga je een goede raad geven. Jij bent nog jong. En flexibel. Ga nooit in discussie met Claudia DeMartino. Ze maakt je af.'

Ik moet hard lachen. Mama zegt dat ik stil moet doen. Ik zeg: 'Het is nu anders dan toen u een jonge bruid was en Nonna hier woonde en u min of meer haar huishoudster was. De tijden zijn veranderd. Ik hoef geen bevelen aan te nemen van mijn schoonmoeder. Ik zal mijn steentje bijdragen aan het huishouden omdat ik dat wil, niet omdat het moet.'

'Moeten, willen, wat maakt het uit? Zij is de baas,' fluistert mama.

'Lucia?' Dante staat in de deuropening. Hij ziet er zo knap uit in zijn pak, en hij lacht zo lief dat ik meteen weer weet waarom ik van hem hou. Dante lijkt heel erg op de filmster Don Ameche, met zijn zwarte ogen, dikke bruine haar, scherpe neus en volle lippen; en mijn Dante heeft zeker net zulke brede schouders. Als kind hield ik een plakboek bij waarin ik krantenartikelen verzamelde van alle films met Don Ameche. Toen ik Dante voor het eerst zag, dacht ik dat het lot mij toelachte omdat een jongen uit de East Village sprekend op mijn favoriete filmster leek.

Ik sla mijn armen om mijn verloofde heen en geef hem een zoen op zijn wang. 'Sorry dat ik je ouders heb laten wachten,' verontschuldig ik me tegen hem.

'Maakt niet uit. Mama zit al de hele dag te popelen om je moeders bracciole te proeven.'

Mama bromt zachtjes bij de suggestie dat ze meedoet aan een wedstrijd. Wij negeren haar.

'Dante, ik heb opslag gekregen!' vertel ik hem trots.

'Wat fijn voor je!' Dante kust me. 'Je werkt ook zo hard. Ik ben blij dat dat ze opgevallen is.'

'Tortelduifjes? Ik kan wel wat hulp gebruiken.' Mama geeft mij een schotel aan en Dante een juskom. 'Gefeliciteerd, Lucia. Ik ben echt blij voor je. En nu moet je even helpen.' Ze kust me op mijn wang en roept dan dat de DeMartino's aan tafel kunnen gaan. Als we op onze plaatsen gaan zitten, kijk ik uit op de achtertuin. Op het moment is het niet echt wat je noemt een tuin; je ziet alleen maar een klein veldje met verdord gras en een marmeren vogelbadje in het midden. Rond de kerst vult mama het bassin met groengekleurde kerstversiering en een kindeke Jezus van keramiek dat in zijn kribbe ligt. Vandaag staat er slechts een klein laagje donker water in het bassin. Ik wou dat mama het even had schoongemaakt, het ziet er eng uit. Maar ze heeft dat met haar bezigheden binnenshuis ruimschoot gecompenseerd. De tafel is prachtig gedekt, met een stel kleine witte kaarsen in het midden, die papa aansteekt als we gaan zitten. Zelfs mevrouw DeMartino ziet er vriendelijker uit in het kaarslicht. Papa spreekt een dankwoord uit en ik help mama met opscheppen.

'Waar zijn je zoons?' vraagt mevrouw DeMartino.

'Ze zijn het bestelbusje aan het uitladen bij de winkel,' zegt papa tegen haar.

'Het leek ons gezellig als we gewoon met zijn zessen waren vanavond,' zeg ik tegen haar, en ik werp daarbij een glimlach naar Dante, die gelukkiger lijkt dan ooit.

'Signor Sartori, wist u dat uw dochter alleen naar huis loopt na het werk?' Mevrouw DeMartino giet jus over haar vlees.

'Ik vind het niet prettig, maar ze is een volwassen vrouw en ze mag lopen waar ze wil.' Papa's toon is heel vriendelijk, en ondertussen geeft hij haar het brood aan. 'Dank je wel voor het brood, Peter,' zegt hij tegen mijn toekomstige schoonvader.

'Het is vers,' zegt mevrouw DeMartino.

Terwijl we eten is de conversatie gezellig en vriendelijk. Dat is het leukste aan trouwen met een Italiaanse jongen: je stuit niet op verrassingen. Onze families lijken op elkaar, onze tradities zijn hetzelfde, het eten is heerlijk, en het gesprek, dat doorspekt is met buurtnieuws en -roddels, is grappig. Beter dan dit kan het niet.

'Zo, zullen we dan nu maar eens ter zake komen?' zegt Dante. Hij legt zijn arm achter mijn stoel en kijkt me aan.

Ik begin. 'Ik dacht aan zaterdag 1 mei, in de Onze-Lieve-Vrouwe van Pompeii-kerk…'

Mevrouw DeMartino onderbreekt me. 'Nee, nee, de Sint-Joseph op Sixth Avenue is geschikter.'

'Maar dat is niet mijn eigen gemeente,' zeg ik.

'Dat wordt het wel. Als je bij ons komt wonen, ga je ook naar onze kerk. Dat is traditie.' Mevrouw DeMartino kijkt naar mijn ouders voor bijval.

'Dat weet ik, maar tot ik getrouwd ben woon ik hier, aan Commerce Street, en dit is de kerk waar ik gedoopt en gevormd ben, en waar ik elke zondag naartoe ga. Daar heb ik Dante leren kennen. Ik weet dat jullie ruzie hadden met de vorige pastoor, maar dat is al jaren geleden…'

'Pastoor Kilcullen had een hekel aan Italianen,' zegt mevrouw DeMartino.

Mama haalt haar schouders op. 'Ik vond hem wel aardig.'

'We dwalen af. Mam, pap, het wordt de Onze-Lieve-Vrouwe van Pompeii,' zegt Dante vastbesloten.

Mevrouw DeMartino kijkt naar haar echtgenoot. 'Ik vind het prima,' zegt hij.

'Mooi, goed zo. 1 mei. De Onze-Lieve-Vrouwe van Pompeii.' Dante geeft een klopje op mijn hand. Ik weet niet waarom, maar de manier waarop hij dat doet ergert me. Dante vertelt ondertussen een lang verhaal over de keer dat de chauffeur van de bestelbus van de bakkerij verdwaald was in de Bronx en dat de man tegen de tijd dat hij de bus terugbracht twaalf broodjes had opgegeten. Mevrouw DeMartino moet te hard lachen om de anekdote. Ik bedenk dat ik zou moeten lachen om een verhaal van mijn verloofde, maar op een of andere manier vind ik het niet bijzonder grappig.

'Ik zal moeten wennen aan de metrolijnen in jullie gedeelte van de stad. Aangezien jullie oostelijker wonen, zal ik de L-lijn naar Thirty-fifth en First moeten nemen en bijtijds moeten vertrekken om van daaraf te lopen om op tijd op mijn werk te kunnen zijn,' merk ik terloops op. Er volgt een diepe stilte, die ik probeer te doorbreken. 'Ruth Kaspian ontwerpt mijn jurk, wat erg leuk is, want…'

Mevrouw DeMartino onderbreekt me. 'Je gaat helemaal niet naar je werk.'

'Pardon?' Ik doe net alsof ik niet verstaan heb wat ze zei, maar eerlijk gezegd kan ik mijn oren niet geloven.

'Nee, je wordt huisvrouw. Jij trouwt met mijn Dante, je komt bij ons wonen en jij gaat me in huis helpen. Jullie krijgen het appartement op de begane grond. We laten er een nieuwe keuken in zetten, en dat wordt prachtig. Jullie worden vast heel gelukkig daar.'

'Maar ik heb een baan.' Ik kijk naar Dante, die naar het eten op zijn bord kijkt.

'Je kunt bij ons thuis wat naaiwerk doen,' zegt mevrouw De-Martino.

Ik kijk naar mijn moeder, die naar me knipoogt alsof ze me iets duidelijk wil maken, maar ik weet niet wat.

'Ik word geen huisnaaister. Dat is mijn werk helemaal niet. Ik ben naaister bij B. Altman op de Couture-afdeling. Ik werk daar nu al zes jaar en ik hoop dat ik op een dag afdelingshoofd kan worden, als zij dat tenminste ook zien zitten. Moet ik soms ontslag nemen?' Ik kijk de tafel rond, maar niemand kijkt me aan. Ik klop op Dantes hand, maar niet echt teder. 'Dante?'

'Schatje, we hebben het hier later nog wel over,' zegt hij op een autoritaire toon die ik nog nooit eerder bij hem gehoord heb.

'Hoezo? We kunnen het er nu toch over hebben? Ik vind niet dat we bij je moeder valse verwachtingen moeten wekken. Ik ben van plan te blijven werken.' Ik herinner me dat mijn grootmoeder me over haar verloving en huwelijk vertelde, waarbij alles door haar ouders in Italië geregeld was. Er was geen sprake van liefde of romantiek, alleen maar van verplichtingen en taakvervulling. Corvee! Thuiswerken? Niet in 1950! Niet in New York! Claudia DeMartino is gek als ze denkt dat ik een beetje voor een hongerloontje zomen ga leggen voor de dames op Avenue A. Nee, hartelijk bedankt!

Het enige geluid in de kamer komt van mijn vader die worstelt met de kurk van een fles chianti. De piepgeluidjes vullen de stilte op. 'Laten we het nou niet over werk en baantjes hebben. Laten we het nog even over het huwelijk hebben,' zegt papa vriendelijk.

Mevrouw DeMartino negeert hem. 'En wat nou als je een kind krijgt?' Ze legt haar vork neer, keurig naast haar mes en lepel.

'Dan zullen we heel gelukkig zijn,' zeg ik tegen haar. Wie is er nou niet gelukkig als hij een kind krijgt?

'Ik ga niet jouw kinderen opvoeden terwijl jij de hele tijd in de winkel staat te werken!' brult mevrouw DeMartino.

'Wie zegt dan dat je dat moet doen?' wil mijn moeder weten. Het is duidelijk dat mijn moeder vindt dat ik leuk en aardig moet doen tegen mevrouw DeMartino, maar dat zij ruzie met haar mag maken. Mama haalt diep adem en spreekt langzaam. 'Claudia, mijn dochter is een carrièrevrouw. Maar dat wil niet zeggen dat ze niet voor haar gezin zal kunnen zorgen.' Ze kijkt me aan. 'Dat wil niet zeggen dat ze niet voor haar gezin zál zorgen. Als kind had ze die talenten al. Ze kookt, ze strijkt, ze maakt schoon. Ze heeft me altijd met alles in huis geholpen.'

'Dank u, mama,' zeg ik.

'Ze heeft een goede leerschool gehad.' Mama schuift haar bord van zich af en strijkt haar servet glad. 'Maar ze is anders dan ik, en ze is anders dan jij. Ik heb geprobeerd haar duidelijk te maken dat een vrouw haar handen al vol heeft aan haar werkzaamheden thuis zonder dat ze daarnaast ook nog een baan heeft. Ik denk dat ze dat op den duur vanzelf gaat beseffen en dan haar levensstijl daaraan zal aanpassen.'

'Dat is allemaal leuk en aardig áls dat inderdaad haar intentie is,' kaatst mevrouw DeMartino terug, 'maar dat is je dochters intentie helemaal niet! Als ze werkt, is ze niet thuis, en als ze niet thuis is, wie moet er dan voor haar kinderen zorgen?' Mevrouw DeMartino schuift haar stoel naar achteren en draait hem in de richting van mijn moeder. 'Je snapt niet wat ik bedoel, hè?'

'Het is jouw zaak helemaal niet. En de mijne ook niet. Het is hún zaak.' Mijn moeder wijst naar Dante en mij.

'Mama, ik denk dat mevrouw DeMartino wel een beetje gelijk heeft.'

'Kijk eens aan. Ze begrijpt het! Ze begrijpt dat een vrouw niet mag werken als ze thuis kinderen heeft.'

'Mevrouw DeMartino, dat zei ik niet. En dat bedoel ik ook niet. Ik moet helder zijn.' Maar ik voel me helemaal niet helder. Ik voel me nogal overdonderd. Claudia DeMartino wil de baas spelen, zoals mama al zei, en het kan alleen nog maar erger worden. 'Laat het me uitleggen.'

'Doe dat maar even, ja,' zegt mama, waarbij ze meewarig haar hoofd in haar handen laat rusten.

'Ik hoopte dat we alles stap voor stap konden bekijken. Eerst een tijdje getrouwd zijn, en dan eens kijken naar de mogelijkheid van kinderen…'

'Mogelijkheid? Je spuugt in Gods gezicht als je zo praat. God schenkt ons kinderen wanneer Hij dat wil, niet wanneer het jou uitkomt. Je kunt God niet vertellen op welk moment Hij je een kindje moet geven!' Het puntje van haar neus wordt roze, terwijl haar ogen zich met tranen vullen. 'Ik begrijp niks van jou. Hou je van mijn zoon?'

'Ja, natuurlijk hou ik van hem.'

'Waarom zet je hem dan op de tweede plaats, ná je werk in het warenhuis? Ik snap dat niet. Een man moet ervan op aan kunnen dat hij op de eerste plek komt voor zijn vrouw. Anders verdient ze hem niet.'

'Mevrouw DeMartino, ik weet dat huwelijken tot voor kort gearrangeerd werden…' Dante geeft me een schop onder tafel. Ik begrijp wat hij wil zeggen. Het bloed trekt weg uit de gezichten van zijn ouders. Zij hadden ongetwijfeld een gearrangeerd huwelijk. Geen wonder dat ze mij een egoïstisch modern meisje vinden. Vergeleken met haar ben ik dat ook. 'En dat systeem werkte…'

'Systeem? Welk systeem?' roept meneer DeMartino.

'Maar de tijden zijn veranderd. We willen onze toekomst zelf bepalen. We willen een partnerschap, geen dictatorschap.'

'Ik ben geen dictator!' Meneer DeMartino slaat met zijn hand op tafel. Het tafelzilver vliegt de lucht in. 'Ik sta aan het hoofd van het huishouden! Ik ben de leider! De man is de leider!'

Meneer DeMartino ziet eruit alsof hij elk moment een hartaanval kan krijgen, dus ik haal even diep adem en wend me dan tot Dante. Hij houdt van me en hij zal onder elke omstandigheid met me willen trouwen. Terwijl ik hem aankijk, besef ik dat ik ook van hem hou, maar dat ik de dingen wel op mijn eigen manier wil doen. Als ik lid word van zijn familie, zal dat een ramp worden. Ik wil mijn dromen niet achterstellen bij die van mijn man, schoonmoeder en schoonvader. Waarom zou ik? Ik kan voor mezelf zorgen. Ik heb altijd geweten dat ik, zodra ik het huis uit zou gaan, op eigen houtje een appartement zou kunnen huren en een prettig leven kon leiden. Ik blijf hier omdat ik mijn kamer zo fijn vind, met het grote raam dat over

Commerce Street uitkijkt. En ik hou van mijn vader en moeder en totdat ik getrouwd ben wil ik bij hen zijn. 'Het spijt me, maar ik kan dit niet.' De woorden tuimelen zo snel uit mijn mond dat ik niet weet waar ze vandaan komen.

'Hoe bedoel je?' Dante kijkt stomverbaasd.

Dit is zo'n moment waarop ik zou willen dat ik niet eerlijk hoefde te zijn, maar als ik naar zijn gezicht kijk weet ik dat ik niet mag liegen. 'Ik kan niet met je trouwen. Het spijt me. Ik kan het gewoon niet.' Ik begin te huilen, en slik dan heel hard mijn tranen weg.

'Lucia, dat moet je niet zeggen.' Dante ziet er onthutst uit. 'We doen alles wat jij wilt. Je mag werken, ik vind het prima.'

'Dat zeg je nou wel, maar je meent het niet echt. Als we eenmaal getrouwd zijn en ik bij jou en je ouders woon, zullen zij de dienst uitmaken. Ik heb mezelf voor de gek gehouden door te denken dat ik als we zouden trouwen, bij jouw ouders zou komen wonen en daarnaast gewoon mijn baan en mijn eigen leven zou kunnen houden.' De knopen op het lijfje van mijn jurk voelen als kopspijkertjes die in mijn borst geslagen worden. 'Ik ben erg goed in mijn werk. Ik heb vandaag opslag gekregen. Opslag!'

'Wat is er met je aan de hand?' vraagt mevrouw DeMartino streng. 'Kijk naar mijn zoon. Hij is een prachtvent! Hoe kun je hem zomaar laten vallen voor een baan?' Ze spreekt het woord 'baan' uit alsof het het smerigste woord is dat er bestaat. 'Hoe durf je?' Ze staat op en leunt tegen de muur achter haar alsof ze anders zou omvallen.

'Ik doe helemaal niks. Zo denk ik er gewoon over.' Mijn gezicht prikt van de tranen. Papa geeft me zijn zakdoek.

'Je zou je moeten schamen. Diep moeten schamen!'

'Genoeg, Claudia, *basta*. Zie je dan niet dat Lucia van streek is?' zegt papa kalm.

'Je hebt de zaken thuis niet goed onder controle, signor,' zegt ze tegen papa. Mama kijkt naar mijn vader en begint bijna te lachen; niemand slaat zo'n toon aan tegen mijn vader. Dan wendt mevrouw DeMartino zich tot mij.

'Lucia Sartori, je bent nu nog jong en alle jongens zitten achter je aan. Achter jou! Die prachtige meid uit Greenwich Village! Het enige wat ik dag in, dag uit hoor is "Lucia Sartori. Bellissima! Ze heeft zo'n ongelooflijk mooi gezicht. Iedere goede Italiaanse zoon zou er zijn ogen voor geven om met zo'n meisje te mogen trouwen." Maar je bent helemaal geen goede echtgenote. Je bent koppig!' raast mevrouw DeMartino.

Mijn vader gaat staan en kijkt mevrouw DeMartino recht in de ogen. Hij zegt op kalme toon: 'In dit huis worden geen nare dingen gezegd over mijn dochter.'

Ik kijk naar mijn moeder, die haar hoofd schudt.

'Vraag de ring terug!' zegt mevrouw DeMartino tegen haar zoon.

'Wilt u de ring?' zeg ik vol ongeloof.

'Jij wilt Dante niet, dus dan wil je de ring ook niet.' Mevrouw DeMartino steekt haar hand uit en houdt hem omhoog, wachtend tot ik de ring erin laat vallen.

Ik kijk naar Dante, die zich naar zijn moeder wendt. 'Mama, alsjeblieft.'

'Zij,' sneert Claudia DeMartino, 'houdt meer van haar werk dan van jou.'

'Dat is niet zo,' zegt Dante zachtjes.

'U mag de ring hebben.' Ik haal hem van mijn vinger en kijk naar Dante. 'Deze was geloof ik van jou?' Dan wend ik me weer tot zijn moeder. 'Of was hij nou van u?'

'Hij is van mij,' zegt meneer DeMartino, die opstaat en de ring aanpakt. 'Ik heb hem gekocht.'

Meneer en mevrouw DeMartino lopen naar de gang en pakken hun jassen.

'Lucia, doe niet zo raar,' smeekt Dante. 'Praat met me.'

'O, Dante.' Ik weet dat ik hem gerust moet stellen, mezelf tussen zijn ouders en de deur zou moeten posteren en hun zou moeten smeken om vergiffenis. Ik zou Dante wel om de hals willen vliegen en tegen hem zeggen dat we weg kunnen gaan, de benen moeten nemen, en als we terugkomen ons eigen huis kunnen kopen en helemaal opnieuw beginnen. Hoe heeft dit etentje zo kunnen ontsporen? Hoe heeft een prachtige dag zo kunnen eindigen?

'Lucia? Ik bel je nog.' Dante loopt achter zijn ouders aan naar buiten. Nu ze echt weg zijn voel ik me misselijk.

Exodus komt door de voordeur naar binnen, gevolgd door Angelo, Orlando en Roberto. 'Wij komen voor het toetje,' kondigt Exodus aan. 'Waar gaan zij naartoe?'

'Naar huis,' zegt mama zachtjes.

'Ze zagen er nogal kwaad uit,' zegt Angelo.

'Mevrouw DeMartino stampte zo hard over het trottoir dat het net leek of ze het hele stuk naar de auto sigarettenpeuken liep uit te drukken,' voegt Orlando daaraan toe.

'Wat heb je gezegd?' vraagt Roberto aan mij.

'Ik heb ze verteld dat ik zou blijven werken, en dat vonden ze niet leuk, dus wilde meneer DeMartino zijn ring terug.'

Exodus haalt zijn schouders op. 'Ik zei toch al dat het sukkels waren.'

'Wil je dat we achter ze aan gaan? We kunnen ze in elkaar slaan,' biedt Orlando aan.

'Jongens!' zegt mama op waarschuwende toon.

'Nou ja, hij heeft mijn zusje aan het huilen gemaakt.'

'Nee, je zusje heeft hém aan het huilen gemaakt,' zegt papa, en hij schenkt een glas wijn voor zichzelf in.

'Hebben ze wel gegeten?' wil Roberto weten.

'Jawel. Maar er is nog heel veel over.' Mama gebaart naar de jongens dat ze moeten gaan zitten.

Mijn broers gaan aan tafel alsof er niks gebeurd is, alsof ik niet net mijn diamanten ring heb teruggegeven en mevrouw DeMartino getergd heb en daarmee mijn leven een volkomen andere wending heb gegeven. 'Gaan jullie éten?' vraag ik.

'Wat moeten we anders?' vraagt Roberto tussen twee happen van de DeMartino-broodjes door. 'Omkomen van de honger omdat de DeMartino's van die idioten zijn?'

Ik kijk vol ongeloof toe, alsof ik door het raam naar een onbekende familie in Commerce Street zit te kijken. Als je uit een grote familie komt, is het net alsof je met z'n allen één persoon bent, en of iedere broer en zus deel van jou uitmaakt, als een octopus die met zijn tentakels allerlei kanten op beweegt maar altijd één geheel blijft. Roberto is de oudste, dus hij is de leider. Angelo, de tweede in het gezin, is de vredestichter; Orlando is de middelste, dus hij is de dromer; Exodus mag gewoon meedoen, hij is de vrije geest, onvoorspelbaar. En dan kom ik: ik ben de benjamin, ik zal altijd de benjamin blijven, ongeacht hoe grijs ik ben. Omdat ik een meisje ben, ben ik mama's hulpje in de huishouding. Elk overhemd hier aan tafel is door mij op mijn vrije zaterdag gestreken. Mijn broers werken in de winkel, en tot het moment dat ze trouwen of dat ik trouw, ben ik hun dienstmeisje.

Mama pakt borden van het dienblad achter zich en geeft ze aan de jongens. Orlando laadt een grote hoeveelheid bracciole op zijn bord. 'Ongelooflijk dat u al dit prachtige vlees aan de DeMartino's hebt verspild,' zegt hij. Hij is lang en dun, maar de grootste eter in het gezin. Zijn vierkante gezicht oogt intellectueel. Hij heeft zachte, donkere ogen en een vriendelijk karakter.

'Hij komt wel terug,' zegt Roberto gedecideerd.

'Ik denk het niet,' zegt papa zachtjes.

'Kom op, pap. Het is gewoon een ruzietje tussen geliefden. Dat heeft iedereen wel eens,' voegt Angelo eraan toe, en hij geeft me een knipoog.

'En mocht hij niet terugkomen, dan zal ik daar niet rouwig om zijn,' zegt Exodus, die zichzelf opschept. 'Kijk, mannen zijn net vissen. Wil je een echtgenoot? Dan ga je naar een plek waar een heleboel mannen zijn, je gooit een lijntje uit met wat aas eraan en dan haal je hem binnen. Je kijkt even of het wat is, en als hij niet de beste is die ertussen zit, gooi je hem terug. Gooi Dante DeMartino terug. Jij kunt echt wel beter krijgen.'

'Hij is een goede partij,' protesteert mama.

'Nee, nee, wíj zijn de goede partijen hier in Greenwich Village,' zegt Exodus beslist. 'Alle meisjes willen met ons trouwen. En waarom denkt u dat we zo goed in de markt liggen? Dat zal ik u vertellen. Papa heeft een eigen zaak en is de eigenaar van het pand en wij werken er allemaal. Mensen zien dollartekens. Ze zien hoe gezellig mama het thuis maakt, en plotseling zien ze het licht en denken: dit zou allemaal van mij kunnen zijn.'

'Dat is niet echt een prettige manier om in het leven te staan,' zegt Angelo tegen hem.

'Hij heeft gelijk. En jij,' zegt Roberto, terwijl hij met zijn vork in mijn richting zwaait, 'kunt maar beter accepteren dat het zo werkt.'

'Zussie, luister maar niet naar hem. Wij hebben geen flauw benul waar het in de liefde om draait. We zijn geen van allen getrouwd,' zegt Angelo.

'Dat is omdat jullie het hier te goed hebben!' Mama komt tot leven. 'Het probleem met dit gezin is dat jullie allemaal egoïstisch zijn. Niemand wil water bij de wijn doen.' Ze wijst naar mij.

'Waarom zou ik water bij de wijn moeten doen, mama? Wat bereik ik daarmee? Dat ik hier wegga en vijftien straten verderop voor Claudia DeMartino ga doen wat ik nu voor u doe, met als enig verschil dat ik dan ook nog eens mijn baan moet opgeven? Wat is daar nou het nut van?'

'Trouw dan maar helemaal niet. Ik had van rubber gemaakt moeten zijn, zo buigzaam als ik me hier altijd moet opstellen.'

'Heb ik het leven zo moeilijk voor je gemaakt?' Papa kijkt naar mama.

'Niet gemakkelijk,' zegt mama terug.

'Zie je nou wel? Jou wordt dit bespaard, Lucia. Een leven vol... nou ja, dit!' Angelo lacht.

'Ik vind het prima als Lucia niet gaat trouwen. Ze kan heel goed wassen,' Roberto knipoogt naar me. Mijn broers moeten lachen.

'Weet je, zo grappig ben je niet, hoor. Doe jij maar eens af en toe de afwas en mijn was.'

'Ho, ho, nu sla je een beetje door. We willen niet dat je ongelukkig bent. We bewaken gewoon de familieschat.' Exodus schenkt een glas wijn voor zichzelf in.

'Ik ben helemaal niet de familieschat. Maar jullie zijn een stelletje gorilla's, zoals jullie je gedragen. Jullie vinden alles grappig, hè?'

'Mam, de vloek van Caterina begint te werken,' zegt Roberto.

'Hou je mond!' zegt mama tegen hem.

'Hoe bedoel je?' vraag ik. Ik kijk naar mijn moeder, die mijn broer Roberto een vernietigende blik toewerpt. 'Wat is dat, de vloek van Caterina?'

'Roberto. Die grote mond van jou!' zegt mijn vader.

'Papa. Waar heeft Roberto het over?'

'Niks. Helemaal nergens over.' Mijn moeder schuift haar bord van zich af en leunt achterover in haar stoel.

Exodus plant zijn elleboog op tafel. 'Is ons kleine zusje vervloekt? Is het een Venetiaanse vloek van vaderskant of een Barese van moederskant?'

'Als het een Barese is zal het wel iets met zwaaiende pistolen te maken hebben,' zegt Orlando. Mijn broers moeten weer lachen.

Ik kijk naar papa. 'Waarom hebt u me dat niet verteld?'

'Dat mocht hij niet van mij,' komt mama tussenbeide. 'Soms is het weten van iets al genoeg om het uit te laten komen.'

'Dat is altijd nog beter dan iets achterhouden,' zeg ik.

'Niet per se. Geheimen kunnen heel nuttig zijn. Neem bijvoorbeeld mijn tante Nicolette. Haar ene been was korter dan het andere. Haar verloofde hoefde dat niet te weten voordat ze getrouwd waren, dan zou hij er misschien wel vandoor zijn gegaan. In plaats daarvan zijn ze zevenenvijftig jaar getrouwd geweest.'

'Ja, maar mam, ik ben anders. Ik wil altijd alles weten.'

'Wat maakt het nou uit? Een vloek is een vloek.' Mama neemt een slokje van papa's wijn.

'Het is een Venetiaanse vloek,' zegt mijn vader. 'Het speelde zich lang geleden af, in Godega di Sant'Urbano, op de velden boven Treviso en Venetië, toen mijn broer Enzo en ik nog jongemannen waren van een jaar of twintig. We waren boeren. Godega is een vruchtbare vallei, aan de voet van de Dolomieten, je kon daar in de lente en zomer echt alles verbouwen. Maar we hadden grotere plannen. Als we het graan gingen oogsten en het daarna naar de markt in Treviso brachten, keken we vol bewondering naar de *mercato* die we daar zagen. De markt bestreek een heel blok, op een plein met marktkooplui die fruit, groenten, vis en van alles verkochten. Dus spaarden we wat geld en in 1907 kwamen we aan in Amerika. We wilden onze eigen markt opzetten, precies zoals die, die we gezien hadden in Treviso. Enzo en ik waren een team. Toen we hier aankwamen, werden de kleine supermarktjes hier in Amerika *grocery stores* genoemd, dus gaven wij een Italiaanse draai aan het Engels en noemden onze winkel Groceria. Kort daarop ontmoette ik je moeder bij mijn neef thuis. En Enzo leerde in Little Italy een meisje kennen dat Caterina heette.'

'Papa, we kennen het verhaal over uw broer al.' Ik had geen zin om te luisteren naar papa's verhalen over vroeger. 'We weten dat u niet meer met hem praat. We weten dat hij boer is in Pennsylvania, en we hebben onze neefjes en nichtjes nog nooit gezien, omdat jullie nog steeds boos zijn op elkaar. Wat heeft dit met die vloek te maken?'

'Jullie moeder en jullie tante...'

Mama zegt op luide toon: 'Noem haar geen "tante". Ze verdient geen enkele benaming waar affectie uit spreekt.'

'Mama en Caterina konden het niet zo goed met elkaar vinden.'

'Pap, dat is wel erg zacht uitgedrukt. Ik herinner me de vreselijkste ruzies,' zegt Roberto.

Papa vertelt verder. 'Het was vreselijk. Het veroorzaakte een breuk tussen mij en Enzo, een die we niet meer konden repareren. Dus besloten we dat we maar een einde moesten maken aan onze samenwerking. We zouden een muntje opgooien en de winnaar zou de verliezer uitkopen. De winnaar mocht de delicatessenzaak houden en het pand waar die in gevestigd was, en de verliezer zou het geld in zijn zak steken en New York verlaten.'

Angelo klakt met zijn tong. 'We hadden dus ook een stelletje boerenpummels in Pennsylvania kunnen zijn.'

'Boer is een eerzaam beroep,' corrigeert Exodus hem.

'Toen kwam de dag dat we het muntje zouden opgooien, en jullie moeder was zwanger van Lucia. Dit was in de zomer van 1925. Toen Enzo verloor, begon hij te huilen. Caterina was zo boos dat ze begon te schreeuwen. Dat was het moment waarop ze een vloek over jou uitsprak.' Papa wendt zich tot mij.

'Ik geloof niet in vloeken. Dat is een soort Italiaanse voodoo,' zeg ik tegen hem.

'Wat voor vloek, pap?' vraagt Angelo.

'Ze zei dat Lucia zou sterven aan een gebroken hart.'

'Ik haat dat mens,' mompelt mama.

'Dus jullie geloven echt dat het verbreken van mijn verloving het gevolg is van die vloek?'

'Daar begint het wel op te lijken,' zegt Roberto.

'Wacht eens even! Ík heb de verloving verbroken. Niemand heeft me daartoe gedwongen. Er kwam geen heks met een vergiftigde appel binnen, er zat geen vreemde vogel in het raam, en ik ben ook niet onder een ladder door gelopen, dus vergeet die vloek. Hij slaat nergens op.' Ik wuif met mijn hand en verdrijf daarmee alle hocus pocus.

'Het lijkt er anders wel op dat je weinig geluk hebt met de jongens,' zegt Orlando vriendelijk. 'We hadden eerst die knul van Montini. Ging hij niet terug naar Jersey toen jij hem afwees om vervolgens te dreigen dat hij met zijn auto de zee in zou rijden?'

'Daar kon ik niks aan doen. Hij was gek,' zeg ik gepikeerd.

'En wat is er toch ooit met Roman Talfacci gebeurd?' vraagt Orlando.

'Ik heb hem in elkaar geslagen. Hij had iets onbetamelijks tegen Lucia gezegd, dus dat was mijn schuld,' vertelt Exodus.

We zitten een tijdje zwijgend bij elkaar. Niemand weet wat hij moet zeggen. Mama's kapsel is uit model, en strengen grijs haar hangen als losse snaren langs haar gezicht. Papa laat het laatste bodempje wijn in zijn glas rondwalsen, alsof hij in het geslepen kristal naar antwoorden zoekt. Mijn broers hangen achterover in hun stoel. Misschien vragen ze zich af hoe ze me kunnen beschermen in een wereld vol vloeken en geesten.

De telefoon gaat. Roberto excuseert zich en neemt hem op.

'Het is DeMartino, voor jou,' zegt hij vanuit de deuropening tegen mij.

Mijn moeder kijkt me smekend aan. 'Praat met hem. Het is zo'n aardige jongen.'

Ik loop de keuken in en neem de telefoon van Roberto aan. 'Dante?'

'Ik heb de ring teruggekregen van mijn vader,' zegt Dante.

Ik zeg niks.

'Lucia, ik wil nog steeds met je trouwen. Mama heeft zo'n grote mond. Ze meent de helft niet van wat ze zegt.'

Ik zeg nog steeds niks.

'Lucia, wat is er aan de hand? Heb je soms iemand anders leren kennen?'

'Nee, nee. Dat is het niet.' Hoewel dat ook weer niet helemaal waar is. Ik heb wél een nieuw iemand ontmoet: Dante DeMartino, de brave zoon, zo braaf dat hij een slappeling wordt, een man wiens geluk eruit bestaat zijn ouders te gerieven.

'Ik heb lang op je gewacht, Lucia,' zegt hij zachtjes.

'Ik weet het.' Ik ben me er maar al te zeer van bewust hoe lang ik hem op me heb laten wachten. Soms voel ik me schuldig, maar dan realiseer ik me weer dat volledige overgave iets is voor echtgenotes en niet voor verloofde carrièrevrouwen.

'Ik wil trouwen. Heb je niet het gevoel dat de tijd rijp is?' zegt Dante.

Hoe kan ik hem duidelijk maken dat tijd onbelangrijk lijkt als ik op mijn werk ben? Dat ik dan het gevoel heb dat mijn hele leven voor me ligt, vol opwindende dingen die ik nog kan leren, in een wereld waarin de creatieve mogelijkheden oneindig zijn? Hij zou het toch niet begrijpen. Ik herinner me hoe hij keek toen ik hem vertelde over mijn opslag. Hij was blij voor me, maar hij was niet trots.

'Het spijt me, Dante.'

Dante zucht, alsof hij op het punt staat iets te gaan zeggen, maar hij doet het niet. Hij wenst me een prettige avond en hangt op. We zijn lang met elkaar gegaan, en normaal gesproken waren onze ruzies altijd snel weer over. Maar op de een of andere manier voelt deze ruzie als het einde van onze relatie. Ik veeg met een theedoek mijn voorhoofd af en ga terug naar de eetkamer, waar mijn vader en moeder aan tafel op me wachten. Mijn broers zijn vertrokken.

'Lucia, wat heb je tegen hem gezegd?' Mijn moeder kijkt me hoopvol aan.

'Ik kan er niet mee doorgaan.'

Mama zucht en kijkt papa aan met de meest teleurgestelde blik die ik ooit van haar gezien heb. In haar ogen heb ik gefaald. Ik had een goede man uit een fijne familie uitgekozen en nu heb ik alles verpest. Hoe kan ik haar uitleggen dat liefde me moet inspireren en me niet moet verstikken? Hoe kan ik haar duidelijk maken dat ik niet met Dante kan trouwen, hoeveel ik ook van hem hou, en niet bij zijn familie kan gaan inwonen, omdat ik weet dat ik alleen maar gewaardeerd zal worden om het huishoudelijke werk dat ik doe en de maaltijden die ik klaarmaak? Zo ziet het leven van mijn moeder eruit, en als ik die dingen zou zeggen, zou dat haar alleen maar kwetsen. Het idee dat ik op één avond zo veel mensen ongelukkig maak, maakt me van streek en ik begin te huilen. Ik wil niet dramatisch doen, dus in plaats daarvan ren ik met twee treden tegelijk naar boven.

Als ik in mijn kamer ben, knelt de kraag van de jurk die ik van mevrouw DeMartino heb gekregen plotseling zo erg dat het lijkt of ik stik. Ik ruk hem open, trek alle knopen van het lijfje eraf, en stap uit de jurk. Ik doe mijn badjas aan, ga op bed liggen en kijk omhoog naar de maan die half gekanteld als een zilveren sieraad in de hemel hangt, ver weg, er straalt nauwelijks licht vanaf. Hier op mijn zolderkamer, hoog boven de grond, ben ik Rapunzel, hoewel ik weet dat ik geen prinses ben. Ik stuur de prins weg, zelfs al geloof ik dat ik nooit méér van een man zal houden dan ik van Dante hou. Maar toch hou ik gewoon niet genoeg van hem. Ik pak de telefoon en bel Ruth. De telefoon gaat eindeloos over. Ik hang op wanneer ik me herinner dat ze uit is met Harvey en haar schoonfamilie. Ik hoop dat ze een leukere avond heeft dan ik.

'Ik ben moe,' roep ik als ik hoor dat er op de deur geklopt wordt.

'Ik ben het, je vader.'

Mijn vader komt binnen en gaat op de stoel bij mijn kaptafel zitten, zoals hij zo vaak gedaan heeft als ik verdrietig of teleurgesteld was of iemand verdriet had gedaan. Wat er ook met me aan de hand is, mijn vader weet altijd wat hij moet zeggen.

'Je moeder maakt zich zorgen.'

'Het spijt me, pap.'

'Ik maak me geen zorgen.'

Door wat hij zegt, krijg ik weer hoop. 'Nee?'

'Nee. Je weet wat je doet. Waarom zou je met iemand trouwen als je daar nog niet aan toe bent? Wat kan daar voor goeds uit voortkomen? Ik geloof niet in de oude tradities wanneer het op trouwen aankomt. Toen ik nog een jongetje was werden onze echtgenotes al voor ons uitgekozen voor we zelfs maar wisten wat een echtgenote was. Ik was verloofd met een meisje in Godega. Ik wist dat ik niks met haar wilde, maar mijn vader stond erop dat ik met haar trouwde.'

Ik ga rechtop zitten. 'Ik dacht dat u hier naartoe was gekomen om de winkel te beginnen. Maar u rende ook weg?'

'Dat klopt.'

'Dus u begrijpt me echt!'

'Je moeder denkt dat ik je rare ideeën ingefluisterd heb. Ze vindt dat je te eigengereid bent. Maar ik wil voor jou hetzelfde als ik voor mijn zoons wil: dat je hard werkt en een gelukkig leven zult hebben. Ik hoop dat je zo eigengereid zult blijven. Dat betekent namelijk dat je altijd voor jezelf zult kunnen zorgen.'

'Mama is ouderwets.'

'Haar manier is goed voor haar, maar niet voor jou. Ik heb geprobeerd dat aan haar uit te leggen, maar ze wil er niks van weten. Zij gelooft dat een moeder en dochter hetzelfde moeten zijn.'

'Maar we zijn niet hetzelfde, pap. Ik kan het niet automatisch met mevrouw DeMartino vinden alleen maar omdat dat van me verwacht wordt. Voor mijn gevoel ben ik haar niets verplicht! Hoe durft ze tegen me te zeggen dat ik mijn baan moet opgeven? Alsof zij daar iets over te zeggen heeft. Als zij dat soort dingen al voor me besluit, wat had ik dan nog meer kunnen verwachten? Ik zou doodongelukkig worden als ik met haar op First Avenue zou moeten wonen. Ik wil zo veel meer uit het leven halen. Er zijn een heleboel dingen die ik wil doen.'

'Maar je bent een vróúw, Lucia. Luister naar me. Het is anders voor een vrouw dan voor een man. Zij heeft niks te kiezen. Ze volgt haar hart, en dat bepaalt haar verdere levensloop. Jij houdt van je werk, en dat is heel goed. Maar een goede echtgenote en moeder zijn, dat is iets wat je doet met je hart. Als je dat niet in je voelt, moet je het niet doen. Dan zul je ongelukkig worden, en je kinderen ook. Je ongelukkige man zal zijn geluk buiten de deur gaan zoeken. Hij werkt, hij doet mee in de wereld. Hij kan het geluk buiten zichzelf vinden. Maar een vrouw creëert een thuis, en als zij daar ongelukkig is, lijdt ze en dan lijden haar kinderen met haar mee. Je moeder wilde een groot gezin. Ze had zich al een voorstelling gemaakt van dit huis, met haar keuken en haar kinderen, lang voordat ze mij had leren kennen. Ze wist gewoon dat ze dat wilde, snap je? Ze was elke keer dat ze erachter kwam dat ze in verwachting was, weer blij. Ze wilde er twaalf! Ik heb haar gezegd dat vijf kinderen genoeg is. Het moederschap zat gewoon in haar, net zoals werken in jou zit. Je bent een gelukkige meid omdat je een gelukkige moeder hebt, een moeder die een moeder wil zijn. En ik ben een gelukkige echtgenoot omdat zij een goede echtgenote is. Begrijp je wat ik bedoel?'

'Ja, papa.'

'Mooi, op een dag zul je misschien een man leren kennen voor wie je alles wilt opgeven. En als dat gebeurt zul je een fijn thuis voor hem willen maken. Je merkt het vanzelf als die man voorbijkomt. Dante is het niet, want voor hem wilde je niet alles opofferen.'

'Ik weet het, pap. Ik wilde het niet.'

'En…'

'En wat?'

'En zijn moeder, Claudia, is een *strega*.' Papa zegt dit zo nonchalant dat ik erom moet lachen.

'U hebt gelijk, ze is een heks. Maar ik had haar best aangekund.'

'Dat zeg je nu, maar ik betwijfel het. Ik denk dat de beste leeuwentemmer haar nog niet klein kan krijgen.'

'Eén ding weet ik wel: als ik ooit een man vind die me net zo graag gelukkig wil maken als u, dan mag dat een wonder heten,' zeg ik.

'Misschien ben ik niet de aangewezen persoon om je te zeggen wat je moet doen. Weet je, een schilder moet nooit te dicht bij het doek staan terwijl hij schildert, omdat hij, als hij dat wel doet niet goed meer kan zien wat hij doet. Hetzelfde geldt voor een vader. Ik sta te dicht bij je om werkelijk te zien wie of wat je bent. Als het aan mij lag zou je de rest van je leven bij mij en mama wonen. Maar ik weet dat dat egoïstisch is. Jullie verdienen een eigen leven, Lucia.'

Papa loopt naar de deur en draait zich naar me om. 'Carrièrevrouwen!' Hij doet de deur achter zich dicht.

Ik kijk naar de hand waar de gouden ring met de witte diamant om mijn vinger zat. Wat ziet mijn hand er nu kaal uit! Dit zijn de handen van een naaister, en niet die van een echtgenote, denk ik als ik ze bestudeer. Misschien komt er een moment dat de vloek bij het juiste meisje toeslaat.

3

$\mathcal{D}$e zon schijnt zo fel het naaiatelier in dat Ruth mousseline over het felroze bouclé mantelpakje dat ze aan het afwerken is, heeft gelegd. 'Er is niets erger dan een felroze pakje te bestellen om uiteindelijk met een vaaloranje exemplaar te worden opgezadeld,' zegt ze tegen me.

'Zal ik de rolgordijnen laten zakken?'

'Nee, ik ben bijna klaar. Maar als je wat afleiding zoekt; bij Delmarr zijn de rolgordijnen naar beneden.'

Ik heb Delmarr vanochtend nog maar amper gezien, dus ik klop op de deur van zijn kantoor. Hij geeft geen antwoord, maar ik weet dat hij er is. Ik kan de rook van zijn sigaret ruiken.

'Laat me met rust,' zegt hij.

Ik duw de deur open. 'Gaat het wel goed met je?'

Delmarr zit met zijn voeten op de vensterbank en staart uit over Fifth Avenue. 'Ik ben weer eens belazerd.'

'Wat is er gebeurd?'

'Ik heb de robijnrode avondjurk bij Hilda langsgebracht. Ze had een afspraak met The McGuire Sisters en die hebben om de jurk geloot en er vervolgens nog drie in het rood en drie in het smaragdgroen besteld.'

'Maar dat is geweldig!'

'Voor Hilda Cramer ja, wier naam op het merkje staat. Maar voor mij? Ik krijg zo weinig eer van mijn werk dat ik net zo goed de koerier had kunnen zijn die de jurk kwam afleveren.'

'Op een dag zul je je eigen modemerk hebben.' Ik ga tegenover Delmarr zitten.

'Niet als ik hier blijf.'

Delmarr heeft gelijk: de modeontwerper die al het werk doet, krijgt nooit zelf de waardering. Delmarr werkt voor Hilda Cramer en moet haar orders opvolgen.

Hilda Cramer ziet er precies zo uit als ik me het hoofd van de Couture-afdeling van een groot warenhuis had voorgesteld. Ze loopt tegen de zestig en is lang en mager als een mannequin, wat ze ook ooit geweest is. Ze is nooit fotomodel geworden omdat ze daar het gezicht niet voor heeft. Hilda heeft een hoog voorhoofd, een lange neus en dunne lippen. Haar zwarte haar is in een korte bob geknipt en er lopen witte strepen doorheen. Hilda is zelfverzekerd en heeft een aristocratische uitstraling, die haar het perfecte afdelingshoofd maakt. Ze ziet zichzelf als een tweede Pauline Trigere of Hattie Carmichael of Nettie Rosenstein, een modeontwerpster met een verfijnde elegantie en een Fifth Avenue-stijl, maar wij weten allemaal dat ze sinds de Grote Depressie geen naald en draad meer heeft aangeraakt. Ze is een boegbeeld en ze regeert als een ware keizerin over ons. We kennen inmiddels het klappen van de zweep: dit is de modewereld, dus het draait om de japon en om de naam die op het merkje staat, niet om de getalenteerde ontwerper of om het team dat de jurk in elkaar heeft gezet.

'Ze is al oud, Delmarr.'

'Nog niet oud genoeg. Ik moet nog twintig jaar als haar assistent werken, ook al krijg ik voor een assistent goed betaald. Ze zal nooit met pensioen gaan.'

'Heeft ze je dan tenminste bedankt?'

'Je weet toch dat haar ogen uitpuilen als ze tevreden is? Nou, haar ogen puilden uit, hoor. En daarna rukte ze de jurk uit mijn handen en zei: "Ik ben al laat." En weg was ze. Iemand van de afdeling Retail heeft de order verder afgehandeld.'

Delmarr zwaait zijn benen van de vensterbank en draait rondjes in zijn stoel. 'Hoe hard ik ook mijn best doe of hoe doortrapt ik ook zou zijn, ik bereik toch nooit de top. Hoe lukt het getalenteerde mensen überhaupt om iets te bereiken? Hoe is het Hilda gelukt?'

'Blinde ambitie.'

'Dat is niet genoeg. Het is haar gelukt om de aandacht te trekken van de invloedrijke mensen om haar heen. Hoe doe je dat in godsnaam?'

'Ik heb geen flauw idee.'

'En daarom heb ik de waardeloze functie van hoofdontwerper, terwijl ik in feite alleen maar Hilda Cramers loopjongen ben. Een getalenteerde loopjongen, maar nog steeds niet meer dan een assistent.'

'Ik vind dat je met haar moet gaan praten.'

'En wat moet ik dan zeggen? "Opdonderen, oude taart"?'

'Nee, je zou tegen Hilda moeten zeggen dat je vaker bij gesprekken met klanten wilt zitten, aangezien jij de aanpassingen en veranderingen moet uitvoeren…' Ik deed er het zwijgen toe omdat Delmarrs gezicht net zo wit was geworden als de rol piqué die achter zijn bureau stond.

'Is het werkelijk, juffrouw Sartori?' Hilda Cramers donkere stem klonk vanuit de deuropening. 'Gaat een van de naaisters nu bepalen hoe ik mijn afdeling moet runnen? Het moet niet gekker worden!' Hilda heeft een paar rode schoenen met kralen erop in haar hand. Even ben ik verrast dat ze weet hoe ik heet, maar ik heb het gevoel dat ik moet overgeven en grijp naar mijn maag. Ik kijk naar Delmarr, die is opgestaan, maar zijn ogen dicht heeft. 'Opgehoepeld, Sartori,' beveelt Hilda. Vervolgens draait ze zich naar Delmarr om. 'Ik wil jou even spreken.'

Ik maak me haastig uit de voeten en loop terug naar mijn plaats. Ruth trekt me achter het verkleedscherm. 'Het was te laat om je nog te waarschuwen toen ik haar aan zag komen. Ze is zo geruisloos als een python! Wat zei ze? Heb je trouwens haar pakje gezien? Dat is een Schiaparelli.'

Ik vind het onvoorstelbaar dat Ruth op een moment als dit

nog met mode bezig is. 'Ze gaat Delmarr ontslaan,' fluister ik. 'En daarna mij.'

'Welnee. Wie moet er dan al het werk doen? Weet je hoe lastig het is om goede mensen te vinden? Ze is niet gek. Ze weet dat we dan onze speldenkussens oppakken en bij Bonwit's zitten voordat ze "kruissteek" kan zeggen.'

'Sartori. Kaspian. Ik wil jullie even spreken,' zegt Delmarr vanuit zijn kantoor. Hilda Cramer wringt zich langs hem heen en verdwijnt door de klapdeuren.

'Het spijt me zo,' zeg ik tegen Delmarr. 'Heeft ze me gehoord?'

'Alleen het laatste deel.'

'Ik ben ontslagen, hè?' Ik word bij voorbaat al niet goed bij het idee dat ik mijn baan kwijt ben.

'Nee, dat zit wel goed. Maar mijn god, als je Je Reviens ruikt, is ze in de buurt en houd dan alsjeblíéft je mond.'

'Wat zei ze dan?' vroeg Ruth.

'Nou, we moeten de avondjurken voor The McGuire Sisters in elkaar zetten en dan… moeten we zevenentwintig habijten maken voor de nonnen van het Heilige Hart-klooster in de Bronx.'

'Nee!' Ruth werpt zichzelf in een melodramatisch gebaar tegen de muur. 'Ze wil ons martelen.'

'Inderdaad. De slechtste kwaliteit zwarte wol en wit linnèn.'

'Ze heeft me gehoord en wil ons straffen,' zeg ik vermoeid.

'Nee,' zegt Delmarr, die eerder uitgeput dan troostend klinkt. 'Jullie weten dat deze grond door de Heilige Roomse Kerk aan B. Altman wordt verpacht, dus het minste wat wij kunnen doen is zorgen dat hun toegewijde nonnen er netjes bij lopen.'

'Maar ze heeft het vorig jaar uitbesteed.' Ik kijk Ruth aan. 'Het spijt me, dit is allemaal mijn schuld.'

'Nee, het is nog veel erger,' zegt Delmarr. 'Het is míjn schuld. The McGuire Sisters weten hoe het zit.'

'Ze weten dat jij de jurk ontworpen hebt?' zeg ik stomverbaasd. Geen wonder dat Hilda zo woedend was dat ze met haar blote handen stof in repen had kunnen scheuren. 'Wie heeft het ze verteld?'

'Ik ging na het werk een cocktail drinken bij El Morocco en had de schets van de avondjurk in mijn portfolio. Ik zat aan de bar en een mooi meisje dat daar met wat vrienden was, vroeg wat ik voor werk deed. Dus ik liet haar de schets zien. Het meisje blijkt de kapster van Phyllis McGuire te zijn. Ze heeft Phyllis alles over me verteld, zodat die meteen tegen Hilda zei: 'Ik wil Delmarrs avondjurk zien.'

Ruth en ik kijken elkaar aan en slaken een enthousiast gilletje. Wat een mop! En wat een geluk dat Phyllis McGuire Delmarrs naam had onthouden en bij Hilda naar zijn jurk vroeg.

'Meisjes! Alsjeblieft,' zegt Delmarr, ook al glimlacht hij. 'De habijten zijn Hilda's manier om me mijn plaats te wijzen.'

Ruth en ik gaan terug naar onze werkplek. Ik kijk naar haar en weet dat ze hetzelfde denkt als ik: Hilda Cramer zal Delmarr niet lang meer onder de duim kunnen houden. Hoeveel nonnen in de Bronx er ook nieuwe habijten nodig mochten hebben.

Het is algemeen bekend dat er in een groot gezin altijd wel iemand onder vuur ligt. Maar de aandacht wordt ook altijd weer snel verlegd, dus die persoon zit nooit al te lang in de problemen. Toen ik mijn verloving had verbroken, praatte mama een tijdje niet meer tegen me, maar uiteindelijk ontdooide ze. En nu is het bijna weer zoals vroeger. Het helpt dat de vrouwen in de kerk hun zoons naar voren schuiven als potentiële partners, alsof ze wollen truien zijn en ik alleen maar het beste soort kasjmier hoef te kiezen. Mama hoopt dat ik snel een geschikte echtgenoot vind. Als ik haar hoor huilen in de keuken, ben ik dan ook bang dat dat mijn schuld is.

'Mama, wat is er aan de hand?' vraag ik terwijl ik mijn armen om haar heen sla.

Ze breekt een ei op de rand van een schaal met ricotta en voegt er ook een snufje zout aan toe. 'Ik ben een slechte moeder.' Ze gebaart naar me dat ik langzaam de bloem moet toevoegen, terwijl zij het mengsel, dat pastadeeg moet worden, klutst met een vork.

'Waarom zegt u nou zoiets? Dat is klinkklare onzin.' Ik neem de schaal van mijn moeder over en schud de rest van de bloem erin. Ze strooit wat bloem op een houten plank op het aanrecht en gooit het deeg er vervolgens met kracht op.

'Het is gewoon zo. Roberto gaat trouwen.' Mama kneedt het deeg en doet er steeds wat bloem bij om het steviger te maken.

'Wát zegt u?' Roberto heeft al tijden geen meisjes meegenomen om op zondag te komen eten; hij is zelf ook nergens uitgenodigd en heeft het nooit over een vriendin gehad. 'Mama, weet u dat wel zeker?'

'Heel zeker. Morgen, achter in de Onze-Lieve-Vrouwe van Pompeii.' Mama haalt haar schouders op. Ze kneedt het deeg, rolt het uit en snijdt het vervolgens in lange repen.

'Mijn god, ik kan het niet geloven.' Ik moet even gaan zitten. Mama hoeft niet uit te leggen wat er aan de hand is. Zoals ze in films zeggen: dit is een moetje. Een meisje trouwt niet zonder reden achter in de Onze-Lieve-Vrouwe van Pompeii. 'Met wie?'

'Met Rosemary Lancelatti.' Mama snijdt de lange deegrepen in rechthoekjes.

'Wie is dat?'

'De moeder van zijn ongeboren kind. Hij heeft het vanmorgen aan je vader en mij verteld. We worden verondersteld het gewoon maar te accepteren.' Ze rolt de rechthoekjes met twee vingers tot kleine pijpjes. De *cavatelli* die klaar zijn veegt ze op een hoop. Ik help haar de pasta te rollen. We hebben heel wat middagen samen macaroni gemaakt. Het heeft iets rustgevends: het kneden van het deeg, het rollen van de vormpjes. 'Ik weet niet wat ik ervan moet vinden, Lucia. Ik weet het gewoon niet.'

Er gaat van alles door mijn hoofd. Dit was niet bepaald wat de familie Sartori van de oudste zoon verwacht had. En wat een slecht voorbeeld voor zijn broers, al zijn dat geen kinderen meer. Ze zijn volwassen, maar ze gedragen zich als pubers. Geen van hen is getrouwd. En waarom zouden ze ook? Ze werken in de Groceria, eten thuis, hun zus doet de was, ze kunnen gaan en staan waar ze willen en zo laat thuiskomen als het ze uitkomt. Mama zorgt met dezelfde toewijding voor ze als toen ze nog kinderen waren: ze kookt, poetst en ziet erop toe dat iedereen op zondag naar de kerk gaat. Maar de jongens zijn zo vrij als een vogel; er wordt zelden over hun afspraakjes gesproken. Af en toe vang ik wat op als ik de kamer binnenkom, maar ze houden altijd meteen hun mond als ze me zien. Had Roberto maar wel wat verteld. Misschien was dit dan allemaal niet gebeurd. Dit is een nachtmerrie. Het is 1950. Meisjes weten nu beter – tenminste, de meisjes met wie ik omga.

'Ze heeft hem erin geluisd,' zegt mijn moeder alsof ze mijn gedachten kan lezen.

'O, mama, dat weten we niet. Misschien was het een eenmalig…'

Mijn moeder zet de schaal met een klap op tafel. 'Je broer is veel te goed van vertrouwen. Hoe vaak heb ik hem hier niet voor gewaarschuwd? Er zijn nou eenmaal veel meisjes die graag in een huis als dit zouden wonen.'

'Laten we haar het voordeel van de twijfel geven.'

'Waarom? We weten wat het voor meisje is, Lucia.'

'Soms gebeuren die dingen gewoon.' Ik zou graag met mijn moeder over de wereld buiten Commerce Street nummer 45 praten, met al zijn nieuwe regels en gebruiken, een wereld waarin ontwikkelde mensen hun eigen beslissingen nemen zonder alles eerst met hun pastoor te bespreken. Maar ik weet dat zo'n gesprek niet mogelijk is.

'Gebeuren gewóón! Waar heb je het over? Je broer zou beter

moeten weten. Hij was niet getrouwd, dus het is een zonde! Laat ik niet merken dat jij ooit…'

'Maakt u zich maar geen zorgen, mama.'

Maar ze is zo boos dat ze niet meer naar me luistert. 'Ik schaam me dood. Ik was zo trots op Roberto! Hij was de eerste in de familie die in het leger ging. En hij was zo'n goed voorbeeld voor zijn broers dat Orlando en Angelo zich ook aanmeldden. Zelfs Exodus meldde zich aan toen hij oud genoeg was, omdat hij op Roberto wilde lijken. Je broer heeft nu alles kapotgemaakt.'

'Mama, dat is niet waar. Roberto gaat met haar trouwen.'

Mijn moeder luistert nog steeds niet; ze hoort me gewoon niet omdat ze helemaal opgaat in haar tirade. 'Ik heb zo mijn best gedaan om mijn kinderen normen en waarden bij te brengen, ervoor te zorgen dat ze verstandig zijn en… voorzichtig. Pas op, zei ik tegen je broers. Zorg dat je weet uit wat voor familie een meisje komt. Wat heeft ze voor ouders? Waar komen ze vandaan? Denk erom dat Sicilianen een ander slag zijn, zei ik tegen hem. En wat doet hij? Hij komt een Siciliaanse tegen en maakt haar meteen zwanger!'

'Ik weet zeker dat het niet zijn bedoeling was om de familie te schande te maken, mama.' Ik probeer me ondertussen nuttig te maken en verplaats de cavatelli van de houten plank naar een plaat met bakpapier.

'Het is nu al te laat!' roept ze uit. 'Heel Brooklyn praat erover. Iedereen weet dat je slecht nieuws niet verborgen kunt houden. Dat is net zo onmogelijk als een lijk verstoppen!'

'Mama, het komt wel weer goed.'

'Nee, dat komt het niet. Wat kun je doen om je goede reputatie te herstellen, Lucia? Helemaal niets. Die is voorgoed bezoedeld.' Mama trekt de bestekla open, haalt alle houten en roestvrijstalen lepels eruit en begint ze te herordenen.

'Wat zei papa?' vraag ik.

'Hij moest huilen.' Mama schudt haar hoofd. 'Roberto heeft

je vaders hart gebroken. Daar komt hij nooit meer overheen.'

'Is het in elk geval een aardig meisje?' vraag ik. Maar ik corrigeer mezelf direct. '"Aardig" is niet het goede woord. Is het een geschikt meisje?'

'Hoe kan het een geschikt meisje zijn?'

'Nou ja, misschien is het een lief meisje dat een fout heeft gemaakt.'

'Onmogelijk! Je denkt toch eerst na voordat je zoiets doet!' Mama duwt de bestekla met kracht dicht en gaat aan tafel zitten.

'Komen ze hier wonen?' vraag ik.

'Waar anders?'

De laatste keer dat de familie Sartori naar de Onze-Lieve-Vrouwe van Pompeii-kerk liep was mama in tranen omdat mijn grootmoeder, Angela Sartori, was overleden. Het lijkt wel of we op Roberto's trouwdag net zo verdrietig zijn als toen we Nonna gingen begraven. Het is drie uur 's middags. Een huwelijk als dit wordt op het minst gunstige tijdstip gesloten. Mama maakte ons er al op attent dat Jezus op Goede Vrijdag precies om drie uur aan het kruis hing.

Papa draagt zijn zondagse pak, een marineblauwe regenjas met daaronder een wit overhemd en een donkerblauwe zijden stropdas. Mama heeft haar zwarte begrafenisjapon aan, een eenvoudige strakke rechte jurk met een rij knoopjes aan de achterkant. Ik wilde geen begrafeniskleding aantrekken en draag een licht mantelpakje met een kraag van bloemblaadjes. Het is een herfstpakje van een groene stof met kleine geborduurde gouden blaadjes erop. Mijn schoenen zijn eenvoudige goudkleurige satijnen pumps. In mijn tasje heb ik een kleine orchidee voor mijn moeder, maar ze weigerde hem op haar jurk te spelden.

De naam van de kerk is toepasselijk. Mama is er immers van overtuigd dat de familie verloren is en dat Roberto's lot erger is dan dat van de mensen in Pompeii die levend begraven werden onder de hete lava van de Vesuvius.

Ik ben dol op onze kerk, op de hoek van Carmine en Bleecker midden in een ouderwetse Italiaanse wijk, met het grote kruis erbovenop en de muren van marmer met glimmende gouden aderen, hoge plafonds en heiligenbeelden die uitkijken over de flakkerende kaarsen die door kerkgangers zijn aangestoken. Pastoor Abruzzi had medelijden met papa en had aangeboden om zijn best voor hem te doen. Ik heb gemerkt dat de Kerk opvallend vergevingsgezind kan zijn als het kwaad eenmaal is geschied; ze zijn vooral heel onbuigzaam als de zonde nog niet begaan is.

Ik kijk achter in de kerk of ik Roberto zie, maar hij is nergens te bekennen. Papa, mama, Angelo, Orlando, Exodus en ik staan wat bedremmeld bij de doopvont en wachten af. Mama kijkt strak naar de grond, in de hoop dat ze, als ze weer opkijkt, alles gedroomd blijkt te hebben en we gewoon thuis zijn, plaatjes draaien en *zeppoles* – gefrituurde broodjes met poedersuiker – eten, zoals elke vrijdagavond.

De kerkdeuren gaan open en Roberto komt binnen in een bruin pak. Hij houdt de deuren open voor zijn toekomstige schoonfamilie. De bruid is een tenger meisje van een jaar of negentien en ze draagt haar zwarte haar in een wrong. Ze is mooi, ook al oogt ze onzeker omdat ze op haar lip bijt en naar de vloer kijkt. Ze draagt een lichtgeel mantelpakje (geen idee waar ze dat in deze tijd van het jaar heeft kunnen vinden) en zwarte lakschoenen. Ze heeft een dunne voile voor haar ogen, die aan een haarband vastzit. Haar ouders staan achter haar, in elkaar gedoken als gewonde vogeltjes. En achter hen staat een aantal jonge kinderen. Blijkbaar is Rosemary net als Roberto de oudste thuis. Het jongste meisje is waarschijnlijk een jaar of acht, negen.

'Pap, dit zijn meneer en mevrouw Lancelatti. En dit is Rosemary,' zegt Roberto.

'Aangenaam met u kennis te maken,' zegt Rosemary net iets te hard. Ik merk dat ze bang is.

'Dag,' mompelt mijn moeder. Mijn vader kan alleen een knikje opbrengen.

Pastoor Abruzzi komt door het gangpad naar ons toe lopen met een gebedenboek in zijn hand. Hij vraagt ons hem te volgen naar de sacristie door de ingang achter het altaar. We lopen in een groep achter hem aan, en ik weet zeker dat iedereen die voor het altaar knielt hetzelfde denkt: niet goed genoeg voor het echte altaar. Pastoor Abruzzi is ook niet blij met de situatie. Hij is gesteld op orde, regelmaat en organisatie in zijn parochie, en hij vindt dat een huwelijk zes weken van tevoren in het kerkblaadje moet worden aangekondigd, en dat is in dit geval ook niet gebeurd.

De pastoor heeft zijn zwarte toga aan en niet de prachtige wit-met-gouden die hij normaal gesproken op bruiloften draagt (we worden echt gestraft!). Ik pak mama's hand als hij met het openingsgebed begint. Dit is zo'n moment waarop alleen een dochter haar moeder kan troosten – zonen begrijpen niets van piëteit en kuisheid, zij houden zich met meer aardse zaken bezig – dus als mijn moeder in mijn hand knijpt, voel ik me nuttig in een situatie die in haar ogen hopeloos is.

Meneer en mevrouw Lancelatti worden omringd door de rest van hun kinderen. Ik heb zo'n idee dat ze deze hele toestand voorlopig niet aan hen zullen uitleggen. Angelo schudt afkeurend zijn hoofd. Orlando doet erg zijn best om niet de slappe lach te krijgen in de kerk, iets wat hem sinds zijn jeugd regelmatig overkomt. En Exodus slaat een arm om mijn vader heen in een gebaar dat zegt: maak u geen zorgen, pap, dit is de eerste en laatste keer dat er zoiets gebeurt. Ik help het hem hopen.

Arme papa. Hij kan hier niet met mij over praten omdat we het dan over seksualiteit zullen moeten hebben, een onderwerp waar hij nooit met zijn dochter over zal spreken. Ik weet dat hij er kapot van is, het misschien allemaal nog wel erger vindt dan mijn moeder omdat zij – hoewel ze boos en verdrietig is – een nieuw leven altijd als een wonder beschouwt. En als Rosemary bij ons komt wonen zal het huishoudelijk werk verdeeld worden, dus er zijn positieve punten voor mijn moeder. Maar papa ziet dit als een persoonlijk falen, een overtreding van zijn regels. Hoe vaak heeft hij de jongens niet op het hart gedrukt vrouwen te respecteren? Hoe vaak heeft hij ze hierin niet het goede voorbeeld gegeven? Hoe vaak heeft hij ze niet bestraft om ze te leren respectabele mannen te worden? Dit is een verschrikkelijk einde voor Roberto. Trouwerijen zijn normaal gesproken het begin van een nieuw leven en liefde, maar ik zie dat hier niet. Rosemary is te jong om te beseffen wat er gebeurt, en Roberto, die driftig en onvolwassen is, zal de slechtste echtgenoot zijn die een meisje maar kan treffen.

Ik pink een traan weg met mijn handschoen, en ik moet opeens denken aan de advertentie in het blad van ons warenhuis: 'Naarmate de dagen langer worden, worden haar handschoenen dat ook.' Ik heb altijd geleerd dat een echte dame te herkennen is aan haar handschoenen. Rosemary draagt er geen. Ze omklemt het bescheiden bruidsboeket van gele rozen alsof haar leven ervan afhangt. Ze heeft geen idee wat haar te wachten staat. Ik woon al vijfentwintig jaar met Roberto in één huis. Hij is niet makkelijk. Een vrouw met een humeurige echtgenoot heeft het altijd zwaar. Ik heb het gevoel dat er iemand naar me kijkt en ik zie dat het Rosemary's moeder is. Haar ogen zijn ook vochtig, maar ze kan het opbrengen even naar me te glimlachen. Misschien troost het mama een beetje dat zij niet de enige moeder is die verdriet heeft.

Na de ceremonie nodigt papa ons uit voor een bescheiden receptie in Marinella, een gezellig restaurant in Carmine Street dat van een vriend van hem is. Ik probeer met meneer en mevrouw Lancelatti over koetjes en kalfjes te praten, maar zij zijn duidelijk net zo teleurgesteld in Rosemary als mijn ouders in

Roberto. Rosemary praat tegen Roberto, maar ik zie dat hij niet echt naar haar luistert. Hij kijkt naar papa. Hij heeft nog steeds papa's goedkeuring nodig, maar hij weet dat het lang zal duren voor zijn vader weer vertrouwen in hem heeft.

Na de receptie kleed ik me om in een rok met een trui en trek instappers aan. Papa en mama zijn nog steeds te erg van slag om Rosemary een rondleiding door het huis te kunnen geven. Ik had verwacht dat ze tijdens de receptie wel zouden ontdooien, maar het werd zelfs nog erger. Mama kon er alleen maar aan denken dat haar oudste zoon nooit een échte bruiloft zou hebben, in een grote zaal en met een band. Ik hoop dat Roberto zijn best doet om zijn vrouw een beetje op haar gemak te stellen. Als ik beneden kom, zie ik in de gang een berg bagage staan die van haar moet zijn.

'Rosemary,' roep ik.

'Hier ben ik,' antwoordt ze vanuit de woonkamer. Als ik naar binnen loop, zie ik dat ze alleen op het puntje van de bank zit. Ze heeft nog steeds haar trouwpakje aan en haar voile is afgezakt.

'Wil je je niet even omkleden?' vraag ik.

'Graag, maar ik weet niet waar.'

'Waar is Roberto?'

'Er worden spullen afgeleverd in de winkel.'

'O.' Ik glimlach, maar vanbinnen kook ik. Ik vind het onvoorstelbaar dat mijn broer zijn bruid zo kort na de ceremonie alleen laat. 'Zijn dat jouw spullen daar in de gang?' vraag ik aan haar. Ze knikt. 'Kom, laten we ze naar je kamer brengen.' Ik loop met Rosemary door de eetkamer en laat haar de keuken en de tuin zien, die ze meteen prachtig vindt. 'De woonkamer heb je al gezien. Volg mij maar.' Ik pak een koffer en een doos met spullen op en begin de trap op te lopen. Rosemary wil ook een koffer optillen, maar ik houd haar tegen. 'Nee! Niet tillen!'

Rosemary lacht naar me. 'Dank je.'

'Laat mij het maar regelen. Of anders doet Roberto het wel als hij terug is.'

Ik kijk vanaf de trap op haar neer. Ze ziet er nog fragieler uit dan in de kerk. 'Ik begrijp dat dit moeilijk voor je is,' zeg ik zachtjes. 'Maar het komt allemaal wel goed.' Rosemary zwijgt. Ze sluit haar ogen even en doet zichtbaar moeite om haar tranen te bedwingen. 'We gaan verder met de rondleiding!' zeg ik opgewekt.

'Mag ik Fazool meenemen?'

'Wie is Fazool?'

'Dat is mijn parkiet.' Rosemary haalt een doek van een kleine vogelkooi en de turquoise-met-gele parkiet die erin zit tjirpt als hij haar ziet.

'Dat is Fazool?'

'Zeg Lucia eens gedag,' zegt Rosemary tegen de vogel.

'Mooi meisje! Mooi meisje!' zegt de vogel.

'Nou, dat lijkt me duidelijk. Fazool, je mag blijven,' zeg ik tegen de parkiet, die op en neer wipt op zijn stokje.

Rosemary lacht en loopt achter me aan naar de eerste verdieping. Ik laat haar zien waar de slaapkamer van mijn ouders is aan de achterkant van het huis. De deur is dicht. Vervolgens duw ik met mijn elleboog een andere deur open. 'Hier is het.' Rosemary loopt de kamer in en gaat onmiddellijk naar het raam. Ze kijkt uit over Commerce Street. Ze draait zich om, inspecteert de kamer en is blijkbaar tevreden met wat ze ziet. Het is een ruime kamer met twee bedden die netjes zijn opgemaakt met wit beddengoed; er hangt een grote spiegel en er staat een oude schommelstoel. Mama heeft in de kast ruimte gemaakt voor Rosemary. 'Roberto en Angelo deelden deze kamer, maar we hebben Angelo nu naar boven laten verhuizen, naar de kamer van Orlando. Exodus heeft de kamer hier vlak boven.'

'Waar is jouw kamer?'

'Mijn kamer is helemaal boven. Op zolder dus.'

'Dat is een hele klim,' zegt Rosemary terwijl ze op de rand van een van de bedden gaat zitten.

'Dat vind ik niet erg. Dit is jullie badkamer. Gelukkig hoeven jullie die niet te delen.' Ik laat haar de badkamer zien. 'Hij is niet zo groot, maar hij voldoet.' Mama heeft een stapel schone witte handdoeken op de wastafel gelegd. 'Papa is van plan om het souterrain voor jullie te verbouwen, zodat jullie ook de tuin kunnen gebruiken. Maar alles ging zo snel dat er niet genoeg tijd was om…' Ik hoor mezelf praten en zwijg. 'Nou ja, het zal allemaal niet al te lang duren, denk ik.'

'Dank je wel.'

'Ik hoop dat je je hier thuis zult voelen.'

Rosemary begint te huilen. 'Dat hoop ik ook.'

Ik heb intens medelijden met mijn nieuwe schoonzusje en sla mijn armen om haar heen. 'Niet huilen. Het was een lange dag en je hebt je er goed doorheen geslagen.'

'Dank je wel,' zegt ze nog een keer.

'Ik weet dat het een hele klim is, maar je kunt altijd bij me aankloppen als je iets nodig hebt.'

'Dat zal ik doen.'

'Goed, dan laat ik je nu alleen, zodat je je spullen kunt uitpakken en de kamer kunt inrichten. Op vrijdagavond maken we zeppoles. Dat is altijd heel gezellig. Ik kom je wel roepen als Roberto pas laat thuiskomt.'

'Dat zou ik fijn vinden.' Rosemary snuit haar neus.

Ik trek de deur dicht. Fazool zegt: 'Mooi meisje.' Ik draai me om om de trap op te gaan, maar ik bedenk me en loop in plaats daarvan naar de kamer van mijn ouders en klop op de deur. Ik wacht niet op antwoord, maar duw de deur open. Mama ligt op bed met haar arm voor haar ogen.

'Mama,' fluister ik.

'Ik ben wakker,' zegt ze zonder te bewegen.

'Ik heb Rosemary gevraagd om straks zeppoles met ons te maken.' Mijn moeder reageert niet. 'Mama?'

'Ik hoop dat jij nooit een dag als vandaag hoeft door te maken. De blik op het gezicht van pastoor Abruzzi. Ik kon wel door de grond zakken!' kreunt mijn moeder.

'Pastoor Abruzzi is geen autoriteit op het gebied van huwelijken. Hij heeft zelf niet eens een gezin.'

Mama gaat rechtop zitten. 'Bekritiseer nooit een pastoor.'

'Ik bekritiseer hem niet. Maar hij heeft geen idee wat wij doormaken. Hij heeft geen vier wilde zoons en een dochter opgevoed. Hij weet niet hoe wij leven. En ik vind het trouwens niet erg christelijk om een hele familie te veroordelen omdat één familielid een misstap heeft begaan. Wat is dat voor onzin?'

Mama draait me de rug toe. Een discussie over de Kerk zal ik toch nooit kunnen winnen. Maar ik wil gewoon dat mijn moeder zich iets beter voelt. Ik begrijp dat dit tijd nodig heeft en ik heb nog wat klusjes te doen, dus ik wil al weglopen.

'Lucia? Je hebt gelijk. Maar zeg dat niet tegen je vader.'

Op vrijdag maakt Delmarr bij B. Altman zijn planning. Dat is de dag waarop hij orders toewijst en ons een overzicht geeft van de laatste modetrends. Wij vertellen hem hoe alles ervoor staat en hij past aan de hand daarvan onze werklast aan. Als we de meeste van onze dagelijkse klusjes gedaan hebben – zomen, herstelwerkzaamheden, pasbeurten en kledingstukken in elkaar zetten – neemt hij ons mee om stoffen of versiersels uit te zoeken. Ruth en ik vinden het geweldig als we met hem mee mogen, want hij maakt er echt een uitje van. Hij trakteert ons op een lunch en aan het eind van de dag neemt hij ons altijd mee naar iets bijzonders, bijvoorbeeld naar het Pierre Hotel, om cocktails te drinken.

Vrijdag is ook de dag waarop Maxine Neal van de Boekhouding één keer in de twee weken de salarisstrookjes uitdeelt. Als ze het atelier binnenkomt en me mijn envelop geeft, zegt ze met een grote grijns: 'Gefeliciteerd met je opslag. Je boft maar met zo'n aardige baas.'

Maxine heeft de nieuwe koraalrode lippenstift op die de meisjes op de begane grond aan het demonstreren zijn. Haar huid is donkerbruin, ze is onberispelijk gekleed in een marineblauwe wollen rok met een witte blouse, en haar nagels zijn zoals altijd verzorgd. Voor Ruth en mij is het misschien lastig om hogerop te komen op onze afdeling, maar dat is nog niets vergeleken bij Maxines problemen. Ze heeft economie gestudeerd aan City College maar kon geen baan vinden bij een accountantskantoor in de stad. Haar oom is hoofd Distributie bij B. Altman en heeft haar aanbevolen op de Boekhouding. Ze is te hoog opgeleid voor haar baan, maar ik weet zeker dat ze zichzelf zal bewijzen en promotie gaat maken.

'Waarom kom je niet bij ons in het atelier werken? Hier wordt het echte geld verdiend,' zeg ik tegen haar.

'Ik heb twee linkerhanden als het om naaiwerk gaat, en daarnaast ben ik ook nog kleurenblind. Wil je me hier nog steeds hebben?' Maxine loopt naar Delmarr toe en legt zijn envelop voor hem op de werktafel neer.

'Niet voor naaiwerk. Van z'n leven niet! Maar wel om het geld te tellen,' zegt Delmarr tegen haar, terwijl hij zijn derde kop koffie van die ochtend inschenkt. 'En als we hier vertrekken, ga jij met mij mee, Max. Ik heb iemand nodig die verstand heeft van financiën als ik voor mezelf begin.'

'Je kunt op me rekenen!' zegt Maxine.

'Ik ben blij dat ik niet de enige carrièrevrouw ben die het léúk vindt om te werken,' zeg ik tegen haar.

'O, maar dat is het niet,' zegt Maxine. 'Ik móét wel werken. Als om zes uur 's ochtends de metro vol donkere meisjes zit die richting het centrum gaan, dan is dat niet omdat ze carrière willen maken.' Ze loopt door de klapdeuren om de rest van de salarisstrookjes uit te delen.

Ruth, Violet, Helen en ik verpakken onze lunch meestal in een bruine papieren zak. Als het mooi weer is, wandelen we naar de zuilengangen van de New York Public Library op Forty-second en Fifth, of naar Madison Square Park bij Twenty-third Street. Vandaag ontmoeten we elkaar echter, net als elke vrijdag waarop we betaald krijgen, in de Charleston Garden op de zesde verdieping van B. Altman voor de lunch met personeelskorting en gratis koffie met gebak. Het restaurant heeft een zuidelijke uitstraling, met van het plafond tot aan de grond muurschilderingen van de glooiende groene heuvels in Georgia met hier en daar bloeiende magnolia's.

We zijn met z'n vieren net een club. We noemen onszelf de Flappers, naar de modieuze vrouwen in de jaren twintig die de charleston dansten, omdat we allemaal in 1925 geboren zijn. We zijn al hartsvriendinnen vanaf het moment dat we elkaar zeven jaar geleden leerden kennen op de Katherine Gibbs-secretaresseopleiding. Een opleiding waar ieder meisje in New York heen gaat dat zich na de middelbare school verder wil ontwikkelen en iets relevants op haar cv wil kunnen vermelden. Ik wist al lang dat ik naaister zou worden, dankzij de uitstekende naailessen die ik van mijn oma had gekregen, maar ik had absoluut geen kaas gegeten van administratieve werkzaamheden. De lessen in typen, boekhouden en steno die ik heb gevolgd, maakten me interessant voor B. Altman want daar nemen ze graag meisjes met een brede algemene ontwikkeling aan. Ik werd als eerste aangenomen en toen heb ik een goed woordje gedaan voor Ruth; Ruth heeft Helen aanbevolen en Helen vervolgens Violet.

'Hoe erg was het?' vraagt Helen, die heel nieuwsgierig is naar alle details rondom de bliksembruiloft van Roberto en Rosemary.

'Verschrikkelijk. Arme mama. Ze loopt nog steeds rond alsof ze zich midden in een luchtaanval bevindt.'

'Vind je het gek? Je moeder is zo trots op haar gezin.' Ruth schudt haar hoofd.

'Niet meer. Konden mijn ouders hun gevoel maar een beetje opzijzetten en aardig zijn tegen Rosemary. Dit soort dingen gebeuren nou eenmaal.' Ik prik in mijn sla.

'Ik zou zelfmoord plegen als ik ooit op zo'n manier zou moeten trouwen,' zegt Violet vol overtuiging. 'Ik ben katholiek, en het enige meisje in mijn familie dat ooit móést trouwen was mijn achternichtje Bernadette. Ze moest in de kelder wonen totdat de baby geboren was en daarna mocht ze in de tuin. Maar alleen op vastgestelde tijden.'

'Wat afschuwelijk.' Ruth lepelt de taartvulling uit de korst op haar bord. Ruth zal die pas weer eten nadat ze de laatste pasbeurt voor haar trouwjurk heeft gehad. De korst lijkt nu op een beige schoen. 'Ze had met mij moeten praten. Een jonge vrouw hoeft geen buitenechtelijk kind meer te krijgen. Ze moet naar een dokter gaan en haar plan trekken.'

'Het plan van mijn moeder zou zijn om me te vermoorden,' zegt Violet. 'Zijn je ouders er niet helemaal kapot van?' vraagt ze aan mij.

'Natuurlijk, maar wat kunnen we eraan doen? De baby wordt hoe dan ook geboren. Je kunt Moeder Natuur niet tegenhouden.'

'Vind je haar aardig?' vraagt Violet.

'Ze is nog erg jong.'

'Dat zijn ze altijd,' zegt Helen terwijl ze een trekje neemt van haar sigaret. 'De familie Sartori heeft in korte tijd twee flinke tegenslagen te verduren gekregen. Eerst besluit hun enige dochter dat ze niet met de keurige zoon van de beste bakker in de Village wil trouwen, en vervolgens komt hun oudste zoon thuis met een zwangere bruid. Wat hangt ze nog meer boven het hoofd?'

'Mijn moeder verwacht een sprinkhanenplaag. Ze vindt dat ze gefaald heeft als moeder. Niemand van ons doet wat zij verwacht had. Ik voel me schuldig omdat het allemaal is begonnen met mijn verbroken verloving.'

'Neem maar van mij aan dat jouw verbroken verloving er

niet voor heeft gezorgd dat Rosemary zwanger werd,' zegt Ruth. 'Zo is het toch, Violet?' Violet bloost.

'Je moeder vindt Dante een geweldige partij,' zegt Helen tegen me. 'Hij is bakker, dus je komt niet om van de honger. Hij werkt in het familiebedrijf, net als je broers, zodat jullie iets gemeen hebben. En hij is een Italiaan. Als we iemand voor je zouden verzinnen, zouden we geen perfectere jongen kunnen bedenken. Moet ik verdergaan?' Helen is dol op lijstjes maken en ze heeft graag gelijk. Tijdens deze lunch kan ze zich dus helemaal uitleven.

'Dante is een geweldige partij rond Fourteenth Street ja, maar Lucia kijkt verder dan haar neus lang is,' zegt Ruth om mij te verdedigen.

'Het ligt net iets ingewikkelder...' zeg ik, maar dan zwijg ik. Mijn gezond verstand zegt dat ik gewoon met Dante moet trouwen omdat hij lief voor me is en goed voor me zal zorgen. Maar dat is niet genoeg. Misschien wil ik wel net als Edith Head kostuums maken voor de film, of net als Claire McGardell sportkleding ontwerpen. Maar mijn vriendinnen hebben dit al zo vaak van mij gehoord en ze zijn wat carrière maken betreft net zo bekrompen als mijn moeder.

'Ik kan er niet over uit dat je je ring hebt teruggegeven,' verzucht Violet. 'Het was de witste en mooiste steen die ik ooit heb gezien. Loepzuiver, enkel een heldere, glinsterende diamant.'

'Die diamant kan me niks schelen,' zeg ik, en ik kijk naar mijn hand. Hij ziet eruit als de hand van een pubermeisje met in plaats van een echte diamant een ring met een granaat, mijn geboortesteen.

'Dat zou anders wel moeten,' zegt Ruth beslist. 'Als een man een diamant voor je koopt, investeert hij in je. Het is volkomen onlogisch dat mannen al het geld hebben want ze hebben geen idee wat ze ermee moeten. Ze weten niet wat schoonheid is. Daar komen ze pas achter als een vrouw ze dat vertelt. Ze hebben geen idee hoe ze het leven kunnen veraangenamen. Ze kunnen geen huizen inrichten of lekker eten klaarmaken of zich verrassend en mooi aankleden. Goed, ze zijn dol op hun auto. Waar kun je je geld nog meer aan uitgeven? Een man kan zijn geld toch niet beter besteden dan aan een vrouw die van sieraden houdt?'

'Kon je een man maar gewoon bestellen. Het is zo lastig om een geschikte vent te vinden.' Violet stopt haar zakdoek in de mouw van haar antracietkleurige jasje. Vervolgens strijkt ze haar weerbarstige wenkbrauwen glad. 'Als ik ooit een goede man tegenkom en we worden verliefd, dan zou ik de verloving niet verbreken, zelfs al heeft hij een fysiek gebrek, zoals een klompvoet of zo. Ik zou proberen om zijn beste eigenschap te ontdekken en me daarop focussen. Ik zou al zijn slechte eigenschappen voor lief nemen. Maar ja, mijn moeder denkt dat alle jongens die de moeite waard waren voor hun land zijn gestorven in de Tweede Wereldoorlog.'

'Nou, nu voel ik me een stuk beter.' Ik doe een suikerklontje in mijn ijsthee.

'Ik probeer niet gemeen te zijn, Lucia. Maar je hebt een enorme fout gemaakt,' zegt Violet poeslief. 'Er is niets mis met Dante DeMartino. Ik denk dat je er spijt van zult krijgen.'

'Ach, Violet, hou toch op. Dat is onzin. Ik had het gevoel alsof ik door onzichtbare handen gewurgd werd toen we het over de bruiloft hadden.'

'Die handen waren niet onzichtbaar, die waren van zijn moeder.' Helen neemt kleine slokjes van haar koffie. 'Iedereen wordt toch een beetje claustrofobisch na een verloving? Ik ook. Je moet een hoop opgeven. Godzijdank werk ik nog. Hoe vaak kun je de vier kamers van je appartement poetsen? Dat doe ik op zaterdagochtend in een halfuurtje. Ik heb mijn baan nodig.'

'Je bent echt allesbehalve romantisch,' zegt Violet tegen Helen.

'Goed, nu lijkt het net alsof het eentonig en stomvervelend is om getrouwd te zijn, maar dat is niet zo,' zegt Helen. 'Getrouwd zijn is geweldig. Bill is een fantastische echtgenoot. Maar voordat we gingen trouwen was ik nerveus. Als ik bedacht dat ik met deze man zou gaan samenwonen, kreeg ik daar een beetje de kriebels van. Ik houd ervan om alleen te zijn. Vroeger vond ik het heerlijk om als ik midden in de nacht wakker werd te gaan lezen, en ik dacht dat dat nu niet meer zou kunnen. Ik maakte een lijstje met dingen die ik zou moeten opgeven in ruil voor een echtgenoot. En de lijst met dingen die ik zou verliezen was langer dan die met dingen die ik verwachtte te krijgen. Maar toen ik eenmaal getrouwd was, bleek daar niets van te kloppen. Het is prettig dat hij er is als ik uit mijn werk kom. Ik vind het niet vervelend als hij binnenkomt terwijl ik ergens mee bezig ben. En ik vind het fijn om mijn bed te delen. Sorry, Violet, ik weet dat dat grof klinkt, maar het is waar. Hij neemt me 's nachts in zijn armen als een lappenpop en dat geeft me een veilig gevoel. Ik vind het heerlijk.'

'Ja, maar is zondagavond ook niet heerlijk omdat je weet dat je maandagochtend weer naar je werk gaat?' Niemand reageert op mijn vraag.

Na een tijdje zegt Violet: 'Ik vind het inderdaad fijn om hier te werken. Mijn vorige baan bij die tapijtfabriek, voordat Helen ervoor zorgde dat ik hier kon komen, was vreselijk. Ik kon niet eens mezelf zijn toen ik daar werkte. Ik was Ann Brewster omdat het meisje dat daarvoor bij Karastan werkte ging trouwen en alle klanten boos waren en ergens anders heen gingen toen ze ontslag had genomen. Daarom besloot de baas dat hij, in plaats van al zijn opdrachten te verliezen als zijn werknemers ten huwelijk werden gevraagd, gewoon een naam, een karakter eigenlijk, zou verzinnen die het tapijt ging verkopen. Op deze manier kon meneer Zaran als ik vermoord werd of zou trouwen simpelweg een nieuwe Ann Brewster aannemen. Wat een nachtmerrie! Ik bad elke dag dat ik een man zou tegenkomen om verliefd op te worden en mee te trouwen, zodat ik het kantoor van meneer Zaran zou kunnen binnenstappen en zeggen:

"Zoekt u maar een nieuwe Ann Brewster!" Mijn wens kwam min of meer uit toen Helen vroeg of ik hier als patroonknipster wilde komen werken. Dus misschien ben ik niet zozeer dol op mijn werk hier, maar vind ik deze baan vooral veel prettiger dan de vorige.' Violet zucht.

'Een vriendje hebben is niet te vergelijken met een baan,' houd ik vol. 'Toen mijn schoonouders kwamen eten en mij inspecteerden, vroeg mijn schoonmoeder zich ongetwijfeld af of ik goed kon strijken en zijn vader of ik op zaterdag de kassa zou kunnen bedienen in de bakkerij. Dat kon ik zien. En toen zei een klein stemmetje in mijn hoofd: "Doe het niet. Het kan me niet schelen dat hij op Don Ameche lijkt. Doe het niet! Zo wil jij niet leven!"'

Violet kijkt me ernstig aan. 'Als dat kleine stemmetje eerlijk was geweest, dan had het gezegd: "Lucia Sartori, je bent nu vijfentwintig en het is tijd om te trouwen, want tegen de tijd dat jij bij je positieven komt, zijn er geen mannen meer over."'

'Mijn hemel, Violet, wat ben jij toch een pessimist.' Ruth klopt op mijn rug alsof ik een etalagepop ben. 'Kijk toch eens naar Lucia. Ze zal zonder problemen een leuke man vinden.'

'Praat in elk geval nooit met vreemde mannen op straat,' waarschuwt Violet. 'Mijn zus Betty maakte een keer een praatje met een man die ze tegenkwam en hij nam haar mee de hoek om, sloeg haar neer en stal haar tas.'

Als we nog wat tijd over hebben na de lunch gaan Ruth en ik altijd naar de Woonafdeling en fantaseren over hoe ons leven eruit zou zien als we dat soort designmeubilair zouden hebben, en van die prachtige kunst. Ruth blijft staan bij een eethoek in Lodewijk XVI-stijl die elegant gedekt is voor een diner met een beige tafelkleed en lichtgeel servies met een patroon van kleine blauwe vogeltjes op de rand. 'Dit servies is wel heel chic!' zegt Ruth opgetogen.

'Denk jij dat wijn beter smaakt uit kristallen glazen?' Ik heb een glas in mijn hand en draai het rond in het licht van de kroonluchter die boven de tafel hangt. 'Voor acht dollar per glas mag je dat wel verwachten.' Ik geef zelf antwoord op mijn vraag. 'Ik ben dol op mooie dingen.' Waarom moet ik trouwen om ze te kunnen krijgen?

'Oké, dit wil ik hebben.' Ruth trekt me mee naar de vitrine-kast en wijst naar het uitgestalde porselein. 'Zie je dat servies met die boterbloemen? Royal Crest sterling zilveren bestek…'

'Puur zilver. Kijk maar naar de versiersels.'

'Ma zegt dat het een enorme klus wordt om dat allemaal te poetsen, maar dat maakt me niet uit. En het is trouwens met vierentwintigkaraats goud afgewerkt.'

'Voor iemand die er niet zo naar uitkijkt om mevrouw Goldfarb te worden, ben je wel heel enthousiast over je servies.'

'Ik probeer het van de zonnige kant te bekijken.' Ruth loopt door naar de linnen tafelkleden en servetten, die in een vitrine-kast in de hoek liggen. Ik ben betoverd door een spiegel die van het plafond tot aan de vloer reikt. Boven aan de houten lijst is er een verguld bloemenmandje op aangebracht, met linten die over de rand hangen. Deze spiegel hoort thuis in de hal van een huis op Park Avenue met een zwart-witte marmeren vloer. Heel even zie ik mezelf in de deuropening van zo'n huis staan om mijn gasten te verwelkomen.

'Krijg ik jou erbij als ik die spiegel koop?' zegt een man met precies de juiste hoeveelheid humor in zijn stem.

'Nee, ik hoor bij het servies. Ik ben de beste afwasser in Greenwich Village.'

De man schiet in de lach, dus ik draai me om om te zien bij wie de stem hoort. 'O… dag…' Als ik had gelopen, zou ik zijn gestruikeld, maar ik praat, dus ik begin te stotteren totdat ik eindelijk zo verstandig ben om mijn mond dicht te doen.

'Dag,' zegt hij, terwijl hij naar me kijkt alsof hij precies kan zien wat er in me omgaat. 'Je komt me bekend voor. Werk je hier?'

Ik probeer iets gevats te zeggen, maar ik ben te zeer van mijn stuk gebracht om wat leuks te kunnen verzinnen. Ruth komt achter me staan en antwoordt voor me: 'Op een andere verdieping.'

Ik heb het gevoel alsof de vloer onder me wegzakt. Ik kan mijn ogen niet van hem af houden. Hij is ongeveer een meter negentig. Hij is slank en heeft brede schouders en grote handen. Ik merk zijn handen direct op, omdat zijn manchetten precies op het juiste punt over zijn polsen vallen. Zijn pak van warm grijs tweed is van Europese makelij, dus het zit goed zonder dat de stof ergens kreukelt of trekt, en de broek valt midden op zijn gepoetste donkerrode veterschoenen. Ik ken die schoenen; ze zijn gemaakt van duur Italiaans leer. Ik heb ze op de begane grond zien staan. Zijn overhemd is nieuw en wit, met een brede kraag die met een gouden haakje is vastgezet bij het bovenste knoopje, en zijn stropdas is opvallend en zwart-wit gestreept. Hij draagt zijn zwarte haar in een scheiding en het is keurig gekamd. Hij heeft grijze ogen, precies de kleur van zijn pak, en zijn dichte zwarte wenkbrauwen, glad en netjes, worden aan de uiteinden smaller, zodat ze zijn scherpe gelaatstrekken omlijsten. Zijn kaaklijn is vierkant en krachtig, en tegen de avond zal hij zich ongetwijfeld nog een keer moeten scheren. Maar het is zijn lach waardoor ik in één klap versteen. Zijn witte tanden, met een fractie van een overbeet, maken dat hij een verleidelijke glimlach heeft. Ik heb nog nooit een man als hij gezien, niet in levenden lijve tenminste. En Ruth ook niet. Ik hoor haar babbelen over servies en bestek, maar het klinkt als het lage gebrom van een naaimachine. Hij knikt beleefd en doet alsof hij geïnteresseerd is in wat ze vertelt.

Toen ik klein was, nam papa me mee naar een toneelstuk op Broadway waarin een actrice midden op het podium stond in een drukke straat vol gebouwen en mensen, in een stad die bruiste van het leven. De muziek veranderde en langzaam trok de stad zich terug, stukje bij beetje, muur voor muur, personage voor personage, totdat het meisje alleen was in de duisternis, op de spot aan het plafond na. Ik kan me herinneren dat ze me aan een roze parel op een zwartfluwelen handschoen deed denken.

En zo voel ik me nu ook. De wereld heeft zich teruggetrokken. Er zijn geen displaykasten, paskamers of spiegels meer. Zelfs Ruth is er niet meer. Alleen hij en ik.

'Lucia, we moeten weer aan het werk,' zegt Ruth terwijl ze aan mijn elleboog trekt.

'Natuurlijk, natuurlijk.' Ik kijk op naar de knappe vreemdeling. 'We moeten weer aan het werk.'

'Ik zal jullie niet ophouden,' zegt hij luchtig.

Ruth en ik lopen gearmd naar de roltrap. De knappe man leunt over het halve muurtje als we naar beneden gaan.

'Lucia di Lammermoor. Net als in de opera,' zegt hij lachend.

—

4

Sinds mijn ontmoeting met de knappe vreemdeling, bedenk ik telkens een reden om even op de Woonafdeling te kijken in de hoop een glimp van hem op te vangen. Nu begrijp ik waarom misdadigers teruggaan naar de plek van de misdaad. Ik moet dat spannende moment gewoon herbeleven, het maakt niet uit hoe kort het heeft geduurd. Een prettige bijkomstigheid van mijn nieuwsgierigheid is dat ik al mijn kerstcadeaus op één plek koop. Beddengoed voor mama, leren manchetknoopdoosjes voor mijn broers, een satijnen dekbedovertrek voor Rosemary, en een klein marmeren standbeeldje van Garibaldi te paard voor papa.

Kerst is dit jaar heel anders nu we een nieuw familielid in huis hebben. Wie wil weten wat de Italianen die afkomstig zijn uit Veneto onderscheidt van die uit Napels, waar Rosemary's familie vandaan komt (ze bleek maar half Siciliaans te zijn), ben ik geneigd te zeggen dat het verschil in eerste instantie zichtbaar wordt bij de wijze van kerst vieren. Wij tuigen onze kerstboom de avond voor kerst op, Rosemary's familie versiert die van hen na Thanksgiving. Venetianen vasten op kerstavond en gaan naar een nachtwake. Italianen uit het zuiden houden een banket met zeven verschillende soorten vis die allemaal anders bereid zijn, en gaan op kerstochtend naar de mis. De Venetianen zijn dol op grote dennentakken op de deur, sober en eenvoudig, geen glitters, geen strikken; de Napolitanen versieren de buitenkant van hun huis het liefst net zo overdadig als ze dat binnenshuis doen. Mama's familie komt uit Bari, dus ze zijn daar even dol op versieren als de Zuid-Italianen, hoewel mama zich, uit respect voor papa's achtergrond, altijd aan de Venetiaanse traditie heeft gehouden.

Rosemary's aanwezigheid heeft echter de nodige veranderingen binnen het gezin teweeggebracht, die wel wat verder voeren dan de vraag hoe kerst gevierd moet worden. We moesten even aftasten hoe we haar bij ons gezin zouden betrekken, en zij moest op haar beurt proberen haar eigen plekje te vinden. Hoewel ze nog erg jong is, kan ze goed koken en bakken. Ze heeft ons geleerd hoe je tartufo moet maken, romige bonbons van vanille-ijs met een kleingehakte kers in het midden die in hete chocoladesaus worden gedoopt, waarna ze nog door kokosnootschaafsel worden gerold. Ze zijn zo lekker dat papa en mama al bijna vergeten zijn dat ze met mijn broer 'moest' trouwen. Rosemary heeft me het recept gegeven en zei dat ik het in een doos moest stoppen. 'Ga recepten verzamelen, want de dag dat je getrouwd bent, zul je ze nodig hebben.' In prachtig schoonschrift schreef ze:

Rosemary Sartori's snelle tartufo
(ook wel 'sneeuwballen' genaamd)

Voor 12 bollen tartufo
3 zakjes kokosschaafsel
1 bakje slagroom
$3\frac{1}{2}$ liter vanille-ijs
12 maraschino kersen

Voor de chocoladekorst
1 pond pure chocolade

Smelt de chocola au bain-marie tot een vloeibare massa. Haal de pan van het vuur. Laat het kokosschaafsel in de slagroom weken. Zet even apart. Schep van het ijs bolletjes ter grootte van een honkbal. Doe in elk van de ballen een kers in het midden. Laat de chocoladesaus over de bollen ijs druipen, en rol ze dan door het kokosschaafsel tot ze helemaal

bedekt zijn. Leg ze op een stuk bakpapier en doe ze in de vrie-
zer.

Papa en Roberto hebben ijverig aan het appartement in het
souterrain gewerkt. Het is precies goed voor een jong gezin,
achterin is een nieuwe keuken die naar de tuin leidt, waar de
baby in de zon kan liggen en kan spelen. Ze hopen dat hij helemaal af is voor de baby in maart geboren wordt, maar soms
lijkt het wel of ze alleen maar ruziemaken over allerlei kleinig-
heden, van het type kraan dat ze bij het aanrecht willen tot het
aantal planken dat in de keukenkastjes moet. Roberto hoopt
dat hij het appartement met kerst aan Rosemary kan laten zien
en daarom zijn de mannen elk vrij moment aan het schuren,
timmeren en schilderen.

Kerstmis is papa's minst favoriete feestdag, omdat de Groceria dan volgestouwd is met toeristen en chagrijnige klanten die
allemaal speciale bestellingen komen doen. Mama daarentegen
ziet vol verwachting uit naar de kerst. Toen papa klein was kreeg
hij nooit cadeautjes met Kerstmis. Hij kreeg een klein cadeautje
en wat fruit op 6 januari, met Driekoningen. Bij mama thuis
kregen ze allemaal één bijzonder cadeau en vervolgens maakten
ze een diner voor een gezin dat niet genoeg geld had om zelf een
kerstdiner te organiseren. Op dit moment wordt elke kerstkaart
die binnenkomt opgehangen. Mama heeft een rood lint om de
deurpost van woonkamerdeur gedaan en ze maakt de kaarten
eraan vast. Tegen de tijd dat het kerst is, is de ingang volledig
omlijst met kaarten. Ik zag dat mama ook een kaart van mijn
ex-schoonfamilie heeft opgehangen. Er stond geen persoonlijke boodschap op geschreven, alleen maar een voorbedrukte
tekst binnenin met: GELUKKIGE FEESTDAGEN NAMENS BAKKE-
RIJ DEMARTINO. Dante had me wel een kaart gestuurd met een
handgeschreven briefje erbij waarop stond: *Ik mis je. Liefs, Dante,* die ik naast die van zijn ouders heb opgehangen.

Mama legt een stapeltje kerstplaten van Bing Crosby en

Frank Sinatra op de grammofoon, en draait de kerstliedjes dag en nacht. Het huis is gevuld met de heerlijke geur van anisette, boter en kokos als mama staat te bakken. De bijkeuken staat vol met netjes opgestapelde trommels met zelfgebakken koekjes. We strikken satijnen lintjes om de blikken en laden ze vervolgens in de auto om ze de week voor kerst bij vrienden en kennissen in Manhattan en Brooklyn langs te brengen.

'Lucia, denk je dat het goed is als ik lichtjes voor het raam ophang?' Rosemary vraagt dit terwijl ze ondertussen een bos rode, groene en goudkleurige lampjes voor in de boom uit de knoop staat te halen. De blauwspar die we naar huis gesleept hebben reikt helemaal tot het plafond.

'Normaal doen we dat nooit,' zeg ik, 'maar als je dat graag wilt, vraag ik het wel even aan papa.'

'Laat maar. Ik hoef geen lichtjes.'

'Nee, nee, je maakt deel uit van de familie, dus je moet kerst kunnen vieren op de manier die jij leuk vindt.'

Rosemary begint te huilen.

'Wat is er?' Ik kom snel van de ladder af.

'Ik wil naar huis,' fluistert ze.

Arme Rosemary. Toen ik verloofd was met Dante maakte ik me altijd zorgen over de kerst en hoe ik die dagen zou moeten doorbrengen met Dantes familie in plaats van met mijn eigen familie. Ik zeg dit nu maar even niet tegen Rosemary. In plaats daarvan neem ik mijn schoonzusje mee naar de bank en ga naast haar zitten. 'Maar dit is nu je thuis.' Als Rosemary zich diep in de kussens van de bank laat wegzakken zie ik ineens hoe de baby gegroeid is. Haar buik is groot en rond.

'Niet waar, je vader en moeder kijken naar me alsof ik een *puttana* ben.'

'Dat denken ze helemaal niet,' zeg ik tegen haar, maar ze prikt meteen door mijn leugen heen. Zij en ik kennen de regels, en daar kun je niet omheen.

'Ik heb dezelfde opvoeding gehad als jij,' zegt ze. 'Ik weet wat ze van me verwachtten, en ik heb ze teleurgesteld. Erger nog: ik heb ze beschaamd. Ze kunnen niet blij zijn voor Roberto en mij, omdat we een fout hebben gemaakt. En ik kan ze geen ongelijk geven. Een goede dochter móét niet trouwen, zij wacht tot haar huwelijksnacht. Ik heb dat niet gedaan, en nu moet ik daar de prijs voor betalen. Het is allemaal mijn eigen schuld.'

'Wacht eens even. Het is net zo goed Roberto's verantwoordelijkheid.' Ik hoor de stem van Ruth in mijn hoofd die me vertelt wat wereldwijze meisjes doen. Maar Rosemary is net zo wereldwijs als de kerstverlichting die ze voor het raam wil hangen.

Rosemary verrekt bijna haar nek om zich ervan te verzekeren dat alleen ik versta wat ze gaat zeggen. 'Roberto is een man, en iedereen heeft het altijd al gezegd, en ik heb het nooit geloofd, maar een man wordt zoiets vergeven. Het is altijd de fout van het meisje. Zij is voor altijd gebrandmerkt. "Roberto heeft juist gehandeld," zullen de mensen zeggen. Maar dat zullen ze niet over mij zeggen. Ik kan deze fout nooit meer rechtzetten. Nooit meer. Roberto heeft dat echter al gedaan. Hij is met me getrouwd, dus zijn schuld is ingelost.'

'Hou je van Roberto?' vraag ik.

'Met heel mijn hart.'

'Ik denk – en misschien zal de Heilige Anna morgen zorgen dat ik door een bus word overreden omdat ik dit gedacht heb – dat liefde het grote verschil maakt.' Ik hoop maar dat Rosemary doorheeft dat ik het over het consumeren van de liefde heb en niet gewoon over de liefde die je voelt voor een man. 'Regels zijn regels. Maar ik vind dat, als je met een man gaat trouwen, je best met hem naar bed mag voordat je getrouwd bent. Eén god. Eén man. Wat is daar mis mee?'

'Alles, als je zwanger raakt.' Rosemary zucht.

'Je weet dat ik verloofd was…'

'Dante DeMartino. Er zijn zo veel meisjes in Brooklyn verliefd op hem!' Rosemary draait zich naar me toe. 'Alle moeders sturen hun dochters eropuit om het brood in ontvangst te nemen als hij zijn ronde doet. Ze stroomden hun huizen uit wanneer de bestelwagen van DeMartino de straat in kwam rijden!' Ze wordt weer wat vrolijker nu ze het over haar oude buurtje heeft. 'Hebben Dante en jij…' Rosemary durft het woord niet uit te spreken.

'Gevreeën? Nee. Ik zou wél met hem getrouwd zijn als we dat wel gedaan hadden. Maar ik wist dat we niet voor elkaar bestemd waren.'

'Hoe wist je dat?'

'Ik had altijd het gevoel dat er tijd genoeg was. En ik geloof dat ik, waar het de liefde betreft, een man nodig heb die de tijd zo snel voorbij laat gaan dat ik er geen grip meer op heb.' Ik leg mijn voeten op de salontafel. Ongelooflijk dat ik mijn diepste gevoelens met Rosemary deel. Meestal krijgt alleen Ruth dit soort ontboezemingen te horen. Maar ik merk dat Rosemary deugt, en ik wil bevriend met haar raken, nu ze toch al mijn schoonzusje is.

Ik wil haar bijna iets vertellen over de mysterieuze man die ik gezien heb, die met die lach en die prachtige handen. Naast mijn wandelingetjes in de pauze, wanneer ik kijk of ik hem zie, betrap ik mezelf er ook op dat ik veel aan hem denk. Ik dacht op een gegeven moment dat ik zijn aftershave rook op de benedenverdieping, dus volgde ik een man naar de Herenmode. Toen bleek dat het de mysterieuze man niet was, voelde ik me echt een oen. Ik vertelde het aan Ruth en ze moest zo hard lachen dat ik begreep dat ik inderdaad gek was. Waarom moet ik de hele tijd aan hem denken? En waarom was ik zo snel verslingerd aan hem geraakt? Het ging waarschijnlijk om iets simpels als het gedimde licht van de kroonluchters, of de lederen muurpanelen, of het bekertje pecan-ijs dat ik als toetje op had bij de lunch waardoor ik me verzadigd, beneveld en een beetje lichtzinnig voelde. Misschien kwam het door het decor zelf, de prachtige eetkamer met het glinsterende tafelzilver, het mooie linnen en het breekbare porselein, waardoor ik behoefte had aan een knappe vreemdeling die me bij de hand zou nemen en me met een zwierig gebaar de toekomst in zou leiden. Mijn hele leven had ik op dat soort magnetische aantrekkingskracht gewacht. Maar dat kan ik allemaal niet aan Rosemary vertellen; het klinkt belachelijk.

'We moeten de boom afmaken.' Ik sta op en rek me uit.

'Lucia?'

Ik draai me naar haar om. 'Ja?'

'Ik dacht dat je echt zo'n modepopje was, maar je bent ook maar gewoon een meisje.'

'Modepopje?' Ik schiet in de lach en kijk naar de kleren die ik aanheb, een corduroy broek en papa's oude wollen trui.

'Je bent zo mooi. Je haar glanst altijd. En je kleren, ik heb nog nooit zulke kleren gezien, ja, in de *Charm*. Je ziet er altijd helemaal tiptop uit als je de deur uit gaat, op weg naar iets belangrijks. Ik kijk daartegen op.'

'Rosemary, ik ben geen modepopje. Ik ben naaister. Ik houd van kleren. Ik vind dat een vorm van kunst. Dat is alles.' Ik steek mijn hand uit naar Rosemary en help haar met opstaan.

Papa en Roberto komen uit het nieuwe appartement, waar ze de hele ochtend gewerkt hebben. Ze kletsen even wat met elkaar, zich niet bewust van het feit dat wij er ook zijn. Ik onderbreek hun gesprek. 'Papa, Rosemary zou graag wat lichtjes voor het raam hangen. Vindt u dat goed?'

'Tuurlijk, tuurlijk,' zegt hij zonder Rosemary aan te kijken.

'Zegt u dat dan tegen háár,' zeg ik op rustige toon.

Papa kijkt verward, maar hij weet best wat ik bedoel. Hij heeft niet meer met Rosemary gesproken sinds de huwelijksdag. Ik weet zeker dat hij zich hier bewust van is, maar hij vermijdt elk oogcontact. Misschien denkt hij dat het, als hij maar niet naar haar kijkt, allemaal ook niet gebeurd is. Maar diep vanbinnen heeft papa een goed en groot hart. Ondanks zijn pijn gedraagt hij zich correct ten opzichte van Rosemary; hij stuukt haar muren, voegt de tegels in haar badkamer, en heeft

Roberto opslag gegeven om haar en de baby van een goede toekomst te verzekeren. Maar hij erkent haar niet. Hij is een traditionele man en hij kan wat er gebeurd is niet accepteren.

Nu wendt hij zich naar haar toe. 'Rosemary, je mag lampjes
voor het raam ophangen.' Hij kijkt haar voor het eerst aan sinds
hij met haar kennismaakte in de Onze-Lieve-Vrouwe van
Pompeii-kerk, terwijl ze naast de halfverlichte kerstboom
staan. Hij weet er zelfs een lachje uit te persen.

Rosemary kijkt mijn vader recht aan. 'Dank u wel, meneer
Sartori.' Haar stem hapert, en ze slaat haar blik neer.

Papa wil zich omdraaien en weglopen. Ik pak zijn arm en
trek mijn wenkbrauwen op. Hij kent die blik – mijn moeder
kan ook zo naar hem kijken, een stille manier van iets duidelijk
maken – en hij gehoorzaamt direct.

'Rosemary. Je mag me wel papa noemen.' Het is even stil, en
dan verdwijnt papa de keuken in. Roberto kijkt eerst naar mij
en dan naar zijn vrouw. Hij loopt op Rosemary af en houdt
haar teder vast. Zelfs de temperamentvolle Roberto heeft een
zachte kant; misschien begint hij door te krijgen wat het in-
houdt om een echtgenoot te zijn. Ik kan zien dat mijn broer
echt van zijn vrouw houdt, en dat mama en ik al die weken voor
niks hebben zitten smiespelen, dat we ons voor niks zorgen
hebben gemaakt en voor ze hebben gebeden. Mijn broer en
zijn vrouw hebben echt een band met elkaar, een band die ik op
een dag ook met iemand hoop te hebben. Roberto geeft zijn
zakdoek aan Rosemary, en ze veegt haar tranen weg.

Ik kijk naar Rosemary en bedenk dat ik haar had kunnen
zijn. Ik had in de woonkamer van Claudia DeMartino kunnen
zijn vanavond, smekend of we kerst een beetje op de Sartori-
manier konden vieren door bijvoorbeeld de kerststal bij de
open haard te zetten of kaarsjes op de schoorsteenmantel te
schikken, net zoals we dat hier doen. Ik zou de kerst dan met
onderhandelen hebben doorgebracht alsof het een ingewik-
kelde doolhof betrof in plaats van een feestdag. Ik weet zeker

dat ze me het gevoel zou geven dat ik er niet echt bij hoorde. Maar ik ben blij dat ik niet hoef te trouwen, dat ik dit alles hier niet hoef op te geven. Ik wil hier zijn, met mijn familie.

'Waar zijn de lichtjes, Ro?' vraagt Roberto.

'Hier,' zegt ze, en ze wijst naar een doos die naast de boom staat.

'Laat maar zien waar je ze wilt hebben,' zegt hij liefdevol tegen zijn vrouw.

'Weet je zeker dat ik er goed uitzie?' vraagt mama als ze voor mijn driedelige spiegel staat.

'Goed? Wat dacht u van: "U ziet er geweldig uit"?' Want zo is het. Mijn moeder heeft een prachtig figuur. Ze is lang en breedgeschouderd, en ze heeft prachtige benen. Het is bijna niet te geloven dat ze al over de vijftig is. Hoewel dat niet alleen door haar figuur komt; het komt ook door haar gezicht dat ze er zo beeldschoon uitziet, door haar lach en haar donkere bruine ogen, zacht als sabelbont.

'Dank je wel dat je dit voor me hebt willen maken,' zegt ze. Ruth en ik hebben deze jurk tussen alle opdrachten voor luxe avondjurken voor de high society-dames, die hun vaste rondje kerstparty's moeten aflopen, door gemaakt. Ik heb de fluwelen jurk met blote schouders en de zwierige rok, waardoor zich een lang, slank en erg Parijs aandoend silhouet aftekent, ontworpen. Voor een optimaal effect heeft mama een haarwrong ingedaan en draagt ze een grote in cabochon geslepen doekspeld van nepsaffier met glinsterende Oostenrijkse kristallen die op haar taille gegespt zit. 'Is dit mooi genoeg voor The McGuire Sisters?' zegt ze terwijl ze om haar as draait.

'U moet nog oppassen dat ze u niet het toneel op trekken om de jurk te showen.'

'Ik heb ze op de radio gehoord. Ze waren bij *Katie Smith*. Ze waren geweldig.'

'Nu gaat u ze in levenden lijve ontmoeten.' Ik werp een allerlaatste blik op mijn jurk in de spiegel en zeg tegen mama: 'Papa en Delmarr staan beneden te wachten. Komt u mee?'

Mama slaat haar armen om me heen en kijkt naar onze beeltenis in de spiegel. 'Lucia, dank je wel voor de jurk. En voor alles. Je weet altijd de juiste dingen te zeggen als ik een beetje van streek ben. Je bent een echte vriendin.'

'Mam, daar hoef ik echt geen moeite voor te doen. U bent de leukste vrouw die ik ken.'

'Toen ik je voor het eerst zag, vlak na je geboorte, was je niet blauw en grijs, zoals de jongens, en je had ook geen gezicht dat leek op een beurse appel. Je was mooi vanaf het moment dat je je eerste hap lucht nam. Je was het toppunt van perfectie, en de lijntjes van je oogleden krulden als je sliep alsof je moest glimlachen. Je was rustig en vriendelijk. En ik kon toen al zien dat je later als je groot was een prachtige vrouw zou worden.'

'O, mama.' Als ik zo'n prachtig exemplaar van het vrouwelijk geslacht ben, waarom heb ik dan een platonische afspraak met oud en nieuw?

'Nee, nee, ik meen het. Ik wist dat je me in elk opzicht zou overtroeven, en dat wilde ik ook. Daar heb ik voor gebeden. En nu is het dan zover.'

Ik bedank mama, en vervolgens pakt ze haar handtasje op ten teken dat we gaan. Als ik achter haar de trap af loop, moet ik er onwillekeurig aan denken hoe nauw de familiebanden bij ons zijn. Ik vraag me af of buitenstaanders het vreemd vinden dat ik het leuk vind om met mijn ouders uit te gaan. Misschien zijn er gezinnen waarbij de banden wat losser zijn en waar er meer ruimte is om eerst aan jezelf te denken. Maar zo zijn mijn broers en ik niet grootgebracht. We zijn erg hecht met elkaar. Misschien is dat wel een Italiaans trekje, of wellicht is dat gewoon zo gegroeid bij ons thuis, maar hoe dan ook: we kunnen er niet omheen dat het zo is. Dit gegeven bepaalt mijn leven. Zonder dat ik daaronder lijd trouwens.

Delmarr staat uit papa's makkelijke stoel op en fluit, waar

mama van moet blozen. 'Meneer Sartori, wij zijn de gelukkigste mannen in New York.'

Papa neemt mama in zijn armen en kust haar. 'Dat zijn we zeker.'

'Hé, we hebben nog niks gedronken,' zegt Delmarr grijnzend. Hij kijkt me aan. 'Jij en ik zijn vanavond de chaperonnes van deze twee mensen hier. Geen gerommel op de achterbank. Dat zijn de regels.'

'Jawel, meneer,' zegt papa.

'Ongelooflijk dat Lucia mij heeft meegevraagd voor vanavond. Dat ze mij gekozen heeft uit al die mannen die naar haar hand dingen en briefjes op haar bureau achterlaten en de portiers van B. Altman uithoren. Ik ben me ervan bewust hoe bevoorrecht ik ben.'

'O, Delmarr, ik ben juist degene die zich vereerd voelt,' lach ik.

'Daarom houden we nou zo veel van je: zo mooi en toch zo bescheiden gebleven.' Delmarr pakt mijn hand en doet de deur open. 'Kom, Assepoester, we gaan naar het bal!'

Als we het chiquere deel van New York in rijden, maken de donkere, bochtige straten van Greenwich Village langzaam maar zeker plaats voor de verlichte, brede avenues van het centrum. Hoe blij ik ook ben dat ik deze avond met mijn goede vriend Delmarr doorbreng, toch zou ik nu heel graag verliefd zijn. Dit is het soort avond waar ik altijd van gedroomd heb, en ik weet dat het aan Dante niet echt besteed zou zijn. Hij zou het ook prima hebben gevonden om bij ons voor de deur te toasten op het nieuwe jaar met een fles van papa's grappa in een papieren zak. Ik denk aan de knappe vreemdeling en vraag me af waar hij is en wat hij nu aan het doen is. Zou hij wel eens aan mij denken? Ik sta mezelf toe te denken van wel.

Ze noemen de luifel boven de ingang van het Waldorf-Astoria nog altijd 'de rijtuighalte', zelfs al is het inmiddels jaren geleden dat hier over Park Avenue paard-en-wagens hebben gereden. Delmarr brengt zijn zwarte Buick (hij is al negen jaar oud, maar nog steeds in puike conditie) voor de ingang tot stilstand. Een van de vele portiers rent naar de auto en houdt de deur voor me open. Ik zet mijn voet op het schitterende trottoir dat eruitziet alsof het beton belegd is met stukjes diamant. Delmarr loopt om de auto heen en pakt mijn arm terwijl de portier mama van de achterbank uit de auto helpt.

Mijn ouders komen bij ons op de stoep staan, en ik kijk even of papa's das, die ik hem cadeau heb gegeven, goed zit. Hij is van lichtblauwe zachte zijde en net een beetje breder dan normaal, uitstekend geschikt voor avondkleding. Hij past bij zijn pochet. Ik heb er uren over gedaan om de zoom van zijde op die zakdoek om te slaan, maar dat was het zeker waard. Mama en hij zien er sensationeel uit.

We stromen mee met de massa. Vrouwen in overdadige satijnen avondjurken in de populairste kleuren van het seizoen – gedempte tinten grijs, roze en chocoladebruin – paraderen aan de arm van hun metgezel naar de ingang. De mannen aan hun arm zien er knap uit in hun smokings met gesteven witte overhemden en de takjes groen in hun knoopsgaten. Door het geroezemoes heen klatert gelach. Wanneer we de trap naar de hal beklimmen, komen we langs een strijkkwartet dat onze entree begeleidt. Dit is nou wat de roddelpagina's in de krant *uptown glamour* noemen: op elk detail is gelet, tot en met de atmosfeer aan toe waar de muziek uit opstijgt.

'Kom, feestgangers. Laten we 1951 met een knal inluiden en 1950 met een sisser uitluiden,' zegt Delmarr als we door de vergulde deuren de nachtclub in lopen. De clubruimte is stampvol; om elk klein tafeltje met granieten blad zitten wel acht mensen. In het gedempte, rokerige licht kan ik alleen de brandende puntjes van sigaretten en blote schouders die zich naar hun gesprekspartner toe buigen ontwaren. De geur van gardenia's, oranjebloesems en dikke tabaksslierten vult de ruimte wanneer we naar onze tafel worden geleid. En wat voor een tafel! 'Ringplaatsen' noemt Delmarr het. Papa en hij schuiven voor mama en mij een stoel aan. Wanneer ze zelf zijn gaan zitten leunt Delmarr naar me toe en fluistert: 'Drink maar lekker door, alles is vanavond gratis, met dank aan The McGuire Sisters.' Delmarr is in zo'n goede bui dat het hem nauwelijks wat lijkt te doen dat The McGuire Sisters op het podium staan in zijn jurken, maar dat de pers Hilda Cramer erom zal roemen.

Op het podium neemt een combo plaats dat gaat spelen. De percussionist, een slungelige jongen met een toffeekleurige huid, zwiept zo soepel en snel met zijn brushes over het drumstel dat het net lijkt of hij twee vleugeltjes in zijn handen houdt. 'Die jongens zijn echt geweldig,' zegt Delmarr. 'Normaal gesproken spelen ze altijd in de Village Vanguard.'

'Vlak bij Commerce Street?' vraagt mijn vader.

'Op loopafstand,' zegt Delmarr.

Papa slaat zijn arm om mama heen. Misschien wordt het wel een van zijn goede voornemens om haar een keer mee te nemen naar een jazzclub in de buurt. De ober zet glazen champagne op tafel en laat met een zilveren tang in elk glas een framboos vallen, waardoor er roze gesis opstijgt uit de zandkleurige bubbels. Papa trekt mama dichter naar zich toe en geeft haar een kus op haar oor. Ze zijn nog steeds verliefd, wat op mij overkomt als een wonder. Vanavond voelen ze zich zorgeloos: geen werk, rekeningen of kinderen die hun hoofdpijn bezorgen. Ik voel even een steek in mijn buik als ik bedenk hoe verdrietig ze waren toen ik mijn verloving met Dante verbrak. Welke ouders willen nou niet dat hun dochter een aardige jongeman ontmoet, verliefd op hem wordt en met hem trouwt? Zij willen dat ik het net zo goed heb als zij.

'Als je zo graag mijn date wilt zijn vanavond, mag je wel wat vrolijker kijken. Ik heb niet echt behoefte aan een blok aan mijn been met oud en nieuw.' Delmarr brengt een toost op mij uit.

'Zo beter?' Ik ga rechtop in mijn stoel zitten.

'Je bent het enige meisje hier in de zaal dat goudlamé draagt.'

'Dat is met opzet,' zeg ik tegen hem. Nadat Ruth en ik de stof voor deze jurk hadden geknipt heb ik de rol verborgen onder de staaltjes stof van vorig jaar.

'Je valt absoluut op. Ik heb het gevoel dat ik de stad onveilig maak met Bathseba. Het lijkt wel alsof je in de etalage van warenhuis Macy's staat, zo mooi valt het licht op je.'

'Pardon,' zegt een bekende stem achter me. 'Delmarr, hoe gaat het met jou?'

Ik kijk even op, maar ik zie niks omdat de man in het tegenlicht van de spots op het podium staat. Ik houd mijn hand voor mijn ogen. Mijn droomman van de Woonafdeling! Hij is het! Ik kan mijn ogen niet geloven! Ik heb vandaag zo veel aan hem gedacht dat ik hem hier vast heen gewenst heb.

'Kijk eens aan, als dat de jonge Clark Gable niet is.' Delmarr staat op en schudt zijn hand. 'John Talbot, ik wil je graag voorstellen aan mijn metgezellin van deze avond, Lucia Sartori. En dit zijn haar ouders, meneer en mevrouw Sartori.'

'Leuk u te zien,' John Talbot steekt zijn hand uit, eerst naar mijn moeder, dan naar mijn vader en uiteindelijk schudt hij mij de hand. Als hij me aanraakt krijg ik datzelfde weke gevoel als die keer dat ik zijn aftershave dacht te ruiken. Ik zit te popelen om Ruth te vertellen dat het toch niet allemaal door dat pecan-ijs kwam.

John legt zijn hand op Delmarrs schouder. 'Nou goed, ik kwam alleen even gedag zeggen en je een gelukkig en gezond 1950 toewensen.' Hij lacht en verdwijnt weer in de menigte.

'Oei, oei, wat een knappe man,' zegt mama.

'Waar ken je hem van?' vraagt papa aan Delmarr. O-o, papa voelt blijkbaar nu al nattigheid. Hij heeft echt een zesde zintuig waar het mij betreft.

'Hij is een soort manusje-van-alles. Hij had een keer een restpartij stof van Scalamandre Silk Mills in de aanbieding. Ik heb toen erg plezierig zaken met hem gedaan,' vertelt Delmarr op nogal zakelijke toon aan mijn vader.

Papa en mama praten en drinken weer verder. Delmarr leunt mijn kant op en trekt een wenkbrauw op. 'Ken je hem?'

'Ik zag hem laatst bij ons in het warenhuis.'

'Hij heeft een oogje op je.'

'Denk je?' Als Delmarr eens wist wat dat me deed. *John Talbot.* Eindelijk weet ik dan hoe hij heet. Het is een prachtige naam. Ik zie hem voor me, gegraveerd in een naamplaatje of voor op de gebonden band van een boek. Het is een gewichtige naam. Hij klinkt chic, als de namen van de meisjes die operajassen bestellen voor het openingsconcert van het Filharmonisch Orkest en die in grote huizen aan de Upper East Side wonen.

'Haal je maar niets in je hoofd. Hij is een notoire vrouwenversierder. Ik zie hem op de mooiste plekken met de mooiste meisjes.'

'Maar…'

'Lucia, jij bent niet het type dat tot zijn stal wil behoren. Daar ben je veel te goed voor. Jij bent een helemaal-voor-jezelf-alleen meisje.'

Het licht wordt nog meer gedimd, en het combo zet een ouverture in. Er klinkt tromgeroffel. Op het zwarte podium nemen The McGuire Sisters hun plaats in achter de drie microfoons, de zilveren standaards glimmen in het donker. Ze zingen een van hun zoete close-harmonynummers en het publiek begin keihard te juichen wanneer het licht weer aangaat. Delmarr zegt dat ze steeds beroemder worden; op een dag zullen ze grote sterren zijn. Ik begrijp waarom. Zoals ze daar staan in de spotlights, zijn het adembenemende vrouwen met rood haar, mooie gelaatstrekken en grote donkere ogen. En die figuurtjes!

Papa en mama kijken vol verrukking naar het optreden. En dan te bedenken dat ze gisteravond nog met hun leesbrillen op aan de keukentafel over de rekeningen gebogen zaten, ruziënd welke rekening eerst betaald moest worden. Ze verwennen zichzelf zelden. Mama cijfert zichzelf helemaal weg ten behoeve van de kinderen. Als ik geen modieuze schoenen en kleren voor haar zou meenemen, zou ze jarenlang op dezelfde makkelijke instappers rondlopen. Ze weigert het geld dat ik wil bijdragen aan de huishoudpot, hoewel ik prima verdien. Ze zegt elke keer weer: 'Zet het maar op een spaarrekening.' Ik zal nooit in de buurt komen van de grootmoedigheid van mijn moeder. Ik doe mijn ogen dicht en maak in gedachten een foto. Als ik later oud ben wil ik me mijn ouders herinneren zoals ze nu, op 31 december 1950, zijn.

Delmarr geeft me een por als The McGuire Sisters na het openingsnummer een voor een het podium af lopen. Het licht en de muziek veranderen, en ze komen weer op in Delmarrs robijnrode jurken. (Ik wou dat Ruth erbij was om ons nijvere handwerk te bewonderen.) Na een paar nummers verdwijnen de zusjes achter een scherm en komen weer op, ditmaal in de smaragdgroene versie van Delmarrs jurk. Ze zingen 'We're in the Money'. Papa houdt zijn handen boven zijn hoofd als hij applaudisseert, net als een heleboel andere mensen in het publiek. Delmarr gaat achterover in zijn stoel zitten en zegt: 'Verdomd zeg, wat ben ik goed.'

Dan komt Phyllis McGuire, het jongste zusje van de drie, naar voren. Een man in smoking geeft haar een klok van papier-maché, en ze roept: 'We gaan aftellen naar 1951. Tien, negen, acht...' Het publiek valt in, en als we bij één zijn aanbeland, gaat het publiek helemaal los. Er komen gekleurde ballonnen en zilverkleurige confetti uit de enorme netten die aan het plafond hangen. We zijn allemaal gaan staan; papa kust mama, Delmarr kust mij op de wang en draait me in de rondte. The McGuire Sisters applaudisseren en het publiek juicht. Als ik mijn hoofd schud omdat de confetti als regen naar beneden komt, pakt Delmarr me opnieuw beet, dit keer rond mijn middel en hij laat me achteroverhellen. 'Delmarr, trek me omhoog!' zeg ik lachend. Maar het is Delmarr niet; dit is een kasjmier pak, en het is niet donkerblauw; het is zwart, en de das is niet zoals die van Delmarr mosgroen, maar gemaakt van zilveren jacquardstof. En hoewel ik niet exact weet hoe Delmarrs lippen voelen, weet ik wel zeker dat dit niet de zijne zijn, omdat deze persoon niet ruikt als Delmarr. De nek van deze man ruikt naar muskus en amber, naar kruidige kaneel en verse regen. Het is John Talbot, en ik pas in de holte van zijn nek als een viool.

'Meneer Talbot…' is het enige wat ik weet uit te brengen. We staan neus aan neus en de geluiden om ons heen verdwijnen naar de achtergrond; ik voel de warmte van zijn huid en kijk recht in zijn ogen. Hij kijkt me zo indringend aan dat ik mijn ogen dichtdoe.

'Gelukkig nieuwjaar,' fluistert hij. Hij laat me los en verdwijnt wederom in de menigte.

'Wat was dát?' vraagt Delmarr, die hem nastaart.

Ik geef geen antwoord. Ik ga gewoon weer in mijn stoel zitten.

Papa en mama zitten met het stel aan de tafel naast hen te praten. Ik weet zeker dat ze de zoen niet gezien hebben. Ik breng mijn hand naar mijn lippen opdat ik me altijd zal blijven herinneren hoe ik de eerste seconden van dit nieuwe jaar heb doorgebracht. Ik kijk omhoog naar het podium waar grote cijfers van zilverfolie aan het plafond hangen: 1951.

Ruth en ik zijn na werktijd in het atelier om nog wat knopen aan haar trouwjurk te zetten. Je ziet vanuit het raam één grote zwarte vlek, bestrooid met gele lichtjes, dezelfde combinatie als mijn favoriete applicatie: gitzwarte kralen met kanariegele diamanten. Ruths huwelijk op Valentijnsdag is al over een week en we weten dat de jurk nu echt afgemaakt moet worden. Delmarr was zo vriendelijk om de sleutel bij ons achter te laten, zodat we onszelf via de personeelsuitgang op de begane grond kunnen uitlaten.

Ruth heeft ongeveer dezelfde bouw als Elizabeth Taylor, dus we hebben wat ideeën overgenomen van de jurk die zij droeg in *Father of the Bride* en hebben die samengevoegd met een ontwerp van Vincent Monte-Sano, die onlangs een kleine bruidsshow bij Bonwit Teller's gaf. We voelen ons een klein beetje verraders als we naar de modeshows van andere warenhuizen gaan, maar we kunnen de verleiding niet weerstaan wanneer ergens een ontwerper optreedt die we bewonderen. We kopiëren Monte-Sano's beroemde kraalwerk met kleine zakjes die we op de lagen witte tule aan de onderkant bevestigen. In elk zakje doen we een klein kristal. Wanneer Ruth door het middenpad van de kerk naar de *chuppah* schrijdt, zal ze letterlijk schitteren.

Mijn verjaardag op 5 januari viel net als elk jaar een beetje weg in het zwarte gat na de kerstvakantie, hoewel Rosemary een aardbeientaart voor me had gemaakt en de meisjes me mee uit lunchen hadden genomen in de Charleston Gardens. Op sociaal gebied bevind ik me in bekend vaarwater. Ik heb drie afspraakjes gehad in het nieuwe jaar: een met een collega van de man van Helen Gannon die op de beurs werkt (saai); een ander afspraakje was geregeld door mijn moeders nicht, met een architect uit Florence (mijn Italiaans is verre van perfect, dus we hebben een hoop in stilte zitten knikken); en de derde afspraak was met een vriend van Delmarr met wie hij in dienst had gezeten (een leuke jongen, maar niks voor mij). Ik heb met verscheidene gasten op Ruths verlovingsfeest gedanst, maar bij een dans zal het ook blijven, want geen enkele goede joodse moeder zal haar zoon voorstellen om met een rooms-katholiek meisje uit Commerce Street te trouwen. Of vice versa. En dat is maar beter ook, geen van de mannen die ik heb ontmoet, inclusief de Kaspians en de Goldfarbs, deed mijn hart werkelijk sneller kloppen.

'Waarom bel je Dante DeMartino niet? Zeg tegen hem dat je nog iemand zoekt om met je mee te gaan naar de bruiloft,' oppert Ruth. 'Harvey vond het altijd een leuke kerel. Hij mist onze gezamenlijke uitstapjes.'

'Ik vind het vervelend dat ik Harvey moet teleurstellen, maar Dante zou waarschijnlijk denken dat ik wil dat we weer bij elkaar komen.'

'Wil je dat dan niet? Ook niet een klein beetje?'

'Af en toe wel,' vertel ik naar waarheid.

'Ik wist het wel!'

'Natuurlijk, Ruth. Wanneer ik me verdrietig of eenzaam voel of me dood verveel tijdens een afspraakje, dan moet ik wel aan Dante denken, ja. Maar dan herinner ik mezelf eraan waarom we ook alweer uit elkaar zijn gegaan. Hij zal altijd in die bakkerij blijven werken, en dat is prima, maar dat houdt ook in dat ik altijd bij zijn ouders zal blijven wonen.'

'En dan ben je weer terug bij af.' Ruth zit aan één stuk door spelden in haar speldenkussen te prikken.

'Precies. Dantes leven zou na ons huwelijk precies hetzelfde blijven. We zouden een mis houden en een leuk diner dansant, en daarna zouden we in zijn huis gaan wonen. Ik ga in zijn oude jongenskamertje wonen en moet in zijn bed liggen, waar hij me ongetwijfeld de komende vijftig jaar graag wil houden. Maar hij hoeft niets op te geven. Ik daarentegen zou alles moeten opgeven. De dag dat ik met Dante trouw, moet ik stoppen bij B. Altman & Company; ik zou in dienst worden genomen bij de firma Claudia DeMartino; wassen, koken, schoonmaken en sokken stoppen.'

'Als John Talbot op dit moment binnen zou lopen zou je onmiddellijk je kans grijpen om een afspraakje met hem te maken, hè?'

'Dat gaat toch niet gebeuren.' Ruth zou eens moeten weten hoe vermoeiend het is dat ik de hele tijd aan hem moet denken. Ik wou dat hij me nooit gekust had. Hij heeft me verpest voor alle mannen die eventueel nog na hem komen. Niemand kan die kus evenaren. Delmarr heeft gelijk: knappe, gewilde mannen als John Talbot brengen de hele stad in rep en roer, vervolgens kijken ze op een dag hoe laat het is en besluiten ze dat ze zich willen binden, en als ze dat dan doen, is het met een jonge debutante uit de hogere kringen.

Ik help Ruth in haar jurk voor de allerlaatste pasbeurt. Ze staat op de verhoging waar de modellen altijd op staan en bekijkt zichzelf vanuit elke hoek. Ze lijkt op een ballerina op een muziekdoosje. 'Je bent prachtig,' zeg ik tegen haar.

'Ik vind deze jurk ontzettend mooi. Dank je wel. Je hebt er heel hard aan gewerkt.'

'Ik zei toch dat die open hals met die korte mouwtjes het helemaal af zouden maken.'

'Moet je al die kristallen zien.' Ruth draait langzaam rondjes op de verhoging. 'We moeten op een dag onze eigen winkel beginnen.'

'Dat lijkt me geweldig.' Ik wapper met de tule tot die wat meer van haar lichaam af staat.

'Waarom niet? Er zitten bij mij wel meer carrièrevrouwen in de familie. Mijn eigen moeder werkt samen met mijn vader in de houtzagerij. Als iemand haar vraagt of ze werkt, zegt ze van niet, maar ze is er elke ochtend om negen uur om de boekhouding te doen en de kas op te maken. Zelf zegt ze dan dat ze alleen even bijspringt.'

Terwijl ik de buitenste laag stof gladstrijk, vraag ik: 'Wil Harvey dat je bij hem komt werken?'

Ruth kijkt op me neer. 'Een paar dagen per week. Je weet wel, voor de boekhouding.'

'Maar je bent helemaal geen boekhoudster! Je bent ontwerpster! Je haat wiskunde,' zeg ik tegen haar. 'Ik moet altijd de helft van de rekening betalen omdat jij niet kunt optellen.'

'Ik weet het, ik weet het.' Ruth bestudeert haar jurk in de spiegel.

'O, Ruth. Zie je dan niet wat er aan de hand is? Alles is aan het veranderen.'

'Zo gaan die dingen nou eenmaal, Lucia.'

'Maar zo hoeft het niet te gaan! Ik vind het vreselijk wat er met ons gebeurt, de manier waarop we onze dromen weggooien alsof het allemaal niks voorstelt. We zijn gewoon een stelletje Ann Brewsters: een paar anonieme meisjes dat een aantal jaar werkt om de tijd die ze moeten wachten op hun huwelijk uit te zitten. Vervolgens nemen we ontslag, waarna we meteen worden opgevolgd door de zoveelste groep jonge, gretige meisjes, die allemaal met dezelfde dromen beginnen; maar dan is hun tijd aangebroken en gaan zíj weer trouwen en gooien daarmee hun dromen weer weg. Zo gaat dat maar door. Niemand die blijft en wordt wat ze zich had voorgesteld! En ik vind het echt ongelooflijk dat uitgerekend jij dat niet inziet. Ruth, zodra we trouwen, zijn we alles kwijt.'

'Je maakt me een beetje van streek,' zegt Ruth timide.

'Goed zo! Word maar boos! Ben je niet boos op een wereld waarin je talenten zo weinig op waarde worden geschat? Jij gaat hier straks weg om Harveys boekhouding te doen, wat iedereen kan, en laat werk schieten waar niemand zo goed in is als jij. Denk eens aan al die avonden dat we overgewerkt hebben, niet voor het geld maar omdat onze afdeling de beste is, beter dan die van Bonwit's, Saks, Lord and Taylor's. Wij zijn niet alleen maar naaisters. Jij zou de nieuwe Claire McCardell kunnen worden! Kom op, Ruth.'

'Ik weet niet wat ik moet zeggen. Je dwingt me te kiezen.'

'Ja!' roep ik. Ruth ziet eruit alsof ze op het punt staat in huilen uit te barsten, en niks oogt triester dan een huilende vrouw in een trouwjurk. Ik adem diep in. 'Dat is het enige wat we kunnen. Geloof me, als jij niet kiest, staat er straks een hele rij mensen, te beginnen met Harvey en eindigend met zijn moeder, die voor jou gáán kiezen. Wil je dat dan? Wil je dan alles waarvoor je zo hard gewerkt opgeven, alleen maar om hen gelukkig te maken?'

'Ja, nou, ik kan niet níét met Harvey trouwen. Ik hou van hem.'

'Dat vraag ik ook niet van je. Ik wil dat je bedenkt hoe je je hier nou eigenlijk onder voelt. Denk je er wel eens over na waaróm het voor jou zo makkelijk is om je droom te laten schieten?'

Ik help Ruth uit haar trouwjurk en hang hem voorzichtig om een paspop. Ze geeft geen antwoord op mijn vraag, waarom zou ze ook? Ze zou er alleen maar nog verdrietiger van worden. Ik drapeer schone mousseline over de jurk en druk voorzichtig de randen aan zodat er geen stof bij kan komen. Ruth bergt onze spullen op terwijl ik de luxaflex naar beneden laat en het licht uitdoe. We lopen de roltrap af, die stilstaat als de winkel dicht is, naar de Personeelsafdeling op de begane grond.

'Het spijt me, Ruth.'

'Het geeft niet.'

'Nee, het geeft wel. Ik moet niet zo drammen.'

'Je dramt niet. Het klopt wat je zegt. Je hebt me een hoop stof tot nadenken gegeven.'

Ruth doet de deur open. Een windvlaag duwt de deur naar achteren en hij klapt met een knal tegen de muur. Ruth wenkt me dat ik eerst naar buiten moet gaan. Ze volgt me naar buiten, duwt de deur dicht en controleert of hij goed op slot zit. Het is gaan sneeuwen. Ik steek mijn handen diep in mijn zakken. Ruth knoopt een sjaal om haar nek.

'Sorry dat ik je zo teleurstel, Lucia.'

'Je stelt me nooit teleur. Ik wil gewoon een beetje op je passen.'

Ruth kijkt richting Madison Avenue. 'Het valt niet mee om het iedereen naar de zin te maken, maar ik weet zeker dat het moet kunnen. Ik moet alleen nog uitvinden hoe.'

'Dat gaat je ook wel lukken.' Hoe vertel je je beste vriendin dat er geen manier bestaat om het iedereen naar de zin te maken? Ik heb dat zelf ervaren bij de DeMartino's. Ik word er een beetje verdrietig van dat ik haar gekwetst heb. Ik kan haar vanavond niet zo droevig achterlaten. 'Dank je, Ruth.'

'Waarvoor?'

'Dat je tegen me gezegd hebt dat je graag een winkel met me zou willen beginnen.'

'Ik meende het.'

'Dat weet ik.' Ik omhels haar en draai me dan om richting Fifth Avenue.

'Doe voorzichtig onderweg naar huis!' zegt Ruth tegen me als ze naar de bushalte loopt.

'Dat doe ik,' zeg ik. Ik kijk Fifth Avenue in. Geen bus te zien. De wind is te koud om te blijven staan, en ik kan ook een paar straten verderop op de bus stappen, dus ik ga lopen. Je kunt maar het beste in beweging blijven.

Een deel van de wolkenkrabbers verdwijnt in de dichte mist, en het licht dat op de lagere verdiepingen schijnt werpt een griezelig schijnsel op de dikke wolken die in dikke golven over de stad hangen als spookachtig schuimgebak. Ik duw mijn zwartfluwelen regenhoed met brede rand tot over mijn oren en bind hem met een strik onder mijn kin vast. Ik steek mijn handen met handschoenen weer diep in mijn zakken en loop snel de stad in.

Ik vraag me af wat er van me zal worden. Het is heel lief van Ruth dat ze voorstelt om samen een winkel te beginnen, maar dat zal altijd een droom blijven. Zodra ze getrouwd is, blijft ze nog even werken, vervolgens krijgen Harvey en zij een kind, waarna zij stopt met werken om thuis voor de baby te zorgen. Ik zou eventueel zelf een winkeltje kunnen beginnen. Maar hoe? Ik ben geen zakenvrouw; ik naai. Misschien komt het doordat ik met alleen maar broers ben opgegroeid, maar ik zie de zakenwereld echt als een mannenwereld. Er lopen echter ook vrouwen in rond, vrouwen als Edith Head in Hollywood. Ik las in het tijdschrift *Photoscreen* dat mevrouw Head een man heeft, maar geen kinderen. Er zijn maar weinig vrouwen die werken en daarnaast kinderen hebben. Het moederschap is zonder meer zwaar, maar bijna moeder worden valt ook niet mee. Nu Rosemary's bevalling dichterbij komt, merk ik hoe moeilijk ze het ermee heeft en hoe nerveus ze is geworden. Roberto staat haar vol goede wil, maar hulpeloos bij. Ik weet zeker dat hij diep in zijn hart blij is dat zij dit moet doorstaan en niet hij. Wederom lijkt het erop dat vrouwen al het zware werk moeten doen.

Van alle mannen en vrouwen die ik ken is er maar een op wiens leven ik jaloers ben, en dat is Delmarr. Als hij niet aan het werk is, gaat hij lekker de stad in, en maakt een hoop lol. Hij gaat uit met interessante vrouwen, sommige zijn erg slim, andere heel mooi, weer andere een combinatie van beide, en hij straalt altijd uit dat het leven één groot feest is. Hij vertelt boeiende verhalen over mensen uit de beau monde, over dansfeesten, nachtclubs, snode figuren en kunstenaars – de optelsom van zijn avonturen is zo kleurrijk dat hij zelf af en toe niet kan geloven dat hij het is die zo'n leven leidt. Wat lijkt dat me geweldig, tevreden zijn en je toch nog over van alles kunnen verbazen.

Ik steek het grote kruispunt bij Madison Square Park over en loop verder over Fifth Avenue. Het lijkt nog kouder te worden en de sneeuw is overgegaan in hagel die tegen mijn gezicht striemt als kleine zweepslagen. Ik besluit een taxi te nemen. Bussen en auto's suizen voorbij, maar er is geen taxi te zien. Als ik er uiteindelijk een zie, zit er al iemand in – zonder twijfel afkomstig uit de betere buurten waar de taxi's volstromen bij het eerste drupje regen. Ik wil het net opgeven en verder lopen als er naast me een auto stopt en het raampje naar beneden wordt gedraaid.

'Lucia! Ik ben het, John Talbot,' zegt hij, over de passagiersstoel van zijn Packard uit 1950 gebogen. De auto is glimmend donkerblauw, met beige en rode accenten op de treeplank. Ik herinner me dit model nog precies uit de catalogus die Exodus me liet zien. Mijn broer zou heel graag zo'n auto willen hebben, maar ze worden alleen op bestelling gemaakt en kosten nogal wat. 'Wil je een lift?'

Ik loop in gedachten snel het rijtje veiligheidsvoorschriften voor ongehuwde meisjes die alleen op straat lopen na. Ik gooi alle regels overboord wanneer ik bedenk dat ik door Delmarr aan John Talbot ben voorgesteld. Misschien heeft deze kerel inderdaad een hele hoop vriendinnen, maar hij heeft ook een auto op het moment dat er een storm lijkt los te barsten. 'Vind je dat niet vervelend?'

'Helemaal niet.'

'Blijf zitten,' zeg ik tegen hem als hij aanstalten maakt zijn portier open te doen midden in het drukke verkeer om het portier aan mijn kant voor me open te houden. Ik spring in de auto.

'Ik moet eens een hartig woordje met Delmarr spreken. Hij haalt zich nogal wat in zijn hoofd om jou tot zo laat te laten doorwerken.'

'Dat is niet zijn schuld. Ik heb mijn vriendin Ruth geholpen met haar trouwjurk.' Ik strijk mijn rok glad en zie dat de bekleding van de autostoelen is gemaakt van het mooiste leer. Het is binnen in de auto netjes en schoon. Dit is het type man dat erg zuinig is op zijn spullen.

'Jij maakt nogal wat trouwjurken, hè?' vraagt John, die soepel in de stroom auto's invoegt.

'Ik doe niet anders.'

'Is het leuk werk?'

'Nou ja, je begrijpt vast wel dat er nogal wat tijd en energie in een trouwjurk gaan zitten, omdat een vrouw op haar allermooist wil zijn voor de man die haar heeft uitverkoren. Maar wanneer die vrouwen dan bij ons komen om zich van hun allerbeste kant te laten zien, veranderen ze in… Tja, eerlijk gezegd veranderen ze op zo'n moment in vuurspuwende monsters.'

John moet lachen. 'Maar ze zien er altijd zo lief uit in de krant, met hun tiara's en sluiers.'

Dat is boeiend. John Talbot leest net als Ruth en ik de roddelrubrieken. Ik denk niet dat het hem om de laatste mode te doen is; misschien wil hij gewoon even kijken welke namen hij uit zijn zwarte notitieblokje moet schrappen. 'O ja, we steken er aardig wat tijd in om de wilde dieren te temmen. Soms vraag ik me af of de bruidegom die kant van zijn verloofde wel kent.'

'Waarschijnlijk niet. Jullie dames kunnen ons aardig in de luren leggen. Wij doen toch wel alles voor jullie.'

'Ik zou zeggen: je krijgt wat je verdient,' zeg ik tegen hem.

'Heb jij een vriend?' vraagt John vriendelijk.

'Maakt jou dat iets uit? Je kuste me met oud en nieuw alsof je me al mijn hele leven kende.' Ongelooflijk dat ik terugkom op die kus. Ik heb er meteen spijt van.

'Ik weet het. Daarvoor wilde ik je nog mijn excuses aanbieden,' zegt John oprecht. 'Ik heb me niet echt als een heer gedragen, hoewel ik je kan verzekeren dat ik er zonder meer een ben. Ik liet me even meeslepen. Die goudkleurige jurk was me ook nogal wat.'

'Dank je.' Ik ben alsnog blij dat ik die rol lamé in het magazijn had verstopt.

We rijden een paar straten door zonder wat te zeggen. Ik probeer verwoed te bedenken hoe ik het gesprek weer op gang kan krijgen. 'Delmarr vertelde me dat je stoffen verkoopt.'

'Dat is een van de vele dingen die ik doe.'

'Waar haal je de tijd vandaan om meer dan één ding te doen?'

'Het zal wel komen doordat ik jong ben en een heleboel dingen wil uitproberen voor ik me tot één carrière beperk.'

Dit is een veeg teken, denk ik bij mezelf. Als hij zich in zijn werk al niet wil binden, waarom zou hij zich dan wel binden aan een vrouw?

'Maar uiteindelijk zal ik me heus wel beperken tot één ding,' zegt hij alsof hij mijn gedachten kan lezen.

Ik adem voorzichtig uit. Goed. Hij is geen flapdrol, hij is een flexibele geest. 'O, je moet hier rechts afslaan, Commerce Street in.'

John mist de afslag en rijdt door over Seventh Avenue South. 'Sorry,' zegt hij, zonder het te menen.

'Nu moet je helemaal omrijden om me naar huis te brengen.'

'Dat was wel het idee, ja,' zegt hij vrolijk. 'Ik vind het gezellig om met je te praten. Ik dien een verzoek tot uitstel in. Is dat goed?'

'Ik zit de hele dag over een naaimachine gebogen, dus je moet me alles duidelijk uitleggen.'

'Dat is goed. Ik zal duidelijk tegen je zijn: ik wil graag meer tijd met je doorbrengen.'

'Je kent me niet eens.'

'Ik kan zien wie je bent.'

'Wist je dat er bij mijn geboorte een vloek over me uitgesproken is?' vraag ik. John moet lachen. 'Ja, echt waar. En mijn moeder, de schat, dacht dat ik de dans ontsprongen was omdat ik bij mijn geboorte geen moedervlek op mijn gezicht had, dat was namelijk haar grootste angst. Maar ik denk dat een vloek net zo werkt als een giftige damp: je wordt er niet meteen door getroffen zodra hij losgelaten wordt, maar hij sluimert wel in je rond. En op een dag wordt het je dood. Ken je Italianen?'

'Natuurlijk.'

'Heb je er ooit een ontmoet die een vloek met zich meedroeg?'

'Jij bent de eerste.'

'En het schrikt je niet af?'

'Helemaal niet.'

Ik wijs naar de straat waar ik woon. 'Goed, daar is het. Deze keer kun je niet verkeerd rijden.'

John trapt op de rem en slaat Commerce Street in. Er staat één paar voetstappen in de verse sneeuw op het trottoir. Ik wijs ernaar. 'Als het sneeuwt ga ik altijd achter het raam zitten om te kijken hoe de vlokken neerdwarrelen. En als ik dan de eerste voetafdrukken in de sneeuw zie moet ik altijd denken aan de voetjes in de danspasschema's van de Arthur Murray Studio.'

'Dus je danst?'

'Ik ben dol op dansen.' Ik vertel maar niet aan John dat ik mijn broertje Angelo altijd een stuiver gaf om met me te dansen.

'Dan gaan wij een keer dansen.'

'Dat lijkt me leuk.' Ik wijs mijn huis aan. 'Het is nummer 45.' John stopt voor de deur. 'Wacht, ik loop even om,' zegt hij. 'Het zit me niet lekker dat ik daarnet het portier niet voor je heb opengehouden.' Goede manieren, denk ik als hij om de auto heen loopt en het portier voor me opent. De sneeuwvlokken in zijn haar doen me denken aan de confetti op het oud- en nieuwfeest, de avond dat hij me kuste.

'Waar is je hoed?' wil ik weten.

'Achterin.'

'Je moet hem maar even pakken,' zeg ik tegen hem, en ik duw de rand van mijn eigen hoed over mijn ogen. John doet het achterportier open en haalt zijn hoed tevoorschijn. Hij zet hem op, pakt me vervolgens bij de arm en loopt met me mee naar de voordeur.

We staan daar even en kijken elkaar aan, niet zo lang dat we als vanzelf gaan zoenen, maar lang genoeg om te weten dat we dat wel willen. Nu hij me een beetje kent, weet hij dat ik niet het type meisje ben dat je meeneemt naar een nachtclub om haar vervolgens ongevraagd op de mond te kussen. Maar hij is ook niet het type man dat vrouwen meeneemt naar een nachtclub om ze daar ongevraagd zomaar een beetje te zoenen.

'Nou, nog een prettige avond, Lucia.' John geeft een tikje tegen zijn hoed.

'Ja, jij ook nog een prettige avond, John. Dank je voor de lift.' Ik doe de voordeur open en haal als ik eenmaal binnen ben, diep adem. Ik word doodmoe van John Talbot, maar op een fijne manier. Dit is geen man bij wie ik me op mijn gemak voel. Hij is een man door wie ik op mijn tenen ga lopen. Het is elke keer een verrassing wat hij gaat doen.

Het huis is gevuld met de welbekende geur van pruttelende tomaten en basilicum. Ik loop de trap op om boven een gemakkelijke broek en papa's oude trui aan te doen. Ik heb zin in een heerlijk bord penne zoals mama die maakt en dan wil ik me lekker voor de haard installeren met een glaasje van papa's grappa en aan John Talbot denken.

5

*T*oen papa klaar was met de verbouwing van het souterrain voor Roberto en Rosemary, ging hij in mama's keuken aan de slag. De muren werden behangen met fris rood-wit gestreept behang en hij installeerde gloednieuwe witte emaillen apparatuur, waaronder een modern gasstel met vier pitten en een grill. Het inspireerde me om mijn kamer ook een metamorfose te geven.

Als ik Delmarr vertel dat ik mijn kamer wil opknappen neemt hij me mee naar D&D op Madison Avenue, waar hij me de bijzonderste verzameling behang ter wereld laat zien: Engelse ontwerpen van Colefax & Fowler, Franse creaties van Pierre Frey en felle Amerikaanse dessins van Rose Cummings. Daarna gaan we terug naar de Woonafdeling van B. Altman en we vinden daar een staaltje van Schumacher met gele pioenrozen op trellis tegen een hemelsblauwe lucht. Delmarr vertelt dat B. Altman de opdracht heeft gekregen om het Witte Huis in te richten voor president Harry Truman en zijn vrouw Bess. Een vriend van Delmarr, Charles Haight, die met hem op de Inpakafdeling heeft gewerkt, is de hoofdontwerper. 'Als het goed genoeg is voor Bess, is het ook goed genoeg voor jou,' zegt Delmarr.

Als ik thuis ben, schuif ik al mijn meubels naar het midden van de kamer en zet de ramen open voor wat frisse lucht. Ik ben er het grootste deel van de ochtend mee bezig het behang op maat te knippen. Het is lastig aan te brengen, dus ik heb voor de zekerheid drie extra rollen gekocht. Als ik de lijm in een bak giet, wordt er op de deur geklopt.

'Voorzichtig!' roep ik.

Ruth duwt de deur open. 'Hoi. Je moeder zei dat je hier was.'

'En hoe.' Ik leg de roller en de spons neer.

'Heb je hulp nodig?'

'Wat doe jij nou hier? Je gaat volgende week trouwen.'

'Ik voel me prima, maar ik heb een beetje afleiding nodig.'

'Ga dan daar maar zitten toekijken.'

'Van stilzitten word ik gek. Ik wil je helpen.'

'Weet je het zeker?' Ruth knikt. Ik laat haar zien wat ik van plan ben en wijs naar een plek op de muur. 'Hier ga ik beginnen.' Ik geef haar een rol behang om glad te strijken. Ze legt hem op de grond en als een echte naaister zet ze potloodstreepjes op de muur die overeenkomen met de markeringen op het behang.

'Je hebt de muren al gladgemaakt, zie ik.' Ruth strijkt goedkeurend met haar hand over de wand.

'Ja.' En vervolgens gaan we net als in het atelier rustig onze eigen gang. Of we nou aan het behangen zijn, een pasbeurt doen of de tafel dekken voor het eten dat we besteld hebben als we overwerken, we werken altijd zo efficiënt mogelijk. Het lijkt wel alsof we weten wat de ander denkt en anticiperen op elkaar. Zo bereiken we samen het beoogde eindresultaat. Zo hoort volgens mij een goed huwelijk te zijn. Terwijl we zo samen aan het werk zijn, voel ik me een beetje schuldig. Ik weet dat ik mijn beste vriendin hard heb aangepakt.

'Ruth, het spijt me van gisteren.'

'Nee, je hoeft je niet te verontschuldigen. Je was eerlijk tegen me. En ik denk dat je gelijk hebt.' Ruth pakt de liniaal en knipt het behang op maat voor de plint. Ik houd de baan vast terwijl zij hem gladstrijkt.

'Ik had niet zo tekeer moeten gaan.'

'Je bent nou eenmaal een Italiaanse, dus je gaat tekeer. Het geeft niet.'

Ik smeer de achterkant van de baan nauwgezet in met lijm.

Ruth helpt me om hem aan de hoeken op te pakken; we lopen ermee naar de muur, zoeken de juiste positie en strijken het behang weer glad met de liniaal. We doen een stap naar achteren om het resultaat te bekijken.

'Dit is de manier.' Ruth glimlacht. 'Goede keus. Ik vind het mooi.'

De kleuren, de sfeer en het dessin passen bij de kamer. Het behang geeft hem precies de juiste uitstraling. 'Ik ook.'

'Vraag jij je wel eens af hoe we dat weten?' Ruth tekent de volgende baan af met potlood. 'Hoe weten we wat werkt? Met dit behang bijvoorbeeld. Je hebt precies het juiste dessin gekozen voor deze muur, deze kamer. Hoe wíst je dat? De rijke meisjes die een jurk komen passen zijn altijd… perplex. Ze hebben geen idee welke kleur hun goed staat of welk model hun figuur het beste doet uitkomen. Ze willen alleen zien wat andere klanten laten maken, zodat ze hen kunnen na-apen. Ze hebben geen originele ideeën.'

'Daar betalen ze ons toch voor? Wij moeten hun vertellen wat mooi is. Misschien heeft God hun daarom het geld gegeven en ons het talent. Het is simpelweg het principe van vraag en aanbod,' zeg ik tegen haar.

Ruth helpt me met een tweede baan behang aanbrengen. 'Harveys neef Jack komt over uit Californië voor de bruiloft. Hij is vrijgezel en hij heeft geen gezelschapsdame…'

'Ruth, ik zal zeker met hem dansen, maar ik heb al een afspraak. Ik heb Delmarr gevraagd.'

'Aha.'

'En ik heb trouwens aanbidders genoeg. Er kan er niet nog een bij. John Talbot heeft me gisteravond een lift gegeven in zijn Packard.'

'Wat?!'

'Yep. Hij heeft me naar huis gebracht en me bijna gekust.' Ik kijk naar Ruth en glimlach. 'En de volgende keer zal het niet bij bijna blijven.'

Mama heeft aan Ruth gevraagd of ze wil blijven eten, aangezien het niet meer dan logisch is dat je een vrijwilliger een maaltijd voorzet, maar ze heeft een afspraak met Harvey. Ze loopt een feestmaal mis. Mama heeft papa's favoriete Venetiaanse gerecht gemaakt: een stevige vissoep volgens het recept van zijn tante uit Godega. Rosemary heeft mama geholpen en heeft het recept voor haar verzameling opgeschreven (en voor die van mij).

Viola Perins Brodetto

Voor 8 personen

1 pond gepelde garnalen
1 pond kreeftenstaart, in stukken
1 pond tong, in stukken
1 verse citroen
60 ml olijfolie
1 grote zoete ui, in ringen gesneden
3 teentjes knoflook, gehakt
6 verse tomaten, in stukken
60 ml balsamicoazijn
2 l water
¾ l rode wijn
3 eetl. verse peterselie, gehakt
zout en peper

Bereid de vis en sprenkel er wat citroen overheen. Fruit de ui in een grote pan in de olijfolie met de knoflook, tomaten en balsamicoazijn. Voeg het water en de wijn toe. Goed doorroeren. Voeg de vis en de peterselie toe. Zout en peper naar smaak. Laat het mengsel 40 minuten op middelhoog vuur pruttelen, of totdat de vis gaar is. Zet soepkommen klaar met dunne sneetjes geroosterd Italiaans brood erin. Schenk de soep over het brood en dien hem op.

Rosemary en ik helpen mama de kommen vissoep klaar te zetten. Mama pakt een schaar en knipt een bosje basilicum van de plant die op de vensterbank staat. Ze haalt de blaadjes eraf, knipt strengetjes van de takjes en garneert de soepkommen met de basilicum.

'Maria,' roept papa vanuit de woonkamer. 'Maria, *presto*!'

Mama gooit de keukenhanddoek neer en snelt naar de woonkamer. Rosemary en ik lopen achter haar aan. Roberto, Orlando, Angelo en Exodus glimlachen ondeugend. Mama kijkt hen aan. 'Wat is er?' vraagt ze. Papa tilt haar op en draait haar in de rondte. 'Antonio, laat me los. Denk om je rug!'

'Je zult het niet geloven,' zegt papa terwijl hij haar gezicht keer op keer kust.

'Wat? Wat zal ik niet kunnen geloven?'

'Zio Antonio heeft ons zijn landgoed in Godega nagelaten. Míjn landgoed. De boerderij waar ik geboren ben. De schuur waarin mijn paard stond, de tarwevelden erachter – alles. Het is allemaal van ons!'

'Wie zegt dat?' wil mama weten.

'Mijn neef Domenic heeft me een brief gestuurd. Hier, kijk maar. Je kunt hem zelf lezen.' Papa geeft de brief aan mijn moeder en de jongens beginnen al plannen te maken voor onze erfenis.

Mama trekt haar schort recht. 'Wat moeten we met een boerderij?'

'We gaan ernaartoe!'

'Wanneer?'

'In augustus.'

'Maar ik heb al een huis gehuurd aan de kust van Jersey.'

'Annuleer de reservering. Maria, *viva un po*! Ik wil er geen ruzie over maken. We gaan naar Italië. Met het hele gezin.'

Rosemary legt haar hand op haar buik. 'Ik weet het niet, papa. De baby is dan nog wel erg klein en het is een lange reis.'

'Hij groeit vanzelf! Dat landgoed is mijn thuis en mijn kleinkinderen moeten zich er ook thuis voelen! Volgens de Italiaanse wet móéten we er bovendien wel naartoe om de boerderij in de rechtszaal op te eisen.'

'Ik ga in mijn vakantie geen kippen voeren en geiten melken in Italië,' zegt mama met haar handen in haar zij. 'Ik heb hier al genoeg te doen.'

'We gaan naar Italië, Maria,' zegt mijn vader beslist.

'Ik ga helemaal nergens naartoe,' reageert mijn moeder al even beslist.

Het is zo stil in de woonkamer dat we op Seventh Avenue een taxi kunnen horen toeteren. Papa en mama kijken elkaar aan en wachten totdat de ander de ogen zal neerslaan. Mijn broers staan al op om zich uit de voeten te maken. We weten allemaal wat er nu gaat gebeuren: een enorme ruzie waarin elke tegenslag die mijn moeder tijdens haar lange huwelijk heeft moeten doormaken de revue zal passeren.

'Mama,' smeek ik terwijl ik de bom die op het punt staat te barsten onschadelijk probeer te maken. 'Ben je niet blij voor papa?'

'Lucia, je weet niks van het boerenleven. De vader van mijn moeder was boer. En het boerenleven is een hel, geloof mij maar. Je zwoegt de hele dag op het land en de hele avond in de stal. Het is keihard werken en je vader en ik zijn daar te oud voor. We moeten de boerderij verkopen,' besluit ze.

'Ik verkoop de boerderij nooit!' roept mijn vader uit. 'Over mijn lijk!'

Mama bindt in als ze mijn vaders toon hoort. 'Rustig maar, Antonio. *Basta!* Ik annuleer het huis aan de kust wel, zodat we naar de boerderij kunnen. Was je handen voor we gaan eten. Ben je nu tevreden?' Ze draait zich om en gaat terug naar de keuken.

Papa kijkt haar na en schudt vol ongeloof zijn hoofd. Mijn broers kijken naar mij en ik gooi mijn handen in de lucht. We zijn misschien grootgebracht met de gedachte dat papa het hoofd van het gezin is, maar in werkelijkheid heeft Maria Sartori de touwtjes in handen.

Ik verbreek de stilte. 'Pap, ik vind het geweldig nieuws, hoor.'

'Ik ook, pap.' Rosemary lacht naar hem. Ze knijpt even in zijn hand en loopt dan de trap op.

Tijdens het eten weigeren mijn ouders elkaar aan te kijken. Als we klaar zijn, pakt mijn vader zijn hoed en jas om een ommetje te gaan maken. Hij smijt de voordeur achter zich dicht. Ik heb tegen Rosemary gezegd dat ze even moest gaan liggen en dat ik de afwas wel zou doen. Toen mijn broers en ik klein waren, zei mama altijd dat eten in vergif veranderde als je het at wanneer je boos was.

'Is papa al terug?' vraagt mama als ze de keuken in komt, waar ik de laatste borden sta af te drogen.

'Nee.'

Mama gaat aan de keukentafel zitten. Ik schenk een kopje thee voor haar in en ook een voor mezelf. 'Ga je nu de hele avond zitten mokken?' vraag ik voorzichtig.

'Je kent niet het hele verhaal,' zegt ze. 'Ik heb die brief gelezen. Je vader krijgt de boerderij en zijn broer krijgt het geld.'

'Had Zio Antonio dan geld?'

'Ja. En hij wist dat je vader en zijn broer ruzie hadden dus in plaats van het land en het geld eerlijk te verdelen, heeft hij zijn eigen verdeling gemaakt.'

'Misschien was Zio bang dat als hij de boerderij zou verdelen, ze hem uiteindelijk zouden verkopen.'

'Natuurlijk was hij daar bang voor. De familie van je vader heeft altijd alleen maar problemen veroorzaakt.'

'Maar wiens schuld is dat? Je zou papa moeten overhalen om vrede te sluiten met zijn broer.' Ik merk dat mama verbaasd is over mijn woorden. 'Die idiote vete heeft lang genoeg geduurd.'

'We zijn zo beter af,' houdt ze vol.

'Mam, wat kan er zo verschrikkelijk zijn dat papa en zijn broer elkaar al vijfentwintig jaar niet meer gesproken hebben?'

'Het was een opeenstapeling van dingen.' Mama drukt haar theezakje met zo veel kracht tegen het lepeltje dat ik bang ben dat het openbarst.

'Laat me raden: het had met geld te maken.'

'Natuurlijk had het met geld te maken. En met karakter. Enzo's vrouw beschuldigde je vader ervan dat hij had geprobeerd haar te versieren.'

'Wat?!' Ik kan me niet voorstellen dat mijn vader zoiets zou doen.

'Het was natuurlijk volslagen onzin. Ik was erbij. Maar Caterina hield vol. Ze was zo jaloers op de hechte band tussen Enzo en je vader dat ze een verschrikkelijk leugen heeft verzonnen om ze uit elkaar te drijven. Maar het was gewoon de druppel. Vanaf het begin hebben zij en ik het niet met elkaar kunnen vinden.'

'Waarom niet?'

'Ze was een prima donna. Ze stak nooit haar handen uit de mouwen. Toen we met z'n allen in dit huis woonden, was ik degene die kookte en schoonmaakte; zij stak geen vinger uit om me te helpen. Ik was haar sloofje. Ik pikte het omdat ze ouder was dan ik, en ik wilde je vader laten zien dat ik het huis gezellig kon maken en het met iedereen kon vinden. Dus in zekere zin vond ik het ook niet zo erg. Maar Caterina was erg onzeker. Volgens mij zijn onzekere vrouwen het gevaarlijkst. Ze kunnen in één dag meer schade aanrichten dan een heel leger.'

'Wat deed ze dan?'

'Ze gaf handenvol geld uit aan persoonlijke spulletjes, terwijl het haar niks kon schelen dat er niks voor ons overbleef. Aan het eind van de maand, als de rekeningen betaald moesten worden, hadden Enzo en je vader altijd enorme ruzie. Alleen die ruzies hebben hen al uit elkaar gedreven.'

'Deelden jullie de kosten?'

'Papa en Enzo stortten al het geld dat ze met de Groceria verdienden op één rekening, en daar leefden we van. Er was natuurlijk een hypotheek en Caterina wist dat dondersgoed. Ik heb weinig behoefte aan luxe, maar Caterina was niet zo snel tevreden. Ze was woedend toen ze uit New York weg moest, maar dat was de afspraak: degene die verloor zou verhuizen en de broer die won zou hem uitkopen. Dat was de enige manier.'

'Dus papa plaatste jou boven zijn broer en daarom heeft Caterina mij vervloekt?'

'Precies. Ze wilde met alle geweld nog één keer een scène schoppen. Maar je vader en Enzo waren vastbesloten. Geen van beiden zou erop terug zijn gekomen. Afspraak is afspraak. En volgens mij vond Enzo het niet zo erg. Hij miste het platteland. Ik denk dat hij, als hij het had kunnen betalen, was teruggegaan naar Veneto om daar een eigen boerderij te kopen.'

'Zio Enzo zou vast blij zijn geweest met de boerderij in Godega.'

'Daar is het nu te laat voor, Lucia. Ik weet zeker dat Caterina zielsgelukkig is met haar berg lires.'

Ruth en ik moeten een reisoutfit afmaken voor een mevrouw van Park Avenue die in de lente door Europa gaat reizen. Dit is Ruths laatste grote opdracht voor haar bruiloft en huwelijksreis. Tijdens het opruimen trekt Ruth een groot stuk patroonpapier van de rol, scheurt het af langs het mes en legt het voor zich op de kniptafel. Ze pakt een stukje houtskool uit haar tekendoos en schrijft 'John Talbot' op, waarna ze er van een afstandje naar kijkt. 'Dat is nou een chique naam. Het klinkt als een geleerde of een bankier, of iets anders deftigs.'

'Als hij zo deftig is, waarom heeft hij me dan niet gebeld?'

'Dat is de grote vraag.' Ruth lacht.

'Alsjeblieft, dames, voor op jullie prikbord.' Delmarr gooit een brief op mijn werktafel. 'Moeder-overste van de arme "We Kunnen Maar Nauwelijks Rondkomen"-nonnen uit de Bronx wil jullie bedanken voor de habijten. Ze zullen jullie en jullie dierbaren opnemen in hun gebeden.'

'Dat is aardig,' zeg ik gemeend.

'Lucia, schrijf jij maar aan moeder-overste dat ik wil dat de hele kloosterorde bidt dat mijn haar niet uitvalt. Ik zag vanochtend een stukje van mijn schedel. Het is nog maar een klein plekje, maar het zou zich kunnen uitbreiden en ik ben veel te ijdel om kaal te worden.' Delmarr draait zich om om in de grote driedelige passpiegel te kijken, terwijl hij ondertussen achter op zijn hoofd voelt. 'Is er een heilige die kaalheid kan voorkomen?'

'Dan moet je niet naar mij kijken. Ik weet niks van heiligen,' zegt Ruth.

'Ik geloof niet dat daar een heilige voor is, maar er zijn vast wel novenen voor dit soort noodsituaties,' zeg ik.

'Geef Harveys naam dan ook even door,' zegt Ruth. 'Of bidden ze niet voor joden?'

'Waarom niet?' zeg ik.

'Zeg dan maar dat ze moeten bidden voor het glimmende kale plekje op Harveys kruin. Het heeft nu al het formaat van een postzegel, maar het geeft niet, hoor. Ik heb tegen hem gezegd dat ik sowieso altijd van hem zal houden.'

'Zo werkt dat als je gaat trouwen.' Delmarr leunt tegen de muur. 'En dat is ook de reden waarom ik nooit zal trouwen. Hoe kun je oprecht voor een groep mensen gaan staan en beloven dat je tijdens ziekte – getver! –, armoede – dat geloof je toch niet? – en wie weet wat voor ellende nog meer nóóit weg zult gaan? De huwelijksgelofte is een vrijbrief om je hufterig te gedragen, omdat je weet dat degene met wie je getrouwd bent heeft gezworen bij je te blijven tot de dood jullie scheidt, zelfs al gedraag je je nog zo onmogelijk. Iedere gek kan je vertellen dat dat een slechte overeenkomst is.'

'Kunnen we het alsjeblieft ergens anders over hebben?' vraagt Ruth vriendelijk. 'Ik ga bijna trouwen.'

'Lucia, ik ga lunchen met John Talbot. Heb je zin om mee te gaan?'

Voordat ik antwoord kan geven, komt John door de klapdeuren. Hij draagt een zwart pak met een subtiel krijtstreepje in azuurblauw. Zijn stropdas van Chinese zijde is gebroken wit en hij draagt hem op een sneeuwwit overhemd. Waarom ziet hij er altijd zo gelikt en onweerstaanbaar uit?

'Heb je zin om mee te gaan?' vraagt Delmarr me opnieuw.

'Dat kan helaas niet. Ik heb al een afspraak.' Ik kijk Delmarr aan en glimlach beleefd, maar ik zou hem het liefst de nek omdraaien. Ik ben geen gezelschapsdame voor zijn zakenlunches. Niet met John Talbot erbij.

'Oké, prima,' zegt Delmarr nonchalant.

John kijkt naar het papier en ziet zijn naam in houtskool staan. 'Probeert iemand me iets te vertellen?' zegt hij terwijl hij ernaar wijst.

Ruth en ik kijken elkaar geschrokken aan. Delmarr ziet het meteen. 'O, dat komt door mij. Ik had Ruth gevraagd om me aan onze lunch te helpen herinneren.' Ruth en ik denken hetzelfde: Delmarr is een geweldige vent, die uitstekend kan improviseren.

'Hoe is het met je, Lucia?' vraagt John met een lach.

'Prima. Ken je Ruth Kaspian?'

'Natuurlijk. Van boven, weet je nog? Leuk om je weer eens te zien.'

'Dank je,' zegt Ruth lachend. 'Ik vind het ook leuk.'

Delmarr neemt John mee. Als ze weg zijn, leunt Ruth op haar tekentafel. 'Hij is geweldig,' verzucht ze. 'Zijn tanden zijn nog witter dan zijn overhemd!'

'Dit bedoelen ze nou als ze het over een "filmsterrenuitstraling" hebben,' zeg ik tegen haar.

'Misschien worden jullie nog wel eens een stel. Jullie doen qua uiterlijk niet voor elkaar onder. Mijn tante Beryl zegt altijd dat de rijken met de rijken trouwen en de schoonheden met de schoonheden. Als ze een slok op heeft, zegt ze ook dat de armen met de armen trouwen en de lelijkerds met de lelijkerds.' Ruth schenkt een kop koffie voor zichzelf in uit haar thermoskan en schenkt mij ook bij. 'Drie keer raden wat oom Milt is.'

'Een schoonheid?'

'Nee, arm.'

De middag verstrijkt zonder dat Delmarr terugkomt. Zijn secretaresse laat ons rond vier uur weten dat hij ons op maandagochtend weer zal zien, omdat hij een afspraak buiten de deur heeft. Dat is niet ongewoon – we zijn veel tijd kwijt met bezoeken aan stoffenwinkels, ateliers en magazijnen. Ik popel om het met Delmarr over John Talbot te hebben, maar het zal tot na het weekend moeten wachten.

Ik neem de bus naar huis omdat ik wil dat mijn weekend snel begint. Ruth trouwt op zondag, maar morgen ga ik van mijn nieuwe behang genieten. Ik heb ook een nieuw boek waar ik graag in wil beginnen, *Mr. Blandings Build His Dream House*, en er is een nieuwe schoenwinkel op East Fifty-eight Street gekomen waar ik wil gaan neuzen. Als ik uit de bus stap en de hoek van Seventh Avenue naar Commerce om ga, krijg ik een warm gevoel van de brandende lantaarn boven ons trapje.

'Mama, ik ben thuis,' roep ik vanuit de hal. Ik wil net de trap op lopen naar mijn kamer als ze in de deuropening verschijnt.

'Je hebt bezoek,' zegt ze terwijl ik naar haar toe loop.

'Echt waar?' Ik probeer langs mijn moeder heen te kijken. 'Wie dan?'

'Delmarr en die John die we op oudejaarsavond hebben ontmoet.'

Mama draait zich om om terug te gaan naar de keuken. Mijn hart bonst. Ik heb er nu spijt van dat ik geen nieuwe lippenstift heb opgedaan, maar ik verwachtte geen bezoek. Zonder dat ik mijn jas uitdoe, kijk ik even in de spiegel naast de deur en loop de woonkamer in.

'Wat een verrassing,' zeg ik als Delmarr en John opstaan om

me te begroeten. 'De langste lunch uit de geschiedenis leidde dus uiteindelijk naar mijn huis?'

'Ik ging bij de winkel van je vader langs voor wat van die fantastische olijfolie en toen nodigde hij ons uit voor het eten,' legt Delmarr uit. 'Trek eerst je jas maar even uit. Je moeder heeft me overgehaald om Manhattans te maken en ze zijn net op temperatuur.'

'Lekker.'

'Papa en de jongens zijn al onderweg, liefje,' roept mama vanuit de keuken.

In de gang trek ik mijn jas uit en hang hem naast die van John. Zijn jas ruikt net zo kruidig als ik me herinner van oudejaarsavond. Ik hoor ze in de woonkamer praten dus ik bekijk de jas op mijn gemak. Hij is duidelijk met zorg gemaakt: een chique zwarte satijnen bies, een leren kraag en een rand van gemzenleer aan de mouwen. De split aan de achterkant is met zijde afgewerkt, een oud foefje dat ervoor zorgt dat de jas tegen de achterkant van de knieën valt zonder dat hij kreukelt. Op de plank boven de kapstok ligt John Talbots hoed. Het is een borsalino en hij lijkt ook handgemaakt, met een inzetstuk waardoor hij alleen de eigenaar precies past. De geitenleren handschoenen die op de rand liggen zijn extra lang. John Talbot weet duidelijk wat hij wil en daar houd ik van. Ik pak mijn lippenstift uit mijn tasje en stift mijn lippen. Ik kijk even naar mijn eenvoudige bruine lamswollen rok en wou dat ik iets feestelijkers had aangetrokken, maar het is niet anders. Bovendien wil ik niet dat hij denkt dat ik indruk op hem probeer te maken.

Ik ga bij de rest in de woonkamer zitten. Delmarr geeft me een glas aan. Rosemary komt achter mijn moeder aan de keuken uit. Haar bewegingen zijn traag door het gewicht van de baby, die nu elk moment geboren kan worden. John stelt haar een heleboel vragen: hoe ze zich op de bevalling heeft voorbereid, wanneer ze is uitgerekend en welke verloskundige ze heeft. Rosemary vraagt aan John waarom hij zo geïnteresseerd is in baby's en hij antwoordt dat ze het enige wonder op de wereld zijn. Mama kijkt hem goedkeurend aan.

'We zijn thuis!' roept Roberto vanuit de deuropening. Mijn broers lachen terwijl ze elkaar continu in de maling nemen. Papa komt als eerste de kamer binnen en geeft mijn moeder een jutezakje met het geld dat ze vandaag hebben verdiend. Hij zoent haar op de wang.

'Ik zie dat jullie het hebben kunnen vinden,' zegt papa tegen Delmarr en John.

'Met behulp van een kompas, ja,' antwoordt Delmarr. 'De straten in de Village zijn net zo kronkelig als *rolatini*.'

'Kennen jullie mijn broers al?' vraag ik.

John wijst en zegt: 'Dat is Roberto. Dat is Orlando. En die gozer die er Iers uitziet is Exodus.'

'Hé, ik heb puur Italiaans bloed,' protesteert Exodus. 'Pas op, want ik bewijs het je.'

'O, nee, ik geloof je wel,' zegt John lachend. 'Ik hoop dat ik aan het eind van de avond in het Italiaans kan vloeken. Ik ga met Pasen naar Capri op uitnodiging van de Mortensons en ik zou ze graag shockeren.'

Delmarr lacht. 'Je zult die woorden hard nodig hebben na een hele week met Vivie Mortenson. Dat is me er eentje.'

'Nou, de jongens kunnen je er heel wat leren,' zegt papa. 'Ze kennen meer scheldwoorden dan ik, en ik ben in Italië opgegroeid.'

'Waar ken je de Mortensons van?' vraag ik aan John.

'Het zijn kennissen van me.'

'Ik heb de jurk van Sally Mortenson gemaakt voor het debutantenbal,' vertel ik hem. John glimlacht beleefd. Ik vraag me af of hij me minder interessant vindt nu hij zich realiseert dat ik de kleding van zijn vrienden maak.

Delmarr leest mijn gedachten. 'Alle meisjes vragen altijd naar Lucia als ze een jurk komen bestellen. Ze weten dat zij de beste is.' Hij knipoogt naar me.

Als ik naar de mannen kijk die onderling grapjes maken en kletsen, bedenk ik dat ik bijna mijn hele leven omringd ben geweest door mannen. Toen ik begon met werken was ik dolblij met zo veel vrouwelijke collega's. Vrouwen begrijpen elkaar van nature en spreken dezelfde taal, en dat koester ik. Hoewel ik dol ben op mijn broers, kan ik bepaalde dingen niet met ze delen die ik wel met een zus zou hebben besproken. Mijn moeder voelt dat wel aan en doet haar best om dat gemis te compenseren. Maar sommige dingen had ik eerder tegen een zus gezegd dan tegen mama. Ik ben wel heel zelfverzekerd geworden omdat ik het enige meisje ben thuis. Ik denk niet dat ik met mijn zelfgemaakte kleding naar de Couture-afdeling van B. Altman had gedurfd als mijn broers me niet het een en ander hadden bijgebracht over competitie. En ik denk dat ik niet eens naar een baan had gesolliciteerd als papa het niet belangrijk had gevonden dat ik voor mezelf kon zorgen. Hij zei tegen me dat ik beter in staat zou zijn om de juiste beslissingen te nemen als ik ze zou kunnen nemen omdat dat goed voelde en niet omdat ik niet anders kon.

Ik help mama het eten opdienen: polenta met geroosterde kippetjes uit Cornwall. Delmarr kan het goed met mijn broers vinden en heeft het met ze over de Groceria. Hij stelt veel vragen over het reilen en zeilen van de winkel. John zegt dat hij zich niet kan voorstellen hoe het zou gaan als iemand zijn werk niet goed deed – hoe ontsla je een familielid? Onder het eten vertelt John grappige verhalen over mensen die hij heeft ontmoet tijdens zijn vele reizen. Zelfs Delmarr is onder de indruk. Als we de tafel afruimen, grijpt mijn vader zijn kans.

'John, wat doe jij nou precies voor werk?' vraagt hij terwijl hij een glas wijn voor zichzelf inschenkt.

'Ik ben zakenman. Ik wil verschillende projecten opstarten. Ik houd me bezig met import. Op het moment werk ik met een textielfabrikant in Spanje. Ik bevoorraad onder andere de stoffenwinkels op Fifth Avenue.'

Mijn vader trekt een wenkbrauw op. 'Onder andere?'

'Ja, ik maak me graag nuttig. Ik heb connecties en ik gebruik die om dingen voor elkaar te krijgen. Bisschop Walter Sullivan belde me laatst of ik een aantal bussen kon regelen voor een retraite buiten de stad…'

'Ken je de bisschop?' zegt mama, duidelijk onder de indruk.

'Al jaren. Maar goed, hij had hulp nodig met het vervoer, dus toen heb ik hem geholpen.'

'Dat zal hij wel hebben gewaardeerd,' zegt mama lachend, en ze knikt naar mijn vader. 'Dus je bent katholiek?' vraagt ze hoopvol.

'Ja.' John Talbot weet het nog niet, maar hij heeft mijn moeder al voor zich gewonnen.

'Antonio,' zegt mijn moeder, 'de port.'

'Ik zal Ro's sesamkoekjes even pakken,' zeg ik.

'Ik bak er kilo's van. Ze zijn mijn enige zonde,' zegt Rosemary verontschuldigend tegen Delmarr. 'Ik hoop dat jullie ze lekker vinden.'

Roberto vertelt verder over zijn plannen voor de Groceria, zijn dromen over uitbreiding en modernisering. Papa is zo verstandig om Roberto gewoon te laten praten over het aantrekken van nieuwe klanten, het openen van een tweede vestiging in het centrum en het runnen van een hele keten. Rosemary heeft deze plannen al vaak tot in detail aangehoord, dus ze kijkt verveeld terwijl ze op een koekje knabbelt. Mama kan er geen genoeg van krijgen om naar Roberto's progressieve ideeën te luisteren; ze is trots op zijn ambitieuze plannen. John luistert aandachtig naar Roberto terwijl hij zijn plannen uiteenzet.

'Als je een winkel hebt die goed loopt, moet je zeker uitbreiden,' zegt John tegen hem. 'Je kunt niet groeien als je het hele plaatje niet overziet.'

'Zeg dat maar tegen mijn vader. Hij houdt de dingen graag bij het oude,' zegt Roberto.

'Ik heb niets tegen modernisering,' zegt papa rustig. 'Ik zie alleen niet hoe ik twee winkels kan runnen terwijl ik tegelijkertijd dezelfde kwaliteit blijf leveren die ik me ten doel heb gesteld. Ik ben iemand die elk stuk fruit dat hij verkoopt inspecteert. Als de kratten binnenkomen en ik ze gewoon leeggooi in een bak en er een prijs op zet zonder dat ik ze nakijk, onderscheid ik me niet van de winkel verderop. Mijn klanten weten dat ze het beste kopen omdat ik het voor ze heb uitgezocht. Mijn vis komt vers uit de Long Island Sound, mijn vlees komt van het platteland van Pennsylvania, en mijn fruit komt overal vandaan, vanuit het centrum in New York tot aan Italië. Ik koop mijn bloedsinaasappels nog steeds van dezelfde familie die ik als jongen op de markt in Treviso heb leren kennen. Die boer pakt elke sinaasappel in als een sieraad, legt ze in kratten en stuurt ze naar mijn winkel, waar ik ze verkoop.'

Ik knijp in papa's hand. 'Ik wachtte altijd op die kratten uit Italië. De hele straat rook dan naar zoete sinaasappels!'

'Ik zeg niet dat iedereen net zo pietluttig moet zijn als ik, maar mijn klanten vertrouwen me, en dat is iets wat ik niet licht opvat.'

'Dat respecteer ik.' Delmarr proost naar papa met zijn glas port. 'Ik geloof net als u in kwaliteit, maar ik denk wel dat we ons moeten realiseren dat de wereld aan het veranderen is. Na de oorlog is de trend in mijn vak: "Hoeveel kunnen we er maken en hoe snel kunnen ze klaar zijn?" Er was een tijd dat het warenhuis ons leerde dat we nee moesten zeggen tegen een klant als we geen kwaliteitsproduct zouden kunnen garanderen. Nu zeggen ze tegen ons dat we elke order moeten aannemen. Winstbejag gaat ten koste van de kwaliteit. We moeten zeven dagen per week werken en het dubbele produceren. Ik weet niet waar dit naartoe gaat, maar het wordt er niet beter op.'

'Nadat onze jongens waren teruggekomen uit de oorlog, is ons klantenbestand enorm uitgebreid,' zegt mama. 'We waren voorheen een buurtwinkel, maar nu komen er steeds meer mensen uit het centrum.'

'Dat heeft twee oorzaken,' legt Roberto uit. 'Een heleboel van onze jongens zaten in Italië, dus die hebben kennisgemaakt met verse basilicum, de beste Parmezaanse kaas, echte olijfolie...'

'En waar kunnen ze die in het centrum kopen? Die rijke stinkerds merken het verschil niet. Dus die jongens kwamen naar ons toe,' vult Exodus aan.

'Maar het gaat niet alleen om wat we verkopen,' zegt papa. 'Toen ik naar dit land kwam, waren Italianen niet bepaald populair. Maar nadat we onze zoons naar Europa hadden gezonden om tegen Hitler te vechten veranderde alles. Dat was iets om trots op te kunnen zijn. Het veranderde de manier waarop de mensen in deze stad tegen ons aan keken.'

'Hebben alle Sartori's in het leger gezeten?' vraagt John.

'Ik ben de enige die niet naar het buitenland is uitgezonden. Ik heb pas tegen het eind van de oorlog gediend en ik ben niet verder gekomen dan Fort Bragg,' zegt Exodus.

'Je hebt daar ook je land gediend, Ex.' Mama slaat een arm om hem heen.

'Heb jij in het leger gezeten?' vraagt papa aan John.

'Ja, ik zat in Frankrijk.'

Ik glimlach, omdat ik weet dat papa dat belangrijk vindt.

Rond negen uur zakt het gesprek in, omdat we allemaal moe zijn en de hele week gewerkt hebben. De enige die nog helemaal wakker is, is John Talbot, die naarmate de avond vordert alleen maar enthousiaster en geanimeerder wordt. Hij is een avondmens, denk ik bij mezelf, in tegenstelling tot mij. Ik houd ervan om vroeg naar bed te gaan en op te staan voordat de zon opkomt, zodat ik van een lange ochtend kan genieten. Ik stel me voor hoe John tot in de kleine uurtjes in clubs zit. Hij heeft 's avonds vast vaak zakelijke afspraken, dus lange avonden horen daarbij. Dat is iets waar ik rekening mee zal moeten houden, maar het is maar één minpuntje tegenover alle positieve eigenschappen die ik in hem ontdek. Ik ben iemand die zelden zijn gevoelens toont (misschien komt dat ook doordat ik zo veel broers heb), maar diep in mijn hart voel ik dat ik verliefd aan het worden ben op meneer Talbot. Ik kijk naar hem aan de andere kant van de tafel en vraag me af hoe ik het zou vinden als hij bij mij zou horen.

'Je bent moe, hè?' zegt John tegen me.

'Het was een lange week. Het lijkt tegenwoordig wel of elke opdracht haast heeft. Ruth en ik kunnen het maar nauwelijks bolwerken.'

'Het is inderdaad erg druk,' zegt Delmarr.

'Zeg dan maar tegen die chique mevrouwen dat ze wat langer moeten wachten,' zegt mijn moeder tegen me. 'Het is onzin om je een slag in de rondte te werken voor een feestjurk.'

'Ja, mama.'

'U hebt gelijk, mevrouw,' zegt Delmarr tegen haar, terwijl hij en John opstaan. Delmarr geeft mijn vader een hand en zegt iedereen gedag.

John Talbot zegt tegen mijn moeder: 'Dank u voor de heerlijke maaltijd.'

'Je bent altijd welkom,' zegt mama gemeend.

'Daar houd ik u aan.'

Ik loop met John en Delmarr mee naar de hal. Terwijl John zijn jas aantrekt, pak ik zijn hoed en handschoenen en geef ze aan hem. 'Borsalino's zijn erg chic.'

'En duurzaam. Met deze hoed kan ik de rest van mijn leven doen.'

Delmarr houdt me zijn hoed voor voordat hij hem opzet. 'Ik hoop dat mijn hoed je goedkeuring ook kan wegdragen.'

'Zoals gewoonlijk is er niks op aan te merken, monsieur Delmarr. Lilly Daché zou tevreden zijn.'

'Ah, dank je, dank je. Ik haal je zondag rond een uur of twee op, Lucia. Ik ben erg benieuwd naar Ruth in haar Elizabeth Taylor-jurk. Ik mocht hem niet zien, terwijl ik hem toch zelf heb ontworpen. Blijkbaar brengt dat bij alle mannen ongeluk. Bedank je moeder nogmaals voor het eten.'

Delmarr doet de deur open en stapt naar buiten, zodat John en ik een moment zwijgend tegenover elkaar staan. Ik verbreek de stilte. 'Welterusten, John.'

'Lucia, heb je morgen iets te doen?'

Ik denk aan alle klusjes die ik moet doen. En ik zie mezelf op de bank liggen met een boek.

'Niet echt,' zeg ik tegen hem.

'Zou je een ritje met me willen maken?'

'Dat lijkt me leuk.'

'Ik haal je om één uur op.'

Als ik de deur achter hem heb dichtgedaan, zie ik door de roze ruitjes dat Delmarr en hij naar Barrow lopen en de hoek om gaan.

'Hij is erg knap,' zegt Rosemary, die achter me staat.

'Vertrouw jij knappe mannen, Ro?' vraag ik.

'Nooit.'

'Ik ook niet.'

'Maar ik vind hem erg aardig. En hij vond mijn sesamkoekjes lekker. Dat is een goed teken.' Rosemary geeft me een systeemkaartje. Ze heeft het recept al voor me opgeschreven.

Rosemary's Sartori's sesamkoekjes

Voor 3 dozen koekjes

480 g gezeefde bloem

een snufje zout

1 theel. bakpoeder

2 klontjes echte boter (op kamertemperatuur)

120 g kristalsuiker

3 extra grote eierdooiers

1 theel. vanillesuiker

een ruime handvol sesamzaadjes

1 theel. room

Doe de bloem, het zout en het bakpoeder samen in een middelgrote kom. Vermeng de boter met een vork in een grote kom met de suiker. Voeg de eierdooiers een voor een toe en vervolgens de vanillesuiker. Giet de droge mix uit de middelgrote kom bij het vloeibare mengsel in de grote kom. Kneed het geheel goed met je handen. Vorm een bal, die deegachtig moet zijn. Dek de kom af met folie en zet hem een paar uur in de koelkast. Strooi daarna wat bloem op een snijplank. Rol het deeg in lange slierten en snijd die in stukjes van 5 cm. Roer de sesamzaadjes door de room. Doop elk koekje in de room. Leg de koekjes op een ingevette ovenplaat en bak ze 9 minuten op 400 °C.

's Ochtends strijk ik de overhemden van mijn broers in het washok in het souterrain. Ik vind dat geen vervelend werk. De geur van schoon katoen als ik met het strijkijzer over een overhemd ga is rustgevend. Ik kijk met voldoening naar de netjes gestreken schone overhemden die op volgorde op hangertjes in het rek hangen, van mijn oudste broer tot de jongste. Door alle huishoudelijke klusjes en Ruths bruiloft morgen heb ik er bijna spijt van dat ik vanmiddag met John heb afgesproken. Het is niks voor mij om ja te zeggen tegen zo'n onverwachte uitnodiging, maar hij heeft iets waardoor ik mijn gebruikelijke regels negeer.

Als hij precies om één uur voor de deur staat, heeft mama een paar broodjes kalkoen voor ons ingepakt met een zakje van Rosemary's sesamkoekjes erbij om mee te nemen tijdens ons ritje.

'Ben je wel eens in Huntington geweest?' vraagt John als hij het portier van zijn auto openhoudt om me te laten instappen. Ik zie een klein randje wit strooizout op de bumper, het enige teken dat de auto de garage uit is geweest sinds het begin van de winter.

'Nee,' antwoord ik.

Hij loopt om naar de bestuurderskant, stapt in en installeert zich. 'Long Island. Dat wordt het helemaal. Er is maar een beperkt aantal plekken met uitzicht op zee. Prachtige huizen. Daar zit het grote geld.' Hij glimlacht naar me en draait de sleutel in het contact om. De motor van de Packard bromt regelmatig, als een kerkorgel. 'Ik heb een onroerendgoedplan opgesteld. De hele Amerikaanse economie draait om onroerend goed. Ik ben van plan om een huis te bouwen, het vervolgens als onderpand voor een lening te gebruiken en met dat geld nog een huis te bouwen enzovoort. Totdat er een bouwproject ontstaat dat mijn naam draagt. Wat denk je ervan?'

'Het klinkt... geweldig.' Ik weet niet zo goed wat ik moet zeggen. Ik heb me nooit in onroerend goed verdiept. Als we richting het oosten rijden, over de Manhattan Bridge naar Brooklyn, en de snelweg op gaan, vertelt John Talbot me over zijn droom om met het geld dat hij met ontroerend goed verdient, een chic hotel in Manhattan te beginnen met alles erop en eraan. Hij heeft het over een nachtclub, een restaurant, een dakterras – de hele rataplan. Zijn enthousiasme werkt aanstekelijk. Ik zie vrouwen voor me in bontjassen en met parels. Ik stel me de mannen voor die hen vergezellen: succesvolle New Yorkse zakenlieden, met John Talbot in hun midden, die hen vermaakt met zijn spitsvondigheid en charme.

In Huntington Bay, Long Island, zie je nog een zweem van de laatste sneeuw op de bomen en steile gazons. De huizen zijn nieuw, liggen verspreid over de heuvels en zijn gebouwd in verschillende bouwstijlen: koloniaal baksteen, landelijk Connecticut, en – mijn favoriet – de Engelse tudorstijl. De stenen, de openslaande ramen en de toegangspoort geven me een veilig gevoel.

'Je houdt van tudor, hè?' John kijkt me aan en stopt voor een huis.

'Italianen houden van Engelse ontwerpen. Mama heeft familie in Forest Hills. Daar zijn ze gek op tudor.'

John parkeert de auto. 'Kom op,' zegt hij, en hij springt uit de wagen. Hij loopt eromheen, houdt het portier voor me open en biedt me zijn hand aan. 'Ik wil je iets laten zien.' John loopt een heuvel op. Het is glad, dus we glijden weg en moeten lachen, maar hij laat me voor hem lopen en duwt me de ongelijke helling op totdat we boven zijn. Tussen de bomen door zie ik een zilveren laaghangende nevel met witte wolken ertussendoor.

'Dat is de baai,' zegt John.

Het is een geheel nieuwe ervaring voor me. Ik voel me meteen sterk met deze plaats verbonden, alsof ik hier al eerder ben geweest. Hoe zou het zijn om dicht bij de zee te wonen? Om elke dag zo naar de oceaan te kunnen lopen om de golven te horen en het zeezout te ruiken? Het chique Upper East Side Manhattan, in zwart fluweel verpakt, is altijd mijn ideaal geweest, maar nu stel ik me voor dat ik uitzicht op zee heb. Ik zie de helderblauwe zomers en de lentes zo zacht als bloemblaadjes al voor me terwijl het wrakhout van saai grijs naar eierschaalwit verbleekt door de zon. Papa heeft me verhalen verteld over tripjes naar Rimini, aan de Adriatische kust onder Veneto, waar het zand sneeuwwit was. In combinatie met het blauwe water kan het je verblinden in de namiddagzon.

'Je zou ooit aan het water moeten wonen,' zegt John, alsof hij meer over mijn toekomst weet dan ik.

Mijn voeten raken verstrikt in een droge bundel dode takken. John knielt om me te bevrijden. Ik kijk op hem neer en ik stel me het moment voor dat hij me ten huwelijk vraagt. Hij kijkt naar me op en ik weet bijna zeker dat hij hetzelfde denkt. Ik trek mijn voet los en steek mijn hand naar hem uit om hem omhoog te trekken. We lopen in stilte terug naar de auto.

Als we op de snelweg rijden, voel ik me een beetje triest omdat we de oceaan achter ons laten. Ik kijk uit het raampje omdat dit niet iets is waar ik over wil praten. Ik moet er eerst rustig over nadenken voordat ik het onder woorden kan brengen.

Bovendien wil ik dit alles eerst met Ruth bespreken. Ze zegt in dit soort situaties altijd verstandige dingen.

'Wil je mijn moeder ontmoeten?' vraagt John Talbot.

'O... Natuurlijk.' Ik ben verrast dat John wil dat ik zijn familie leer kennen. Dit is toch pas ons eerste afspraakje.

'Het hoeft niet, hoor. We kunnen ook een andere keer gaan,' zegt hij omdat hij aanvoelt dat ik me een beetje opgelaten voel.

Maar ik verander van gedachten. Als ik meer over Johns leven te weten kom, zal ik hem ook beter begrijpen. 'Nee, dat lijkt me leuk. Woont ze hier in de buurt? Met je vader?'

'Nee, mijn vader is overleden toen ik zeven was. Ze is op mijn twaalfde hertrouwd. Mijn stiefvader Edward O'Keefe is een aardige vent.'

'Heb je broers en zussen?'

'Nee.'

'Dus je moet in je eentje voor je moeder zorgen?'

John geeft om de een of andere reden geen antwoord en ik dring niet aan. Ik begin hem al een beetje aan te voelen. Hij is allesbehalve direct. Als hij zich ongemakkelijk voelt of ergens niet over wil praten, negeert hij de vraag gewoon. Hij vertelt nooit iets uit zichzelf. Maar alle interessante mannen zijn af en toe toch ontwijkend? Hij is een mysterie. Dus ik ben niet eens echt verbaasd als hij een terrein op rijdt door een poort waar CREEDMORE boven staat.

Als je nog nooit van Creedmore hebt gehoord, maar er toevallig terecht zou komen, zou je waarschijnlijk denken dat het een particulier landgoed is. Het heeft een statige oprijlaan met honderd jaar oude eiken erlangs, met klimop op de stammen die aan lange handschoenen doet denken. Maar het is geen landgoed; het is een verpleeghuis voor bejaarden, zieken en – af en toe – voor mensen die even rust nodig hebben van de drukte van alledag. Zo is het tenminste aan me uitgelegd toen ik klein was.

'Werkt je moeder hier?' vraag ik aan John terwijl we onder het afdak naar de hoofdingang lopen.

'Nee, ze woont hier nu al drie jaar.' John houdt de deur voor me open. Achter een kleine foyer zie ik een enorme recreatie-ruimte waar bejaarden in rolstoelen zitten. Een aantal mensen is er alleen en een paar hebben bezoek. Het midden van de kamer is opvallend leeg en lijkt op de piste van een circus voordat de voorstelling begint.

Terwijl we naar de balie lopen, valt me op dat de patiënten er schoon en goed verzorgd uitzien, maar dat neemt niet weg dat ik verdrietig word als ik in hun ogen kijk. De verpleegster achter de receptie begroet John als hij zich meldt. Hij gaat me voor door de deuren die naar de kamers leiden.

'Mijn moeder heeft mij op latere leeftijd gekregen. Ze was bijna veertig. Vier jaar geleden heeft ze een lichte beroerte gehad,' legt John uit. 'Ik heb het eerste jaar zelf voor haar gezorgd, maar toen kreeg ze nog een beroerte, dit keer een zware, en kon ze niet meer praten. De doktoren adviseerden een kloosterverpleeghuis op Staten Island, maar mijn moeder is nooit dol geweest op Staten Island. Ik heb om alternatieven gevraagd en een van de doktoren raadde me dit verpleeghuis aan.'

John duwt de deur van zijn moeders kamer open en gebaart dat ik binnen moet komen. De kamer is vrij ruim, mintgroen geschilderd en schaars gemeubileerd. Het mooiste is het grote raam dat uitkijkt over een beeldentuin met een glooiend veld erachter.

Er zijn twee patiënten in de kamer. Het dichtst bij de deur ligt een iel vrouwtje met wit haar in bed te slapen. Ze heeft zo veel kussens in haar rug dat ze bijna rechtop zit. In het achterste bed, voor het raam, zit een andere kleine vrouw met wit haar te eten. Ze heeft gepermanent haar; haar nagels zijn kortgeknipt en felrood gelakt. Ze draagt een roze kamerjas met een rits aan de voorkant.

'Ik heb vandaag een vriendin meegenomen,' zegt John, waarna hij haar op de wang kust.

Ze glimlacht, kijkt naar hem op en pakt dan zijn arm vast.

Hij bukt zich en geeft haar nog een zoen. 'Dit is Lucia Sartori.'

'Dag, mevrouw O'Keefe.' Ik glimlach naar haar.

Ze bekijkt me van top tot teen zonder te glimlachen en richt dan haar aandacht weer op haar soep.

'Ik heb negerzoenen voor je meegebracht.' John zet de doos op haar nachtkastje. 'Zorgen ze hier goed voor je?'

Ze kan geen antwoord geven, maar dat lijkt ze niet erg te vinden. Ze zorgen duidelijk goed voor haar. Haar bed is netjes opgemaakt en de kamer is brandschoon.

John trekt een stoel bij en gebaart dat ik moet gaan zitten. Hij neemt plaats op de rand van het bed en pakt zijn moeders hand terwijl hij tegen haar praat. John heeft dezelfde krachtige kaaklijn als zijn moeder, maar haar ogen zijn lichtblauw in plaats van grijs. Ik zie een zweem van goud in haar witte haar, wat erop duidt dat haar haar ooit rood is geweest. 'Had u vroeger rood haar, mevrouw O'Keefe?' vraag ik aan haar.

'Ja, dat klopt. Een echt Iers meisje, met het bijbehorende Ierse temperament,' zegt John.

Mevrouw O'Keefe kijkt uit het raam en zucht. Ze pakt de doos negerzoenen die John heeft meegenomen, maakt hem open en biedt John en mij er een aan. We zitten een halfuurtje bij haar terwijl John een samenvatting geeft van de belangrijkste onderwerpen uit het nieuws. Ze lijkt niet te luisteren, maar hij houdt vol en probeert haar duidelijk te vermaken.

Ik ken niemand in een verpleeghuis. Toen mijn moeders moeder bij ons kwam wonen nadat mijn grootvader was overleden, zorgden wij zelf voor haar. Er was geen sprake van dat we hulp van buitenaf zouden inhuren. Als ik naar mevrouw O'Keefe kijk, vraag ik me af of ze had verwacht dat ze zo zou eindigen. John is heel bezorgd, praat met de verpleegsters en doet er alles aan om ervoor te zorgen dat het haar aan niets ontbreekt. Mama heeft me altijd geleerd erop te letten hoe een zoon met zijn moeder omgaat. Ik ben onder de indruk van wat ik vandaag heb gezien.

De rit terug naar Manhattan lijkt voorbij te vliegen, met uitzondering van het drukke theaterverkeer voor de Midtown Tunnel. Het is pas zes uur, maar ik heb het gevoel alsof het al veel later is. We hebben de hele dag samen doorgebracht – zo'n drukke dag dat hij wel een maand leek te duren. Ik ben moe van de rit, van alle indrukken en van John zelf. Hij is intelligent en vereist meer dan alleen een luisterend oor. Hij heeft een vertrouweling nodig met wie hij de enorme hoeveelheid ideeën die continu in hem opborrelen kan bespreken.

John parkeert de auto voor mijn huis, stapt uit en houdt het portier open. Hij steekt zijn hand uit en helpt me uit de wagen. Dan legt hij zijn handen om mijn middel en tilt me op. Ik leg mijn handen op zijn schouders, omdat mijn voeten de grond nauwelijks raken. Zonder een woord te zeggen kust hij me zachtjes. Hij houdt me zo lichtjes vast dat ik me met hem verbonden voel. Ik buig mijn hoofd een beetje naar achteren, zodat ik hem aan kan kijken, maar hij heeft zijn ogen dicht. Ik vraag me af wat hij denkt. Vanwege de koude februarischemering gaat er een lichte rilling door me heen, maar zijn gezicht is warm en ik druk mijn neus tegen zijn wang.

'Dank je,' zegt hij zacht.

'Meneer Talbot?'

'Ja?'

'Gaat u me ooit eerst om toestemming vragen voordat u me kust?'

'Waarschijnlijk niet,' zegt hij lachend.

'Dan weet ik dat alvast.'

Ik loop het trapje op naar de voordeur en pak mijn sleutel. John wacht naast zijn auto totdat ik veilig binnen ben. Ik kijk door het raam naar hem en hoor hem zachtjes fluiten als hij weer in de Packard stapt. Hij klapt zijn sigarettendoosje open, pakt er een sigaret uit, tikt met het uiteinde op het dashboard en steekt hem op. Daarna rijdt hij weg. Op het moment dat de auto de hoek om gaat en uit het zicht is verdwenen, ben ik ver drietig. Dit is het dan. Het eerste teken van verliefd worden: het grote verlangen dat ontstaat na zelfs de kortste scheiding. Als ik naar hem kijk, heb ik niet het gevoel dat ik hem waard ben – eerder dat ik hem wil hebben. Dit is een liefde die ik zal moeten verdienen, maar iets zegt me dat John Talbot het waard is.

Ik ga zitten om mijn schoenen uit te doen, die onder de sneeuw zitten, en realiseer me dat het wel erg stil is in huis. Als ik naar de trap loop, zie ik het briefje dat op de trapleuning is geplakt: *Kom naar het Sint-Vincent Ziekenhuis! We hebben een dochter!* Ik trek razendsnel mijn schoenen weer aan en ren de meer dan vijftien straten naar mijn kersverse nichtje.

In het warme ziekenhuis vind ik de trap naar de kraamafdeling op de derde verdieping en ren met twee treden tegelijk naar boven. In de wachtruimte naast de kamers van de jonge moeders lijkt het eerder op een treinstation dan op een ziekenhuis. Gelukkige vaders wiegen een beetje onzeker hun pasgeboren kroost. Ik zie af en toe een grootmoeder of tante te hulp schieten, maar het zijn vooral geëmotioneerde vaders die hun kinderen rustig proberen te krijgen. Een verpleegster, die deze drukte duidelijk gewend is, runt de boel geduldig. Ik snel naar de balie en informeer naar de Sartori-baby. De verpleegster lacht en wijst naar de babyzaal. Er staat een aanzienlijke menigte voor een groot raam. Vooraan staan mijn broers, mijn ouders en de Lancelatti's.

'Pardon,' zeg ik tegen de mensen die staan te wachten tot ze ook door het raam kunnen kijken, en ik wurm me naast mijn ouders. 'Waar is ze?'

'O, Lucia, Rosemary heeft het geweldig gedaan,' zegt mama trots. 'Ze weegt zes pond en drie ons. Ze is klein, maar sterk.'

'Waar is ze?' vraag ik.

Roberto wijst naar een kindje dat stevig is ingepakt in een witte flanellen deken. 'Kun je dat niet zien? Kijk eens naar die bos haar.' Alleen haar gezichtje is zichtbaar in de flanellen cocon: een roze rozenknop met een dikke bos zwart haar.

'Ze is een engel!' zegt papa trots. 'Sinds jij werd geboren, Lucia, heb ik niet meer zo…' Hij krijgt tranen in zijn ogen.

'Haar haar doet me denken aan de toupet van meneer Castellini: veel haar bovenop en niks aan de zijkanten,' merkt Exodus op. De jongens moeten lachen.

'Dat is niet grappig!' zegt mama. En ik bedenk dat ze dat het vaakst zegt tegen mijn broers.

Papa slaat zijn arm om mama heen. Ze kijken zo vol aanbidding naar de baby dat ik me wel kan voorstellen waarom mama vijf kinderen heeft gekregen. Dit moment is met niets te vergelijken; er is niets zo vervuld van hoop als het gezichtje van een pasgeboren baby. 'Kom op, laten we de andere families ook een moment bij het raam gunnen,' zeg ik tegen iedereen.

'*Andiamo!*' zegt mama, en ze geeft papa met een liefdevol duwtje opdracht om de jongens naar de wachtruimte te dirigeren.

De verpleegster komt binnen met een klembord in haar hand en kijkt naar ons. 'Laat me raden – Italianen,' zegt ze met een halve glimlach. 'Jullie weten altijd wel hoe je een tent moet vullen.'

'Zijn we te luidruchtig?' vraag ik.

'Nee, ik maak maar een grapje. Rosemary wil graag haar moeder, mevrouw Sartori en Lucia zien.'

'Ik ben tánte Lucia,' zeg ik tegen haar.

'Jongens,' zegt mijn moeder, 'we zien jullie straks thuis.'

'Roberto en ik zijn in de wachtruimte,' zegt papa tegen haar.

We lopen achter elkaar aan en volgen de zuster door een rustige gang naar de kamer van Rosemary. Eerst mama, vervolgens mevrouw Lancelatti en daarna ik. Mama pakt de hand van mevrouw Lancelatti als ze naar binnen gaan. Rosemary is doodop. Ze lijkt nog fragieler dan normaal en de manier waarop ze rechtop zit in bed doet me aan mevrouw O'Keefe denken in Creedmore.

Mevrouw Lancelatti loopt naar de rand van het bed en kust

haar dochter. Ze neemt Rosemary's gezicht in haar handen. 'Ik ben ontzettend trots op je,' zegt ze.

'Het viel wel mee, mam. We hebben een naam gekozen. We wilden dat jullie de eersten waren die het hoorden. Ze gaat Maria Grace heten, vernoemd naar onze moeders.' Rosemary glimlacht. Mama en mevrouw Lancelatti beginnen allebei te huilen. 'Goed, nu moeten jullie gaan. Ik ben moe.'

'Grace, ik heb een rollade gemaakt,' zegt mama tegen mevrouw Lancelatti. 'Ik hoop dat jullie allemaal komen eten.'

'Dank je, dat is ontzettend aardig van je,' zegt mevrouw Lancelatti. Ze kussen Rosemary allebei gedag en lopen samen de gang op.

'Slaap lekker, Ro,' zeg ik, en ik loop ook naar de deur.

'Lu?' Rosemary wil mijn hand grijpen.

Ik pak haar hand en ga op de rand van het bed zitten. 'Gaat het wel goed met je?'

'Ik heb vandaag een van de belangrijkste dingen gedaan die ik ooit in mijn leven zal doen. En het is gek, maar...' Rosemary kijkt uit het raam, maar er is niets te zien, alleen de gemetselde luchtkoker van het gebouw ernaast. 'Het is vreemd om er schouderklopjes voor in ontvangst te nemen.'

'Wat bedoel je?'

'Nou, het ging allemaal zo snel dat ze me niets tegen de pijn konden geven.'

'Nee!'

'Dat geeft niet, ik ben juist blij dat ze me niet platgespoten hebben. Van mijn vriendinnen die zijn bevallen heb ik gehoord dat ze het ene moment in slaap vielen en het volgende al moeder waren. Dat wilde ik niet. Ik wilde haar zelf geboren zien worden.'

'Hoe ging het?'

'Ze kwam met haar armen in de lucht naar buiten alsof ze ergens naar reikte. De dokter knipte de navelstreng door en de zuster wilde haar meteen meenemen, maar ik riep: "Nee! Geef me mijn dochter!" Normaal gesproken controleren ze eerst alles, maar ik heb de verpleegster vast laten schrikken, want ze gaf me Maria Grace. En mijn baby herkende me! Ze kroop meteen tegen me aan. Daarna nam de zuster haar mee om haar te wassen.'

'Was je bang?'

'Een beetje.' Rosemary strijkt het beddengoed glad en lacht. 'En toen voelde ik me… voel ik me… verlost.' Had ze de Sartori's en Lancelatti's maar voor het raam van de babyzaal kunnen zien staan, dan zou ze zich realiseren dat haar trouwdag niet het beslissende moment in haar leven was. Vandaag is de dag die iedereen zich zal herinneren.

'Je bent zo kalm,' zeg ik tegen haar.

'Weet je, het was helemaal niet zoals ik gedacht had. Helemaal niet. Het was alsof ik de parachute was die Maria Grace veilig aan de grond heeft gezet. Ik heb haar hier gebracht, mijn taak zit erop.'

'Die begint nu pas!' zeg ik met een lach.

'Dat weet ik. Maar ik weet ook dat de wereld niet meer van mij is. Hij is van haar.'

De verpleegster komt de kamer in met mijn nieuwe nichtje. 'Het is tijd om haar te voeden,' zegt ze tegen Rosemary.

'Ik wacht op de gang,' zeg ik tegen mijn schoonzusje.

De zuster geeft Rosemary de baby. Maria Grace lijkt veel kleiner dan op de babyzaal, en haar haar is veel dikker en donkerder, alsof ze een zwartfluwelen mutsje draagt.

'Wil je haar even vasthouden?' vraagt Rosemary. 'Dat mag toch wel even?' zegt ze tegen de zuster.

'Heel even dan,' antwoordt die.

Ro buigt zich naar voren, fluistert tegen het bundeltje: 'Dit is je tante Lu', en geeft de baby dan aan mij. Wat is ze warm! Ik houd haar vast alsof ze van fijn porselein gemaakt is.

'Dag, Maria Grace. Als je groot bent, gaan we naar musicals op Broadway en neem ik je mee naar de kapper. Dan kopen we heel veel dure schoenen en tasjes en lakken onze teennagels ro-zerood!' fluister ik. 'Moge God je elke dag van je lange en geluk-kige leven zegenen.' Ik kus haar en geef haar dan terug aan haar moeder.

Door de geur van de baby, in combinatie met de tevreden en vreedzame uitdrukking op Rosemary's gezicht krijg ik tranen in mijn ogen. Dit is zo'n zeldzaam en mooi moment dat ik het vast wil houden, maar dat kan niet. Ik weet dat de geboorte van het eerste kind van mijn oudste broer een eenmalige gebeurte-nis is. We gaan maar door, denk ik bij mezelf. We gaan maar door en door.

Roberto blijft bij Rosemary in het ziekenhuis. Als papa, mama, de Lancelatti's en ik thuiskomen, kunnen we onze ogen niet geloven: mijn broers, die nog nooit in hun leven de tafel hebben gedekt of afgewassen, hebben mama's mooiste servies op tafel gezet. De lange witte kaarsen branden en in het midden staat een kleine glazen vaas met roze anjers. Ik besluit mijn broers niet te plagen, want dit soort initiatieven moeten gesti-muleerd worden. Angelo gaat rond met mama's mooiste zilve-ren dienblad met daarop gevulde champagneglazen. Hij geeft ons allemaal een glas.

'Op Maria Grace!' zegt Orlando.

'Dat ze maar gezond en sterk mag worden!' voegt meneer Lancelatti eraan toe. 'Cent'anni!'

De maaltijd verloopt gezellig. Mijn broers plagen de jongere broertjes van Rosemary en spelen met ze. Na het dessert gaan we naar de tuin, en Angelo en Exodus stoeien een tijdje met de jongens, terwijl Orlando ze spookverhalen vertelt. Rosemary's kleine zusje helpt met afruimen. Aan het eind van een geweldi-ge avond vraagt mevrouw Lancelatti aan mijn broers om de jongens mee naar binnen te nemen. Ze nemen de metro naar Brooklyn, maar eerst gaan ze nog even langs het Sint-Vincent Ziekenhuis om Rosemary, Roberto en Maria Grace welterus-ten te wensen.

Wat een dag, denk ik als ik de trap op loop naar mijn kamer. De vijf trappen die ik normaal gesproken op ren, lijken twee keer zo lang. Er is zo veel om over na te denken: John Talbot, zijn moeder, de zee, en nu mijn jonge nichtje. En morgen is Ruths bruiloft! Terwijl ik mijn nachthemd aantrek, kijk ik even naar het boek waar ik vandaag in had willen beginnen en bedenk dat daar later nog tijd genoeg voor zal zijn.

Ik stap in bed en knip de lamp uit, waardoor de kamer wordt overgoten door de gele gloed van de straatlantaarn. Ik denk aan Sylvia O'Keefe in Creedmore en hoe blij ze was dat haar zoon langskwam. Als Ruth en ik een jurk maken voor een jonge debutante die niet zo'n knap gezichtje heeft en niet zo'n goed figuur, merken we altijd dat de kleren haar niet mooi kunnen maken. Schoonheid kan alleen van binnenuit komen. Wanneer mensen vervuld zijn van liefde, zijn ze op hun mooist.

Voordat ik ga slapen, bid ik voor baby Maria Grace. Dat ze alles mag krijgen wat ze wil in het leven, dat ze groot en sterk mag worden, en grote dromen zal koesteren. En vervolgens dank ik God dat Hij me een nichtje geschonken heeft. Na al die jaren zal het fijn zijn om nog een meisje in huis te hebben om te helpen met de afwas.

6

$\mathcal{N}$a de meest opwindende zaterdag van mijn leven lukte het me desondanks om wakker te blijven tijdens Ruths bruiloft. Sterker nog: ik nam volop deel aan het feestgedruis. Ik werd de kring in getrokken om mee te doen met de *hora*, een traditionele joodse dans, en ik danste eindeloos met de neven van Ruth en Harvey en met Delmarr.

De week daarop was het een beetje eenzaam op het werk. Ik zei tegen mezelf dat dat kwam doordat Ruth op huwelijksreis was, maar eigenlijk was ik gewoon teleurgesteld dat John me niet had gebeld.

Op Ruths eerste werkdag na haar vakantie betrapt ze me erop dat ik net iets te vaak op de telefoonlijst kijk.

'Hij heeft niet gebeld, Lu. Maak je niet druk.'

'Ik maak me wel druk. Ik mis hem.'

'O, alsjeblieft zeg. Wat mis je precies? Jullie zijn een keer uit geweest, een autoritje naar zijn moeder. Mijn hemel, sla die verkering dan maar over en ga gelijk trouwen want zo breng ik mijn oersaaie zaterdagen nu ook door. We waren nog maar net terug van onze huwelijksreis of we gingen al "gezellig bij moeders langs".'

'Lucia, Ruth, kom eens even hier,' roept Delmarr vanuit de pasruimte.

Als we binnenkomen, fluit Ruth zachtjes tussen haar tanden. Ze is zowaar onder de indruk. 'Waar heb je dat opgeduikeld?' zegt ze terwijl ze om een kledingrek heen loopt waar drie avondjurken op hangen, alle drie gemaakt van witte stof.

'Parijs.'

'Me dunkt.' Ruth knikt goedkeurend.

Ik haal voorzichtig een jurk uit het rek. Hij is zo licht als schuimgebak, maar zit zo ingenieus in elkaar dat het lijkt of een architect er de hand in heeft gehad. Twee dunne zijden bandjes zitten vast aan de rechte jurk van wit satijn waarin het De' Medici-familiewapen, een hommel, subtiel verwerkt is. Een strook met gouden en zijden vlinders is sierlijk op de rechter zijnaad van de rok tot het middel aangebracht. Aan het linker schouderbandje is een grotere uitvoering van de vlinder bevestigd. Ik moet weten welke kunstenaar achter dit meesterwerk zit. 'Wie heeft dit gemaakt?'

'Spionnen.' Delmarr lacht. 'Hilda had een tekenaar meegenomen naar de shows die ze ging bekijken, en dit is een uitvoering van een Pierre Balmain-creatie. Hij is een prêt-à-porterlijn aan het opzetten, dus Hilda vond het geen bezwaar het ontwerp te jatten. Ze heeft meteen ook een van Balmains naaisters ingehuurd om het prototype te ontwerpen.'

'Ze is meedogenloos!' Ik houd de jurk voor de spiegel voor mijn lichaam. 'Als je als vrouw zo'n jurk draagt, moet alles je wel meezitten.'

'Daar kom je vanzelf achter. Trek hem eens aan,' zegt Delmarr lachend.

'Mag dat?'

'Kom op, ik help je wel even.' Ruth pakt de jurk en ik loop achter haar aan naar het kamerscherm. Ik rits mijn rok los en stap eruit.

'Geen onderjurk,' zegt Delmarr, die zich van het scherm afwendt en een sigaret opsteekt.

'Delmarr,' zegt Ruth, 'het ontwerp is echt ongelooflijk. De rits zit verborgen onder de arm, precies in de naad. En het is de kleinste rits die ik ooit heb gezien!'

Ruth helpt me in de jurk, die over mijn heupen golft en soepel tot mijn enkels valt. Ik til mijn arm op zodat Ruth de jurk kan dichtritsen. Ik doe mijn ogen dicht en ga voorzichtig van de ene voet op de andere staan; ik voel de stof over mijn lichaam. Deze pastechniek is ons door het Hilda-monster aangeleerd. Zij bracht het als volgt: zodra een vrouw haar jurk aanheeft, zou ze hem niet meer mogen voelen. Als een jurk goed ontworpen en gemaakt is, moet hij met een vrouwenlichaam samensmelten of zo losjes zitten dat hij niet trekt, knelt of knapt bij de naden.

'Ik durf niet tevoorschijn te komen,' roep ik naar Delmarr.

'Waarom niet? Past hij niet?'

'Nee, hij past zo goed dat ik het gevoel heb dat ik niks aan heb.'

'Ik ben dol op die Fransen!' lacht Delmarr. 'Dat is ook de bedoeling.'

Ruth duwt me achter het scherm vandaan. Delmarr staat bij de verhoging te wachten en helpt me erop. Ruth pakt een paar pumps in mijn maat die we altijd bij de hand hebben bij het passen, en houdt de schoenen vast terwijl ik erin stap.

'Ik mag dan graag denken dat ik goed ben, maar zó goed ben ik niet.' Delmarr bekijkt me aandachtig in de spiegel. Ik kijk naar mezelf, maar ik zie mezelf niet, ik zie een vrouw die een gedaanteverwisseling heeft ondergaan door een volmaakte jurk. Ik houd mijn armen tegen mijn zij gedrukt en kijk naar mijn spiegelbeeld.

'O, Lucia,' is het enige wat Ruth te zeggen heeft.

'Houd dit vast, mejuffrouw Sartori,' Delmarr staat aan mijn ene kant en Ruth aan de andere. 'Dit is jeugd. Je ster flonkert helder aan de hemel. Misschien zul je wel nooit meer zo mooi zijn als nu. Geniet ervan.' Hij geeft me een knipoog.

'Ik wou dat ik ergens naartoe kon in deze geweldige creatie,' zeg ik tegen de spiegel.

'Dat kun je. ook Ik ga met Nancy Smith naar het debutantenbal in het Plaza. Haar broer is er ook en die zoekt nog iemand om hem te vergezellen.'

'Wil je dat ik meega?'

'Jee, ik zou dolgraag meegaan,' zegt Ruth, 'maar ik moet vanavond al canasta spelen met Harvey en zijn ouders en daarna gaan we heel chic hamburgers eten bij de White Tower. Joepie!'

'Wat jammer nou dat je het zo druk hebt, Ruth.' Delmarr wendt zich tot mij. 'Je hebt schoenen nodig, kousen, een tasje. Ruth en jij gaan lekker her en der wat lenen.'

Ruth en ik lopen tijdens onze lunchpauze alle afdelingen af en proberen spullen los te krijgen bij Delmarrs kennissen. De afdelingshoofden lenen graag spullen aan Delmarr omdat hij zijn klanten altijd naar hen doorstuurt voor allerhande accessoires. Op de Schoenenafdeling kiest Ruth een paar dichte muiltjes van witte *peau de soie* uit met parels op de neus. We stuiten op een mooi bewerkt Indisch tasje van geborduurde ton-sur-ton tussorzijde, en lange handschoenen tot over de elleboog waarop van de pols tot de elleboog kleine opalen knoopjes zitten. Ik heb het zo druk dat ik nauwelijks aan John Talbot denk, hoewel ik zou willen dat hij me in deze jurk kon zien.

Ik ga vroeg weg van mijn werk om mijn haar te laten opsteken voor het gala. Op weg naar huis ga ik even langs bij het Sint-Vincent om naar Maria Grace te kijken, maar zowel zij als haar moeder doet een middagdutje. Ik ga naar de bloemist en kies een gardenia uit om in mijn haar te steken. Mijn begeleider zal waarschijnlijk ook wel een bloem meenemen, maar je kunt er als vrouw nooit genoeg hebben.

Christopher Smith staat klokslag halfacht voor de deur. Zijn levensverhaal wordt me tussen de Village en Fifty-ninth en Fifth uitgebreid uit de doeken gedaan. Hij is ingenieur, afgestudeerd aan Princeton, is er twee jaar tussenuit geweest op de universiteit om bij de marine te gaan (zijn vader had makkelijk voor uitstel kunnen zorgen, maar Christopher wilde per se in militaire dienst), en op dit moment werkt hij voor het bedrijf van zijn vader, een ijzerertsmijnbouwbedrijf. Hij is blond, lang en heeft blauwe ogen. Christopher is typisch zo'n jongen uit de betere klasse. Maar hij is beleefd en aardig en heeft gevoel voor humor. Het wordt een geweldige avond. 'Ik zal je eerlijk vertellen,' zegt Christopher, 'dat de meisjes aan wie ik gekoppeld wordt voor een avondje uit zelden zo mooi zijn als me van tevoren verteld wordt. Maar jij bent echt beeldschoon.'

Ik bedank hem. In dit geval denk ik dat dat voornamelijk de verdienste van de jurk is. Ik bof maar dat ik die aan mag.

De auto stopt voor de hoofdingang van het Plaza. Als we de trap naar de Grote Balzaal op lopen, lijkt het wel alsof de high society alvast de nieuwe lentecollectie laat zien. De dames gaan gekleed in lichte, zijden jurken, neutrale kleuren als beige, schelproze en zachtgeel voeren de boventoon. Tot dusver ben ik de enige in een witte jurk (laat het maar aan Balmain over om een trendsetter te zijn in plaats van een trendvolger). Het lijkt wel of Christopher iedereen in de ontvangstruimte kent. Een paar meisjes komen op hem af om gedag te zeggen, ze doen aardig tegen hem en beleefd tegen mij. Ik weet zeker dat ze zich afvragen wat hij hier met mij moet. Ik mag er dan wel uitzien alsof ik erbij hoor, maar ze weten dat ik niet een van hen ben. De beau monde is één grote familie en ze kennen elk lid ervan. Iedereen die ze voor het eerst zien valt op als een rode schoen bij een groene jurk.

De meisjes mogen dan geen spat veranderd zijn, de jongens zijn dat wel. Na de Tweede Wereldoorlog zijn de verschillen minder geworden. De gewoontes en tradities die normaal gesproken alleen voorbehouden waren aan een select groepje jongens van een bepaalde afkomst zijn nu minder exclusief. De grens tussen mannen uit de betere buurten en mannen uit de mindere buurten is vervaagd doordat veel mannen de oorlog uit kwamen met bruiden van over de hele wereld. Tien jaar geleden zou een katholiek meisje als ik niet welkom zijn geweest in het Plaza Hotel, en Christopher zou er nooit in toegestemd hebben dat ik hem zou vergezellen. De oorlog heeft daar verandering in gebracht. De jongens uit de gegoede milieus zijn volwassen geworden en geen zorgeloze dandy's meer, maar nuchtere denkers. De jongens uit de lagere milieus, die gevochten hebben voor hun nieuwe land, oogsten respect en worden niet langer als tweederangs burgers beschouwd. Ik loop met opgeheven hoofd de balzaal binnen. Ik ben tenslotte de zus van vier oorlogsveteranen en de dochter van een oorlogsveteraan. Ik mag gaan en staan waar ik wil en elke uitnodiging die op mijn pad komt aannemen.

Het geweldige Vincent Lopa Orkest speelt als we langs de dansvloer naar onze tafel lopen. Er zijn slingers van madeliefjes en kersenbloesem aan het plafond bevestigd die als linten naar beneden hangen. Handgeschilderde muurtekeningen van landschappen vallen op te midden van het krullerige lijstwerk. De tafels zijn gedekt met kraakvers linnen, en in het midden staan vissenkommen met echte goudvissen. Ruth zal met haar oren staan te klapperen.

Delmarr zwaait naar me vanaf de overkant van de dansvloer en baant zich een weg door de menigte. 'Christopher, wat leuk om je weer te zien,' zegt hij terwijl ze elkaar de hand schudden. Dan wendt hij zich tot mij. 'Wat vind je ervan?'

'Het is echt een wonderland,' zeg ik tegen hem terwijl hij me een pirouette laat maken.

'Jij bent het mooiste meisje van de avond,' zegt Delmarr die de dansvloer af speurt. Hij gaat bij een groepje pratende mensen staan, pakt de hand van een meisje en komt weer naar ons toe. 'Nancy, ik wil je graag voorstellen aan Lucia.' Nancy Smith is de vrouwelijke versie van haar broer, lang en slank, met hemelsblauwe ogen die extra opvallen bij haar lichtblauwe jurk.

'Leuk je te ontmoeten. Dank je dat je je vrijwillig hebt opgeofferd,' zegt ze tegen mij en ze werpt haar broer daarbij een duizelingwekkende glimlach toe.

'Graag gedaan…' zeg ik, maar Nancy wordt alweer weggetrokken door een ander stel.

'Veel plezier,' roept ze over haar schouder.

'Haar scheiding is er net door. Dit is haar eerste avondje uit zonder haar ex. Het voelt alsof ik achter een op hol geslagen paard aan loop,' fluistert Delmarr in mijn oor.

'Lucia, ik wil je graag voorstellen aan een paar studievrienden van Princeton.' Christopher slaat zijn arm om mijn middel. Achter hem staat een groepje onberispelijke jongemannen, van het soort dat ik altijd op groepsfoto's op de societypagina's zie staan. Christopher stelt me aan iedere jongeman voor en ze complimenteren me stuk voor stuk met mijn jurk en mijn haar.

'Ben jij een prinses?' vraagt een van hen.

'Nee, hoezo?'

'Het familiewapen van de familie De' Medici is in de stof van je jurk verwerkt.'

'Dat heb je heel scherp opgemerkt,' zeg ik tegen hem. 'Weet je waar de hommel in Italië voor staat?' Hij schudt zijn hoofd. 'Het koningshuis.'

'Ben jij aan Vassar afgestudeerd?' vraagt een van de andere jongemannen aan me.

'Nee, ik heb niet gestudeerd. Ik heb op Katherine Gibbs-secretaresseopleiding gezeten en kreeg vervolgens een baan als naaister bij B. Altman,' vertel ik vol trots.

'O, wat heerlijk, een ouderwetse meid die van handwerken houdt,' zegt een van de jongens vriendelijk.

'Wegwezen. Ze is tot middernacht van mij,' zegt Christopher terwijl hij me naar de dansvloer leidt. Hij danst heel soepel. Ik zou best zo'n leven kunnen leiden, denk ik terwijl hij me dichter tegen zich aan trekt. Als ik over zijn schouder kijk, zie ik tot mijn stomme verbazing John Talbot. Hij houdt Amanda Parker, dé debutante van het moment, in zijn armen. Als er een nieuw nummer wordt ingezet, tilt John haar van de grond en kust haar zoals hij mij een week geleden voor de deur heeft gekust. Het beeld doet zo'n pijn dat ik mijn ogen dicht moet doen. Als ik ze weer opendoe hangt ze nog steeds over hem heen als vossenbont over satijn. Meteen hoor ik een stemmetje in mijn binnenste zeggen: hij is niet echt jouw man. Hij heeft je meegenomen om een ritje te maken, je hebt zijn moeder ontmoet, maar je kunt niks van hem vragen, hij heeft je geen beloftes gedaan; je kent hem amper. Maar dan moet ik denken aan zijn kus. Is een kus geen belofte? Een intentieverklaring?

'Gaat het wel?' vraagt Christopher.

'Ja hoor,' lieg ik. Dan besluit ik de rollen om te draaien. Ik weiger iemands wegwerpmeisje te zijn. John Talbot mag best weten dat ik niet een of andere nul ben die er leuk uitziet maar met wie je verder geen relatie begint. 'Christopher? Ken jij Amanda Parker?'

'Natuurlijk.'

'Ik zou heel graag met haar willen kennismaken.'

Christopher leidt me de dansvloer over, naar Amanda en John. Als John ziet dat ik op hem af kom, staart hij me vol ongeloof aan, alsof dit een droom is en ik uit een dikke spookachtige mist tevoorschijn kom met een groep arme dorpsbewoners die hun gelijk komen halen. Hij trekt wit weg als hij ziet dat ik het echt ben en dat ik echt met hem kom praten.

'Amanda, ik zou je graag aan de dame aan mijn zijde willen voorstellen. Dit is Lucia Sartori,' zegt Christopher.

Amanda laat haar hoofd zakken en lacht naar me, terwijl ze een wegspringende glanzende krul achter haar oor strijkt. Deze pose, die ze ook altijd aanneemt op de societypagina's, is bedoeld om haar donkere patriciërsuiterlijk iets kwetsbaars te geven, waarbij het overduidelijk is dat ze allesbehalve een kwetsbaar popje is. Amanda stelt John voor, waarna zij en Christopher elkaar een beetje beginnen te jennen en ik mijn ogen strak op John gericht houd, die me nog steeds niet recht aan kan kijken.

'John?'

'Ja?' Eindelijk ontmoeten mijn ogen de zijne, en vervolgens

neemt hij me helemaal op, niet op een goedkope manier, maar vol bewondering.

'Leuk om je weer te zien,' zeg ik.

Christopher pakt me bij de arm en excuseert ons, we gaan drankjes halen. Ik voel sterk de neiging om achterom te kijken of John me nakijkt, maar ik doe het niet. Dat zou toch nergens goed voor zijn. Hij is bezet. Ik had moeten weten dat hij niet meer beschikbaar zou zijn. Hoe boos ik ook ben, ik begrijp hem ergens wel. Hij wil ook graag deel van deze wereld uitmaken. Maar wat hij niet weet is dat hij en ik alleen aan de arm van een ander deze wereld binnengeleid kunnen worden.

Zodra ik thuis ben, bel ik Ruth en vertel haar over het bal. Ze luistert aandachtig naar alles wat ik zeg en besluit dat ik me niet te veel moet aantrekken van de kus die John op Amanda's lippen plantte. Ik ben het niet met haar eens, en nadat ik opgehangen heb, moet ik nog een hele tijd aan die kus denken. Elke keer als ik de scène voor mijn geestesoog afspeel, drijft die me verder en verder af van het idee dat ik iets zou kunnen hebben met John Talbot. 'Het is voorbij,' zeg ik hardop tegen mezelf, alsof het daarmee officieel wordt bevestigd. Ik maak me klaar voor de nacht, en wens dat ik niet naar het debutantenbal was gegaan. Ik zie Johns gezicht voor me en wou dat ik hem nooit had ontmoet.

'Lucia! Wakker worden!' Mama schudt me wakker.

'Wat is er?'

'Kleed je aan. Snel!'

Ik kijk op de wekker. Het is kwart voor vijf. 'Wat is er aan de hand?'

'De baby!'

Ik hoor mama's voetstappen de trap af rennen. Ik trek snel de broek en trui aan die ik gister aan had, vergeet sokken aan te doen en ren ook de trap af. Mama is haar jas aan het aantrekken en huilt met ongecontroleerde schokken. Ik doe mijn laarzen aan die ik gisteren naast de bank heb laten staan, pak mijn jas en loop achter mijn ouders aan naar buiten.

'Wat is er gebeurd? Pap? Mam?'

'Ze is er niet meer. De baby is er niet meer.'

'Is er niet meer? Hoe bedoel je?'

'Ze is overleden.' Mijn moeder huilt. 'Lucia, ze is overleden.'

Ik kan het niet geloven. We stappen op Hudson Street in een taxi en de chauffeur brengt ons in hoog tempo naar het Sint-Vincent. Mama huilt aan één stuk door. Papa houdt haar vast, maar ze is ontroostbaar. Ik weet zeker dat er een vreselijke fout gemaakt is. Ik heb de baby in mijn armen gehouden. Alles was goed met haar. Wat kan er in hemelsnaam mis zijn gegaan?

We wachten niet op de lift, maar nemen de trap naar de kraamafdeling.

We rennen door de gang naar Rosemary's kamer, maar die is leeg. Een verpleegster wijst ons de weg naar de kamer waar ze naartoe is gebracht. Door het glas zie ik hoe mijn broer en zijn vrouw elkaar vasthouden. Er staat een arts naast hen. We openen de deur. Mama gaat nu wild tekeer. Papa probeert haar te kalmeren, maar wat hij ook zegt, niks helpt.

De uitdrukking op Rosemary's gezicht is zo hartverscheurend dat ik wegkijk. Roberto huilt, maar het zijn tranen van frustratie – hij begrijpt het niet. We begrijpen het allemaal niet. Ik loop naar de arts en pak zijn arm beet. 'Wat is er met de baby gebeurd?' vraag ik hem.

De arts heeft alles al aan Roberto en Rosemary verteld, en ik weet zeker dat hij het straks weer moet vertellen als de familie Lancelatti uit Brooklyn er is, maar hij legt het allemaal nogmaals geduldig uit. 'Ik kreeg een oproep van de verpleegster, Maria Grace had moeite met ademhalen. Ik controleerde haar grondig en merkte dat haar hartritme gedaald was. Ik vroeg om zuurstof, maar ze kreeg ter plekke een hartstilstand. Haar hart begaf het. We hebben geprobeerd haar te reanimeren, maar niets hielp. Ik heb hier geen verklaring voor. Ze was een kleine baby, maar dat hoeft er niks mee te maken te hebben. Ik denk dat ze een aangeboren hartafwijking had, een zwak hart vanaf de geboorte, zo zwak dat we niks hadden kunnen doen om haar te redden.'

Roberto wil een uitval doen naar de arts, maar papa houdt hem tegen en grijpt Roberto stevig vast. 'Mijn zoon,' zegt hij. 'Zoon.' En papa begint te huilen.

'Het spijt me. Het spijt me oprecht,' zegt de arts.

Mama houdt Rosemary vast, die haar armen stijf langs haar lichaam houdt. Ze knijpt haar ogen dicht alsof ze de loop der gebeurtenissen wil veranderen, hopend dat het maar een droom is. Maria Grace Sartori stierf op 23 februari 1951, om twee over halfvier 's ochtends. Ze heeft nog geen twee weken geleefd.

Als ik het geluk heb oud te worden zal ik nooit iets treurigers in mijn leven meemaken dan de begrafenis van mijn nichtje. Elk woord dat pastoor Abruzzi zegt bij het altaar in de Onze-Lieve-Vrouwe van Pompeii tijdens de Wederopstandingsdienst, klinkt leugenachtig. De hemel, de vrede die leeft in het hart van Christus voor de mensen die in Hem geloven, en het idee dat de baby veilig in de armen van Maria ligt, lijken loze beloftes die voor wanhopige mensen bedacht zijn. Ik geloof er niks van. Het is zo wreed als een kind sterft, en bij die verschrikking komt dan ook nog eens dat iedereen elkaar in het wilde weg gaat beschuldigen. Wiens fout is het? Die van de arts? Van het ziekenhuis? Van de moeder en haar melk? De omstandigheden waaronder Maria Grace verwekt is? Iedereen gist maar wat, iedereen probeert Gods wil te doorgronden.

Aan het eind van de begrafenisdienst lopen onze families achter de kist aan naar buiten. Het lukt me niet om op te staan. Als Orlando mijn hand wil pakken, trek ik hem weg en schud mijn hoofd. Ik wil geen getuige zijn van het einde van de dienst.

Ik kan het niet aan om naar Rosemary te moeten kijken die achter haar dochter aan loopt, wetende dat ze haar nooit meer vast zal kunnen houden. Ik kan het ook niet aan om Roberto te zien, die zichzelf de schuld geeft, en zeker weet dat het door een karakterfout van hem komt dat God zijn dierbare dochter bij hem heeft weggehaald, hij zou haar niet waard geweest zijn.

Mama bidt, papa ook. Ik kan het niet. Ik zit op mijn bankje en wacht tot iedereen weg is. Ik wil niet luisteren naar woorden van troost, en ik heb ze ook niet te bieden. Wanneer de laatste rouwenden buiten op de stoep staan, kijk ik omhoog naar het altaar, waar slierten wierook boven hangen.

De afgelopen dagen waren zo afschuwelijk dat ik besloten heb dat ik nooit een kind wil. Ik wil het risico niet lopen dat dit met míjn kleine meisje zou gebeuren. Ik vertelde dit aan papa en hij zei: 'Zo werkt dat niet, Lucia. Het is niet aan jou, het is aan God.' Maar volgens mij is God niet te vertrouwen als Hij zulke beslissingen neemt. Ik word achtervolgd door het gevoel dat ik had toen ik Maria Grace in mijn armen hield. Haar nieuwheid was niet te vergelijken met alles wat ik ooit ervaren had. Ik voel een hand op mijn schouder, maar ik draai me niet om om te kijken van wie die is. Ik kan het niet.

'Wat akelig allemaal, Lucia,' zegt Dante zacht. Ik pak zijn hand. Hij komt naast me zitten. Hij slaat zijn arm om me heen, en ik moet huilen. 'Wat een vreselijk, vreselijk verlies,' zegt hij.

'Ik ben bang dat Roberto en Rosemary zichzelf iets zullen aandoen. Ze kunnen elkaar niet eens aankijken. We waren zo blij toen ze geboren werd. Ik begrijp niet waarom dit moest gebeuren. Voor wie? Waarom?'

'Misschien is de baby wel gekomen om iedereen bij elkaar te brengen.'

'Maar waarom werd ze dan weer van ons weggenomen, als ze zo veel vreugde bracht?'

'Ik weet het niet, Lucia.'

'Niemand weet het. Daarom is het zo vreselijk. Er is geen enkele reden voor. Dante, kun jij ook maar een reden bedenken waarom zoiets moet gebeuren?'

'Nee. Er is geen reden.' Dante haalt zijn zakdoek tevoorschijn en veegt mijn tranen weg. 'Je broer en schoonzus hebben je nodig. Je moet sterk zijn. Ik weet dat je het kunt,' zegt hij. 'Kom op. Ik loop met je mee naar de auto.'

De kerk is leeg, maar de mensen voor de kerk staan er nog. Ze troosten Rosemary en Roberto en omhelzen mijn ouders en mijn broers. Ik houd Dantes hand vast terwijl we door de deur naar buiten lopen, het zonlicht in. Ruth komt op me af en omhelst me. Achter haar zie ik Delmarr, Helen en Violet staan die er net zo verslagen uitzien als ik zou zijn wanneer hun zoiets overkwam.

Het is koud vandaag. Er liggen hoopjes grijze sneeuw, overblijfselen van de sneeuwstorm, langs de stoepranden. Wat ziet de Village er grauw en naar uit, wat toeteren de claxons agressief in de spits, de rommel. Waar gaan al deze mensen trouwens heen? Weten ze dan niet wie wij verloren hebben?

De wind snijdt dwars door me heen. Ik huil vanuit mijn tenen, het kan me niet schelen wie dat allemaal hoort. Ik leun tegen Dante aan en stort al mijn verdriet over hem uit. Ik ben pas zesentwintig, en van het ene op het andere moment is deze prachtige wereld met al zijn mogelijkheden en vrolijke uitingen van een schitterende vallei veranderd in een donkere afgrond. Maria Grace heeft alle schoonheid met zich mee het graf in genomen.

Ik kijk op en zie Dantes moeder, zijn vader en zijn broers en zussen. Ze staan om me heen en houden me zwijgend vast. Ik voel hun kracht, en ik geneer me er niet voor dat ik op dit moment accepteer wat ik nodig heb. Als er iets heel ergs gebeurt zijn de enige mensen die je werkelijk begrijpen de mensen die je al je hele leven kent. De DeMartino's waren praktisch familie, en ze weten wat ze moeten doen en zeggen.

Dante helpt me de koets in zodat ik met mijn familie mee

kan rijden naar de begraafplaats in Queens waar de baby bijgezet wordt in het Sartori-familiegraf. 'Ik volg jullie daar naartoe,' zegt Dante. Voordat hij de deur sluit, steekt hij zijn hand uit om die van Roberto te pakken. Roberto trekt Dante naar binnen en omhelst hem en huilt op zijn schouder. Dante kijkt me aan en laat mijn broer een tijdje huilen. Uiteindelijk legt mijn vader zijn arm om Roberto en Dante loopt weg.

Dante komt inderdaad en blijft bij me tijdens de begrafenis, die zo mogelijk nog erger is dan de herdenkingsdienst. Het is zo bitterkoud dat we nauwelijks buiten kunnen staan. De pastoor spreekt de laatste woorden van zijn gebed uit, maar Rosemary wil het kistje niet loslaten om het in de grond te laten zakken. We weten niet wat me moeten doen. Roberto knielt en gaat bij haar zitten, en lange tijd houden ze Maria Grace samen vast. Orlando en Angelo zakken door hun knieën en helpen Roberto en Rosemary met opstaan. Ik kijk rond of ik Exodus zie, maar hij staat verderop op het pad met zijn rug naar ons toe, zijn schouders schokken van het huilen.

De dagen na Maria Graces dood voelen we ons als geesten in ons eigen huis. We draaien geen muziek en praten niet met elkaar. De avondmaaltijden zijn stille beproevingen. Dante is elke dag na de begrafenis langs geweest, voor zijn werk of daarna. Soms blijft hij een paar uur bij me zitten, soms is hij er maar heel even. Hij lijkt precies te weten wat hij moet zeggen en doen. Zijn medeleven gaat behalve naar mij ook uit naar mijn broers, Rosemary en mijn ouders.

Een week na de begrafenis wordt er op mijn slaapkamerdeur geklopt.

'Dag, lieverd.' Dante doet de deur open. 'Mag ik binnenkomen?'

'Natuurlijk.'

'Dus dit is je kamer,' zegt Dante, die alle details in zich opneemt. Hij kijkt naar mijn bed alsof hij zich heeft voorgesteld hoe ik daarin lag, of hoe we daar samen in lagen, en wendt zich dan beschaamd af. 'Hij is precies zoals ik me hem had voorgesteld.'

'Echt waar? Ik dacht altijd dat een man, zodra hij mijn hemelbed zou zien, in vuur en vlam zou staan als Sint-Lorenzo.' Ik klop uitnodigend naast me op het bed.

Dante gaat zitten. 'Tot zover gaat het goed.'

'Wat vind je ervan?'

'Het lijkt wel alsof hier een prinses woont die van lezen en naaien houdt.' Dante pakt mijn hand. 'Lieverd, ik maak me zorgen om je. Je zou er eens uit moeten.'

Ik staar uit het raam en denk na over hoe het zou zijn om naar buiten te gaan. Elke dag neem ik het me voor en elke dag blijf ik in mijn kamer zitten.

'Hoe langer je wacht, hoe erger het wordt. Kom op. Ga met me mee.'

Dante ziet mijn suède lage schoenen bij de kaptafel staan. Hij brengt ze naar me toe, gaat voor me zitten en doet ze me aan. Dan staat hij op, duwt me zachtjes van het bed af en omhelst me. Hij loopt met me naar de deur en legt zijn arm om me heen terwijl we de trap af lopen. Als we in de gang zijn, helpt hij me in mijn jas en slaat een sjaal om mijn nek. Hij pakt mijn hand en doet de deur open. Ik loop achter hem aan naar buiten.

'Nou, zie je wel, dat viel best mee, hè?' zegt hij, en hij legt een arm om mijn schouder als we verder lopen.

Ik kijk achterom naar mijn huis. 'Het is daar zo stil.'

'Ik weet het. Het is erg vreemd.' Dante pakt mijn hand en we lopen naar Grove Street. Ik blijf staan, draai me naar hem toe en leg mijn handen op de revers van zijn jas.

'Dante, dank je wel dat je ons allemaal zo tot steun geweest bent. Ik zou niet weten wat ik terug kan doen. Ik denk niet dat dat kan.'

Dante slaat zijn armen om me heen. 'Je bent familie, Lucia.'

'Dat was ik bijna geweest.'

'Je zult altijd mijn meisje blijven. Dat was je vanaf het eerste moment dat ik je zag. Je zat in de kerk met je broers. Je was acht en ik was twaalf en ik dacht: ik hoop dat ze op me wil wachten. Lucia, als het moet blijf ik de rest van mijn leven op je wachten.'

Dante trekt me dicht tegen zich aan. We staan bij het smeedijzeren hek voor het grote huis van de McIntyres. Dit is de plek waar hij me voor het eerst zoende toen ik vijftien was. Ik vraag me af of hij zich dat nog herinnert. Hij buigt zich naar voren en kust me zachtjes op allebei mijn wangen en dan op mijn mond. Ik ben zo verdrietig door alles wat er gebeurd is dat ik me in dit vertrouwde gevoel laat neerzijgen als in de oude kussens op mijn bed die ik als klein meisje al had. Ik vraag me af hoe vaak hij me gekust heeft vanaf het moment dat we iets met elkaar kregen. Duizend keer? Vaker? Hoe vaak heb ik mijn gezicht in zijn nek begraven en de geur van zijn huid opgesnoven?

'Je zult het wel ontzettend stom vinden dat ik het heb uitgemaakt,' zeg ik.

'Hoe kan ik het meisje naar wie ik in de kerk zat te staren nou haten?'

'Nou ja, ik staarde ook wel terug, hoor. Ik vond jou de knapste oudere man die ik ooit gezien had.' Dante lacht en pakt mijn hand, en we lopen een tijdje zwijgend naast elkaar. De enige mensen die me langer kennen dan Dante zijn mijn ouders en broers. 'Dante…' zeg ik na een tijdje.

'Je hoeft niks te zeggen, Lucia,' zegt hij tegen me. 'Ik begrijp het wel.'

Het enige waardoor ik de wereld weer onder ogen wil komen is de gedachte aan mijn werk. Ik mis mijn vrienden en de prettige alledaagse sfeer op de Couture-afdeling. Ik heb twee weken vrij genomen, wat alleen maar kon omdat Hilda naar Parijs was om modeshows te bekijken en geen idee had wie er wel en niet in het atelier aan het werk waren. Hilda is weer terug en ik ben klaar om weer aan de slag te gaan. Mijn kamer thuis begon een beetje aan te voelen als een gevangenis.

Bij mijn bureau staat een rek met jurken voor het debutantenbal waar een zoom in gelegd moet worden. Als ik er even doorheen ga met mijn handen, zie ik dat Helen ze mooi heeft vastgespeld. Ik pak de eerste jurk van witzijden shantung van het hangertje af en trek de paspop de jurk aan. Ik pak naald en draad en stik de zoom vast, waarbij ik de kaarsrechte lijn spelden volg.

Hoe moet ik mijn immense liefde voor dit werk beschrijven? Het is net alsof mijn handen vanaf het eerste moment dat ik een naald vasthield wisten wat ze moesten doen. Mijn linkerhand trekt de stof strak en mijn rechterhand maakt gelijkmatige bewegingen met naald en draad. Ik ben er zo goed in en ik doe het al zo lang dat de kleine steken bijna onzichtbaar zijn. Een zoom inleggen was het moeilijkst om te leren. Het vergt precisiewerk om de zoom helemaal recht te houden terwijl je aan het naaien bent, en een scheve zoom kan het hele kledingstuk bederven. Nonna Sartori zei vroeger altijd tegen me: 'Niemand hoeft te weten hoe vaak de steken weer uitgehaald zijn.' Soms deed ik dat wel een keer of vijftig voor het echt goed was. Nu is het een tweede natuur. Ik doe het nu in één keer goed.

Ruth stormt het atelier binnen en rent meteen op me af. 'Hij is hier! Talbot. Hij komt er zo aan.'

'Nou en?' vraag ik kalm, zonder mijn blik van de zoom af te wenden.

'Als je ervandoor wilt gaan, is daar nu nog tijd voor.'

'Als hij mij wil zien ben ik daar klaar voor,' zeg ik tegen haar.

Ruth gaat aan de tekentafel zitten en wacht af, ze houdt haar blik strak op de deur gericht. 'Daar is hij,' fluistert ze. Ik kijk niet op. Ik ben met de zoom bezig.

'Hallo, Lucia. Hoe gaat het met je?' vraagt John Talbot.

'Het gaat weer wat beter. Dank je wel voor de mooie bloemen. Ze stonden prachtig.'

'Dat was een kleine moeite, maar ik wilde dat je wist dat ik
aan je dacht. En aan je familie.'

'Dat was heel attent.'

'Ik wil je iets uitleggen,' zegt hij.

Ruth schraapt haar keel, pakt een tekening op en gaat naar
Delmarrs kantoor.

Ik bespeur een mooie opening voor een stevige verhande-
ling over de vraag waarom John liever met Amanda Parker
naar het bal ging dan met mij, maar eerlijk gezegd begrijp ik
het wel. Hoe graag ik ook deel uit zou maken van de wereld die
ik aankleed, er kleven ook bepaalde aspecten aan de high society waar ik een hekel aan heb. Ik zou niet volgens hun regels
kunnen leven. Iedereen weet dat een huwelijk iets anders betekent wanneer je ten noorden van Thirty-fourth Street woont.
Verhoudingen worden toegestaan, en mensen met blauw
bloed zijn trouw aan het familiewapen in plaats van aan hun
partner. Ik vind hun levensstijl weliswaar leuk, maar ik keur
hun moraal af. Daar vind ik mezelf te goed voor. 'Alsjeblieft,
John, ik heb geen behoefte aan uitleg. Ik vind dat jij zelf mag
weten met wie je omgaat. En daar wens ik je veel geluk bij.'

'Ik heb met haar gebroken, Lucia. Ik wil Amanda niet. Ik wil
jou.'

Het lijkt erop dat papa en zijn neef honderden brieven over en
weer hebben geschreven, en dat alles om onze zomervakantie
in Veneto te regelen. Neef Domenic en zijn vrouw, Bartolomea,
hebben een prachtig bidprentje naar Rosemary en Roberto gestuurd na het overlijden van Maria Grace, een zilveren plaatje
van de Heilige Maria. Ro heeft het op haar nachtkastje gezet en
bidt ervoor met de rozenkrans in haar hand, smekend om
kracht.

'Ik heb een idee,' zegt papa tegen me als ik hem help de kas op te maken. 'Ik ga Rosemary en Roberto proberen over te halen met ons mee te gaan naar Italië. Wat denk je daarvan?'

'Ik denk dat dat een geweldig idee is.'

'Verandering van omgeving wil nog wel eens helpen.' Papa dempt zijn stem. 'Hoe vind jij dat het met Rosemary gaat?'

'Ik weet het niet. Soms lijkt het even beter te gaan, maar dan begint ze opeens weer te huilen en kan ze niet meer ophouden. Mama probeert haar te troosten, maar het kost erg veel moeite.'

'Ik ga afsluiten,' zegt papa, en hij begint aan zijn avondritueel. Als kind vond ik het al leuk om in de winkel te zijn rond sluitingstijd. Ik kijk dan toe hoe hij de verse groenten besproeit, de 'muizen-kat' genaamd Moto, te eten geeft, het licht uitdoet, eerst achterin en daarna in de rest van de winkel.

'Dante was er vandaag nog even,' zegt papa terloops.

'Hoe gaat het met hem?' Sinds John Talbot weer mijn leven in geslopen is, is Dante er weer uit geslopen.

'Het gaat goed met hem. Hij vraagt zich af waarom je hem niet meer wilt zien.'

Ongelooflijk dat Dante mijn vader in vertrouwen heeft genomen! Ik heb aan papa helemaal niks over hem verteld.

'En word nou niet boos op hem,' gaat hij verder. 'Hij zei helemaal niks. Ik vroeg aan hem hoe het tussen jullie twee ging.'

'Waarom wilde u dat weten?'

Papa besproeit de groenten zonder zich om te draaien. 'Misschien mag ik hem wel. En misschien denk ik wel dat hij de juiste man voor je is.'

'O, pap.'

Ik wou dat ik mijn vader kon vertellen waarom ik Dante ontloop sinds hij me gekust heeft. Ik voelde me weer terugvallen in mijn oude gevoelens voor hem, maar al snel kwam ook de beklemming weer terug.

'Papa, vindt u John Talbot aardig?'

'Waarom vraag je dat?' Papa loopt naar de toonbank. 'Jullie gaan toch niet weer met elkaar om?'

'We gaan lunchen.' Dat klinkt vaag, maar eigenlijk zien John en ik elkaar bijna elke dag. We lunchen, rijden wat rond, of gaan op bezoek bij zijn moeder. Hij heeft me bewezen dat ik het enige meisje in zijn leven ben.

'Hij is niks voor jou, Lucia.'

'Papa!'

'Je vroeg er zelf naar! Dus vertel ik je eerlijk hoe ik erover denk. Ik krijg geen hoogte van die Talbot. En ik begrijp niet hoe hij zijn tijd doorbrengt,' zegt hij terwijl hij zijn schort afdoet, het opvouwt en onder de toonbank legt. Vervolgens komt hij er achter vandaan en gaat recht voor me staan.

'Hij is een zakenman, net als u,' zeg ik ter verdediging.

'Nee, hij is een goedgeklede vent met een snelle auto die grote plannen heeft, maar geen werk.'

'Ik vind het leuk wanneer een man er goedverzorgd uitziet en galant is. Daar gaat een bepaalde zelfverzekerdheid van uit. En wat betreft zijn plannen, hij heeft grote wensen, en juist u, papa, zou de eerste moeten zijn om te begrijpen dat hij hoog inzet. U kwam met niets naar dit land en hebt een eigen zaak opgezet.'

'Lucia, je moet letten op wat mannen doen, en niet op wat ze zeggen.' Papa legt zijn handen op de toonbank en leunt ertegenaan.

'Ontgaat me iets? Ziet u iets wat ik niet zie?'

'Iedereen heeft een blinde vlek. En jij hebt een blinde vlek waar het meneer Talbot betreft. Je bent te zeer onder de indruk van de buitenkant. Je vindt zijn kleren mooi en bewondert zijn levensstijl, het gemak waarmee hij door het leven gaat. Dat is je zwakte, maar het is ook je talent. Je maakt prachtige kleren, en je hebt oog voor schoonheid. Maar je weet ook hoe je tekortkomingen kunt verdoezelen met vakmanschap. Je hebt me een keer verteld over een vrouw met een figuur als een aubergine die een nieuwe jurk nodig had. Jij hebt toen een goocheltrucje uitgehaald: je verlaagde de taille en vulde de schouders op, waardoor het net leek of haar lichaam de juiste proporties had. Maar bij John Talbot zie je niet wie hij werkelijk is omdat je hem te veel aanbidt. En mocht hij een minder goed karakter hebben, dan denk jij dat je daar wel iets aan kunt doen. En dat is gewoon niet zo.'

'Papa, ik weet wat ik wil. Ik bewonder hem inderdaad! Ik snap niet wat daar mis mee is.'

'Ik begrijp dat je zijn mooie kanten laat opwegen tegen zijn minder goede kanten. Maar als je met iemand trouwt moet je iemands zwakke plekken kennen, anders kun je zijn sterke kanten ook niet volledig waarderen. Lucia,' zegt papa op mee-warige toon. 'Wie kent jou nou al vanaf de dag dat je geboren werd? Heb ik je ooit ergens vanaf gehouden omdat ik mijn ei-gen zwakheden niet onder ogen kon zien?'

'Nee, pap.'

'Ik zal nooit tegen je zeggen wat je wel en niet moet doen of van wie je moet houden. Ik wil alleen maar dat je goed oplet. Houd je ogen open. Overhaast niets.'

'Ik beloof u dat ik niets zal overhaasten.'

Ik heb een beetje buikpijn. Ik wil dat papa John aardig vindt. Als ik hem blijf zien is het belangrijk dat mijn vader achter me staat.

'Lucia, nodig hem maar uit om zondag bij ons te komen eten.'

'Meent u dat, papa?'

'Laten we maar eens zien uit wat voor hout hij gesneden is.' Papa lacht en geeft me een kersensnoepje waar ik als klein meisje dol op was. 'Kom, we gaan naar huis.'

Nadat hij drie keer achter elkaar op zondag is komen eten, zijn John en ik officieel een stel. Mama is helemaal weg van hem. Papa is nog niet helemaal overtuigd, maar hij doet zijn best. John en ik gaan nu veel met zijn tweetjes op stap, en Ruth en Harvey hebben ons uitgenodigd voor de eerste sederviering in hun eigen huis. Ik breng de week rond Pasen meestal in de kerk door; het begint met de avondmis op Witte Donderdag, daarna de mis op Goede Vrijdag en de Paaswake om middernacht op paaszaterdag. De ochtend van Pasen is altijd mijn favoriete feestdag geweest, maar dit jaar ga ik naar geen enkele viering. Ik ben niet meer in de Onze Lieve Vrouw Pompeii-kerk geweest sinds de dood van Maria Grace. Soms zou ik wel willen bidden, maar als ik het probeer, lukt het niet. Ik ben nog steeds boos op God, en het voelt onoprecht om met dat gevoel te gaan bidden. Mama maakt zich zorgen over mijn geloof, maar ik kan niet doen alsof de plek waar ik almaar pijn voel en die me eraan herinnert hoe makkelijk God ons in de steek liet toen we Hem het hardst nodig hadden, mij troost brengt.

Ik ben nog nooit bij een seder geweest, maar ik weet dat Ruth de afgelopen weken druk is geweest met de voorbereidingen van het traditionele Pascha-diner, dat de terugtocht van de Joden uit Egypte symboliseert. De pasgetrouwde Goldfarbs (Ruth heeft de strijd om het behoud van haar achternaam verloren) wonen nu in een nogal afgelegen appartement aan Gramercy Park, vanaf Commerce Street gezien aan de andere kant van de stad.

'Weet je zeker dat je wilt lopen?' vraagt John, die op de stoep voor onze deur mijn hand vastpakt.

'Wil jij dat?'

'Ja hoor.' John ziet er knap uit in zijn marineblauwe pak van gabardine. 'Ben ik wel passend gekleed voor een sederviering?'

'Dat lijkt me wel, ja.' Ik vind het vertederend dat John zich een beetje zorgen maakt of mijn vrienden hem wel aardig zullen vinden. 'Je bent prima gekleed voor de gelegenheid. Precies goed.'

'Jij ziet er prachtig uit,' zegt hij. 'Geel staat je heel mooi.'

'Ik heb het zelf gemaakt,' vertel ik hem. Delmarr had wat zachte wol op de kop getikt op een inkoopbeurs in Montréal. Ik heb er een pakje van gemaakt, afgewerkt met zwart-witte stiksels in visgraatmotief en met gouden knopen op het jasje. Het mooiste vind ik de stolpplooi die eraan vastzit, dat vooraan op een subtiele manier in plooien valt en aan de achterkant diep gesneden is, wat het jasje bewegingsruimte geeft. Ik heb bijpassende schoenen gevonden tijdens de monsterverkoop in het warenhuis, zwarte pumps van peau de soie.

'Ik ben dol op meisjes die hun eigen kleren kunnen maken,' zegt John.

'Maakt niet uit welk meisje?' Ik schaam me direct omdat ik me zo onzeker opstel. John en ik zijn dat stadium allang voorbij.

'Niet op ieder meisje. Ik ben dol op jou.' John trekt me dicht tegen zich aan. Hij kust me op de hoek van Cornelia Street. Een langsrijdende taxichauffeur fluit naar ons.

'Dank je. Ik vind het fijn als je zulke dingen tegen me zegt.'

'Ik hou van je, Lucia.'

Ik doe mijn ogen dicht en proef de woorden. John Talbot houdt van me! 'Ik hou van jou, John,' zeg ik tegen hem.

'Dat hoopte ik al,' Hij lacht.

We lopen verder en stoppen bij een drankzaak waar John een fles wijn voor Harvey en Ruth koopt. Rosemary heeft amandelkoekjes gebakken, die ik in een mooi trommeltje heb gedaan. John pakt mijn arm wanneer we Fifth Avenue oversteken.

'Lucia, er is iets waar ik me zorgen over maak.'

Ik voel een steek in mijn maag. Hij zegt dat hij van me houdt, maar nu komt het slechte nieuws. 'En waarover dan?' vraag ik zo nonchalant mogelijk.

'Je vader mag me niet zo.'

'Hij mag je wel,' lieg ik. Ik neem aan dat John niet door mijn vaders goede manieren heen prikt.

'Nee, hij mag me niet. Hij vindt me een oplichter.'

'Een oplichter?' Ik wuif zijn woorden weg. 'John, luister. Papa is een man van de oude stempel. Hij kijkt op een basale, eenvoudige manier tegen de dingen aan. Hij begrijpt niet waar jij je geld mee verdient. Hij denkt dat er maar drie zaken zijn waarmee je je geld kunt verdienen: voedsel, kleding en huisvesting. Jij houdt je bezig met andere zaken, zaken waar hij geen hoogte van kan krijgen. Dat is alles.'

'Jij begrijpt toch wel waar ik me mee bezighoud?'

'Je bent een zakenman.' Eerlijk gezegd weet ik niet precies wat John nou doet voor de kost. Ik weet dat hij het heel druk heeft, hij reist veel, en hij verdient veel. Hij kleedt zich goed en neemt me mee naar de beste restaurants. Hij heeft een vaste tafel bij Vesuvio aan West Forty-eighth Street. Wat moet ik nog meer weten? Papa's bezorgdheid komt voort uit de gevoelens van een overbezorgde vader.

'Ik zou graag willen dat je eens met je vader praatte en hem duidelijk maakt dat ik te vertrouwen ben.'

'Verplaats jezelf nou even in zijn situatie. Ik ben zijn enige dochter. Je weet dat hij me heel beschermd heeft opgevoed, en naarmate ik ouder word, wordt dat steeds erger. Hij lijkt meer druk op me te gaan uitoefenen.'

'Maar wat denk je van de druk die op mij wordt uitgeoefend? Hij geeft me het gevoel dat ik misbruik van je maak.'

'Je weet dat dat niet zo is, dus maak je daar nou maar geen zorgen over.' Ik pak Johns arm wat steviger beet.

'Ik ben zelf ook van de oude stempel. Ik heb geen behoefte aan zijn goedkeuring. Ik wil graag dat hij me respecteert.'

'Heb geduld,' zeg ik geruststellend.

'Ik weet dat je de mooiste meid in Greenwich Village bent.'

Ik lach. 'Je bent niet goed wijs!'

'Zie je dan niet wat er gebeurt als je over straat loopt? Mensen draaien zich om. Ze draaien zich letterlijk om omdat ze jou willen bekijken. Je bent geen onbeduidend iemand met een onbeduidend leven, je bent voorbestemd tot iets groots.'

Ik weet niet wat ik moet zeggen. Niemand heeft me ooit op zo'n manier bekeken. Misschien Delmarr een beetje, maar

Dante zeker niet, die zag in mij een bakkersvrouw. 'Ik zie mezelf helemaal niet zo. Hoe ver kun je het als carrièrevrouw nou helemaal schoppen als je niet op het juiste adres woont en niet de juiste achternaam hebt?'

'Jij kunt alles worden wat je wilt.'

Ik houd John staande en kus hem. Ik vind het heerlijk dat hij zo in me gelooft en begrijpt wat ik wil. Hij ziet voor mij een rol weggelegd in de echte wereld, niet alleen in mijn eigen buurtje. John heeft oog voor wat er van mij zal worden.

Het appartement van Ruth en Harvey is gebouwd in de typische Railroad-stijl uit het eind van de vorige eeuw. De kamers zijn klein, maar Ruth heeft erg haar best gedaan ze mooi in te richten met behulp van verf, behang en draperieën, die ze zelf gemaakt heeft van overgebleven stof uit het atelier. Ze heeft de tafel prachtig gedekt. Ze hadden alleen het beste van het beste op hun huwelijkslijst gezet. Hoewel het prachtige porselein en de facetgeslepen glazen eigenlijk te mooi zijn voor het tweekamerappartement, maakt dat hier helemaal niks uit. Ruth is gelukkig. Harvey en zij horen bij elkaar, en al hadden ze de langste verkering uit de geschiedenis, en ook al was het niet heel spannend wat er na hun trouwen gebeurde, ze genieten overduidelijk van de nieuwe aspecten van het samenleven.

Tijdens het eten knijpt John onder tafel in mijn hand. Het is net alsof we een geheim hebben voor de rest van de wereld. We houden van elkaar, en we hebben dat hardop tegen elkaar uitgesproken. Hoe dol hij ook op mij is, ik ben nog veel doller op hem. Ik zou alles doen wat ik kan om John gelukkig te maken.

Als ik 's ochtends vroeg op mijn werk kom en zie dat de assistent van Hilda Cramer een stapel werk voor ons heeft neergelegd, bedenk ik dat de gang van zaken op de Couture-afdeling erg veel weg heeft van het sprookje van de schoenmaker (Hilda) en de elven (wij): een geheimzinnige bode brengt 's nachts de opdrachten, wij maken de kleren, en dan neemt de bode ze snel weer mee om te kijken of ze de toets der kritiek kunnen doorstaan. Ik stel me voor hoe Hilda Cramer in haar mooie appartement aan de Upper East Side zit en de bode de kledingstukken een voor een voor haar laat ophouden, waarna ze onze inspanningen goedkeurt of afwijst.

'Waarom ben jij hier al zo vroeg?' vraagt Delmarr als hij me aan mijn bureau ziet zitten.

'Ik kon niet goed slapen,' zeg ik.

'Ik kan wel duizend dingen bedenken die leuker zijn dan vroeg naar mijn werk gaan.'

'Nou, ik kan er geen een bedenken. Daarom ben ik hier.'

'Ik vind het best.' Delmarr schenkt een kop koffie voor zichzelf in en schenkt mij ook bij.

'Dank je,' zeg ik en ik pak de beker aan. 'Maar waarom ben jíj hier zo vroeg?'

'Wil je het echt weten?' Delmarr steekt een sigaret op. 'Ik ben mijn volgende zet aan het voorbereiden.'

'Je gaat toch niet weg bij B. Altman?' Mijn maag trekt samen. Als Delmarr weggaat, wat moet er dan van mij, Ruth en de Flappers worden? Hij is onze leider. Je kunt het atelier net zo goed sluiten als hij er niet meer is.

'Misschien.'

'Maar…'

'Ssst, Lucia, ik zou je hier heus niet achterlaten. Jij zou met me meegaan.'

Ik voel me opgelucht maar ook verdrietig. Ik hou van B. Altman. Hoe zou ik hier ooit weg kunnen gaan? Maar welke rol spelen mijn bewondering en respect voor Delmarr in mijn grote liefde voor deze afdeling? Zonder er verder over na te denken besluit ik dat ik Delmarr overal naartoe zou volgen.

'En, zou je met me meegaan?' vraagt hij.

'Waar je ook heen zou gaan. Zeg het maar.'

'Echt?' Delmarr leunt achterover in zijn stoel.

'Ja. En je hoeft niet eens met me te trouwen.'

'Sorry, maar dat zou er ook niet in zitten. Niet met jou. Met niemand niet. Ik ben verslingerd aan mijn vrijdagavondjes in El Morocco, met mijn Manhattans en de vaste klanten met wie ik lekker kan kletsen om vervolgens tegen zonsopgang maar weer eens naar huis te gaan en daarna de hele zaterdag in bed door te brengen. Dat is niet echt bravehuisvadergedrag.'

'Nee, dat kun je wel stellen.'

Hij lacht. 'Ik ben hier naartoe gegaan voor het vrijgezellenleven. Als ik per se gevangen had willen zitten was ik wel op de boerderij in "Verzaajes", Indiana gebleven. Je schrijft het net zo als het Franse paleis, maar ze spreken het daar uit als iets wat rijmt op "naailes". Dat leek me al reden genoeg om te verhuizen. Ga nooit in een stadje wonen waarvan de bewoners de naam niet kunnen uitspreken.'

'Je hebt me nooit iets over je achtergrond verteld.'

'Ik was bang dat het te opwindend voor je zou zijn.' Hij lacht. 'Het was er rustiek. Er was één bioscoop, mijn redding. Ik was dol op films. Vooral op die Park Avenue-komedies waarin de jonge rijke erfgename verliefd wordt op de butler die dan een prins blijkt te zijn. De mannen waren tof. Ze waren charmant en grappig, gingen onberispelijk gekleed en ze kregen het meisje altijd. Zo wilde ik ook zijn, niet zoals de boeren die ik om me heen zag, die buiten werkten en zelden iets zeiden. Ik was dol op praten. Toen ontdekte ik waar ik goed in was. Ik zou filmscènes gaan tekenen, je weet wel, van die storyboards. Een van mijn leraren zag de tekeningen en moedigde me aan erin door te gaan.'

'Je was een wonderkind.'

'Nou en of. Niemand kon zo goed tekenen als ik, tenminste, niet in Versailles. Maar het was niet mijn talent wat me onderscheidde van de rest van de mensen met wie ik opgroeide. Het was nieuwsgierigheid. Ik wilde de Atlantische Oceaan zien. Ik weet dat dat raar klinkt, maar ik wilde weten hoe het voelde om op zand te lopen, en hoe witte golven eruitzagen. Ik had een lijst met dingen die ik wilde zien. Ik wilde weten waar Fred Astaire en Ginger Rogers dansten in *Top Hat*.'

'Je bent een vaste bezoeker van El Morocco. Dat komt aardig in de buurt.'

'Ik werkte op de boerderij en als illustrator bij de plaatselijke krant. Toen het oorlog werd, ging ik bij de marine met de bedoeling in New York gestationeerd te worden. Een oud-leraar diende mijn tekeningen in bij de New York School of Design en ik belandde hier als soldaat. Stel je eens voor. Ik moest aan het vreselijkste front van het Atlantische theaterspektakel dienen om mijn kans te krijgen in de grote stad. Ik wilde de occaan zien en mijn hemel, ik kreeg er ook een te zien. Aan het eind van de oorlog was ik zo blij dat ik nog leefde, dat ik mezelf beloofde dat ik grote risico's zou nemen. En toen heb ik dus mijn achternaam weggelaten en de beminnelijke man die je hier voor je ziet gecreëerd. Delmer Dickinson uit Versailles, Indiana werd Delmarr.'

'Delmarr klinkt heel wat chiquer dan Delmer.'

'Hilda wilde tijdens het sollicitatiegesprek weten of ik van Franse komaf was. Ik stond op het punt te gaan liegen en ja te antwoorden, maar toen bedacht ik me en zei: "Mevrouw Cramer, het enige Franse aan mij is de croissant die ik vanmorgen bij het ontbijt gegeten heb." Ze moest lachen en ik kreeg de baan.'

7

$\mathcal{D}$e meeste mensen zijn dol op de lente in New York, maar ik vind zelf juni de fijnste maand. Jonge vrouwen ruilen hun hoeden van vilt in voor strohoedjes, de winterlaarzen gaan de kast weer in en worden vervangen door luchtige sandalen, en wollen rokken worden prachtige golven van frisse piqué. Overal waar je kijkt zie je vrouwen die doen denken aan prachtige bloeiende planten.

Iedereen is met bruiloften bezig. De debutantes noemen dit de Zwijmel-maand; Delmarr noemt het Moeder-Loeder-maand, omdat we worden overspoeld door chagrijnige bruiden en hun veeleisende moeders. We werken dag en nacht om de verschillende japonnen af te maken – voor de bruiden, hun moeders, de gasten en de bruidsmeisjes. De meeste bruiden hebben tien dagen voor de grote dag hun laatste pasafspraak, dus het werkschema in het atelier is overvol.

Delmarr heeft balen soepele voile besteld in de pasteltinten roze, blauw, mintgroen en zachtgeel. Eind juni is alles op. 'Houd het klassiek,' horen we Delmarr tegen weer een nerveuze bruid zeggen die in zijn kantoor door een patronenboek bladert. Nadat ze een besluit heeft genomen en het pand heeft verlaten, komt hij naar buiten en verklaart plechtig: 'Nog een bruiloft. Roze voile.' Delmarr mag dan een fantastische ontwerper zijn, hij is een nog betere verkoper.

Doordat er zo veel klanten langskomen, zijn de roddels niet van de lucht. Ruth hielp een societymeisje haar bruidsjurk passen en hoorde haar roddelen met haar bruidsmeisje over Amanda Parker, die pas verloofd is met een advocaat van een van de grootste advocatenkantoren in de stad. Ik was niet bepaald rouwig te horen dat ze niet meer beschikbaar is. Ik zit er niet op te wachten dat een van Johns oude vlammen weer in beeld komt om onze prille relatie te verstoren.

* Er liggen maar een stuk of vijftig straten tussen mijn leventje in Greenwich Village en het chique bestaan in de Upper East Side, maar de waarheid is dat het twee heel verschillende werelden zijn. De dure wijken van de stad hebben een geschiedenis en een glans over zich waar wij als dochters van immigranten geen deel van uitmaken, en dat weten we. Als Italiaans meisje ben ik alleen aan de arm van een van de leden welkom in de chique privéclubs. Ruth is joods, dus die komt daar sowieso niet binnen. De vader van Helen Gannon was politieagent in Brooklyn, dus voor haar geldt hetzelfde. En die arme Violet is de dochter van een weduwe die afhankelijk is van een uitkering, dus zij heeft nooit de kans gekregen om de juiste contacten te leggen en zich te ontworstelen aan het milieu waar ze vandaan komt. Toch verkies ik mijn eigen vriendinnen boven alle bevoorrechte meisjes voor wie ik japonnen heb gemaakt. Het karakter van mijn vriendinnen is gevormd doordat ze altijd voor zichzelf hebben moeten opkomen.

Helen spreidt drie meter witgestippelde mousseline op de kniptafel uit. Ik loop al naar haar toe om de stof vast te houden als ze zich naar ons toe draait. 'Oké, ik kan dit echt niet langer voor me houden.' Ze klinkt uitzonderlijk opgewekt. 'Meiden, ik heb een nieuwtje. Er is een kleine Gannon onderweg.' We feliciteren haar allemaal.

'Mag ik ook nog een nieuwtje vertellen?' zegt Violet voorzichtig. 'Ik wil Helens nieuws natuurlijk niet overschaduwen.'

'Dat lukt je heus niet,' zegt Helen. 'Voor de draad ermee. Ik kan tenslotte nog negen maanden glunderen.'

'Ik heb het genoegen jullie te kunnen mededelen dat ik verkering heb met agent Daniel Cassidy. Ik heb hem leren kennen toen ik aangifte deed omdat ik werd lastiggevallen in het metrostation op Fifty-ninth Street. We zijn nu drie keer uit geweest en volgens mij vindt hij me leuk.'

'Vind jij hem ook leuk?' vraag ik.

'Ik ben hoopvol,' zegt Violet met een zucht. 'Laat ik het zo zeggen: ik heb een presbyteriaanse kijk op de dingen, ook al ben ik katholiek opgevoed.'

'Laat me raden: de agent is een presbyteriaan,' zegt Ruth, terwijl ze zich omdraait om weer aan het werk te gaan.

'Dat klopt, maar dat is niet de reden dat ik opensta voor andere religies,' legt Violet uit. 'In plaats van te geloven in boetedoening en in termen van vergeving, sterfelijkheid en branden in de hel te denken, neig ik meer naar het idee van de voorbeschikking. Ons leven is al voor ons uitgestippeld en we hoeven alleen maar het juiste pad te volgen. De mooie dingen die ons overkomen zijn zo voorbestemd en de nare dingen gebeuren om ons iets te leren.'

'Je maakt toch zeker een grapje, hè?' zegt Ruth. 'Ik ben aan een borrel toe.'

'De enige die onder het werk mag drinken is het Hilda-monster Cramer,' zegt Helen. 'En ik kan het weten, want ik heb haar jasje gerepareerd en het rook om drie uur 's middags al naar eau de gin.'

'Dat is de reden dat ze nooit getrouwd is,' zegt Ruth terwijl ze restjes stof van de kniptafel in de prullenbak veegt. 'Ze heeft het te druk met haar Tom Collins-cocktails.'

'Hé, geen grapjes over carrièrevrouwen graag,' zeg ik, omdat ik me verplicht voel de oude tang te verdedigen. 'Wat is er mis met carrièrevrouwen? Als zij er niet was geweest, hadden wij geen van allen bij B. Altman gewerkt.'

Violet knipt de randen van de patronen recht. 'Moet je haar horen. Jij bent wel de laatste die als een tweede Hilda zal eindigen. Je bent beeldschoon. Is je vader al een beetje ontdooid ten opzichte van John? Gaat hij met jullie mee naar Italië?' Ze speldt de patronen op de lap stof. Helen geeft haar de schaar en Violet begint met uitknippen.

'Je weet dat ik van mijn vader alleen mijn echtgenoot mee zou mogen nemen op een tripje waarbij overnacht moet worden.'

'Je moet geduld hebben,' zegt Helen. 'Het duurt misschien even, maar als je eenmaal getrouwd bent, draait je vader wel bij.'

'Hij zal het je eerst moeilijk maken,' zegt Ruth. 'Dat maakt allemaal deel uit van het papa Sartori-meesterplan. Hij wil je het land uit hebben, bij John vandaan, zodat hij je aan een Europese man kan koppelen.' Ze geeft me een stapel ontwerpen om op te bergen. Ik lach om haar opmerking, maar vind hem niet echt grappig. Alhoewel papa vriendelijk is tegen John, is hij niet hartelijk, wat John ook zegt of doet. Papa is niet te vermurwen. Maar ik ben net zo koppig als hij. Ik heb in Italië een hele maand de tijd om hem te bewerken. Als hij ziet dat ik na een maand weg te zijn geweest alleen maar meer van John ben gaan houden, zal hij het wel moeten accepteren.

Ik ga aan mijn bureau zitten en begin Delmarrs schetsen te sorteren. We zullen een aantal jurken maken voor de herfst; de rest van de ontwerpen wordt gearchiveerd zonder dat ze ooit zijn uitgevoerd. Als ik de tekeningen voor me uitspreid, zie ik een bepaalde ontwikkeling: Delmarr begint zich te distantiëren van Dior, van de smalle tailles en de weelderige rokken, en gaat steeds meer richting heel vrouwelijke, soepel vallende japonnen van materialen die makkelijk te wassen zijn. De vaste vormen – de plooien, vouwen en vulling – zijn verdwenen en worden vervangen door eenvoudige lijnen. Delmarrs ontwerpen bieden comfort voor zowel de naoorlogse carrièrevrouw als de drukke huisvrouw. In de kantlijn heeft hij woorden als: 'soepel', 'makkelijk' en 'wasbaar' genoteerd. Hij begrijpt beter waar carrièrevrouwen en huisvrouwen behoefte aan hebben dan wijzelf. Vrije tijd is een luxe van de laatste tijd, en Delmarr realiseert zich dat.

Soms, als ik nog een paar uur over heb voor een afspraakje, til ik de stoel van mijn kaptafel op het piepkleine balkon, strek mijn benen voor me uit en laat de zon in plaats van Max Factor mijn wangen roze kleuren. Het uitzicht is een van de pluspunten van mijn kamer. Als ik naar de achtertuinen van onze buren kijk, met de afscheidingen en hier en daar een klein boompje, zie ik elk soort tuin die je je maar kunt voorstellen. Van een sierlijke rococo beeldentuin met marmeren engelen tot een tuin met een rustiek bankje onder een eenzame eik. Het leven in Commerce Street heeft net zo veel lagen als een van Rosemary's valentijnstaartjes.

Delmarr zegt altijd dat wachten het langst duurt als er iemand op sterven ligt, maar daar ben ik het niet mee eens. Wachten duurt het langst als je hoopt dat een man je ten huwelijk gaat vragen. Sinds de sederviering bij Ruth, de avond waarop John heeft gezegd dat hij van me houdt, wacht ik op een aanzoek. Wat moeten we immers nog meer over elkaar weten?

John heeft het er nooit over dat hij vindt dat ik mijn baan zou moeten opzeggen; hij neemt niet zonder meer dingen aan, zoals Harvey over Ruths carrière. Hij heeft het alleen over hoe we zouden kunnen samenwerken, als partners. Ik zou een heerlijk thuis voor hem maken. We zouden in de zomer naar Huntington Bay kunnen gaan en de rest van het jaar in een penthouse op Fifth Avenue kunnen wonen met een terras rondom waar ik rozen kan kweken. Ik stel me diners bij kaarslicht voor en lange, luie zondagen waarop we op onze chaise longue liggen te lezen totdat de zon ondergaat over Central Park. Ik kon me eerst niet voorstellen dat ik ooit uit Greenwich Village weg zou gaan, maar nu wil ik uptown wonen.

Ik zie geen kinderen in onze toekomst samen. De dood van Maria Grace heeft mijn kijk op kinderen krijgen voor altijd veranderd en John heeft er tot nu toe ook weinig interesse in getoond. Ik fantaseer dat John mijn neefjes en nichtjes bij Rumpelmayer op ijs trakteert en ze meeneemt om in een koetsje door Central Park te rijden. Ons leven zal gevuld zijn met vrienden bezoeken en onze carrières. Daar passen toch geen kinderen bij?

Hoewel John attent, lief en zachtmoedig is, eindigen onze plannen voor de toekomst abrupt als we verder vooruitdenken dan de zomer van 1951. John moet toch doorhebben dat als we verloofd waren, ik hem zou uitnodigen om mee te gaan naar Italië? Maar hij heeft me niet gevraagd, dus hij blijft achter om te werken, terwijl ik Veneto voor het eerst zie. Morgen, op 30 juni, ben ik nog steeds ongetrouwd en ook niet verloofd. John gaat de hele maand juli voor zaken naar Chicago en ik vertrek op 1 augustus met mijn familie, dus ik zal hem twee hele maanden niet zien. Hij weet wel dat ik teleurgesteld ben, maar ik heb me voorgenomen om er niet over te beginnen. Er is niets erger dan een vrouw die een man tot een huwelijk moet overhalen.

Het aspect van zijn Italiaanse opvoeding waar mijn vader het meeste waarde aan hecht, is de maand vakantie die hij zonder uitzondering elk jaar in augustus neemt. Vanaf het moment dat Roberto werd geboren, heeft papa elk jaar de Groceria gesloten om zijn gezin mee de stad uit te nemen. We hebben een keer een huisje gehuurd aan het meer in Maine, een huis aan de kust van Jersey, een bungalow op Rehoboth Beach in Delaware. Zodra we op de plaats van bestemming zijn aangekomen, hebben we het niet meer over werk. We zwemmen, eten, lachen en doen bordspelletjes. We hebben papa nog nooit zo uitgelaten gezien als dit jaar bij het vooruitzicht dat zijn hele gezin meegaat naar het huis waar hij is opgegroeid.

Om onze laatste dag samen tot iets speciaals te maken, neemt John me mee naar het strand aan het uiterste oostelijke puntje van Long Island. Ik besteed extra veel aandacht aan mijn uiterlijk omdat ik wil dat hij een zo voordelig mogelijk plaatje van me in zijn hoofd heeft totdat we elkaar in september weer zien. Ik draag een nieuw wit katoenen zwempak met een visnetrokje. Ruth en ik hebben onze zwempakken gekocht toen Cole of California uitverkoop hield.

John komt me over een paar minuten ophalen, dus ik kleed me snel aan. Over mijn witte zwempak trek ik een tulprok aan met afwisselend fel witte en roze strepen. Ik draag bijpassende roze espadrilles met balletlinten om mijn enkels. Ik doe grote gouden armbanden om mijn pols en bevestig een zeesterbroche van koraal en parels – het enige sieraad dat ik van John heb gekregen – boven op mijn strohoed met de brede rand.

Als ik mezelf in de spiegel bewonder, zie ik een vermoeid meisje. Doordat ik een maand lang elke dag keihard gewerkt heb, zie ik er allesbehalve sereen en stralend uit. Ik hoop dat mijn wit-met-roze outfit de aandacht afleidt van de donkere wallen onder mijn ogen.

'John is er!' roept mama van onder aan de trap. Ik pak mijn strandtas en loop naar beneden, waar hij op me staat te wachten in een lichtblauw katoenen overhemd met witte chino's eronder. Hij is al gebruind en met zijn zwarte haar is hij net een van die rijke playboys in *Life* op het terras van een villa op Capri.

'Je ziet er mooi uit,' zegt hij, en hij kust me op mijn neus.

'Jij ook,' zeg ik tegen hem.

John neemt de strandtas van me over terwijl hij mama's aanbod om iets te eten te maken voor onderweg afslaat. 'Nee, dank u, mevrouw Sartori. We gaan op het strand wel wat eten.'

'Goed,' zegt mama terwijl ze ons uitlaat.

In de auto praat John enthousiast over een project waar hij mee bezig is, iets met een boomkwekerij in New Jersey. Blijkbaar is het contract om bomen voor parken in Manhattan te leveren verlopen en wil John in dat gat springen.

'Zijn er ook dingen waar je je níét mee bezig wilt houden?' vraag ik.

'Wat bedoel je?' John kijkt me beledigd aan en richt zijn aandacht vervolgens weer op de weg.

Papa denkt nog steeds dat John zijn tijd grotendeels doorbrengt in nachtclubs en liever naar een leuk feestje gaat dan een dag hard werkt. Papa heeft tegen me gezegd dat John zich op één ding moet concentreren in plaats van op alles in te gaan wat op zijn pad komt. Ik heb papa geprobeerd uit te leggen dat een hoteleigenaar in Manhattan connecties nodig heeft en dat je die legt in de restaurants en nachtclubs waar de elite komt. Nu zeg ik: 'Lieverd, je houdt je alleen met zo veel verschillende dingen bezig. Dát bedoel ik.'

'O, nou ja.' John ontspant zich een beetje. 'Dit is nou eenmaal een grote stad en er gebeurt een hoop. Ik heb een van de medewerkers van de burgemeester ontmoet in een restaurant van het Taft Hotel – daar ontbijten ze allemaal – en een praatje met hem gemaakt bij de roereieren van het buffet. Hij had het over het contract van de parken en ik heb even rondgebeld, en zo is het gekomen. Ik doe nu een beetje zaken met de stad.'

'Dat is geweldig,' zeg ik tegen hem, en ik knijp even in zijn arm.

John glimlacht naar me, duidelijk opgelucht dat het mijn goedkeuring kan wegdragen. Ik zeg nooit tegen hem hoe ik echt over zijn projecten denk en hij zet nooit vraagtekens bij mijn uitspraken. Soms vraag ik me af of dat een slecht teken is. Hij voelt niet aan hoe ik erover denk en ik ben niet geneigd dat tegen hem te zeggen. Ik ben ervan overtuigd dat dit soort dingen vanzelf worden opgelost als we eenmaal getrouwd zijn.

Omdat ik een vrouw ben die al vanaf haar twintigste werkt, weet ik aardig wat van zakendoen af. Ik ben geen expert, maar ik ben het met mijn vader eens: de enige manier om goede resultaten te boeken is je op één ding te richten. Stop al je energie in dat product en verkoop het dan aan een zo breed mogelijk publiek. Papa heeft me geleerd hoe belangrijk het is om klanten adequaat van dienst te zijn en ze een goed gevoel te geven als ze bij jou in de winkel zijn. De artikelen in de Groceria zijn met zorg uitgestald, zodat de klanten zowel van de displays als van de producten kunnen genieten en er kunnen tijdens het winkelen ook dingen geproefd worden. Toen ik dat aan Delmarr vertelde, nam hij het idee van papa over, en hij biedt zijn klanten nu tijdens een pasbeurt koffie of thee met een taartje aan. Persoonlijke service is belangrijk.

John rijdt helemaal naar Montauk Point. We kopen hotdogs en frisdrank bij een tentje aan de weg en wandelen een flink stuk naar het strand. We klimmen tot boven in de vuurtoren en wandelen door de bijbehorende tuinen. Terwijl we door de straten lopen en de huizen bewonderen die uitzicht hebben op zee, vertelt John over de verschillende bouwstijlen en vraagt aan mij welke ik het mooiste vind. Ik vind het fijn dat hij ons in een huis ziet wonen dat ik alleen ken uit bladen. Ik denk aan Dante DeMartino, die er tevreden mee zou zijn geweest om de rest van zijn leven met mij in het huis van zijn ouders te wonen, met af en toe een uitstapje naar Coney Island. Het leven dat ik met John Talbot zal leiden gaat Dantes voorstellingsvermogen ver te boven.

Als we weer richting de stad gaan, rijden we langs een rommelmarkt in de tuin van een oud victoriaans huis. Ik zie een lichtgele schommelstoel staan die prachtig voor mijn raam zou passen. Ik strek mijn nek om de spullen te bekijken terwijl we voorbijrijden. John stopt en draait de auto. Ik wil tegensputteren, maar hij onderbreekt me. 'Ik zag je wel kijken. Je maakt mij niet wijs dat je daar niet even rond wilt neuzen.'

We zijn niet de enigen die zijn omgereden op de weg terug van het strand om te bekijken wat er zoal voor spullen uit dat oude huis verkocht worden. Er staan auto's op het gazon geparkeerd en tientallen mensen drentelen rond. Op de schommelstoel zit een kleine sticker met VERKOCHT erop. 'Die staat daar alleen maar om ons te lokken,' zegt John zachtjes. 'Wie wil er immers niet een oude schommelstoel hebben?' Dan loopt hij verder naar een klaptafel vol kleine persoonlijke dingen, waaronder zakdoeken en schoenen. Hij pakt een kleine turkooizen gelakte handspiegel op met een bijpassende haarborstel.

'Deze zijn voor jou,' zegt John, en hij haalt zijn portefeuille tevoorschijn en wendt zich tot de man die de verkoop regelt. Hij overhandigt de man een bankbiljet, maar die geeft het meteen weer terug met de woorden: 'Dat kan ik niet wisselen.'

John bekijkt de briefjes in zijn portefeuille, het lijken allemaal honderd-dollarbiljetten te zijn, niets kleiners.

'Hoeveel kosten ze samen?' vraag ik.

'Twee dollar.'

Ik pak mijn portemonnee en geeft de man twee een-dollarbriefjes.

John haalt zijn schouders op naar de man, kust me op mijn voorhoofd en zegt: 'Dat houd je van me te goed, liefje.' Ik voel dat de verkoper ons nakijkt als we naar de auto lopen. We passeren een aantal kleine dorpjes aan zee met daartussen weilanden en rijden door smalle straatjes, langs een ouderwetse ijssalon en boetiekjes die aan de weg kleding, boeken en handgemaakte spullen verkopen. Als de schemering invalt verandert de lucht van blauw in paars, waarna de zon het water raakt in een explosie van felroze wolken. Als we in de buurt van Huntington komen, gaat John van de grote weg af en rijdt naar ons plekje.

Hij parkeert aan de rand van het weiland waar hij me afgelopen winter mee naartoe nam en loopt om de auto heen om het portier voor me open te doen. 'Daar zijn we dan,' zegt hij als hij me helpt met uitstappen.

'Kijk, nog meer huizen in aanbouw.' Ik wijs naar het weiland achter ons, waar nog twee huizen worden gebouwd. 'We zullen hier binnenkort niet meer kunnen stoppen.'

'Waarom niet?'

'Omdat dit land verkocht zal worden en iemand er een huis op zal willen bouwen.'

'Daar heb je gelijk in,' zegt John. 'Deze grond is al verkocht.'

'Ik wist het wel,' zeg ik met een zucht, en ik kijk naar de baai. 'Hoe kan een stuk land met zo'n uitzicht lang te koop staan? Die mensen hebben maar geluk.'

'Jij hebt geluk,' zegt John met een grijns.

'Wat bedoel je…?'

Hij trekt me tegen zich aan en kust me. 'Hier ga ik een huis voor je laten bouwen, mevrouw Talbot.'

'Mevróúw Talbot?' Ik vind het fantastisch klinken. Dit moment is nog veel mooier dan ik me had voorgesteld.

'Je wordt mevrouw Talbot als je ja zegt. Wil je met me trouwen, Lucia Sartori?'

John Talbot laat zich op één knie zakken en maakt een fluwelen doosje open met daarin een ring met een diamant die geslepen is als een smaragd: eenvoudig, smal en wit, in een prachtige platina zetting.

'Ja, ik wil met je trouwen.' Ik leg mijn hand op Johns schouder.

Hij staat op. 'Ga je gang, schuif die ijsklomp om je vinger.' Hij haalt de ring uit het doosje en doet hem bij me om. Ik begin te huilen. 'Nu is het legaal, mevrouw Talbot. Twee karaat legaliteit.'

Ik moet lachen. '"Legaal"? Wat een woord!'

John houdt nog steeds met twee handen mijn hand vast. 'Nou, het is niet het enige wat je bent. Je bent alles voor me, Lucia. Je gelooft in me, en niemand heeft ooit echt in me geloofd. Ik ben een succesvol man, maar ik heb altijd moeten duwen, trekken en vechten voor mijn plekje tussen de mannen die hun rijkdom geërfd hebben, of ik moest geluk hebben met een of andere deal of weddenschap. Ik heb rondgereisd en overal waar ik kwam zocht ik naar een meisje om mijn leven mee te delen. En na al die omzwervingen vond ik jou gewoon hier in

New York. Ik heb dat nooit voor mogelijk gehouden. Ik ben de gelukkigste man ter wereld.'

Ik stel me voor hoe John op reis was zonder mij en die gedachte stemt me treurig. Ik voel zo met hem mee; ik wil voor hem zorgen. En nu heb ik een heel leven voor me waarin ik van hem kan houden. Hij overdekt mijn gezicht met kleine kusjes en gaat dan naar mijn oor en naar beneden langs mijn nek.

Ik ken de regels. Ik moet wachten tot mijn huwelijksnacht, maar dat kan ik niet. En dat doe ik niet. Ik wil John Talbot op dit moment alles geven wat ik heb: mijn hart, mijn gedachten, mijn thuis, alles, en dat zou goed zijn. Johns handen glijden onder mijn rok, en hij draagt me naar een afgelegen stuk van het weiland, waar een heuvel glooiend afloopt naar een duinpan. De lucht is een oranje nevel. Ik kijk John in de ogen en zie waar ik voor gebeden heb. Deze man houdt van mij, alleen van mij. Hij maakt langzaam de knoopjes van mijn rok los en gebruikt die vervolgens als een deken op het zand. Hij gaat voorzichtig op me liggen. 'Ik hou van je,' zegt hij.

Ik heb me mijn hele leven afgevraagd hoe dit moment zou zijn, en nu het eindelijk zover is, lijkt het alsof ik er van een afstandje naar kijk. Alsof ik op de een of andere manier boven deze romantische scène zweef en er niet echt bij ben. Dan herinnert Johns zoen me eraan waarom ik hier ben en waarom hij míj gekozen heeft uit alle meisjes in de wereld. Met zijn diepe ademhaling en voorzichtige liefkozingen voelt dit goed. Langzaam verdwijnen de omgeving en de geluiden volledig, net als toen ik hem voor de eerste keer zag. Als iets goed voelt, is er geen reden om bang te zijn en geen reden om twijfels te hebben.

Ik woel met mijn handen door zijn dikke haar en de betoverende steen van de ring vangt het laatste beetje zonlicht als de zon ondergaat achter de duinen. De mooiste dag uit mijn zesentwintigjarige leven wordt nacht en als de zon nooit meer op zou komen, zou ik het niet erg vinden.

John en ik zeggen niets tegen elkaar als hij me naar huis brengt. Ik zit dicht bij hem met zijn arm om me heen en om de paar minuten buigt hij zich naar me toe en kust hij me. De kunst van het converseren is helemaal geen kunst; het is de stilte die veelbetekenend is. Als hij voor mijn huis stopt, nodig ik hem uit om mee naar binnen te gaan.

'Wat zullen ze blij voor ons zijn. We moeten toosten op onze verloving, dat is traditie!' Ik kus John op zijn wang. 'Je gaat met een Italiaanse trouwen en wij toosten overal op, zelfs op wasdag!'

John moet lachen. 'Goed, goed, jij bent de baas.'

'Vergeet dat niet.'

Als we het trapje op lopen, voelt het anders dan voorheen. Ik ben veranderd en de wereld waarin ik leef voelt anders aan. Op dit trapje heb ik als kind gespeeld, maar ik heb het vreemde gevoel dat dit niet langer mijn thuis is. Mijn thuis is bij John.

'Mama?' roep ik als we de hal in lopen.

'Ze is in de keuken,' zegt papa vanuit de woonkamer. Ik gooi mijn tas neer op het bankje, pak Johns hand en neem hem mee naar de woonkamer. 'Hebben jullie al gegeten?' vraagt papa terwijl hij opkijkt van zijn krant. Hij kijkt op zijn horloge. 'Het is al laat. Jullie hebben vast al gegeten.'

'Ik heb geen trek, pap,' zeg ik.

'Hoe gaat het met u, meneer?' vraagt John als hij naar voren buigt om mijn vader de hand te schudden.

'Prima. En met jou?' antwoordt papa.

Mama komt de keuken uit. 'O, jullie zijn terug. Zal ik een sandwich voor jullie maken?'

'Nee, dank u, mama. Ik heb u iets… Wíj hebben u iets te vertellen.'

Mama vermoedt wat ik wil gaan zeggen, maar ze probeert haar vreugde nog even te beteugelen om mij de kans te geven het nieuws te vertellen.

'John heeft gevraagd of ik met hem wil trouwen en ik heb ja gezegd.'

Mama geeft een gilletje en rent naar ons toe. Ze omhelst ons en kust me op beide wangen. Terwijl ze me knuffelt, kijk ik over haar schouder naar papa, die naar de grond staart. 'Dit is fantastisch! Fantastisch!' zegt mama. 'Gefeliciteerd! Antonio, pak de glazen. Hier moet op gedronken worden!'

'Zei ik het niet?' Ik knipoog naar John.

Papa staat op en loopt naar de keuken om de glazen te halen. Hij komt terug met de glazen en een fles port. Hij schenkt de port in en geeft ons allemaal een glas. 'Lucia, je bent mijn leven.' Hij heft zijn glas.

'Pap?' Mijn vaders ogen zijn nat van de tranen. 'Papa?'

Mama probeert de stilte te vullen. 'Er is niks aan de hand. Hij is er gewoon ondersteboven van. Zijn kleine meid gaat trouwen, dat is alles.' Ze kijkt veelbetekenend naar papa.

'Nee, Maria, er is wel wat aan de hand. En ik ben er níét ondersteboven van,' zegt papa. Hij kijkt van mama naar John. 'Ik ben teleurgesteld dat deze jongeman mijn dochter ten huwelijk heeft gevraagd zonder dat eerst met mij te bespreken. Wat voor man doet nou zoiets?' Hij keert zich naar mij toe. 'En wat voor dochter zegt onder zulke omstandigheden ja?'

Er volgt een akelige stilte. Uiteindelijk zegt John: 'Meneer Sartori, mijn excuses. Ik heb er niet aan gedacht om u om toestemming te vragen, omdat Lucia al eerder verloofd is geweest…'

Mama kijkt naar papa. John realiseert zich niet dat hij met deze opmerking mijn maagdelijkheid in twijfel heeft getrokken. Impliceren dat ik tweedehands ben en daarom los sta van mijn familie is niet iets waar mijn vader en moeder op zitten te wachten.

'Hij bedoelt dat niet zoals het klinkt, papa.' Ik ga naast John staan. 'John gaat morgen op zakenreis en dan zien we elkaar een paar maanden niet. Hij is simpelweg vergeten om even langs te gaan om u om toestemming te vragen.'

'Ja, zo is het inderdaad gegaan,' zegt John. Papa kijkt John met een blik aan die medelijden lijkt uit te drukken, alsof mijn verloofde zich achter mijn rokken verschuilt terwijl er een pistool op zijn hoofd gericht is.

'Je bent zesentwintig, Lucia,' zegt papa. Ik wilde dat hij mijn leeftijd niet zo benadrukte. Het klinkt alsof ik de oudste vrijster van Commerce Street ben. En zo voelt het ook als ik rondkijk in onze woonkamer, met de verkleurde chintz meubelhoezen, de ouderwetse kanten randjes en de schemerlampen van keramiek met franje aan de lampenkappen. Realiseren ze zich niet dat ik vandaag naar herenhuizen heb gekeken? Villa's met uitzicht op zee? Ik mag hier dan opgegroeid zijn, maar ik wil meer. Mijn vader is om precies dezelfde reden naar Amerika gekomen. Snapt hij dan niet dat ik met een man ben thuisgekomen die uit hetzelfde hout is gesneden? John zal me alles geven wat ik wil, maar hij is niet goed genoeg? 'Je doet maar wat je wilt. Maar je kunt niet van mij verwachten dat ik blij voor je ben.' Papa zet zijn glas neer en wil de kamer uit lopen.

Ik ben laaiend. Ik zet mijn glas ook neer en ga achter hem aan. 'Papa, hoe durft u dit moment voor me te verpesten? U zegt dat u wilt dat ik gelukkig ben. *Stai contenta! Stai contenta!* Dat zegt u elke dag, maar u meent er niks van. Wees gelukkig, Lucia, maar je mag alleen gelukkig zijn als ik dat zeg! Het interesseert u niet wat ik wil. Niemand is goed genoeg voor mij, maar als ik iemand vind die van me houdt, iemand van wie ík echt hou, vernedert u hem. Hij heeft niks verkeerds gedaan! We leven in 1951 en uw ouderwetse boerentradities horen op de boerderij thuis waar ze vandaan komen. Ik kan voor mezelf zorgen, ik heb uw toestemming niet nodig!'

'Lucia!' Mama is eerder geshockeerd door de toon die ik tegen mijn vader aansla dan door wat ik zeg.

'En ik wil niets negatiefs meer over deze man horen. Het kan me niet schelen wat hij voor werk doet. Het kan me niet schelen uit wat voor familie hij komt, en het kan me ook niet schelen hoe u over hem denkt. Hij is van mij, en ik wil hem hebben.'

Papa wordt nu echt kwaad. 'Zo praat je niet tegen…'

'Hóé praat ik niet tegen u? Eerlijk, voor de verandering? En mama, u had me graag als een dienstmeisje aan Claudia De-Martino overgeleverd, dus u valt ook wel iets te verwijten. U wilt gewoon dat ik getrouwd ben. Met John Talbot of met willekeurig welke man in een pak met de juiste hoed.'

'Dat is niet waar!' zegt mama beledigd.

Ik pak Johns hand en breng hem naar de deur. Papa en mama komen ons niet achterna. 'Welterusten.' Ik kus John vluchtig maar teder op de lippen. Hij lijkt verward. 'Ik regel dit wel. Ga maar.'

Ik ga terug naar de woonkamer. Mama is in haar stoel weggezakt en papa staat; hij kijkt naar de tuin met zijn rug naar me toe. 'Weet u,' zeg ik tegen papa's rug, 'als een van uw zoons vanavond was thuisgekomen met een meisje met een fonkelende diamanten ring, zou u zich nooit zo gedragen hebben als nu tegen John. U hebt de mooiste dag van mijn leven verpest. Loop naar de hel.'

Met twee treden tegelijk loop ik de trap op naar mijn kamer. Ik hoor mijn vader me woedend onder aan de trap roepen. Ondanks mijn leeftijd is hij het hoofd van het gezin en tolereert hij geen brutaliteiten. Maar hij moet mij ook respecteren. Ik loop mijn kamer in en doe de deur op slot. Ik ga voor mijn kaptafel zitten, knip de kleine lamp aan en trek de la open. Ik pak mijn spaarbankboekje van de Chase National Bank om zeker te weten dat ik genoeg geld heb om voor mezelf te kunnen zorgen. De lange rij stortingen die in blauwe inkt zijn genoteerd troost me. Ik ben een onafhankelijke vrouw, zeg ik tegen mezelf, en als ik in de spiegel kijk geloof ik het.

Ruth en ik nemen onze ingepakte lunch mee naar de tuin achter de bibliotheek om even in een andere omgeving te zijn en de hoognodige frisse neus te halen. Helen heeft een vrije dag genomen om haar opgezwollen voeten wat rust te gunnen. Violet luncht elke dag met agent Cassidy in de White Tower op Thirty-first Street.

Het is een prachtige dag, dus we blijven op het gazon liggen als we onze broodjes op hebben. Ruth heeft haar benen voor zich uitgestrekt en leunt op haar handen met haar gezicht naar de zon gewend en haar ogen dicht. 'Heeft je vader nog steeds niks tegen je gezegd?' vraagt ze.

'Ik heb niks tegen hem gezegd,' zeg ik terwijl ik met mijn handen langs het gras strijk dat nog niet is platgetrapt. 'Mama is zo boos dat ze me niet eens wil aankijken.'

'Wil je het goedmaken?'

'Of ik maak het goed, of ik ga niet mee naar Italië.'

'Je moet wel naar Italië gaan. Als je eenmaal getrouwd bent is een dagje naar Queens al een fikse uitgave, dat kan ik je uit eigen ervaring vertellen.'

'Echt waar?' Ik wil tegen Ruth zeggen dat dat voor Harvey en haar misschien het geval is, maar dat ik met een veelbelovende zakenman ga trouwen. Ik denk niet dat reizen een zeldzame luxe zal zijn.

'Geloof mij maar. Je moet het als volgt aanpakken.' Ruth gaat rechtop zitten en trekt haar benen op. 'Bel je pastoor. Regel een bijeenkomst. Neem je ouders mee en maak het weer goed.'

'Weet je zeker dat jij niet Italiaans bent?'

'Toen Harvey en ik knallende ruzie hadden met zijn moeder over de plannen voor de bruiloft, heeft ze opgevangen dat ik iets heel vervelends over haar zei. Ze had ons natuurlijk niet moeten afluisteren, maar het kwaad was al geschied. Dus ik heb de rabbi gevraagd om langs te komen en onze ruzie te sussen. Ouders zijn onder de indruk als je volwassen genoeg bent om naar een geestelijke te stappen.'

'Ruth, hoe komt het dat jij altijd overal een oplossing voor hebt?'

'Ik ben gewoon de eerste die getrouwd is, dat is alles. Hoe gaat John er trouwens mee om?'

'Hij heeft zijn tripje naar Chicago een week uitgesteld.'

'Wat gaat hij daar doen?'

Ik wilde dat ik Ruth daar een antwoord op kon geven, maar elke keer als ik John vraag wat hij in Chicago moet doen, reageert hij geagiteerd en mompelt hij iets over een mogelijk partnerschap. Er woont daar blijkbaar een rijke vent die een project met hem wil doen en John moet daar dus naartoe om dat met hem te bespreken. Ik ruim de restjes van onze lunch op en zeg: 'O, er staat een project op stapel.'

'Hebben jullie het gesprek al gehad?' vraagt Ruth als ze de doppen weer op de thermosflessen draait.

'Welk gesprek?'

'Het geldgesprek. Over hoeveel jij hebt en hoeveel hij heeft en wat jullie ermee gaan doen.' We staan op om de lap katoen om te vouwen die we hebben meegenomen om op te zitten.

'Nee!' Ik vind Ruths vraag een beetje ongepast. Er is nog tijd genoeg om het over geld en sparen te hebben.

'Dan zou ik het daar maar snel met hem over hebben. Je wilt toch niet voor verrassingen komen te staan?'

'Ik kan het met John niet over geld gaan hebben!' Hij heeft altijd heel veel contant geld, woont in een van de duurste hotels van de stad, heeft een schitterende diamant voor me gekocht en neemt me mee uit eten in de chicste restaurants. Ik kan me niet voorstellen dat we over elke dollar zullen moeten steggelen zoals ik mijn ouders dat heb zien doen, met overal dollarbiljetten op tafel en discussies die tot diep in de nacht duurden.

'Wat ga je doen als je eenmaal getrouwd bent en je wilt iets kopen?'

'Ik denk dat ik het dan gewoon ga kopen, Ruth.'

'Nee-ee. Je gaat aan hem vragen of je het mág kopen.'

'Maar ik heb mijn eigen inkomen!'

'Dat maakt niet uit. Jullie zijn een team, en de een kan geen cheques gaan uitschrijven als de ander daar niets vanaf weet.' Ruth loopt met de punten van de stof naar me toe, en vouwt het materiaal vervolgens nog een keer dubbel. We lopen in stilte terug naar B. Altman.

Ik weet dat Ruth het goed bedoelt, maar de regels die voor haar huwelijk gelden, zullen niet opgaan voor John en mij. Ik mag dan nog veel vragen hebben over zijn werk, hij houdt er gewoon niet van om ze te beantwoorden. En zolang hij gelukkig is, ben ik het ook. Dat is het belangrijkste.

'Beloof me dat je het gesprek zult voeren,' drukt Ruth me op het hart als we Fifth Avenue op lopen.

'Dat beloof ik.' Maar ik meen het niet. Ruth is mijn beste vriendin, maar zij heeft haar manier om de dingen te doen en ik de mijne.

Mama, papa en ik knielen in onze woonkamer terwijl pastoor Abruzzi ons zegent. We hebben anderhalf uur over onze ruzie gepraat en pastoor Abruzzi heeft hem beëindigd met de conclusie dat wat gebeurd is nou eenmaal gebeurd is. Ik ben verloofd. Mijn ouders moeten dat accepteren en ik moet hun bezorgdheid respecteren. Pastoor Abruzzi roept John naar binnen, die buiten een heel pakje Camel heeft opgerookt. Hij lijkt opgelucht wanneer papa hem de hand schudt en mama hem op beide wangen kust.

'Lucia, als je terug bent uit Italië, moeten John en jij langskomen voor instructies. Als jullie een datum hebben vastgesteld, zullen we de huwelijksaankondiging afdrukken,' zegt pastoor Abruzzi tegen me. Ik vind zelf dat onze pastoor geobsedeerd is door huwelijksaankondigingen. Wat mij betreft hoeven alleen de mensen die ik op de bruiloft wil uitnodigen te weten dat we gaan trouwen. Een huwelijksaankondiging zorgt ervoor dat alle Italiaanse nonna's in de wijk een uitzet voor me willen maken, van gehaakte plaids tot schoenenhoezen tot dekjes voor op de wc-bril voor in mijn toekomstige huis. Ik hoef ze alleen maar de kleuren op te geven, en alle breinaalden zullen tikken van Carmine tot aan King Street.

'We zullen er zijn, eerwaarde,' belooft John. Voor iemand die niet Italiaans is, leert mijn verloofde snel.

Ik had verwacht dat de laatste weken van juli voorbij zouden kruipen nu John de stad uit is, maar tussen werk en de voorbereidingen voor onze reis naar Italië vlogen de dagen om. Op de ochtend dat we vertrekken gaan Roberto, Angelo, Orlando en Exodus alvast vooruit om de zwaarste koffers naar het vliegveld te brengen. Papa draagt de rest naar een taxi die op de hoek staat te wachten, terwijl Rosemary en ik ons klaarmaken en mama de ontbijtboel afwast.

'Lucia!' roept mijn vader van beneden aan de trap. 'Hoeveel hoedendozen heb je nodig in Italië?'

'Drie, papa.'

'Maar je hebt maar één hoofd,' zegt papa terwijl hij alle drie de dozen in de lucht houdt.

'En dat moet beschermd worden tegen de hete Venetiaanse zon. Het was niet mijn idee om in de heetste maand van het jaar naar een plek te gaan waar het warm genoeg is om olijven te telen.' Ik huppel naar beneden en geef papa een kus op zijn wang. 'Wilt u dan dat ik verbrand?'

'Neem ze maar mee,' zegt papa.

Mama steekt haar hoofd uit de keuken. 'Ze kan jou bewerken als een *mapeen*,' zegt ze terwijl ze haar vaatdoek uitwringt.

'Net als jij,' zegt papa.

Rosemary knijpt in mijn hand als we de stad door rijden naar de Queensboro Bridge, op weg naar de nieuwe internationale luchthaven. 'Je moet dit zien als een extra lang winkeluitstapje voor je trouwdag en je nieuwe huis,' zegt mijn schoonzusje. 'Voordat je er erg in hebt zijn we alweer terug.'

Het eerste wat ik op mama's dringende advies had gedaan, was een huwelijkslijst bij B. Altman opgeven. Ze wil dat mijn huis wordt ingericht met het beste van alles, van Iers linnen voor het bed en handdoeken van Egyptisch katoen voor het bad tot aan Engels servies en bestek voor in de eetkamer. John heeft geen echt thuis meer gehad sinds hij het huis van zijn familie in Long Island heeft verkocht en zijn moeder naar Creedmore ging. Het

Carlyle Hotel is prachtig, maar ik weet dat ik het kan overtreffen.

Mama en ik zijn van plan om alles wat we voor gordijnen nodig hebben in Italië te kopen. Ik ga net zo veel Murano-glaswerk kopen als ik mee kan nemen. John heeft me de tekeningen van het huis in Huntington laten zien en ik wil net zo'n betoverende gekleurde kroonluchter als Ruth en ik in de Milbank-villa hebben gezien toen we een pasbeurt aan huis deden bij de vrouw des huizes.

Van Delmarr krijg ik mijn trouwjurk cadeau. Hij zal hem ontwerpen als ik weg ben. De meiden hebben beloofd hem te helpen. Helens laatste werkdag is in de week dat ik terugkom. Ze besparen ons heel veel geld door mijn jurk, die van de bruidsmeisjes en die van mama te maken.

Het is moeilijk te geloven dat ik in de zes jaar dat ik werk 8.988,78 dollar heb gespaard. Ik ben nooit op vakantie geweest, behalve dan met mijn familie, en ik heb nooit veel geld uitgegeven aan sieraden of een auto. Ik maak bijna al mijn kleren zelf en de dingen die ik niet zelf kan maken heb ik met personeelskorting in de uitverkoop bij B. Altman gekocht. Ik wist gewoon dat ik ooit een appeltje voor de dorst nodig zou hebben. Ik ben van plan om in Italië ongeveer duizend dollar te besteden aan woningdecoratie en ik laat vijfhonderd dollar op de bank staan als appeltje voor de dorst. De rest gebruik ik als een aanbetaling voor de bouw van ons huis in Huntington Bay. Mijn aandeel is een lachertje vergeleken met wat John betaalt, maar ik wilde het hem toch graag geven, omdat ik me realiseer dat ik de helft van ons team ben. Bovendien mocht ik al het tegelwerk uitzoeken en meebeslissen over het ontwerp van de keuken, en op mijn verzoek komt er een enorm raam dat op de zee uitkijkt, dus mijn investering is elke cent meer dan waard.

Als we in Rome het vliegtuig uit komen, zakt papa zowaar door zijn knieën en kust de grond.

'Je vader is net de paus.' Mama gooit haar armen in de lucht. Daarna helpt ze papa opstaan. 'Je maakt je broek vies,' zegt ze terwijl ze hem afklopt.

Papa verzamelt ons om zich heen en begint in het Italiaans tegen ons te praten, maar hij praat zo snel dat we hem maar moeilijk kunnen verstaan.

Orlando zegt: 'Papa, toe, we zijn Amerikanen. Praat wat langzamer.'

Papa legt uit, nu iets rustiger, dat we de trein naar Treviso zullen nemen en daar overnachten. 'Daarna rijden we naar huis. Naar Godega di Sant'Urbano.'

Delmarr heeft me verteld dat Rome erg op New York lijkt, maar daar merk ik nog maar weinig van. New York heeft geen parken met eeuwenoude ruïnes of het Colosseum, of fonteinen van driehonderd jaar oud die lijken op de fontein van de Piazza Navona. De stad heeft inderdaad ook duizenden inwoners en hetzelfde drukke verkeer, maar daar houden de overeenkomsten wat mij betreft ook op.

Ik heb geen last van de flirterige Italiaanse mannen omdat ik samen met papa en mijn vier broers reis, die me bewaken als een geldtransport. Als ik een paar meter van mijn familie afdwaal om in een etalage naar schoenen te kijken, komen de mannen op me af als duiven die zich klaarmaken om zich op een stuk bagel te storten. Maar dan komt papa naast me staan en kijkt hen met een veelbetekenende blik aan, waarna ze er meteen vandoor gaan. Ik ben niet de enige die ze in de gaten houden; ook mama wordt regelmatig nagefloten. En toen een man avances maakte bij de fragiele Rosemary toen we de trein in wilden stappen, beet ze hem met haar beste Brooklyn-accent toe: 'Opzouten, jochie, anders zul je ervan lusten!'

Vanuit de trein van Rome naar Venetië zie ik voor het eerst bij Rimini de Adriatische Zee en mijn hart begint te bonzen. De wegen kronkelen als linten naar de oceaan toe en het witte zand is nauwelijks te zien: elke centimeter is bedekt met mensen en parasols met felle oranje, witte, groene en roze strepen. De golven rollen tegen de kust, maken ribbels in het zand en vormen een glinsterende strook. De huizen zijn koraal- en hemelsblauw geschilderd en staan op de heuvels als pailletjes op zijde. De lucht is warm maar schoon, en er staat een briesje. Er zit een zweem citrus in de lucht, van de bloedsinaasappels die tegen het hek van bijna elk huis groeien waar we langs komen.

Omdat ik altijd in de stad heb gewoond, omringd door bakstenen en trottoirs, heb ik nooit geweten dat ik water in de buurt zo fijn zou vinden. Als ik over de Adriatische Zee uitkijk, denk ik aan het huis in Huntington. Ik vraag me af of John de bouwvakkers aan het werk houdt, of ze de betonnen ondervloer al hebben gestort of de steunbalken voor de muren hebben geplaatst. John heeft me verzekerd dat het huis ruim voordat we er op onze huwelijksdag in zullen trekken klaar zal zijn.

Als de trein vaart mindert voor het station in Faenza, rennen er kinderen met de trein mee die energiek de munten verzamelen die passagiers uit het raam gooien. De oorlog is zes jaar geleden afgelopen, maar je kunt zien dat de Italianen er nog niet helemaal bovenop zijn. We vallen op in onze eenvoudige katoenen jurken met witte handschoenen, terwijl zij, hoewel ze er netjes uitzien, kapotte schoenen dragen en kleren die duidelijk tweedehands zijn.

Er is een meisje op blote voeten bij dat een onderhemd aanheeft op een witte broek, die tot haar knieën is opgerold. Haar tanige huid heeft de kleur van karamel en haar zwarte haar en zwarte ogen glanzen in de zon. Rosemary legt haar hand tegen het raam, drukt haar gezicht ertegenaan en kijkt naar het meisje terwijl de trein stilstaat om nog meer passagiers te laten instappen. Ik weet dat ze aan haar dochter denkt, dat ze zich afvraagt wat Maria Grace nu gedaan zou hebben, of ze al had kunnen zitten, *pastina* had kunnen eten, terwijl haar eerste tandje doorkwam.

'Snoep!' Rosemary springt op en pakt haar tas uit het bagagerek boven zich. 'Ik heb een tas vol snoep! Lu, doe het raam open.' Ik sta op en duw het raam open. Als de trein begint te rijden, roept Rosemary: '*Vieni qua! Vieni qua!*' De kinderen komen op haar stem af en rennen naar ons raam. Rosemary gooit handenvol hartvormige kersenzuurtjes naar buiten die zijn ingepakt in glimmende goudkleurige papiertjes. Ze springen en vangen ze op als vallende sterren. Het kleine meisje in de witte broek probeert er een op te vangen, maar grijpt mis; een jongetje pakt het snoepje dat het dichtst bij haar op de grond is gevallen en rent weg. Ik roep: '*Corri! Corri!*' naar haar. En als ze naar ons raam rent, gooit Ro het laatste snoepje naar haar, en dat vangt ze op. We kijken naar haar terwijl de trein wegrijdt; haar wangen staan bol van het snoep in haar mond en ze lacht.

Treviso is papa's droomstad, omringd door een muur en een door mensen gegraven walgracht, waardoor het aan een eiland doet denken. De stad is vaag verlicht; treurwilgen staan langs de diepe grachten die gevuld zijn met mossige stenen en gorgelend water.

De huizen die aan de walgracht staan zijn gemaakt van bakstenen, die tot vaalgoud zijn verkleurd. De huizen met twee verdiepingen hebben hoge ramen met eenvoudige zwarte luiken. Over de walgracht zijn er voetgangersbruggetjes. Je krijgt in Treviso het gevoel dat alles en iedereen met elkaar verbonden is. Er zijn geen vrijstaande gebouwen; de stad is een fort.

De wegen zijn bestraat met kinderkopjes, maar ze zijn niet grijs, zoals in de meeste straten in Greenwich Village uit de tijd van de Hollandse kolonisten. Deze hebben een rookachtige blauwgroene aanslag die me doet denken aan verkleurd koper. Misschien komt het door het mos dat zo dicht bij het water op de stenen groeit. Het mos maakt van Treviso een stille stad; het is net alsof er hoogpolig tapijt ligt.

Als we bij het hotel aankomen, begroet de manager ons zo enthousiast dat ik me afvraag of papa misschien een vergeten lid van het koninklijk huis is.

'Wie van u is Lucia?' vraagt hij terwijl hij naar Rosemary, mama en mij kijkt.

'Dat ben ik,' zeg ik.

'Er is een telegram voor u, signorina.' Met een theatraal gebaar geeft hij me een gele envelop.

HEEL VEEL PLEZIER.
IK WACHT OP JE. MIS JE.
LIEFS, JOHN

'Wat romantisch!' zegt Rosemary jaloers. Mijn broers moeten lachen. 'O, wat zijn jullie toch een stelletje boeren,' zegt ze tegen hen.

De manager maakt er een hele toestand van om kamers met uitzicht op de gracht voor ons te regelen en raadt ons een restaurant in de buurt aan. Na een verkwikkend dutje kleden we ons aan voor het diner. Papa neemt ons mee naar de markt bij de rivier en legt uit dat de marktkooplui aan het eind van de dag de producten die ze niet verkocht hebben in de bocht van de rivier gooien, zodat ze stroomafwaarts worden meegevoerd. Heel anders dan in New York; daar betaalt papa een vermogen om zijn afval van de Groceria te laten ophalen door een vuilniswagen.

De gastheer van de Lavinia Stella, het beste restaurant in Treviso, is toevallig de broer van de manager van het hotel. Aan de manier waarop we ontvangen worden is duidelijk te merken dat hij ons al verwachtte.

'Zonen van me,' zegt papa als we eenmaal aan onze tafel zitten, 'zien jullie nu hoe het er hier aan toe gaat? Iedereen werkt samen. Ik wil dat jullie hier iets van leren.'

'Pap, we werken al samen,' zegt Roberto.

'Ja, maar jullie maken veel te vaak ruzie.' Papa spreidt zijn armen omdat hij de aandacht wil vestigen op de rust in het restaurant. 'Kijk, hier hoor je geen geruzie.'

Ik leun naar voren en fluister: 'Dat komt doordat ze het in de keuken uitvechten.'

Orlando vangt mijn opmerking op en lacht, maar papa meent wat hij zegt. Zijn belangrijkste doelen in het leven zijn een bloeiend bedrijf achterlaten voor zijn zoons en ervoor zorgen dat die goed met elkaar kunnen opschieten. *'Niente litigi!'* zegt hij altijd. 'Geen geruzie!'

Als voorgerecht krijgen we een kleine vissalade van zoete witte zeebrasem en garnaaltjes op een bedje van sla. Daarna serveert de ober ons *orecchiette*: pasta in een rode saus van basilicum, tomaten, zoete room en boter. Vervolgens gegrilde lamsboutjes met een korstje van broodkruimels in olijfolie. Als dessert krijgen we ieder een klein custardtaartje met bovenop een laagje karamel.

'Als elke maaltijd zo heerlijk is, zal ik elastiek in al mijn rokken moeten zetten,' zeg ik tegen Rosemary, terwijl ik mijn handen op mijn buik leg en naar achteren leun in mijn stoel.

'Daar zou ik me maar niet druk om maken. We hebben vandaag niet alleen in de trein gezeten, maar ook nog ongeveer acht kilometer gelopen. Dat is net zo ver als van Commerce Street over Brooklyn Bridge naar het huis van mijn moeder.' Rosemary glimlacht en neemt nog een grote hap custard.

Papa heft zijn glas. *'Mia famiglia.'* Ik lach naar hem. Hoewel ik John verschrikkelijk mis, weet ik zeker dat ik op een dag heel blij zal zijn dat ik deze reis met mijn vader heb gemaakt.

'Tjonge, pap, kunt u misschien ophouden met huilen? We krijgen nog een reputatie,' zegt Exodus, en hij kijkt zogenaamd gegeneerd over zijn schouder.

'Sorry. Ik proost op jullie, mijn gezin, van wie ik meer hou dan van wat ook ter wereld. Morgen zien we Venetië en daarna mijn thuis. *Salute!'*

We heffen onze glazen en zeggen: *'Cent'anni'* – honderd jaar geluk en gezondheid voor iedereen. Nu heeft zelfs Exodus tranen in zijn ogen, maar ik plaag hem er niet mee, want ik heb ze zelf ook.

8

*E*r zijn drie manieren om in Godega di Sant'Urbano te komen: met de auto, te paard of te voet. Onze auto lijkt op een rammelbak uit de vorige eeuw, in het Smithsonian Museum hebben ze er nog wel een staan. 'Zo meteen komt Teddy Roosevelt de motor aanslingeren,' zegt mijn moeder als ze de auto ziet. Het enige familielid dat enthousiast reageert op onze Citroën is Exodus, die weet hoe deze Franse nachtmerrie op wielen gemonteerd is en er het woord 'vintage' voor gebruikt. De rest gebruikt het woord 'wrak'.

We proppen ons in de auto op wat waarschijnlijk de heetste dag in de Italiaanse geschiedenis is. Onderweg is het zo verzengend heet dat mama wel drie keer de rozenkrans bidt en God vraagt of hij de auto lang genoeg wil laten meegaan om ons veilig naar onze plaats van bestemming te brengen. Godega was een klein boerendorpje totdat de gemeenschap een nieuwe kerk bouwde en paus Urbanus overhaalde deze te komen inzegenen. Hierdoor steeg het dorpje in aanzien en werd het omgedoopt tot Godega di Sant'Urbano. De arme boeren in het dorp werden aan heel Italië voorgehouden als een toonbeeld van vroomheid en standvastigheid.

Nadat we het einde van de bewoonde wereld bereikt lijken te hebben, zien we een bordje waar GODEGA DI SANT'URBANO op staat. Godega heeft een kleine hoofdstraat die nog kleiner lijkt door de uitgestrekte akkers die erachter liggen. Er is uiteraard een kerk, een klein kruideniertje, een terras met tafeltjes en grasgroene parasolletjes en een oorlogsmonument, een gladde, gegraveerde marmeren obelisk die midden op het plein staat met een lange ijzeren ketting eromheen, gestut door houten paaltjes. Er staan een paar paarden, los en zonder zadel, bij een portiek waar wat kippen met hun poten in de modder staan te graven.

'Dit is idyllisch,' zegt mama, met een stem die hoopvol overslaat. Arme mama. Omdat ze opgegroeid is in de ruige straten van Brooklyn kan ze papa's opwinding bij het weerzien met zijn oude hoeve niet helemaal delen. Ik heb zelf het gevoel dat alle verhalen die papa erover verteld heeft me hebben voorbereid. Godega is precies zoals hij het beschreven heeft.

'Ik vind het geweldig hier,' zegt Orlando, die blijkbaar mijn gedachten kan lezen. 'Het voelt alsof ik thuiskom.' Terwijl de andere jongens met elkaar aan het ravotten waren, kwam Orlando samen met mij naar papa's verhalen over Veneto luisteren.

De hemel is een grote mediterrane blauwe hemelboog, er is geen wolkje te zien dat de helderblauwe kleur doorbreekt. De heuvels en weilanden ontrollen zich als lange lappen ruwe zijde op een kniptafel. Korenhalmen deinen zachtjes in de wind. In de verte zien we de Dolomieten, hun rotsige wanden hebben de kleur van duivenveren, hun toppen die van zand.

'*Domenic! Eccoci qua!*' Papa zwaait. Zijn neef, die in een oude dieplader rondrijdt – nog zo'n wrak – toetert als hij ons ziet. Domenic zet de auto stil en stapt uit om mijn vader te omhelzen. Hij is ongeveer van papa's leeftijd, met een dikke bos grijs haar en de brede schouders die ze allemaal hebben in mijn vaders familie. Twee oogverblindende meisjes stappen uit de truck. De een is lang en slank, met glanzend haar dat golvend tot aan haar middel valt. Ze draagt een mouwloze, marineblauwe katoenen jurk met daaronder een paar sandalen. De zelfbewuste manier waarop ze haar hoofd omhooghoudt doet me vermoeden dat ze ouder is dan ze eruitziet. Als zij naar New York zou komen was het Russische model Irene Oblonsky op slag werkloos. 'Dit is mijn nichtje Orsola Spada,' zegt Domenic tegen ons. Mijn broers maken zichzelf belachelijk door zich allemaal tegelijk te willen voorstellen, en de arme Orsola is helemaal van slag. 'En dit is mijn dochter Domenica,' zegt Domenic. Ze is net zo mooi, fijngebouwd en welgevormd, en duidelijk niet verlegen.

'En ik ben Bartolomea, Domenics vrouw.' Bartolomea is vreemd genoeg een roodharige vrouw met donkerbruine ogen. Zij heeft ook een prachtig figuur. Wat ze hier ook mogen eten op die boerderij, de vrouwen varen er wel bij.

Domenic helpt ons achter op de vrachtwagen te klimmen, waar hij twee bankjes heeft gebouwd waar wij op kunnen zitten. Als we onze bagage in het midden zetten, is er nog plek zat voor ons allemaal. Ik zwaai naar papa en Roberto die achter ons aan rijden in de auto.

'Wat een avontuur, hè?' zegt mama opgetogen tegen me.

Ik stoot haar aan en attendeer haar op Angelo en Orlando die naast Domenica en Orsola zitten en allemaal vragen over Veneto stellen, alsof ze een enorme behoefte hebben aan een gids die hun de leukste plekjes van de streek kan laten zien.

'Stelletje gekken. Ze gedragen zich alsof ze nog nooit een meisje hebben gezien,' snuift Exodus.

Als de vrachtwagen een smerig landweggetje op rijdt, worden we heen en weer geschud als balen hooi. Er staan aan weerszijden van de weg zulke hoge korenhalmen dat het lijkt of we door een tunnel rijden. Ik kijk omhoog naar de lucht. De zon hangt laag, hij brandt roze in de blauwe lucht. Alles is anders in Italië: het eten, de hitte, papa's gevoelens, de fratsen van mijn broers, het hernieuwde geduld van mijn moeder, alles is anders, behalve ik. Mijn hart is thuis, bij John Talbot.

Domenic stopt bij een vierkant huis met twee verdiepingen, gelegen op een open plek, en helpt ons uit de vrachtwagen. Papa heeft het huis waar hij vroeger heeft gewoond sinds zijn zeventiende niet meer gezien en hij begint te huilen. Domenic slaat hem stevig op de rug, alsof hij iets uit papa's luchtpijp probeert te krijgen. Pas wanneer papa is uitgehuild en zijn neus gesnoten heeft, houdt Domenic op met slaan. Bartolomea en de meisjes halen verse groenten uit de tuin terwijl Domenic een rondleiding geeft.

'Kom, dan laat ik jullie zien hoe het er vanbinnen uitziet.' Het lijkt in niets op de boerderijen die ik vroeger heb gezien. We gaan door twee grote houten deuren van wat vroeger een stal geweest moet zijn en lopen achter Domenic aan het huis in. De vloer ligt vol met stro en de ramen zijn geblindeerd met dunne houten latjes die tegen de ramen aan getimmerd zijn. Hoewel het midden op de dag is, is het donker in de ruimte. 'De dieren zijn bij mij op de boerderij. Een ezel en twee varkens.' Domenic denkt even na. 'Willen jullie ze terug?'

'Geen sprake van,' zegt mama gedecideerd.

Een bijzonder schriel kippetje scharrelt wat onder het hooi in de hoek van de stal en schrikt op van haar stem. Domenic lacht. 'O ja, de kip. Om de een of andere reden is ze hier niet weg te krijgen.

De woonvertrekken zijn deze kant op,' gaat hij verder en hij loopt een grof getimmerde ladder op richting een gat in het plafond. We lopen achter hem aan als mieren die een tak beklimmen.

'Niet gek!' zegt Roberto, die voor me loopt. Papa helpt eerst mij door de opening en dan mama.

'Zio Antonio heeft hier zijn hele leven gewoond,' vertelt Domenic ons.

Het is één grote ruimte met een lange tafel, eenvoudig en zelfgemaakt, met twaalf stoelen eromheen. De gestuukte muren zijn in een lichte perzikkleur geverfd die roze is geworden bij het plafond en de plinten. Een ingezakte beige bank en twee stoelen, die laag en doorgezakt zijn, staan bij de ramen. De hele zijkant van de kamer wordt in beslag genomen door de haard, die opgetrokken is uit grijze keien, sommige ter grootte van een hoedendoos. Ik heb nog nooit zo'n grote haard gezien – ik zou er rechtop in kunnen staan! Er hangt een verzameling oud landbouwgereedschap boven de haard. Door de zwarte stukken gereedschap tegen een gouden achtergrond ontstaat het effect van een ouderwetse foto zoals je die wel eens in kleine vitrinekastjes ziet staan. Er is een staande lamp met een eenvoudige roze lampenkap. Na wat ik beneden in de stal gezien heb, ben ik blij dat ze hier wel elektriciteit hebben.

'Kijk, Maria. Eenvoudig. Geen overbodige spullen,' plaagt papa mijn moeder. 'Mijn vrouw heeft meer borden dan een restaurant,' zegt hij tegen Domenic.

Mama negeert zijn grapje en vraagt: 'Waar moeten we slapen?'

'Boven.' Domenic wijst naar boven.

'Nog een ladder,' roept mama vrolijk, en ze klimt naar de tweede verdieping. Ik ga achter haar aan. Boven zijn twee grote slaapkamers. Er staan twee tweepersoonsbedden in, die erg lijken op de bedden bij ons thuis, totdat we erop gaan zitten. In plaats van een matras met springveren, bestaan de bedden uit grote houten kratten die gevuld zijn met strozakken. Met lakens en een deken erop lijken het net normale bedden.

Ik zit op een van de bedden en strijk de deken glad. 'Zo slecht is het niet.'

'Nu weten we hoe die kip zich voelt.' Mama rolt met haar ogen.

Papa en mama nemen een van de kamers, en Rosemary en ik nemen de andere. Mijn broers slapen beneden in de stal. Voordat Roberto met mijn broers mee naar beneden gaat omhelst hij Rosemary, die haar gezicht in zijn hals begraaft. Hun verlies heeft hen nog dichter bij elkaar gebracht.

De tuin staat vol rijpe tomaten, gele paprika's, rucola, radijsjes en aardappelen. Domenic serveert prosciutto, spekreepjes en bresaola, mager rundvlees in flinterdunne plakjes, die hij beide in zijn eigen rookruimte geprepareerd heeft. In een zwarte fles heeft hij ook wat van zijn eigen olijfolie meegenomen en hij laat een heleboel wijn aanrukken, een volle, rode chianti, in kruiken van keramiek.

Bartolomea neemt mama mee naar buiten en laat haar een stenen vuurplaats zien, met een schoorsteentje erop. Er staat een kleine stenen muur naast (om de dingen die je gebakken hebt te laten afkoelen, gok ik), met daarachter nog een tafel, langer dan die binnen staat, met aan beide kanten banken.

'Binnen is het te warm om te koken, dus kook je hier,' zegt Bartolomea tegen mama en ze laat haar het keukengereedschap zien dat netjes onder de oven ligt, die aan twee kanten open is. Italiaans vernuft, denk ik als ik erdoorheen kijk. Je houdt de etenswaren die je nog moet bereiden aan de ene kant en dient het eten dat klaar is vanaf de andere kant op.

'Jullie hebben zeker wel honger?' Bartolomea legt een geel tafelkleed over de tafel en zet er zwarte flesjes olijfolie op. Orsola zet een bord, een vork en een houten kommetje bij elke plek neer. Uit een mand die van Domenics vrachtwagen gepakt wordt, haalt Bartolomea kistjes met allerlei lekkernijen: stukjes knapperig brood, ansjovis, een platte schaal met bloedsinaasappels besprenkeld met olijfolie en peper, doormidden gesneden verse vijgen, grote stukken harde kaas, sappige gerookte sardientjes, krullen Parmezaanse kaas, en glimmende zwarte olijven. Voor toe zijn er dikke, grote olijfoliekoeken. Orsola legt stevige trossen verse druiven naast elk bord. Het is een feestmaal.

Bartolomea roept dat we kunnen gaan lunchen. Wanneer we op de bankjes plaatsnemen is het net of de tijd is stilgezet; we zouden elke willekeurige generatie Sartori's kunnen zijn die zit te eten onder de Venetiaanse zon.

Als ik een week lang op zacht stro heb geslapen, en dagelijks op en neer ga naar het dorp voor een cappuccino, terwijl ik ondertussen veel uitrust en dutjes doe en in Goethes aantekeningen over zijn Italiaanse reizen lees (mijn afscheidscadeau van Delmarr), bedenk ik dat ik aan de Italiaanse manier van leven zou kunnen wennen, maar niet zonder mijn verloofde. Mijn hart smacht naar John, en elke keer als ik iets moois zie zou ik willen dat hij er was zodat ik het met hem kon delen.

De eerste brief die ik krijg is van Ruth die vertelt dat Helen met de minuut dikker wordt: Ruth heeft de naden van Helens werkkleding al twee keer uitgelegd. Violet zet haar politieman onder druk en verwacht voor begin september, rond Labor Day, een verlovingsring. Delmarr lijkt ergens op te broeden. Ze gaan samen lunchen en Ruth zal alle details aan me overbrengen. Vervolgens schrijft ze dat John een paar keer langs is geweest en iedereen even gedag kwam zeggen. Hij vertelde Ruth dat hij op de Woonafdeling gezocht had naar de juiste handgrepen voor de inloopkast die hij aan het ontwerpen is voor de grote slaapkamer.

'Lucia!' Ro roept me, en aan haar stem te horen is er iets vreselijks aan de hand. Ik ren om het huis heen en zie haar geknield naast papa zitten die in elkaar is gezakt.

'Mama!' roep ik. Ze komt met Exodus het huis uit gerend. Ik laat me naast papa op de grond zakken en pak zijn pols, zijn hartslag voelt nogal zwak. 'Haal water,' zeg ik tegen Ro. 'Hij moet naar het dorp worden gebracht.' Exodus en ik proberen papa weer bij bewustzijn te brengen. Hij opent zijn ogen, maar weet niet waar hij is. 'Houd hem wakker!' zeg ik tegen mama als we hem achter in de vrachtwagen leggen, die Domenic voor ons heeft achtergelaten. Mijn andere broers zijn bij Domenic, ze helpen hem het hooi in de silo te laden. Zijn boerderij ligt bijna twee kilometer verderop, maar precies in tegenovergestelde richting van het dorp, dus we wagen het er maar op en hopen dat we in Godega een dokter kunnen vinden.

Exodus rijdt zo hard als hij kan over de kuilen in de weg. Dat de auto zo schudt is juist wel goed, want daardoor blijft papa wakker. We rijden het dorpje in en zien een groepje mensen voor het café staan. '*Dottore, dottore,*' roepen we. De ober rent het restaurant in en roept om hulp. Mama, die altijd kalm blijft in paniekituaties, vraagt om een koele lap voor papa's gezicht.

De dokter arriveert, een man van rond de veertig, en hij leidt ons naar een bankje in de schaduw. Hij vermengt een pakje poeder met wat water en zorgt ervoor dat papa het opdrinkt. Het zal wel vreselijk onsmakelijk zijn, want papa trekt een vies gezicht tijdens het drinken.

'Wat is er gebeurd?' vraagt hij, duidelijk opgeknapt door het brouwsel.

'Signor, u moet uit de zon blijven,' lacht de dokter. 'Elke keer als hier Amerikanen komen lopen ze een zonnesteek op,'

'Het leek niet zo warm buiten,' zegt papa ter verdediging.

'Signor, als het warm genoeg is om sinaasappels te laten groeien, is het te warm voor mensen.'

Exodus helpt papa overeind te komen, en we lopen terug naar de vrachtwagen. Mama houdt ons tegen. 'O nee, jullie gaan nergens heen. Niet voordat de zon is ondergegaan.'

'Maria…' Papa wil een discussie beginnen.

'Nee, we gaan in de kerk zitten. Daar, op de achterste rij in de Sint-Urbano-kerk. We gaan op een rustig, koel plekje zitten en de rozenkrans bidden om God te bedanken dat er niets ergers aan de hand was.'

Papa maakt een gebaar van overgave. Met mama aan de ene kant en Exodus aan de andere loopt hij de kerk in. Rosemary en ik moeten stiekem even lachen.

Papa nodigt de hele familie uit om in het gemeentehuis in Godega aanwezig te zijn bij de officiële overdracht van de erfenis. Hoewel het gebouw erg klein is, blijkt het eveneens het politiebureau te zijn: de enige *carabiniere* van het dorp staat voor de ingang. Ik ga naast Roberto en Rosemary zitten. Orlando en Angelo wachten bij de deur, alsof ze hem willen bewaken; tegen wie of wat is niet duidelijk. Exodus leunt tegen de deur en fluistert iets tegen Orsola. Mama draait zich om en gebaart dat ze stil moeten zijn. Orsola staat op en loopt weg bij Exodus om niet nog meer in de problemen te komen.

Terwijl de ambtenaar het testament hardop voorleest, doet papa zijn ogen dicht en luistert aandachtig. Wanneer Enzo's naam genoemd wordt, buigt Domenic naar voren en fluistert papa in het oor dat Enzo afstand heeft gedaan van zijn deel van het land. Papa knikt. Ik kan zien dat zijn moeilijke verhouding met zijn broer hem nog steeds dwarszit. Dat is het enige wat ik geheimzinnig vind aan mijn vader. Hij is zo'n vreedzame man, dus hoe kan hij dan na al die jaren nog steeds boos zijn op zijn broer? Aan het eind van de zitting staat de ambtenaar op en kust papa op beide wangen; hij blijkt paps achterachterneef van moederskant te zijn.

Na tien dagen op de boerderij maken we plannen voor leuke uitstapjes. Ik wil graag winkelen in Venetië, dus maken Rosemary en ik een reisplan. We nemen voor een week kleren mee. Het valt niet mee om kleren te wassen in de hete zon, ze aan de lijn te hangen en ze daarna te strijken met een strijkijzer dat nog het meest weg heeft van een deurstopper. Maar we hebben geen keus.

Vlak voordat Ro en ik vertrekken, arriveert er een pakketje van John. Het komt van Bonwit Teller's en het is een week voor we naar Italië vertrokken verstuurd.

'Ongelooflijk dat hij iets bij de concurrent gekocht heeft,' zegt Ro lachend. Ik maak het doosje open en haal er een kleine tiara uit die gemaakt is van witte satijnen rozen, met blaadjes van lichtgroen fluweel op een boog van duizelingwekkend mooi Oostenrijks kristal. 'Wat verfijnd!' piept Ro. Op het briefje staat:

Allerliefste,
Voor bij je voile.
Ik hou van je, John

'Mijn hemel, je trouwt echt met een prins.'

'Nou en of,' zeg ik en ik pak de tiara weer in.

De meeste Italianen zijn in augustus op vakantie, dus er moet flink gemarchandeerd worden om de rit naar het treinstation in Treviso te organiseren. Papa onderhandelt met een autobedrijf en meldt dat zo'n ritje net zo duur is als onze vliegreis naar Italië. Maar het autoritje kent één groot voordeel voor papa, namelijk dat we er met de chauffeur een gratis chaperonne bij krijgen. Het ritje is de prijs dubbel en dwars waard wanneer Ro en ik eenmaal samen met de menigte over de Rialtobrug naar het centrum van Venetië lopen. Ze wijst naar de gondels die onder ons op het water drijven. We blijven stilstaan bij de San Marco om naar het Palazzo Dario te kijken. De voorgevel is belegd met kleuren marmer waarvan ik niet eens wist dat ze bestonden: rood-met-turkooizen aders, goud-met-wit, groen-met-oranje, alles in een onstuimig Byzantijns patroon gehakt en gelegd. Onze reisgids vermeldt dat Venetië ooit het handelscentrum van de wereld was, van Afrika tot het Verre Oosten, en je kunt de invloeden van al die verschillende culturen duidelijk zien.

'*Scusi*,' zegt een man tegen ons Hij spreekt elk woord nadrukkelijk uit. '*Puo prendere una fotografia di me con mia moglie? Grazie.*'

'*Prego*,' antwoord ik. 'Bent u Amerikaan?' vraag ik als ik de fotocamera van hem overneem.

'Ja,' zegt hij in het Engels, terwijl hij positie inneemt naast zijn vrouw. 'U ook?'

'Eindelijk, onze eigen mensen!' zegt zijn vrouw vanonder haar breedgerande hoed, ondertussen neemt ze een pose aan. Ze is een jaar of vijftig, slank en lang. Haar blonde haar zit in een grote wrong. Ze bezit een soort aristocratische schoonheid, met ver uit elkaar staande blauwe ogen en een hoog voorhoofd.

'Zo denken wij er ook over,' zeg ik tegen hen en ik neem intussen een foto. 'Wij hebben een tijdje op het platteland gezeten. Ik ben Lucia Sartori en dit is mijn schoonzusje, Rosemary.'

'Ik ben Arabel, en dit is mijn man Charlie Dresken.' Charlie is ongeveer even oud als Arabel, maar qua postuur het tegenovergestelde, klein en tanig, met rood haar en een baard.

Charlie pakt de camera van me aan en vraagt: 'Waar komen jullie vandaan?'

'Uit New York. Greenwich Village.'

'Commerce Street!' voegt Ro daaraan toe.

'Wat is de wereld toch klein,' zegt Charlie lachend. 'Wij wonen op Long Island, Syosset.'

'Echt waar?' vraag ik. 'Mijn verloofde en ik laten een huis bouwen in Huntington.'

'O, Huntington is fantastisch!' zegt Arabel. 'Ze zijn daar op het moment echt prachtige huizen aan het bouwen. Wat doet je verloofde?'

'Hij is zakenman. Import,' leg ik uit.

'Waar logeren jullie?'

'We zitten in het Pavan-pension aan de Campo San Marina,' leest Ro voor uit onze reisgids.

'Wij zitten in het Giudecca. We stonden eigenlijk op het punt om te gaan lunchen. Hebben jullie zin om met ons mee te gaan?'

'Nou, graag!' zeg ik.

'Laten we om twee uur in de hotellobby afspreken,' zegt Arabel terwijl ze het adres in onze reisgids schrijft.

Rosemary en ik zijn zo enthousiast dat we ons mogen optutten en gaan lunchen dat we zowat door de straten rennen op zoek naar ons pension. We hebben een kamer op de eerste verdieping gekregen, sober qua inrichting, maar schoon, met een gedeelde badkamer op de gang. We vinden het geen enkel probleem dat we de badkamer moeten delen, aangezien we in Godega alleen maar een buitendouche hebben, wat neerkomt op badderen in een houten ton. We doen een panty aan, handschoenen en zetten een hoed op, iets wat we sinds we in Rome aankwamen niet meer hebben gedaan. Ik vind dat we er heel Italiaans uitzien; ik draag een zwarte katoenen wijde rok met een witte blouse en een felrode ceintuur, en Ro een beige linnen rok met een roze blouse en een roze leren riem. Als we bij het Giudecca aankomen, zijn we blij dat we ons zo uitgesloofd hebben. De lobby straalt een ouderwetse elegantie uit; er hangen sierlijke kristallen kroonluchters en het meubilair is massief en victoriaans, met fluwelen zitkussens.

Arabel begroet ons en wijst ons de volle eetzaal waar Charlie een tafel voor ons geregeld heeft met uitzicht op de tuin. We ontdekken dat ze professor kunstgeschiedenis is aan de Marymount-universiteit in Manhattan, en Charlie is advocaat. Ze zijn tien jaar getrouwd en hebben geen kinderen.

'Haar kinderen zijn haar boeken en de kunstwerken die ze meeneemt van onze reizen,' lacht Charlie.

'En hetzelfde geldt voor jou.' Arabel knijpt in zijn wang en hij lacht naar haar. 'Charlie en ik gaan elk jaar naar Venetië, en telkens bezoeken we dezelfde kerken om naar dezelfde kunstwerken te kijken omdat we steeds weer iets nieuws zien.'

'Op foto's in kunstboeken zie je toch echt een stuk minder,' zegt Charlie.

'Jullie moeten eens met ons meegaan naar San Stae. Er hangt daar een serie schilderijen die in opdracht van Andrea Stazio…'

'Een onvoorstelbaar rijke man,' onderbreekt Charlie haar.

'Onvoorstelbaar rijk, en hij wilde dat twaalf jonge kunstenaars de levens van de twaalf apostelen op hun eigen wijze zouden verbeelden. Hij heeft de meest getalenteerde kunstenaars uitgezocht. Mijn favoriete schilderij is gemaakt door de jonge Giambattista Tiepolo. Hij schilderde *Het martelschap van Sint-Bartolomeus*.'

'Je zult niet weten wat je ziet,' zegt Charlie tegen ons.

Arabel vertelt verder. 'Het schilderij ontroert me telkens

weer. Ik denk dat dat komt door de beeltenis van die man, Bartolomeus, die vanuit de duisternis lijkt op te stijgen naar het licht. Hij wordt omringd door slechtheid en twijfel, maar hij volhardt in zijn voornemen eervol te sterven en voor Gods aangezicht te verschijnen. Het is de mooiste verbeelding van lijden die ik ooit heb gezien. Je voelt zijn doodsangst.'

Rosemary, die haar best heeft gedaan naar een gesprek te luisteren dat haar niet interesseert, is toe aan een middagdutje. Ze heeft een glazige blik in haar ogen gekregen. Al dat gepraat over kunst is te veel voor haar. Maar op mij heeft het het tegenovergestelde effect: ik snak naar nog meer bijzonderheden, dus stel ik de ene vraag na de andere en Arabel en Charlie beantwoorden ze maar al te graag.

Door de manier waarop de Dreskens met elkaar omgaan, kan ik merken dat ze van elkaar houden, maar ze voeren ook pittige discussies, ze hebben een intellectuele verwantschap die ik niet ken in mijn relatie met John. Als Arabel het over de geschiedenis van Venetië heeft en de daar tentoongestelde kunstwerken, vraag ik me af wat ik gemist heb door niet naar de universiteit te gaan. Bij mij op school gingen alleen de bijzonder intelligente meisjes naar de universiteit, die lerares of bibliothecaresse wilden worden. Ik wist dat ik met mijn handen zou gaan werken, maar dat zou nog leuker geweest zijn in combinatie met een kunststudie. Arabel lijkt over alles wel iets te weten. Wat ik van de wereld weet, ken ik door en uit eigen ervaring, maar mijn blik reikt niet zo ver. Hij beperkt zich tot Greenwich Village en B. Altman. Misschien zijn de juiste contacten niet louter sociaal van aard, maar bestaan ze wel uit een wereld van diepzinnige ideeën die gedeeld worden door mensen die daarom geven. Nu ik hier zo met Arabel zit, wil ik dolgraag deel uitmaken van die wereld. We spreken af dat we ons bij hen voegen als ze hun rondje door Venetië gaan doen. Arabel wil ons een heleboel laten zien.

Arabel en Charlie laten ons zo veel van Venetië zien als we aankunnen zonder om te vallen van vermoeidheid. Wat een geluk dat we een echte kunsthistorica hebben die ons alles kan uitleggen. Vandaag wilde Arabel per se het glaswerk van Murano gaan bekijken. Op de pont naar het grootste eiland van Venetië legt Arabel uit dat het glaswerk niet meer in Venetië gemaakt mocht worden vanwege de rook en hitte die de ovens veroorzaakten. Als we door de fabriek lopen moet ik aan het atelier bij B. Altman denken. Iedereen heeft zijn specifieke taak, waarna de een het werk doorgeeft aan de ander, totdat het kledingstuk – of in dit geval de bokaal, kandelaar, beker of kroonluchter – af is.

'Is het niet moeilijk om een kroonluchter uit te kiezen als je het huis nog niet gezien hebt?' vraagt Arabel aan mij. Misschien komt het doordat ik naaister ben dat ik me dingen goed in hun definitieve vorm kan voorstellen. Voor mijn geestesoog wordt een lap stof een rok, een handjevol kralen een lijfje bezet met borduursel, een stukje zwart fluweel een kraagje. Toen ik met John over het stuk grond en de halve kavel liep, kon ik me het huis zoals het zou worden helemaal voorstellen: elke kamer en elke deuropening, tot aan de exacte plek waar het raam met uitzicht op de baai zou moeten komen zodat de middagzon de woonkamer met roze licht zou vullen. Wat vreemd, denk ik, dat je eerst iets moet bouwen voordat je het voor je kunt zien. Ik zou wat Arabel doet niet kunnen, maar ik denk dat zij wat ik doe ook niet zou kunnen.

Ik onderhandel met de verkoper over de prijs van een prachtige kroonluchter die ik gevonden heb, eentje die ik me in de Verenigde Staten nooit zou kunnen veroorloven. De basis is van glanzend koper en op de armen zijn gouden bladeren aangebracht. De glazen versiersels bestaan uit stukken fruit in alle denkbare kleuren: druiven in rokerig kwarts, olijfgroene peren, granaatrode appels, roze kersen. Hij belooft me dat hij elk stuk fruit met de grootst mogelijke voorzichtigheid zal inpakken en dat ik niet moet schrikken wanneer de kroonluchter in een kamergrote doos wordt bezorgd.

'Zodat hij heelhuids aankomt,' zeg ik tegen hem. Wat een spectaculaire vakantie! Mijn creativiteit wordt gevoed door alle dingen die ik om me heen zie, van de koralen gesp die ik bij een vrouw op haar schoen zag zitten tot het baldakijn van moi-rézijde waar we onder aten bij het hotel. Zelfs het kookgerei is pure kunst in Italië, met emaillen handvatten in levendige kleuren.

De volgende dag regelt Arabel een auto om een ritje naar Florence te maken waar we zijde gaan kopen. Ik had al het nodige over Antico Setificio Fiorentino gehoord via Franco Scala-mandre, een zijdeleverancier op Fifth Avenue. Hopelijk kan ik iets tegenover Arabels vrijgevigheid stellen met mijn kennis van stoffen en andere materialen. Toen ik een keer tafzijde bij Scalamandre kocht om een jurk voor een mezzosopraan van de New York Grand Opera te maken, vertelde hij me over de fabriek waar de zijde werd geweven. Hij beschreef de fabriek tot in detail, van de zijderupsen die het draad spinnen, het gepuf van het weefgetouw dat van 's morgens vroeg tot 's avonds laat zijde produceert, tot aan de droogkamer waar de pasgeverfde stof op grote houten stellages wordt gelegd zodat de verf gelijk-matig opdroogt. Wanneer we door de fabriek lopen, realiseer ik me dat de materialen die we bij B. Altman gebruiken maar een heel klein deel zijn van de hoeveelheid die ze hier maken. Als ik al deze gestreepte en geruite stoffen had zou ik een heel seizoen lang allerlei soorten kleding in roze kunnen ontwerpen.

Arabel wijst naar een strook gebroken witte tafzijde waarin een subtiel watermerk geweven is. 'Ik zou niet weten wat ik er-mee moet, maar het is echt wonderschoon,' zegt ze. Ze houdt de stof op, en ik kan zien aan hoe de stof valt en de koninklijke eenvoud van het ton-sur-ton weefpatroon – fijnzinnig, met wat glans erin voor het dramatische effect – dat hij maar voor één ding bestemd kan zijn: mijn trouwjurk. Arabel en Rosemary zijn het met me eens, dus ik koop een aantal meters, genoeg voor wat Delmarr er ook van gaat maken.

Wanneer we de volgende dag afscheid moeten nemen van Arabel en Charlie, vind ik het jammer dat ik ze niet meer zal zien. Ik heb nog nooit zo'n ontwikkelde vrouw ontmoet, en ik begrijp nu wat ik heb moeten missen door niet verder te leren. Ik ben trots op mijn opleiding en wat ik geleerd heb, maar ik zie nu in dat ik meer had kunnen leren. Ik herinner me de avond in het Plaza dat Christophers vriend aan me vroeg of ik aan Vassar had gestudeerd. Wat lijkt het me heerlijk om samen met een hoop andere slimme, ambitieuze meisjes in een studentenhuis te wonen. Ik heb mijn talenten goed benut, maar ik heb er niet alles uit gehaald wat erin zit. Ik heb ideeën en de hartstocht om ze uit te voeren, maar er is nog een heel andere wereld die ik niet ken, en die het mogelijk zou hebben gemaakt tot de top te behoren.

Mama is blij dat we weer veilig terug zijn van ons uitstapje. Ik geef haar de kettingen met de van Murano-glas gemaakte kralen die ik voor haar gekocht heb. Als ik zie hoe ze ze om doet voor de spiegel, kan ik zien dat ze haar hoofd precies hetzelfde houdt als ik wanneer ik sieraden pas. Mama wendt haar blik van de ketting en kijkt naar mij via de spiegel. 'Gaat alles goed met je?'

'Het gaat prima met me, mam.'

Ze onderzoekt mijn spiegelbeeld nauwkeurig, bestudeert me, iets wat ze al mijn hele leven doet. Ik kan aan haar gezichtsuitdrukking zien dat ze weet dat er iets aan me veranderd is. Mijn moeder is altijd mijn grootste vertrouweling geweest, dus ik kan weinig voor haar verbergen.

'Waarom kijk je zo serieus?' vraagt mama.

'Ik weet het niet,' lieg ik. Hoe moet ik haar uitleggen dat deze reis me veranderd heeft? Ik heb Arabel ontmoet, die in een wereld vol literatuur en kunst leeft en me bezield heeft met haar passie. Ik heb zulk prachtig vakmanschap aanschouwd dat ik erover ben gaan nadenken hoe ik beter in mijn vak kan worden. Maar waarom word ik toch zo triest van mijn ambities? Waarom heb ik altijd het gevoel dat ik iets waar ik om geef moet opgeven om hoger op de carrièreladder te komen?

We brengen onze laatste week in Godega etend en lachend door en we genieten van elkaars gezelschap. Dit zal mijn laatste vakantie met mijn familie worden als ongetrouwde dochter. Van alle dingen die ik geleerd heb en alles wat ik heb gezien, was niets waardevoller dan deze kostbare dagen hier in papa's geboortehuis. Dit zijn de momenten die ik koester: mijn moeder die lachend op papa's schoot zit, Roberto die met Rosemary door de korenvelden loopt, Angelo, twintig jaar te oud om misdienaar te zijn, maar die evengoed helpt bij de mis in de Sint-Urbano-kerk, Orlando die pizza staat te bakken in de oven buiten, Exodus die de motor van de auto voor de twaalfde keer staat te repareren, en ikzelf die met mijn blote voeten in het gras wroet waar mijn vader als klein jongetje op gespeeld heeft.

Wanneer we de vrachtwagen volladen om weer naar het treinstation in Treviso te gaan, lijkt neef Domenic nogal in gedachten verzonken. Hij drukt de tabak in zijn pijp hard aan, alsof hij er boos op is.

'Alles goed, Domenic?' vraag ik.

'Ik zal jullie nooit meer zien,' zegt hij.

'Natuurlijk wel. Je komt een keer naar Amerika en wij komen ook wel weer terug.'

'Nee, jullie zijn jong, jullie weten van niets. Jullie denken dat jullie nog alle tijd van de wereld hebben. Ik weet dat dit nooit meer terug zal komen. Jullie komen niet terug.'

Ik lach naar Domenic en omhels hem. Zo vrolijk en grappig als Italianen ook mogen lijken, ze kunnen ook heel goed piekeren en in één keer melancholiek worden. Niets in het leven is zeker, wil ik tegen mijn neef zeggen. Deze maand is fantastisch geweest. Stop met klagen! Dat kan ik makkelijk zeggen, aangezien ik de dagen tot ik John weer zou zien, heb afgeteld.

Roberto laadt de laatste bagage in de auto. Domenic, Bartolomea, Orsola en Domenica komen ons uitzwaaien.

'Waar is Exodus?' vraagt mama, die onze koppen telt alsof we een stel kippen zijn.

'Mama,' zegt Exodus op een manier die ik bijna niet herken. Zijn sarcasme en humor hebben plaatsgemaakt voor een serieuze toon.

'Kom op, we gaan. We moeten nog twee treinen halen voor we het vliegtuig in kunnen.' Mama loopt naar de vrachtwagen, met haar handtasje aan haar ene arm en een draagtasje in de andere hand.

'Mama… Ik ga niet mee terug,' zegt Exodus.

Mama houdt met haar ene vrije hand het portier van de vrachtwagen vast. 'Hoe bedoel je, je gaat niet mee terug?'

'Ik blijf hier,' zegt hij vastbesloten.

'Maar New York dan?' vraag ik hem. Ik zou een halfbakken idee als dit eventueel nog wel van Orlando of Angelo verwacht hebben, maar niet van Ex, met wie ik mijn hele leven al de sterkste band heb.

'Wat is daarmee?' zegt Exodus op neutrale toon.

'Dat is je thuis!' zeg ik.

'Mijn hart is hier.' Orsola gaat tegen Exodus aan staan, en hij zegt: 'We gaan trouwen.'

'O, *Dio*.' Mama ploft neer op een bankje in de vrachtwagen. 'Antonio Giuseppe, doe er wat aan.'

We weten dat er echt iets mis is als mama papa bij zijn officiele voornamen noemt. We houden ons er maar even buiten terwijl mama en papa Exodus aankijken, en bereiden ons voor op het nodige verbale vuurwerk.

'Ex, waar ben je mee bezig?' vraagt papa op vriendelijke toon.

'Pap, u weet dat ik dolgraag in de winkel en met u werk.

Maar ik wil al mijn hele leven buiten op het land werken. Ik heb altijd al een boerderij gewild. Ik vind het heerlijk om vanaf het moment dat de zon opkomt tot aan etenstijd te werken. Daar ben ik voor gemaakt. Ik wil dingen in de aarde laten groeien, niet alleen de eindproducten verkopen. Ik hou van de rust bij het ochtendgloren wanneer ik de koe ga melken. Ik hou van de manier waarop mijn laarzen in de modder zakken nadat ik de grond geploegd heb. Ik heb genoeg van al het lawaai. Ik wil rust.' Ex strekt zijn arm uit en we luisteren naar het zachte ruisen van de wind door het koren. 'Dat klinkt me als muziek in de oren. Ik heb het gevoel dat ik mijn bestemming gevonden heb.'

'Maar ik heb je thuis nodig,' zegt papa, en hij kijkt langs zijn zoon heen naar de velden achter hem.

'U hebt nog drie andere zonen. En u kunt altijd iemand van buitenaf inhuren.'

Niemand binnen onze familie durft de woorden 'iemand van buitenaf inhuren' te gebruiken. Dat wordt beschouwd als de grootst mogelijke belediging, aangezien het hele idee van de delicatessenwinkel is de kinderen een winstgevende onderneming na te laten zodat de familie dicht bij elkaar blijft en samenwerkt.

Mijn moeder zegt met stemverheffing: 'We zullen nooit iemand van buiten de familie inhuren. We zullen de zaak nog eerder sluiten dan dat we iemand van buitenaf inhuren!'

'Maria, alsjeblieft.' Papa wendt zich tot zijn vrouw. 'Deze plek heeft een lange familietraditie.'

'En een meisje! Een beeldschoon meisje! Laten we dat vooral ook niet vergeten,' zegt mama stekelig. Orsola kijkt naar de grond. Ik wil naar haar toe gaan en haar uitleggen dat het niet haar schuld is, dat dit gewoon de omgangsvormen zijn binnen mijn familie, maar als ze met mijn broer trouwt komt ze daar vanzelf nog wel achter.

Ex wendt zich tot papa, die zich het meest redelijk opstelt in deze discussie. 'Ik ben het gelukkigst wanneer ik mijn eigen leven kan bepalen. Ik wil mijn eigen voedsel verbouwen, hout hakken voor de haard, dat soort dingen. Zo wil ik het doen. Zo wil ik leven.'

Mama gooit haar armen in de lucht. 'Godzijdank, nu weten we eindelijk wat Exodus wil. Nou, vertel mij eens, zoon, wie was dan die bedrieger aan wie ik het leven geschonken heb, die ik gevoed heb, opgevoed heb, voor wie ik al die jaren zo liefdevol gezorgd heb? Waar is hij? Misschien kan híj me uitleggen wat er hier aan de hand is, want jij... jij gedraagt je op het moment als een dronkenlap. Dronken ben je van de romantische tarwevelden, de Italiaanse maan en Domenics wijn!' foetert ze. 'Jij stapt nu de auto in, en je gaat met ons mee naar de Verenigde Staten van Amerika, waarvan je officieel een staatsburger bent. Nu!'

Exodus blijft staan. Orsola huilt en papa, die helemaal niet in de zon mag, begint langzaam te smelten.

'Maria. Laat die jongen nou.'

'Antonio!'

'Laat die jongen. Als een van mijn zoons me in de steek moet laten, wil ik dat hij naar deze plek gaat. De Sartori's ploegen hier al meer dan honderd jaar het land. Ik ben blij dat ik een zoon heb die wil terugkeren naar mijn geboorteland, waar ik ben opgegroeid, en ik zal met blijdschap toezien hoe zijn kinderen in dit huis zullen opgroeien.'

Het enige geluid dat we horen komt van de kip die door het stro naar de stal scharrelt. Mama zit met haar hoofd in haar handen op het bankje in de vrachtwagen; ze weet dat papa gelijk heeft. Exodus klimt de vrachtwagen in en slaat zijn armen om zijn moeder heen. 'In mijn hart zal ik altijd bij u zijn, mama.'

Na een tijdje lijkt papa zich te herinneren dat er nog een ander aspect kleeft aan deze gebeurtenis. Hij heeft fouten gemaakt toen Rosemary in de familie kwam, en hij wil die fouten niet nog eens maken. Hij wendt zich tot Orsola. 'Orsola, welkom in de familie,' zegt hij tegen haar. Ze omhelst papa en daarna de rest van ons, en ten slotte mama. Papa geeft mama zijn zakdoek. Ze snuit haar neus en zegt: 'Gaat dan niemand binnen dit gezin op een normale manier trouwen?' Roberto slingert de vrachtwagen aan, Domenic en zijn familie klimmen erin en het laatste wat we zien wanneer we de weg naar Godega di Sant'Urbano inslaan is Exodus die zijn arm om Orsola's middel geslagen heeft en een magere kip die bij de deur van de hoeve staat, hun nieuwe thuis.

9

*J*ohn staat met twaalf rode rozen met een witsatijnen lint
erom bij de uitgang te wachten als we in New York het vliegtuig
uit komen. Hij ziet er zoals altijd onberispelijk uit in een beige
linnen pak, een blauw-met-wit gestreept overhemd en een marineblauwe stropdas. Hoewel ik in Italië zijn foto talloze malen
tevoorschijn heb gehaald, gaat mijn hart sneller kloppen nu ik
hem hier zie staan. Wat is hij knap. Ik krijg geen adem meer. Ik
weet dat het voor dames niet gepast is om te rennen, maar dat
kan me even niets schelen. Ik hol naar de uitgang en in zijn armen. Mijn gezicht verberg ik in zijn hals en ik snuif zijn geur
op, die ik verschrikkelijk heb gemist.

'Wat vind je van 15 november als huwelijksdatum?' fluistert
hij.

'November! We moeten nog uitnodigingen versturen, een
band inhuren, een diner plannen, mijn jurk laten maken! Dat
is gekkenwerk!' zeg ik tegen hem. Ondertussen is mijn familie
ook aan komen lopen, maar ze blijven op een afstandje staan,
als een klomp mos op een oude rots.

'Ik kan niet wachten,' zegt hij lachend.

'Ik ook niet!'

'We kunnen alles geregeld hebben voor 15 november,' zegt
mama met iets van paniek in haar stem. Ik ken haar goed genoeg om te weten dat ze het te snel vindt, maar sinds ons gesprek met pastoor Abruzzi doet ze erg haar best om niet elk
idee waar John en ik mee komen de grond in te boren. In plaats
van ruzie te maken geeft ze John een kus op de wang. Nu mijn
moeder heeft gesproken, zijn mijn broers ook weer zichzelf en

begroeten John door hem de hand te schudden. Alleen papa, arme papa, moet zijn best doen om te glimlachen. Hij zal nooit meer iets ten nadele van John zeggen, omdat hij dat aan pastoor Abruzzi heeft beloofd en omdat hij mij niet wil kwijtraken. Maar waarom ziet hij niet hoe gelukkig ik ben?

Roberto en Rosemary rijden met John en mij mee in de Packard en wij nemen de meeste bagage mee. Papa, mama, Orlando en Angelo komen er in een taxi achteraan. Ik vertel John over Exodus' beslissing om te blijven en Rosemary overstelpt hem met verhalen over ons uitstapje naar Venetië. Als we in Commerce Street aankomen, helpt John mijn broers om de koffers uit te laden, die nu nog zwaarder zijn door de Italiaanse boeken, kaarsen, leren tasjes en zijde. De kroonluchter en alle huishoudelijke spullen worden verscheept. John heeft wat dingen te doen, dus hij kust me en belooft dat hij me straks mee uit eten neemt.

Het eerste wat ik doe is een douche nemen. Ik blijf een kwartier onder het overvloedige hete stromende water staan en geniet er met volle teugen van. Het voelt decadent nadat ik me een maand lang gewassen heb onder een miezerige lauwe straal. Ik stap onder de douche vandaan en trek mijn badjas aan. Als ik de gang op loop komt Rosemary me een glas limonade brengen. 'Dat had je niet hoeven doen,' zeg ik.

'Natuurlijk wel! Ik heb een maand lang geen ijsblokje gezien. Ik wilde je bewijzen dat ze nog steeds bestaan.' Ze tikt met haar glas tegen het mijne en gaat dan weer naar beneden, zodat ik me kan aankleden.

Ik pak nog snel een trui als ik die avond met John de deur uit ga. Het is 's avonds nog steeds warm in New York, maar ik vind het maar frisjes in vergelijking met Veneto. John heeft gereserveerd bij de Vesuvio.

'Hoe erg heb je me gemist?' vraag ik als we aan ons tafeltje zitten.

'Elke seconde. En jij?'

'Elke halve seconde.' Ik leun naar voren om hem over de tafel te kussen.

'Ik was doodsbang dat je een of andere Italiaanse hertog, graaf of iets dergelijks zou tegenkomen en zou besluiten om niet terug te komen.'

'Al hadden er vanaf de toppen van de Alpen tot aan de boeg van de boot vrijgezelle Italianen voor me in de rij gestaan, dan nog was ik niet in de verleiding gekomen. Ik heb de liefste verloofde van de hele wereld. Waarom zou ik zelfs maar om me heen kijken?'

'Mooie meisjes hebben het voor het uitkiezen.'

'En ik kies jou.'

'Ik heb iets voor je gekocht toen je er niet was,' zegt hij met een grijns. 'Toen ik het zag dacht ik: er is maar één meisje bijzonder genoeg om dit te kunnen dragen.' John gebaart naar Patsy, een lange modieuze Italiaan en de eigenaar van het restaurant, die met een grote doos naar onze tafel komt lopen.

'Wat heb je gekocht? Ik… Ik dacht dat we voor het huis moesten sparen…'

De doos is net zo groot als de tafel en ongeveer dertig centimeter hoog. Er zit een roze satijnen lint omheen dat zo breed is dat het even duurt voor ik het loskrijg. Als ik het deksel optil, ben ik sprakeloos. Ik haal een nertsmantel uit de doos die diepzwart en fluweelzacht is. Hij heeft een opstaande kraag, vierkante schouders en brede manchetten.

'Kijk eens naar de prachtige voering,' zegt John.

Ik sla de jas open en zie dat mijn naam er met gouddraad op geborduurd is. 'Het is wel meteen duidelijk van wie deze jas is.'

'Lucia is een edele naam,' zegt Patsy, die trots is op zijn bijdrage in het geheel. 'Het betekent "licht". Jij bent zo beeldschoon dat je geen nerts nodig hebt. Er zijn veel vrouwen die er wel eentje kunnen gebruiken.' Hij loopt terug naar de bar.

'Lieverd, kunnen we ons zoiets wel veroorloven?' vraag ik aan John.

'Hoe bedoel je: kunnen we het ons wel veroorloven? Je krijgt voor het eerst van je leven een bontjas en dan maak je je zorgen over wat hij gekost heeft?'

Ik zou John kunnen vertellen dat dit niet mijn eerste bontjas is. Papa heeft een wollen jas voor me gekocht met een kraag van vossenbont toen ik bij B. Altman werd aangenomen. Maar dat hoeft John niet te weten. 'Maar het huis is zo'n grote investering. Het is onze droom.'

'Maak je over het huis maar geen zorgen.' John neemt een slokje van zijn Manhattan en tikt ongeduldig met het roerstaafje op de tafel.

De manier waarop hij dat zegt heeft iets vreemds. Het is net alsof ik me over het huis geen zorgen hoef te maken, maar wel over andere dingen. Ik moet aan Ruth denken, die me heeft laten beloven dat ik het met mijn verloofde over geld zou hebben. Dat heb ik niet gedaan. Ik had nooit verwacht dat we over geld zouden moeten steggelen.

'Hoor eens, ik heb deze jas niet voor je gekocht om je overstuur te maken. Ik breng hem wel terug,' zegt hij.

'Nee, nee, ik ben er dolblij mee.'

'Daar merk ik anders weinig van.'

'Natuurlijk ben ik er blij mee. Jij hebt hem voor me gekocht. Het spijt me als ik ondankbaar overkom.'

'Dat kom je inderdaad. Denk je soms dat ik door de stad rijd en duizend dollar uit het raampje op straat gooi alsof het confetti is? Dat ik als een gek geld uitgeef om indruk te maken op mensen?'

'Nee, dat denk ik helemaal…'

'Je vertrouwt me niet, hè?'

'Hoe kun je dat nou zeggen? Ik ga met je trouwen.'

'Maar vertróúw je me?'

'Ik zou hier niet zitten als ik je niet vertrouwde.' Ik vind het onbegrijpelijk dat deze heerlijke avond, met dit bijzondere cadeau, op een ruzie is uitgedraaid. Ik haal even diep adem. 'John, toe nou. Ik heb een jetlag, ik ben mezelf niet. Ik ben heel blij met de mantel en ik zal hem zo vaak dragen als ik kan.'

John ontspant zich. 'Je bent mijn meisje. Alleen het beste is goed genoeg voor jou.'

'En dat héb ik ook. Ik heb het beste.'

'Nou, doe hem dan even aan,' zegt hij terwijl hij de jas uit de doos tilt en hem ophoudt alsof het een handdoek is voor een zwemmer die uit de zee komt.

'Nu?'

'Ja, nu. Ik wil zien hoe hij je staat.'

Ik sta op en trek de jas aan. Hij is weelderig, zacht en licht. Patsy fluit bewonderend.

'Dank je wel, lieverd.' Ik buig me naar voren en kus John op zijn mond. Als ik mijn ogen opendoe, zie ik mezelf in de sierspiegel achter ons tafeltje. In de kleine vierkante stukjes glas zie ik mezelf honderd keer in de nertsmantel.

'John, heb jij trek?' vraag ik.

'Niet echt, jij?'

'Helemaal niet. Waarom ga je de auto niet halen?'

John glimlacht en staat op. Ik zie hem weer onder de luifel voor het restaurant. Hij tikt tegen zijn hoed. 'Waar naartoe, ma'am?'

'Naar het Carlyle Hotel, alstublieft,' antwoord ik om het spelletje mee te spelen. Het kan niet snel genoeg 15 november worden.

Delmarr en Ruth hebben me de hele maand augustus gedekt, want Hilda Cramer vindt het niet goed als mensen langer dan twee weken achter elkaar vakantie nemen. Maar na zo lang weg te zijn geweest vind ik het heerlijk om door de klapdeuren de Couture-afdeling op te lopen en weer in het atelier te zijn. Ik heb zijde voor mijn trouwjurk meegenomen en ik heb Delmarr en Ruth heel veel te vertellen. Ik ben vroeg begonnen om rustig mijn bureau te kunnen opruimen voordat iedereen binnenkomt. Ik kijk op de kalender op het schoolbord.

Normaal gesproken worden de pasbeurten met geel en de definitieve leveringen met roze krijt genoteerd, maar nu staan er symbolen op die ik nog nooit gezien heb. Ruths tekentafel ziet er nog hetzelfde uit, maar de prullenbakken zijn nieuw. Ik loop het magazijn in en ik zie dat de stoffen allemaal plat zijn opgevouwen en van het plafond tot aan de vloer zijn opgestapeld, in plaats van dat ze op rollen op de grond staan. Ik voel paniek opkomen. Ik ga terug naar het atelier en loop Delmarrs kantoor in. De gesigneerde foto van The McGuire Sisters hangt er nog steeds en zijn kleurenwiel staat op zijn bureau. Ik adem opgelucht uit.

'Een bedrijfsspion?' zegt Delmarr achter me.

Ik maak een sprongetje van schrik als ik zijn stem hoor. 'Niet doen!' zeg ik tegen hem, en ik sla mijn armen om zijn nek.

'Wat is dit – geeft Talbot je niet genoeg aandacht?' Delmarr drukt mij op zijn beurt tegen zich aan.

'Jawel, hoor. Wat is er aan de hand, Delmarr? Alles ziet er hier anders uit.'

'Niet alles. Het management wil gewoon een overzicht hebben van de voorraad. Ze willen weten wat we hier allemaal hebben liggen: elke meter stof, elke centimeter boordsel, elke kraal in elke maat. Ik geloof dat het Hilda-monster haar baan op de tocht staat.'

'Gaan ze haar ontslaan?'

'Met zachte hand wegwerken.'

'En dan komt jouw naam op het merkje?'

'Neeeeee.' Delmarr gaat zitten en legt zijn voeten op het bureau. 'Heb je dan echt geen idee hoe het er in de modewereld aan toegaat? De tweede man van degene die ze de laan uit sturen krijgt de baan nooit. Nee, ze nemen een of andere rijzende ster aan.'

'Maar jij bént een rijzende ster.'

'Dank je. Dat zou ik kunnen zijn, maar ik ben het niet. Volgens hen niet tenminste. En dat hebben ze ook tegen me gezegd.'

'De rotzakken.'

'En het is ook vervelend dat Helen ontslag heeft genomen.'

'Ontslag heeft genómen?'

'Ze wordt zo dik dat ze niet meer kan werken. Violet loopt met haar hoofd in de wolken vanwege die politieagent en kan zich nergens meer op concentreren. Ze heeft vorige week drie pakken opgestuurd zonder dat ze ze gezoomd had. We stonden voor schut. En Ruth…'

'Wat is er met Ruth?'

'Harvey wil dat ze haar baan opzegt om een kindje te krijgen. Hij denkt dat haar werk te veel stress oplevert. En dan hebben we jou nog. Ik ben je kwijt zodra John Juan een ring om je vinger heeft geschoven.'

'Nee hoor,' zeg ik.

'Kom op, Lucia. Wees eens realistisch. Jullie meiden komen fris en enthousiast van de middelbare school…'

'Katie Gibbs.'

'Of van Katie Gibbs, en jullie komen hier binnenzeilen vol ambitie en meer dan bereid om ertegenaan te gaan. Maar tegen de tijd dat jullie vijfentwintig zijn, rennen jullie die deur uit alsof er een bom is ontploft. Jullie willen snel trouwen, en als het eenmaal zover is laten jullie me in de steek.'

'Ik niet, Delmarr. Ik niet.'

'Talbot zal je niet laten werken. Hij zal je oppoetsen als een ornament op het dashboard van zijn Packard en je in een porseleinkast in Huntington zetten. Dat is je lot, schat.' Delmarr schenkt een beker koffie in en geeft die aan mij.

Ik ben tussen mannen opgegroeid dus het is geen moment in me opgekomen dat er dingen zijn die ik niet zou kunnen doen. Maar het gaat hier niet alleen om wat ik wil; John heeft er iets over te zeggen. 'Waarom moet dit allemaal zo ingewikkeld zijn?' Ik weet dat Delmarr gelijk heeft: je kunt geen carrièrevrouw en huisvrouw tegelijk zijn. Ik bleef maar hopen dat ik een manier zou vinden om dat te combineren. Maar alleen mannen hebben recht op een geweldige baan en een fijn gezin.

'Hij houdt van je, maar alleen als je er elke minuut van de dag voor hem bent. Jij mag dromen hebben zolang het maar ook zíjn dromen zijn. Geloof mij maar. Ik ben ouder dan jij, en ik heb dit al zo vaak zien gebeuren.'

Ik staar in mijn beker koffie, die op een zwart gat lijkt waar ik graag in zou willen springen. 'Het is niet eerlijk.'

'Dat is waar. Maar wat kunnen we eraan doen? Zo gaat het nou eenmaal in de liefde.' Delmarr zwaait zijn voeten van het bureau en springt op de grond. 'Maar nu, terwijl de B. Altman-couture-afdeling op het punt staat te verdwijnen, smeek ik je om de Ashfield-order af te maken. Twee avondjurken en een pak. Ze is mollig, dus laat de stof losjes vallen.'

'Een Madame Rouge.' Dat is een van de codes die we in het atelier gebruiken, hij verwijst naar onze wat stevigere klanten. Delmarr heeft hem bedacht toen hij de maten van een dame opnam en hij het rode deel van de centimeter moest gebruiken.

'Zo rouge als maar kan,' lacht Delmarr.

'Welkom terug, Lucia,' zeg ik.

'O ja, dat is ook zo, schat: welkom terug.'

Elk jaar ben ik stiekem bang dat als ik terugkom van vakantie mijn werkplek is leeggeruimd en mijn baan is opgeheven. En waar ik aldoor zo bang voor was, is nu gebeurd. Ik ben een maand weg geweest en nu ik terug ben op de derde etage van het beste warenhuis in New York, ligt alles in puin. Ik loop naar mijn werktafel en pak mijn handtas uit de la. Uit het dichtgeritste vakje haal ik mijn rode spaarbankboekje van de Chase National Bank. Op 5 juni 1951 heb ik een cheque ter waarde van vijfenzeventighonderd dollar uitgeschreven ten name van John voor het huis. Mijn appeltje voor de dorst is op. Als het warenhuis dichtgaat ben ik financieel van John afhankelijk. Ik wil van niemand afhankelijk zijn! Bij het idee dat ik niet meer kan werken loopt er een rilling over mijn rug.

'Hoe was het in Italië?' roept Ruth als ze het atelier binnenkomt.

Ik berg mijn spaarbankboekje snel weer op. 'Hoi!' zeg ik vrolijk.

Ruth kust me op de wang. 'Wat is er met jou aan de hand?'

'Ik heb je gemist!'

'Nee, je bent van slag. Wat is er gebeurd?'

'We worden ontslagen.'

'Heb je al met Delmarr gesproken? We zijn te exclusief voor de nieuwe B. Altman. Ze willen op elke verdieping confectiekleding verkopen. Kun je je voorstellen wat voor troep dat zal zijn? Het vakmanschap zal ver te zoeken zijn, de stoffen goedkoop en van het soort dat altijd naar verf zal blijven ruiken. Jakkes! Het cachet in New York zal verdwijnen.'

'Ruth?' Mijn stem trilt als ik haar naam uitspreek, wat haar aan het schrikken maakt. Ze legt haar potlood neer. 'Ik heb John al mijn spaargeld gegeven.'

'Wát heb je hem gegeven?'

'Al mijn spaargeld.'

'Wat heeft hij ermee gedaan?'

'Hij gaat het in ons huis investeren.'

'O, gelukkig.' Ruth zucht opgelucht en vouwt haar handen ineen achter haar hoofd. 'Je liet me schrikken.'

'Nou, hij zou het echt niet over de balk gooien, hoor,' zeg ik defensief.

'Goed, goed, ik geloof je. Lucia, lieverd, ik moet je iets vertellen.' Ruth buigt zich naar voren.

'Wat dan?' Ik probeer niet in paniek te raken, maar ik denk meteen aan Amanda Parker en aan de societymeisjes die er een sport van lijken te maken om mannen van elkaar af te pikken.

'Je weet dat Harvey zo nu en dan voor de lol naar de paardenrennen gaat. Na de sederviering heeft hij John een paar keer meegevraagd. Vorige week kwam Harvey thuis en vertelde me dat John nogal een gokker is. Harvey zet een dollar op een paard. Hij zegt dat John wel vijftig of honderd dollar inzette.'

De moed zonk me in de schoenen. Vanaf het moment dat ik

in mijn spaarbankboekje heb gekeken en die ene rode opname zag staan na al die pagina's vol stortingen, ben ik bang. 'Je denkt toch niet dat hij míjn geld aan het vergokken is?'

'Nee. Ik weet zeker dat hij dat nooit zou doen. Maar ik ken jou; je hebt elke cent gespaard vanaf het moment dat we hier zijn komen werken.'

'Waarom heeft hij mijn geld nodig voor het huis als hij zelf genoeg heeft?' vraag ik me hardop af. Ik kijk naar Ruth. Zij denkt duidelijk hetzelfde.

'Lieverd…' Ik weet al wat ze gaat zeggen voordat ze haar mond heeft opgedaan. 'Je hebt het niet met hem over geld gehad, hè?' Ik schud mijn hoofd. 'Maar wacht eens even. Laten we, voordat we onszelf helemaal gek maken, even rustig nadenken. Je hebt hem je spaargeld gegeven voor je eigen huis.'

'Uiteindelijk zou ons geld toch op één grote hoop terecht zijn gekomen,' zeg ik tegen haar om mijn actie te rechtvaardigen. 'Ik wil overal een volwaardig partner in zijn. Is daar iets mis mee?'

'Natuurlijk niet. En je gaat met hem trouwen. Je moet hem wel vertrouwen.' Ruth kijkt me meelevend aan. 'Ik zou me niet al te druk maken over dat gokken. Harvey gaat wel eens met zijn vrienden op stap en komt dan aangeschoten thuis. Dat accepteer ik ook. En wat borrels voor de ene man zijn, zijn paarden voor de andere. Iedereen heeft zijn zwakheden. Je moet alleen voorkomen dat een zwakheid een gewoonte wordt.'

Als ik die dag van mijn werk naar huis loop, draai ik me als ik Fifth Avenue oversteek om naar B. Altman en ik barst in tranen uit. Ik heb de gelukkigste jaren van mijn leven in dat gebouw doorgebracht en nu zal alles veranderen.

Hoe zal het zijn om Ruth niet meer elke dag te zien? Ze kent me door en door. Ik heb haar zelfs toevertrouwd dat ik met John naar bed ben geweest en ze heeft me toen naar haar oom gestuurd, een gerespecteerd gynaecoloog in de Upper West

Side, zodat ik er voortaan verstandig mee om zou gaan en mezelf zou 'beschermen'. Ik zal Helen Gannon ook missen, die stof zo precies kon knippen dat het leek alsof ze glas sneed met een diamant. Het was altijd kinderlijk eenvoudig om een kledingstuk in elkaar te zetten dat Helen had geknipt; ze keek naar de maten en het materiaal en knipte dan naar de weefrichting van de stof en het figuur van de klant. Niemand doet dat meer, maar zij wel, en nu zou ze haar talent alleen nog maar gebruiken om gordijnen of babykleertjes te maken. Alhoewel Violet soms vervelend kon zijn, was ze heel loyaal. Als je ergens hulp bij nodig had en moest overwerken, kon je altijd op Violet rekenen. En Delmarr heeft ons onder zijn hoede genomen toen we het verschil nog niet kenden tussen een Chanel en een Schiaparelli.

Maar het gaat er niet alleen om dat ik mijn vrienden verlies; de wereld verliest ook iets. De kwaliteit waar ik in geloof wordt niet langer gewaardeerd. Een naad die met de hand is gestikt is niet langer een uitdaging in precisie en detail; een kledingstuk wordt door de naaimachine gehaald en vervolgens op een hoop gegooid met tientallen andere items die die dag in elkaar zijn gezet. Er is geen Delmarr meer die met een klant overlegt en vraagt wat ze wil, of haar teint en figuur bestudeert zodat hij kleren kan ontwerpen die haar flatteren. Er is bij confectiekleding geen ruimte voor persoonlijke service. Willen vrouwen echt door een rek neuzen dat propvol hangt met kledingstukken in elke maat en elke kleur? De nauwkeurigheid die ik in mijn werk gewend ben zal net zo hopeloos ouderwets worden als een haarnetje in de lente van 1952.

'Waarom zo'n lang gezicht?' vraagt papa als ik mijn jas ophang.

'De Couture-afdeling van het warenhuis wordt opgeheven.' Ik wil het er verder niet met hem over hebben, dus ik loop de keuken in. Maar hij komt me achterna.

'Maar hoe zit het dan met je baan?' vraagt hij.

'Dat weet ik nog niet,' zeg ik op een manier waarmee ik wil aangeven dat het onderwerp wat mij betreft is afgesloten.

Mama komt naar beneden en voegt zich bij ons in de keuken. 'Lu, ik denk dat ik voor koraalrood ga op je bruiloft. Ik was eigenlijk van plan turquoise te dragen, maar toen bedacht ik dat ik toch iets fellers, iets vrolijkers wilde. Wat vind jij?'

'Lucia raakt haar baan kwijt,' zegt mijn vader tegen haar.

'Papa,' zeg ik.

'Nou en? Ze gaat trouwen,' zegt mama onaangedaan. 'Ze hoeft niet meer te werken. Ze krijgt in huis meer dan genoeg te doen.'

'Nu klink je net als Claudia DeMartino,' zegt papa.

'Waarom begin je over haar?' zegt mama.

'Omdat zij daar dezelfde ideeën over had als jij.' Papa pikt een gehaktballetje uit de pan met saus die op het fornuis staat te pruttelen.

Mama schept een bordje voor hem op en zegt: 'Antonio, nu moet je eens goed naar me luisteren. Lucia gaat met een heel aardige, gedistingeerde man trouwen. Ze zullen niet zo leven als wij. Hij is een man van de wereld, hij reist, hij maakt deel uit van de' – ze gebaart met haar hand – 'elite. Ze gaan in een buitenwijk wonen. Met uitzicht op zee. In een huis met een kroonluchter van Murano in de hal. En weet je wat ik heb? Een lamp in de gang die daar al hing toen we hier kwamen wonen. Dit meisje gaat een ander leven leiden dan wij en dat moet je accepteren.' Mama slaat haar arm om me heen. 'We hebben maar één dochter en ik wil haar niet verliezen omdat jij geen enkele man goed genoeg voor haar vindt.'

'Er ís ook geen man goed genoeg,' zegt papa, 'maar sommige mannen zijn beter dan andere.'

'Papa, waarom mag u hem niet?'

'Ik begrijp hem niet, Lucia.'

'Waarom moet je hem begrijpen?' reageert mama. 'Jij hoeft niet met hem samen te leven, dat moet zij.'

'U hebt het liefst dat ik helemaal niet ga trouwen!' zeg ik.

'Dat is niet waar. Ik heb Rosemary ook geaccepteerd en ik ben van haar gaan houden. Ik heb Exodus bij Orsola in Italië achtergelaten omdat ik in haar veel van je moeder herkende. Ze zijn een goed stel. Als ik het gevoel had dat John Talbot een goede echtgenoot zou zijn, zou ik je beslissing respecteren. Ik twijfel er niet aan dat hij verliefd op je is, maar ik maak me gewoon zorgen. Ik maak me zorgen. Het spijt me. Ik kan er niets aan doen.'

Als papa eens wist hoe graag ik het met hem over mijn angsten wilde hebben, vooral vandaag. Maar hij maakt het me onmogelijk. Ik heb continu het gevoel dat ik mijn verloofde moet verdedigen, dus ik kan niet eerlijk zijn. Ik ben bang, doodsbang, dat ik John niet zal kunnen bijbenen. Dat ik elke keer een oogje zal moeten dichtknijpen als hij weer eens ergens in wil investeren of iets wil kopen wat we ons niet kunnen veroorloven. Ik weet niet eens hoeveel geld hij heeft. Ik durf er niet naar te vragen omdat ik bang ben dat hij boos zal worden. Als kind heb ik gezien hoe mijn ouders alle financiële verantwoordelijkheden deelden, maar John doet alsof dat soort dingen niet belangrijk zijn, alleen maar vervelend, en of het iets is waar hij boven staat. Misschien is dat waar ik echt bang voor ben: dat ik niet genoeg zal zijn voor John Talbot.

'Papa, maakt u zich nou geen zorgen. Ik heb uw steun nodig. Alstublieft.' Ik zie er vast treurig uit, want papa slaat zijn armen om me heen.

'Ik zal er altijd voor je zijn,' zegt hij.

'En hij gaat wel van John houden,' belooft mama me.

'Dat zou me heel gelukkig maken,' zeg ik. Papa ziet er bezorgd uit in het felle gele licht boven de gootsteen. Mijn vader wordt dankzij mij vroeg oud.

Als ik de trap op loop naar mijn kamer, wens ik dat ik zou kunnen blijven klimmen totdat ik een soort rust heb gevonden. Ik mis mijn broer Exodus vanavond extra. Op de een of andere manier had ik het idee dat ons niets kon gebeuren toen we hier nog allemaal samen woonden, vloek of niet.

In de laatste dagen voor de bruiloft word ik elke dag eerder wakker (vandaag om drie uur 's ochtends) en kan ik daarna niet meer in slaap komen. Ik lig in bed en denk aan John.

Deze morgen beleef ik in gedachten opnieuw een gebeurtenis in juli. Ik zit bij John in de auto en hij brengt me na het werk naar huis. Ik vraag hem mee naar binnen, maar hij heeft geen tijd, want hij heeft een zakenbespreking. Als ik de auto uit wil stappen zegt hij met een brede grijns: 'Heb je de cheque?' Ik pak mijn chequeboekje en schrijf een cheque uit aan John Talbot. Ik vouw hem dubbel op de perforatielijn en scheur hem voorzichtig uit het boekje. 'Dit is al het geld dat ik heb, lieverd,' zeg ik tegen hem. Hij neemt de cheque van me aan zonder ernaar te kijken, vouwt hem klein op en laat hem in het borstzakje van zijn jasje glijden. 'Het is niet veel, liefje, maar het is alles wat je hebt,' zegt hij met een lach, en dan kust hij me. Ik weet dat het een grapje is, maar het voelt als een klap in mijn gezicht.

'Lucia?' roept mama van onder aan de trap.

'Ja, mama?'

'Kun je even langs de Groceria lopen op weg naar je werk?'

Ik pak mijn tasje. Als ik beneden kom, heeft mama de bankenvelop klaar. 'Geef dit aan papa en laat hem de bedragen even controleren. De cateraar heeft een lijst met hapjes voor de receptie gestuurd waar je naar moet kijken. En hoe ver is Delmarr met je jurk?'

'Dat gaat prima, mama. Hoeveel reacties hebben we al binnen?'

'Het zullen er ongeveer driehonderd worden,' zegt mama. 'Waar laat je de cadeaus heen sturen?'

'Naar Huntington.'

'Hoe staat het met het huis?'

'Ik heb het nog niet gezien, mama. John wil me verrassen.

We gaan er onze huwelijksnacht doorbrengen.'

'En zo hoort het ook,' zegt mama trots. Godzijdank heeft ze me verder nooit iets gevraagd over mijn huwelijksnacht. Dan zou ik twee zondes hebben begaan: een doodzonde (vrijen) en een pekelzonde (erover liegen).

Als ik in de Groceria kom, is papa grote ronde Parmezaanse kazen aan het plafond aan het ophangen, als een soort mobile.

'Zo, dat is creatief,' zeg ik.

'Van wie denk je dat je je talent geërfd hebt?' zegt hij. Hij lacht.

'Hebt u al een smoking gehuurd?'

'Nee.' Hij loopt naar de kassa en ik volg hem.

'De jongens hebben al allemaal een smoking. U zou toch tenminste…'

'Kunnen komen opdagen en het mooiste meisje van Greenwich Village weggeven.' Terwijl hij zorgvuldig het wisselgeld in de kassala opbergt, verzekert hij me: 'Ik weet wat er van me verwacht wordt. Je moeder neemt het elke avond met me door. Ze wil dat het de mooiste bruiloft aller tijden wordt. Eindelijk trouwt een van haar kinderen in Italiaanse Mariani-stijl. Je weet hoe die Barese vrouwen zijn; die houden van glitter en glamour.'

'Papa?'

'Ja?'

'Geeft u me maar geen geld voor mijn huwelijk. De receptie is al duur genoeg. Goed?'

'Waarom begin je daar nu over?'

'Ik wil dat mama en u goed voor elkaar zorgen. Ik wil dat jullie het rustig aan doen.'

Hij sluit de kassa, komt achter de balie vandaan en geeft me een kus op mijn hoofd. 'Natuurlijk.'

'Ik meen het,' zeg ik met klem.

'Ga naar je werk,' zegt hij tegen me, en hij tilt een krat tomaten op om zijn volgende display te gaan maken.

Ik loop door de winkel en zwaai naar Angelo, die geschaafd ijs over de verse vis strooit. Ik ben al halverwege de straat als hij achter me aan komt en mijn naam roept.

'Lucia, kom terug! Er is iets niet goed met papa.'

Als ik terugloop naar de Groceria, zit papa op een krukje. Roberto probeert hem een beker water te laten drinken. 'Kom op, pap. Drink op,' dringt Roberto aan.

'Laat me eens kijken.' Ik til mijn vaders hoofd op en kijk in zijn ogen. 'U gaat naar het Sint-Vincent.'

'Naar het ziekenhuis? Onzin!' zegt hij.

'U gaat, en wel nu meteen,' zeg ik streng. Papa is lijkbleek. Hij heeft er niet meer zo slecht uitgezien sinds hij flauwviel in Italië.

'Er is niets met me aan de hand.'

'Laten we hopen van niet, maar als dat wel het geval is, gaan we er iets aan doen.'

Roberto gaat de truck halen, terwijl Angelo en ik bij papa blijven. 'Jullie moeten er niet zo'n toestand van maken,' zegt papa tegen me.

'Papa, ik zou het niet kunnen verdragen als er iets met u zou gebeuren,' zeg ik, en ik kniel naast mijn vader neer en omhels hem.

Het ergste van naar huis bellen met slecht nieuws is dat mama de telefoon altijd uit haar handen laat vallen, zodat je niet weet of ze alles gehoord heeft, en zo ja, of het goed met haar gaat of dat ze helemaal over haar toeren is. Als ik haar vertel dat papa in het Sint-Vincent Ziekenhuis ligt, laat ze de hoorn vallen, maar pakt hem ook snel weer op. Ze is niet heel erg verbaasd. Ze had al aan het ontbijt gezegd dat ze hem er slecht uit vond zien, maar hij negeerde haar woorden toen volkomen.

Tegen de tijd dat mama in het ziekenhuis is, is ze weer rustig. 'Antonio, je moet echt beter op jezelf passen.' Ze staat naast zijn bed en houdt zijn hand vast.

Dr. Bobby Goldstein, een cardioloog, komt bij ons staan in papa's kamer. Hij is slungelachtig en jong, en heeft een vriendelijk gezicht. 'Meneer Sartori, ik ben vaak bij u in de winkel geweest.' Papa glimt van trots. 'U hebt naar mijn mening de beste prosciutto in New York.'

'Als u mijn man kunt oplappen, krijgt u de rest van uw leven gratis prosciutto,' zegt mama.

'Mijn vrouw deelt graag uit,' zegt papa bij wijze van grapje, en hij knijpt even in mama's hand. Maar dan kijkt hij de arts ernstig aan. 'Kunt u ons vertellen wat er met me aan de hand is?'

'Het goede nieuws is dat u geen hartaanval hebt gehad,' zegt dr. Goldstein.

'En wat is het slechte nieuws?'

'Dat we niet precies weten wat er met u is gebeurd.'

Angelo neemt het woord. 'Doc, pap tilde een krat tomaten op toen hij in elkaar zakte. Kan dat er iets mee te maken hebben?'

'Dat zou kunnen.' De dokter glimlacht. 'In de tussentijd willen we nog wat extra onderzoeken doen.'

'Kan papa zelf iets doen?' vraag ik.

'Niet tillen. Geen stress. En wat eten betreft…'

'Laat me raden: geen echte boter, eieren of Manhattans meer.'

'Rookt u?'

'Eén sigaret na het eten. Dat is alles. Nooit overdag.'

'Als u zich goed voelde, zou ik zeggen dat eentje geen kwaad kan, maar u moet nu helemaal stoppen.'

'Ik gooi die sigaretten wel weg!' zegt mama.

'U mag geen zwaar werk meer doen. Geen spullen in- of uitladen, en niet tillen. Ik wil dat u elke dag achthonderd meter loopt, maar niet meer. En ik zou graag zien dat u dit dieet volgt. Het mag er in eerste instantie eentonig uitzien, maar over een tijdje zult u uw oude eetpatroon niet meer missen. U zult één keer per maand langs moeten komen voor een hartmeting.'

'Dus ik moet stoppen met lekker eten, werken en roken. Verder nog iets, doc?'

'Een positieve instelling zou goed zijn. We houden u een nachtje hier om nog wat onderzoeken te doen.'

Als dr. Goldstein weg is, proberen we mijn vader op te vrolijken. Hij lacht met ons mee, maar ik zie dat hij bang is. Het is verschrikkelijk om een volwassen man zo angstig te zien.

'We gaan precies doen wat de dokter heeft gezegd,' zegt mama.

'Wie wil er nou zo leven?' zegt papa.

'Jij! Je wilt léven, Antonio Sartori. Vergeet dat niet!' Mama kust hem en legt haar wang tegen de zijne.

'Goed, goed,' zegt hij tegen haar. 'Ik eet de rest van mijn leven wel geitenkaas en sla. Straks krijg ik nog lange oren en word ik een konijn.'

Mama gaat rechtop staan en zegt streng maar teder: 'Dat maakt me niet uit, zolang je maar hier bent, gezond en wel.'

Rosemary heeft zich als een echte *comare* op mijn bruiloft gestort. Ze heeft het op zich genomen om de cadeautjes voor de gasten te regelen: traditionele Italiaanse *confetti*, kleine netjes met amandelen. Ze heeft elk zakje met een keurig kanten strikje dichtgeknoopt; ze zien er heel schattig uit als ze naast elkaar in een doos in de woonkamer staan. Omdat ze niet wilden achterblijven hebben mama's nichtjes uit Brooklyn voor elke tafel een schaal met koekjes gebakken. Mama heeft haar voorraadkast naast de keuken leeggehaald en elke plank staat nu vol met ronde schalen met zelfgemaakte lekkernijen: abrikozenkoekjes, kokosdrups met roze glazuur, piramides van vijgen en dadels, in cellofaan gewikkeld en versierd met witte satijnen strikjes. Elke keer dat mama de voorraadkast opendoet zweeft er een aroma van zoete vanille, chocolade en citroensuiker door de kamer. Het doet me aan Kerstmis denken. Mama bakt altijd als er iets te vieren is.

'Ik weet niet of je het leuk vindt, maar dit deden we in Brooklyn altijd,' zegt Ro terwijl ze een prachtige pop in een bruidsjurk uit een doos haalt. De pop is omringd door een bundel kant en een lange tulen sluier. Haar ogen gaan open en dicht als Rosemary haar beweegt, haar lippen zijn roze en ze heeft een schoonheidsvlekje op haar kin. 'We zetten haar op jullie auto.' Ik moet er verward hebben uitgezien, want Ro klinkt een beetje opgewonden als ze verdergaat. 'We maken haar vast aan het ornament op de motorkap van Johns Packard.'

'Ze is schattig,' zeg ik tegen Ro, en ik doe mijn best te glimlachen. Mijn Venetiaanse kant komt naar boven. Poppen op auto's zijn heel Napolitaans.

'Ik wist wel dat je het leuk zou vinden.' Rosemary haalt nog een pop uit de doos. Deze is in karamelkleurig satijn gekleed, net als mijn bruidsmeisjes Ruth, Violet en het poppenvrouwtje zelf, Rosemary. 'Deze is voor de volgauto.' Ro kijkt me hoopvol aan.

'Heb je die jurkjes zelf gemaakt?' vraag ik haar.

'Ja.'

'Ze zijn mooi. Je hebt het kant er netjes aan gezet. Maak haar maar op de volgauto vast.' Rosemary ziet er opgelucht uit. 'En dank je wel. Je hebt zo veel werk gehad aan de bruiloft. Je moet weten dat ik het enorm waardeer.' Ik knuffel haar.

'Dank je, Lu. Je bent heel lief voor me geweest.' Rosemary draait haar hoofd weg.

'Wat is er?' Maar ik hoef het eigenlijk niet te vragen. 'Je denkt aan Maria Grace, hè?'

Rosemary friemelt wat aan de jurk van de bruidspop, trekt de sluier recht en strijkt de rok glad. 'Ik ben weer zwanger. Maar je moet het geheimhouden. Ik heb het nog niet aan Roberto verteld. Ik wacht tot na de bruiloft.'

Ik houd haar stevig vast. 'Gefeliciteerd! Maria Grace zal de beschermengel van dit kindje zijn.'

Ze pinkt een traan weg. 'Weet je, jij bent behalve Roberto en onze ouders de enige die haar ooit vastgehouden heeft.'

'Dat weet ik. En ik zal nooit vergeten hoe dat voelde.' Soms denk ik aan de baby: hoe heerlijk ze rook en hoe makkelijk ze in de kromming van mijn elleboog paste.

'Wat is er?' vraagt Roberto als hij binnenkomt, en hij zet de dozen met kerkboekjes bij de voordeur neer.

'Niets,' zeg ik tegen hem. 'Wat is een bruiloft zonder een huilsessie? Getuige, heb je de ringen opgehaald?'

'Ik heb alles onder controle.'

'Waar is het vrijgezellenfeest?'

'In de Vesuvio, waar anders? Die verloofde van jou denkt dat dat het enige restaurant is dat we hebben in New York. Ze behandelen hem daar natuurlijk ook als een vorst. Dat is niet verkeerd. En het eten is goed.'

'We zijn thuis!' roept mama vanuit de gang. Papa en zij zijn terug van zijn vervolgafspraak met de dokter. Rosemary, Roberto en ik haasten ons naar de gang.

'Wat zei de dokter, papa?' vraagt Roberto.

'Voor jullie staat een kerngezonde man. Mijn hart is sterk. Het holbewonersdieet van jullie moeder werkt.'

'Godzijdank!' Ik sla mijn armen om mijn ouders heen. 'Ik wist wel dat je beter zou worden als je maar naar de artsen zou luisteren.'

'Ik ga thee zetten,' zegt mama, en ze glimlacht.

Papa en Roberto lopen achter haar aan naar de keuken. 'Godzijdank,' zegt Rosemary tegen mij. 'Nu krijg je een mooie trouwdag.'

'Dit is de laatste dag voor uw bruiloft, mevrouw Talbot. U mag wensen wat u maar wilt. Dan zal ik uw wens vervullen,' zegt John als ik op het stoepje voor ons huis sta. Hij pakt mijn hand. Ik bedenk dat dit de laatste keer is dat hij me hier bij mijn ouders komt ophalen. Het is de laatste dag dat Commerce Street 45 mijn thuis is.

'Ik weet dat het tegen de afspraken is…' begin ik.

'Dat geeft niet.'

'Ik wil naar ons huis.'

'Hmm.' John denkt even na. 'Wil je dat echt?'

'Ja! Ik kan niet wachten!'

'Kom op dan,' zegt hij, en hij trekt me dicht tegen zich aan.

John en ik zeggen weinig tegen elkaar als we over de snelweg naar Huntington rijden. Wanneer we de weg naar het Cascades-woningproject inslaan, buig ik me naar voren en kus de man die morgen rond deze tijd mijn echtgenoot zal zijn. Plotseling wil ik het huis helemaal niet meer zien.

'Keer toch maar om,' zeg ik tegen hem.

'Hè?' John trapt op de rem en zet de auto stil langs de kant van de weg.

'Laten we teruggaan naar de stad.'

'Ik dacht dat je het huis wilde zien.'

'Je hebt er zo hard aan gewerkt. Laten we ons aan het oorspronkelijke plan houden.' Johns bedoeling was dat ik het huis op onze huwelijksnacht voor het eerst zou zien. Ik wil iets bijzonders bewaren voor morgenavond. Ik wil zijn verrassing niet bederven, ook niet voor mezelf.

'Weet je het zeker?' John trekt vragend zijn wenkbrauwen op.

'Heel zeker,' zeg ik tegen hem.

John maakt een U-bocht en rijdt terug naar de snelweg. Ik kijk naar zijn profiel en bestudeer elk detail alsof hij een patroon voor een kledingstuk is. Elke gelaatstrek is mooi en heeft een functie: de rechte neus, de krachtige kin, de vierkante kaaklijn, het hoge voorhoofd. Het is het gezicht van een man die geen zorgen heeft. Ik betrap mezelf erop dat ik me de gezichten van onze kinderen voorstel en hoop dat onze dochter zijn lange zwarte wimpers krijgt en dat onze zoon zijn lieve lach zal hebben. Ik kom bijna terug op mijn beslissing geen kinderen te krijgen. Het lijkt me mooi om iets te hebben wat alleen John en ik samen kunnen maken.

'Je hebt de juiste beslissing genomen.' John ziet er tevreden uit.

'O ja?'

'Je hebt een aantal verrassingen nodig in je leven,' zegt hij. 'Wat heeft het anders allemaal voor nut?'

Ik zet de radio aan en terwijl ik naar een muziekzender zoek kijk ik op en zie ik Manhattan voor ons liggen – mijn thuis, de stad waar ik geboren ben, de plaats waar ik zesentwintig gelukkige jaren heb doorgebracht. Ik had nooit gedacht dat ik er weg zou gaan, dat ik Commerce Street vaarwel zou zeggen. Ik wíl het. Ik ga een nieuw leven beginnen met mijn man.

Delmarr is verbaasd als hij mijn slaapkamer ziet. 'Je bent écht een Italiaanse prinses. Wat een kamer! Hij is groter dan mijn hele appartement. Als ik jou was, zou ik Talbot gewoon hier laten intrekken. Waarom zou je helemaal naar Hauppauge verhuizen?'

'Huntington.'

Delmarr loopt naar het raam aan de achterkant, dat op de tuin uitkijkt. 'Nou ja, het is nog altijd een buitenwijk. Heb je ooit in een buitenwijk gewoond?' Ik schud mijn hoofd. 'Het heet niet voor niets een búítenwijk. Je staat daar "buiten" de opwinding, en in plaats daarvan midden in de verveling.'

'Uitzicht op de zee zal mij nooit vervelen.'

'Ik spreek je nog wel.'

Ruth, die altijd in appartementengebouwen met een lift heeft gewoond, komt hijgend en puffend binnen. 'Elke keer als ik die trappen op loop, weet ik weer waarom jij zo slank bent.' Ze legt haar kledinghoes over een stoel en ploft neer op mijn bed. Ik bestudeer haar broek en gympen. 'Maak je maar geen zorgen,' zegt ze. 'Ik hoef alleen maar in mijn jurk te schieten.' Ze gaat rechtop zitten. 'Je haar zit fantastisch!'

'Mama heeft het opgestoken,' zeg ik. Ze heeft het geweldig gedaan. We hebben de haarwrong uit de *Vogue* gehaald en daarna heeft mama Johns tiara erin verwerkt.

'Je ziet er adembenemend uit,' zegt Ruth.

'Nou, ze heeft dan ook nooit gebrek aan aandacht gehad,' zegt Delmarr. 'De familie Talbot zal niet weten wat ze overkomt.'

'John heeft geen familie. Hij heeft alleen zijn moeder nog, maar zij is te ziek om te komen. Maar hij heeft binnenkort mijn grote Italiaanse familie.'

'Goed, laten we je maar eens in je jurk hijsen.' Delmarr haalt de hoes van mousseline van mijn japon. Het is de mooiste jurk die ik ooit heb gezien. Het is een uitstaande baljurk, strapless, met een strak lijfje. Delmarr heeft boven de rok een aantal plooien gemaakt, zodat de stroken stof die maar met een enkel knoopje vastzitten sierlijk naar beneden vallen.

'Mijn god, hij lijkt wel gemaakt van gesponnen suiker,' zegt Ruth, die onder de indruk is.

'Regelrecht uit Parijs,' zegt Delmarr trots.

'Dit zijn de handschoenen.' Ruth geeft me lange witte satijnen handschoenen aan.

'Weet je nog: "Naarmate de dagen langer worden…"' zegt Delmarr.

'"… worden haar handschoenen dat ook!"' zeggen we in koor.

'Goed, en waar is mijn bijpassende bolero voor in de kerk? Sinds de kruistochten heeft geen pastoor de armen van een vrouw meer gezien.'

'Lu, ik heb geen bolero gemaakt,' antwoordt Delmarr.

'O, god, nee toch? Ik heb niets wat bij deze jurk past en ik kan niet met blote armen naar de kerk!' Ik sta op het punt in huilen uit te barsten als ik Delmarr zie grijnzen.

'Dit is mijn cadeau.' Delmarr haalt een lange witte satijnen mantel met een grote kraag uit de mousselinen hoes. De wijde mouwen hebben witte manchetten vol piepkleine pareltjes te midden van kralen die glimmen als diamanten. 'Een werkneemster van de Couture-afdeling van B. Altman kan natuurlijk niet trouwen in een ordinaire bolero.'

Als een koningin trek ik de japon en Delmarrs mantel aan en in mijn koninklijke outfit daal ik langzaam de trap af. Papa ziet me als ik de hoek om kom in de hal op de eerste verdieping.

'*Stai contenta*,' zegt hij tegen me, en hij neemt mijn handen in de zijne.

'O, papa. Ik ben zo gelukkig.' Ik ben daar nog nooit zo overtuigd van geweest.

Ik stelde voor naar de Onze-Lieve-Vrouwe van Pompeii te lopen, maar mama wilde daar niets van horen. 'De zoom van je jurk is na een halve straat al zwart!' Dus rijden we ernaartoe in papa's auto en de bruidsmeisjes volgen ons in Roberto's wagen, met de pop in de karamel tafzijden jurk op de motorkap. Roberto heeft de bruidspop gisteravond aan John gegeven, zodat hij hem op zijn auto kan bevestigen. Als ik eraan denk hoe hij de pop op de motorkap van zijn auto vastmaakt, moet ik giechelen.

Ik gluur de kerk in om te kijken of onze driehonderd gasten er wel in passen. Elke rij is zo goed als vol. De boeketten van witte anjers en roze roosjes met karamelkleurige satijnen linten die aan de uiteinden van de kerkbanken bevestigd zijn, zien er prachtig uit. Ik inhaleer de mengeling van wierook, Chanel No. 5 (blijkbaar het favoriete parfum van de nichtjes uit Brooklyn) en bijenwas van de grote kandelaars die rondom het altaar staan.

Helen Gannon, die op het punt staat te bevallen van haar eerste kindje, draait zich om en knipoogt naar me vanaf het eind van de rij. Ze draagt een satijnen fuchsia mantel, een prachtig contrast met haar rode haar. Het geeft een warm gevoel om iedereen die je kent en van wie je houdt op de belangrijkste dag van je leven bij elkaar te zien.

'De pastoor zegt dat we bij de doopvont moeten wachten,' zegt Ruth. 'Alsof een joods meisje weet wat een doopvont is.'

'Maak je maar niet druk,' zeg ik. 'We ga er zo naartoe.'

Ik geef papa en mama een kus en zwaai even naar Exodus en

Orsola. Ze zijn nu bijna een week thuis, maar ik heb ze nog nauwelijks gesproken omdat ik het zo druk heb gehad met de laatste dingen regelen.

'Kom, Lucia. Ze mogen je nog niet zien,' zegt Ruth streng.

Zij en ik gaan naar Violet en Rosemary in een kamer naast de vestibule. Er staat een heuphoge doopvont onder een glas-in-loodraam. Een groot standbeeld van Sint-Michaël, patroonheilige van de engelen, staat met een zwaard en een schild in de hoek. 'Heftig,' zegt Ruth als ze hem van top tot teen opneemt.

Ze frunnikt wat aan de zoom van mijn jurk terwijl Violet nog een extra laag lippenstift opdoet. 'Ik krijg zo veel goede ideeën voor mijn eigen bruiloft,' zegt Violet ernstig. 'Ik vraag me af of presbyterianen boeketten aan de kerkbanken bevestigen.'

Rosemary ijsbeert heen en weer en probeert door de kier in het raam naar buiten te kijken. Ik sta geduldig te wachten met mijn boeket witte lelies in mijn hand (nageaapt van Claudette Colbert in *It Happened One Night*). Ik leg de bloemen in de doopvont en bol mijn rok wat op. Er hangt een sierlijk gouden kruis aan de muur, waarvan het midden een spiegel is waarop het heilige hart van Jezus is geschilderd. Ik vang een glimp op van mijn ogen in de spiegel. Vervolgens buig ik me naar voren en kijk wat beter. Mijn ogen zijn blauw, net als die van mijn vader, en ze staan helder omdat ik vannacht goed heb geslapen, maar er is iets niet in de haak. Ik voel het en ik zie het in mijn eigen ogen.

'Ro, hoe laat is het?' vraag ik.

'Ik heb het halfelf,' zegt ze opgewekt, 'maar mijn horloge loopt altijd voor.'

'Gisteren op de generale repetitie heb ik toch tegen John gezegd dat hij hier om tien uur moest zijn?'

'Ja, dat klopt. Dat heb ik gehoord.'

'Is hij er al?'

'Ik heb zijn auto nog niet gezien. Maar dat zegt niets. Weet je wat? Ik ga wel naar de sacristie. Dan loop ik even naar buiten, om de kerk heen, en ga weer naar binnen door de zij-ingang. Dan kijk ik of John er is.' Rosemary pakt haar jas en loopt de deur uit.

'Mannen zijn altijd te laat,' klaagt Violet.

'Je moet niet vergeten dat het weekend is,' zegt Ruth. 'Het is verschrikkelijk druk op de weg. John komt naar de Village vanaf de Upper East Side en het is dan bijna onmogelijk om op tijd te komen, tenzij hij vleugels heeft.'

Het is lange tijd stil. Ik hoor dat de organist even stopt met spelen en vervolgens hetzelfde stuk opnieuw inzet.

Eindelijk duwt Rosemary de deur open en glimlacht. 'Hij is er nog niet, maar Roberto heeft zijn plicht gedaan als getuige en heeft hem rond acht uur vanmorgen nog gesproken. Hij zat toen aan het ontbijt en ik weet zeker dat hij onderweg is.'

'Hoe laat is het nu?' vraag ik.

'Het is precies kwart voor elf,' antwoordt Rosemary na een blik op haar horloge. Het loopt niet voor. Ik heb Ruth een paar minuten geleden gevraagd om op de klok in de sacristie te kijken.

'Nou, dan kunnen we alleen maar afwachten,' zeg ik. Mijn vriendinnen antwoorden niet, maar dat hoeft ook niet. Ze maken zich zorgen. En ik ook. Waar is hij? Is er iets ergs gebeurd? Mijn hart klopt in mijn keel. John Talbot en ik gaan nu een jaar met elkaar en in al die maanden is hij niet één keer te laat gekomen. Ik weet zeker dat Ruth zal zeggen dat er voor alles een eerste keer is, maar mijn maag trekt samen. Ik voel me misselijk. Ik heb frisse lucht nodig.

Het is gek dat een kerk die er normaal gesproken altijd prachtig en opgepoetst uitziet, opeens zo bedompt kan voelen. Als ik de vestibule in loop, zie ik dat de collectemandjes aan de zijkant staan opgestapeld; het prikbord hangt vol handgeschreven aankondigingen en onder de rubberen deurmat met rijen gaatjes zie ik het modderige marmer.

'Ik ga even naar buiten,' zeg ik tegen de meiden. Ik loop de straat op. Het is koud en ik adem de koele lucht in om mezelf te kalmeren. Het verbaast me dat er op de belangrijkste dag van mijn leven niets veranderd is in Greenwich Village. Aan de overkant is een man in een overall bezig om olie uit een tankwagen door een brede slang in een buis op het trottoir te pompen. Drie jonge vrouwen kopen tijdschriften bij de kiosk op de hoek en in de lunchroom wordt een man bediend in zijn zitje bij het raam. Weten ze niet wat voor dag het vandaag is?

'Kijk, mammie, de sneeuwkoningin!' zegt een klein meisje tegen haar moeder als ze langs me heen lopen. Haar moeder lacht naar me, maar ik zie toch haar ongemakkelijkheid. Ze kijkt naar de grond, knijpt in haar dochters hand en loopt door. De voorbijgangster ziet het, ze weet het. En ik weet het ook. Ze wil niet dat haar dochter zoiets treurigs ziet.

Ik blijf heel lang buiten wachten en hoop dat als ik maar lang genoeg door Bleecker Street tuur, er een auto met daarin mijn toekomstige man voor me zal stoppen. Ik weet niet meer hoeveel keer het verkeerslicht van rood op oranje op groen springt voordat ik me realiseer dat de auto waar ik voor bid niet zal komen. Ik ga terug naar de vestibule. Mijn bruidsmeisjes kijken me met geforceerde glimlachjes aan. Alleen Ruth kijkt weg. Ze weet het. John Talbot gaat niet met me trouwen. Niet op deze ochtend. Nooit. Hij heeft me in de steek gelaten.

10

$\mathcal{D}$e gang van zaken nadat je in de steek bent gelaten voor het altaar heeft veel weg van de gebeurtenissen na een moord. De aanwijzingen worden verzameld, de plek van de misdaad wordt opgeruimd, alle nare details worden verwijderd en vervolgens gaat het leven weer verder. Ik heb geen idee wat er direct daarna gebeurde: hoe het zevengangenmenu in de Isle of Capri is geannuleerd, wie de band, The Nite Caps, heeft verteld dat ze wel weer naar huis konden gaan, en waar de schalen vol koekjes gebleven zijn. Het is nu een week geleden en ik heb er niet naar gevraagd. Mijn trouwjurk hangt in de kast en mijn boeket ligt in een schoenendoos onder het bed. De tiara is zoek. Ik zal hem ergens tussen de kerk en mijn huis wel verloren hebben.

De misdienaren en ik hebben tot drie uur in de kerk staan wachten. Daar stond ik op. Op een of andere manier had ik mezelf ervan overtuigd dat drie uur het magische tijdstip was, dat John bij zinnen zou komen en excuses prevelend de kerk in zou komen rennen. De gasten vertrokken echter al na twee uur. Mijn broers liepen de kerkbanken af en vertelden de mensen rij voor rij dat men naar huis kon gaan en dat we nog contact met hen zouden opnemen.

Roberto en Orlando gingen naar het Carlyle en kwamen erachter dat John daar nog steeds ingeschreven stond. Orlando verzon ter plekke een verhaal, dat John ziek was, en omdat ze er zo netjes en goedgekleed uitzagen gaf de hotelmanager toe en liet hen Johns kamer binnen. De kamer was schoongemaakt en het bed was opgemaakt, maar er was geen spoor van John. Zelfs geen tandenborstel. De manager vroeg of zij zijn rekening zouden betalen. John Talbot was het hotel nog 2566,14 dollar schuldig. Mijn broers vertelden hem dat ze geen familie van hem waren, maar de manager geloofde hen niet.

Op weg naar buiten bedacht Roberto dat hij de parkeerwachter kon vragen naar de Packard. Die zei dat hij die auto al bijna een week niet meer had gezien. Vreemd. Maar wat is er niet vreemd aan een man die plotseling verdwijnt?

We belden met de politie, en zij gaven hem na achtenveertig uur op als vermist, maar voornamelijk bij wijze van formaliteit. Ze hadden zoiets wel vaker meegemaakt, vertelden ze aan Roberto. Ik vond het weinig troostrijk dat andere meisjes deze vernedering ook hadden moeten doorstaan. Sterker nog, ik ging me er nog beroerder door voelen. Ik voorzag de politie van foto's van John en de tickets van onze huwelijksreis naar Bermuda. Ze namen alles in beslag en beloofden me de spullen mettertijd weer terug te geven.

Er wordt op mijn slaapkamerdeur geklopt. Ik geef geen antwoord. Ik zeg al een week lang niets, dus waarom zou ik dat nu ineens wel doen? Mama doet de deur open.

'Lucia?'

Ik voel me schuldig dat ik mijn moeder dit aandoe. Dit had ze zeker niet in gedachten voor haar enige dochter. 'Hallo, mam.'

'Ik heb hier wat te eten voor je.'

'Ik hoef niks.'

'Alsjeblieft, eet toch wat,' smeekt mama. 'Het heeft onze harten gebroken, wat die man jou heeft aangedaan. Maar je hoeft door zijn toedoen niet dood te gaan. Dat is hij niet waard.'

Papa heeft gelijk, mama is een dramakoningin, een volbloed-Barese. 'Mama, ik eet heus wel wat. Maar dat doe ik dan in de keuken.' Ik heb nu wel lang genoeg op bed gelegen. Hoe meer ik over John pieker, hoe bozer ik word. Ik ben niet het type dat de dingen er maar bij laat zitten. Ik wil weten waarom hij mij dit heeft aangedaan. En de antwoorden komen niet vanzelf mijn kamer in gevlogen.

Papa straalt wanneer hij me de trap af ziet komen. Vervolgens kijkt hij omhoog en dankt God. 'Ik heb gebeden dat je naar beneden zou komen en dat je boos zou worden.'

'Nou pap, allebei uw gebeden zijn verhoord.'

'Weet je zeker dat je dit wilt?' vraagt Ruth wanneer ze de hoek omslaat richting Cascades Projectontwikkeling.

'Hoezo? Wou je de benen nemen?' Ik besef dat mijn woordkeus een beetje ironisch is, maar Ruth laat zich daar niet door uit het veld slaan.

'Zoiets. Ik heb tegen Harvey gelogen en gezegd dat we gingen winkelen. Hij was bang dat we John tegen zouden komen als we hierheen gingen. Het kan best zijn dat hij zich hier verstopt.'

'De politie heeft hier al gekeken,' zeg ik.

'Laten we maar even een plan maken. Als híj hier is, dan blijven we in de auto zitten.'

'Oké.'

'Wat denk je dat er met hem gebeurd is?' vraagt ze meelevend.

'Ik weet het niet.'

'Lucia, ik wil je graag helpen, dat weet je. Maar ik begrijp niet zo goed waarom je het huis wilt zien. Waarom zou je jezelf zo kwellen? Je moet hem vergeten.'

'Ruth, weet je hoe we kleren maken?'

Ruth begrijpt even niet waar ik naartoe wil.

'Het is het enige waarvan ik weet hoe het moet. Je maakt een tekening, ik deel het ontwerp in stukken op, van die stukken maken we een patroon, het patroon brengen we over op de stof, de stof wordt geknipt, we naaien de stukken aan elkaar, en vervolgens hebben we een kledingstuk.'

'Ja, dat is zo, maar...'

'Luister, Ruth. Ik zat in mijn kamer met een notitieblok en heb een lijst gemaakt van alles wat ik zeker wist over John. Eerst beschreef ik hem. Dat is de tekening. Toen heb ik in mijn agenda gekeken en alle plaatsen waar we geweest zijn opgeschreven, met name de plaatsen waar we meerdere malen geweest zijn. Huntington Bay, Creedmore, de Vesuvio, al die plekjes. Dat zijn de stukken.'

'Oké, ik begrijp het. Nu ben je de stukken aan elkaar aan het naaien.'

'En als ik daarmee klaar ben heb ik misschien iets tastbaars in handen waardoor ik kan begrijpen wat me overkomen is.'

'Je bent hier niet meer geweest sinds...'

'Nou, we zijn hier op de dag voor de bruiloft nog geweest. Maar op het allerlaatste moment zei ik tegen hem dat het huis een verrassing moest blijven tot onze huwelijksnacht.'

'Wat is het adres?'

'Het is het laatste perceel in deze straat.' Ik wijs naar het eind van het huizenblok. 'Met uitzicht op de baai.'

'Wat een buurt,' zegt Ruth als ze langs de nieuwe huizen rijdt met hun grote garages en de plekken met stro waar gazons moeten komen. 'Geen wonder dat je hier zo graag wilde wonen.'

'Daar, Ruth!' Ik wijs naar de heuvel die mijn voortuin had moeten worden.

Ruth zet de auto stil voor het perceel. Maar er is geen huis, alleen maar een TE KOOP-bord op de boom waar de oprit zou komen. Onderaan staat een telefoonnummer. Verderop in het open veld staat een man achter in zijn pick-up naar iets te zoeken.

'Weet je zeker dat het hier was?' zegt Ruth, die duidelijk hoopt dat ik me vergis.

'Ja, hier was het.' Ik stap de auto uit en klim de heuvel op. 'Meneer?'

'Ja, mevrouw?' Hij lacht.

'Is dit uw land?' vraag ik.

'Nee, dat niet. Ik werk voor de eigenaar.'

'John Talbot?' Dit is de eerste keer dat ik zijn naam hardop uitspreek sinds hij me voor het altaar heeft laten staan, en de kille toon ontgaat de toezichthouder niet.

'Nee. Hij heet Jim Laurel. Kent u hem?'

'Nee.'

'Nou, als u Huntington kent, kent u Jim ook. Hij is de eigenaar van de bouwgrond hier.'

'Dus dit stuk grond is helemaal nog niet verkocht?' Ik wil het antwoord helemaal niet weten, Johns leugenachtige gedrag wordt alleen maar erger wanneer ik weet dat hij met *voorbedachten rade* mijn leven wilde verpesten.

'Nee, het staat nog maar net te koop. Hebt u interesse?'

'Misschien wel.' Ik kan nauwelijks praten, zo erg van streek ben ik.

Ruth komt erbij staan. 'We zijn vast, eh, goed aan het kijken naar vastgoed,' zegt ze tegen hem.

'Hier hebt u mijn kaartje.' De man geeft zijn kaartje aan Ruth en stapt in zijn busje. Zodra hij weg is, laat ik me op de grond zakken.

Ruth komt naast me zitten. 'Kom op, Lucia. We gaan.'

'Hij loog óveral over,' zeg ik, niet zozeer tegen Ruth als wel tegen mezelf, zodat ik het echt moet geloven.

'Ik vind het zo naar voor je,' zegt ze.

Ik laat mijn blik over het perceel gaan en in plaats van een zanderig heuveltje bedekt met wilde bamboe, lage bosjes en bergjes aangespoeld zeewier, zie ik mijn huis. Elk detail is precies zoals ik het me had voorgesteld: de voordeur in tudorstijl, de glimmende bakstenen, de laag geknipte buxusstruiken aan weerszijden van het van lei en beton gemaakte trottoir, de roze draperieën van tafzijde die opbollen in de zachte zeebries, en de kroonluchter, waar ik urenlang naar gezocht heb in Murano, die flonkerend aan het plafond in de hal hangt. Het aanzien en de geluiden van mijn huis komen me even echt voor als het zand waar ik met mijn handen in zit te graven.

'Kom mee, het is al laat,' zegt Ruth, die precies naar de plek loopt waar mijn voordeur geweest zou zijn. 'Je hebt vandaag wel weer genoeg doorstaan.'

Ik loop achter Ruth aan de heuvel af, blijf even staan en wijs naar de baai. 'Zie je die oranje gloed? Hoe die als pure chiffon op het water schittert? Zo zag de baai er ook uit toen ik voor het eerst met hem vrijde. Precies zo.'

Ruth pakt mijn hand. Ik draai me om en loop met haar naar de auto. Ik besef dat ik deze plek nooit meer zal zien.

Ruth en ik zwijgen onderweg naar huis. We zijn bijna bij Commerce Street wanneer Ruth de stilte verbreekt.

'Eén ding begrijp ik echt niet. Zei je nou net dat John de dag voor jullie huwelijk met je naar Huntington reed terwijl er helemaal geen huis was? Hoe had hij daarmee weg willen komen? En waarom ben je van gedachten veranderd?'

Ik moet hier diep over nadenken. Ruth stopt voor de deur, zet de auto in z'n vrij en laat hem stationair draaien terwijl ze wacht op mijn antwoord. 'Ergens diep in mijn hart moet ik de waarheid geweten hebben. Ik wist dat hij niet was wie ik dacht dat hij was. Maar ik dacht dat ik van hem de man kon maken die hij zou kunnen zijn.'

'O, Lucia,' zegt Ruth droevig.

'En ergens geloofde ik dat ik beter was omdat hij van me hield. Je weet hoe dat gaat, Ruth: je denkt dat een man je zal geven wat je nodig hebt, dus geef je je over. Papa had gelijk. Ik hield van de manier waarop John eruitzag, de gelegenheden waar hij me mee naartoe nam, en het leven dat hij me beloofde. Het was allemaal buitenkant.'

Ruth knikt. Ze begrijpt, en ik al helemaal, waarom ik me tot John aangetrokken voelde. Nu moet ik alle stukjes van de puzzel bij elkaar leggen om ervoor te zorgen dat dit nooit meer gebeurt.

Papa's Venetiaanse tradities hebben wederom de kerstoorlog verloren. We gaan niet vasten op kerstavond. Rosemary heeft samen met mama het traditionele Feest met de Zeven Vissen voorbereid en we zijn allemaal samen. Zelf Exodus en Orsola hebben besloten hier te blijven met de feestdagen. Ik denk dat mama daar meer van weet. Ze heeft mijn broer er vast van overtuigd dat ik hem nodig heb, en Exodus voelt zich nog steeds schuldig dat hij in Italië is gaan wonen.

Mama heeft de tafel prachtig gedekt: een zilveren armkandelaar met witte kaarsen erin en het mooiste servies op een rood tafelkleed. Nadat we zijn gaan zitten, tikt Rosemary met haar lepel tegen haar wijnglas. 'Allereerst, vrolijk kerstfeest iedereen!' Wat een verandering in vergelijking met de vorige kerst toen Rosemary het bedeesde jonge bruidje was dat papa moest vragen of ze lampjes voor het raam mocht hangen. Dit jaar hangt ze niet alleen lampjes voor het raam, ze heeft ze ook om groene guirlandes heen gewikkeld, langs de deurplinten gespannen en door het hek gestoken. Orlando heeft het over Noord-Sicilië. 'Ten tweede, Roberto en ik verwachten in mei een kindje!'

We springen uit onze stoelen en kussen de dolblije ouders in spe. Door al het rumoer heen horen we weer het getik van een lepel op een glas. Iedereen wendt zich tot Exodus.

'Wij hebben ook nieuws,' kondigt Exodus aan.

'Jullie gaan weer naar huis?' vraagt Orlando.

'Nee, wij krijgen ook een kindje. Dat van ons is in juni uitgerekend.'

We juichen nog een keer vanwege het tweede goede bericht, maar ik voel me onwillekeurig toch triest te midden van al deze vreugde. Mijn broers lijken wél in staat om de juiste partner te kiezen met wie ze hun leven kunnen delen. Waarom kan ik dat dan niet?

'Wil iemand even de deur opendoen?' zegt mama als we de bel horen.

'Dat zal Delmarr wel zijn. Ik heb hem uitgenodigd om aan te schuiven bij het toetje,' zeg ik en ik loop naar de gang om de deur open te doen. Normaal gesproken kijk ik even door het glas wie er voor de deur staat, maar Rosemary's versieringen versperren het uitzicht. Ik gooi de deur open.

'Lucia…' John Talbot staat in de regen bij ons op de stoep, met zijn blauwe overjas van kasjmier. Ik verroer me niet. Onder aan het opstapje staan twee politieagenten. Ik probeer de deur dicht te doen, maar ik ben niet snel genoeg, John duwt hem weer open.

'Alsjeblieft, Lucia. Ik moet even met je praten,' zegt hij zachtjes.

'Wat doe je hier?'

'Ik wilde je vertellen dat het me spijt.'

'Spijt?' Het woord klinkt zwak en leeg, ik wou dat hij het niet gezegd had.

'Ik moet je vertellen wat er gebeurd is,' zegt John op nerveuze toon. 'Ik weet dat je geen enkele reden hebt om te luisteren, maar geef me alsjeblieft een kans om het uit te leggen.'

Ik kijk naar zijn gezicht, dat nog steeds die fijne trekken heeft waar ik zo van hield, maar er is iets in zijn ogen waar ik bang van word. Zijn schoenen zijn vies en ongepoetst, en zelfs zijn jas ziet er armoedig uit. Hij is gladgeschoren, maar ik kan ruiken dat hij gedronken heeft, eentje om het af te leren. Ik zie wat een zooitje hij ervan heeft gemaakt, hoe hij mij daarin betrokken heeft en ik kan het niet geloven. Waarom heb ik niet zien aankomen dat het zo met ons zou aflopen?

'Waar heb je uitgehangen?' vraag ik aan hem als ik hem binnenlaat en de deur achter hem dichtdoe. Hij zal nooit kunnen verantwoorden wat hij gedaan heeft, maar ik kan er net zo goed even naar luisteren.

'Dat doet er niet toe.'

'Lucia, gaat alles goed daar?' roept Roberto.

'Ssst. Niks zeggen,' fluistert John. Hij legt een hand op de deurknop en wil weer naar buiten gaan.

Roberto komt de hoek om. Als hij John ziet, ontsteekt hij in blinde woede. 'Hoe durf jij hier nog te komen!'

'Ik moet even met Lucia praten,' zegt John, met alle moed die hij op kan brengen.

Als ze zijn stem horen komen al mijn broers, en mijn vader, de gang in. De vrouwen staan achter hen als een stoottroep, op hun hoede en klaar om me te beschermen.

'Wil jij met mijn zus praten? Ben je gek geworden? Na alles wat je haar hebt aangedaan?' schreeuwt Roberto.

'Ik ben jou geen verklaring verschuldigd. Maar je zus wel.'

'Dat is je verdomme geraden,' zegt Roberto. Ik kan mijn moeder naar adem horen snakken bij het horen van zijn taalgebruik. 'Waar is haar geld?'

Hij wringt zich langs me heen, pakt John bij zijn revers en duwt hem hard tegen de muur. John, die duidelijk verzwakt is en niet in staat om terug te vechten, blijft slap staan. Roberto slaat Johns hoofd tegen de muur. '*Waar is haar geld?*' John geeft geen antwoord. Roberto slaat zijn hoofd nog een keer tegen de muur. 'Dief!' John zwijgt nog steeds. Roberto doet het nog een keer. 'Waar is haar geld, verdomme?'

Een deel van me wil dat Roberto hem pijn blijft doen, als genoegdoening voor de vernedering die ik op mijn huwelijksdag heb moeten doorstaan. Maar ik kan niet aanzien hoe mijn sterke broer deze zielige man slaat.

'Hou op, Roberto,' zeg ik. Mijn broer doet een stapje naar achteren, en John blijft terneergeslagen staan. 'Alsjeblieft. Laat me even met hem praten.'

De twee politiemannen die voor de deur hebben staan wachten, duwen de deur open en slaan John in de boeien. 'Je tijd is om. Sorry, mevrouw. Hij zei tegen ons dat u zijn vrouw was en omdat het kerst is wilden we hem een cadeautje geven.' Een van de mannen duwt John naar voren. 'Maar zo is het wel mooi geweest.'

Ik steek mijn hand naar John uit. 'Nee, Lucia,' zegt mijn vader, die me bij mijn arm pakt.

Mijn broers bewaken me, zoals ze dat al hun hele leven doen, tot de politiewagen met John erin de hoek bij Barrow Street om is. Ik sta als versteend.

'Die klootzak heeft onze kerst verpest,' zegt Roberto.

'Ja,' zeg ik gelaten. Hij heeft onze bruiloft verpest, onze toekomst, zelfs deze kerst. En ik zou heel graag willen weten waarom, want na alles wat er gebeurd is, hou ik nog steeds van hem.

De vrije dagen tussen kerst en oud en nieuw zijn meestal mijn favoriete dagen van het jaar, omdat mijn werk er dan op zit. Wie een jurk nodig had heeft hem gekocht, en de avond voor kerst is hij vermaakt, geperst en afgeleverd. Maar dit zou mijn eerste kerst als getrouwde vrouw zijn. Ik heb nog zo veel vragen waar het John betreft en wat er met hem gebeurd is. Sinds zijn onverwachte bezoek kan ik niet meer slapen. Kon ik maar begrijpen waarom hij me in de steek heeft gelaten, dan zou ik weer verder kunnen met mijn leven.

De meesten van mijn vrienden vermijden het onderwerp. Het zou kunnen zijn dat ze me de schande willen besparen, maar ik vermoed dat ze denken dat ik dit allemaal van tevoren had moeten zien aankomen. Ik zat te slapen terwijl mijn leven zijn loop nam en ik verdien wat me is overkomen. Ik heb dit bedje zelf gespreid en nu moet ik er alleen in liggen.

Ik ben voor verhoor meegenomen naar het politiebureau, waar ik, boven op mijn eigen gêne om de hele situatie, ook nog eens bang voor ben. Wat als ze denken dat ik meer af weet van Johns louche zaakjes? Ik heb de enige advocaat die ik persoonlijk ken gebeld, Arabels man, Charlie Dresken. Hij zegt dat ik niet bang hoef te zijn en dat hij naar me toe zal komen en dat ik mijn volledige medewerking aan de politie moet verlenen. 'Je hebt niets te verbergen,' zegt hij tegen me. Dat mag dan zo zijn, maar waarom wil ik mezelf dan zo graag verbergen?

De politie heeft lang niet alle details over Johns illegale activiteiten aan Charlie verstrekt, maar ze zeiden dat het een behoorlijke lijst was. De politie vroeg me of ik een volledige lijst van alle cadeaus die hij me had gegeven kon overhandigen. Ook vroegen ze om een kalenderoverzicht van al onze sociale activiteiten, met inbegrip van locaties en tijdstippen, voor zover ik me die nog kon herinneren. Dat was niet zo moeilijk, aangezien ik alle toebehoren van onze uitjes zorgvuldig had bewaard, van het programmaboekje van de show van The McGuire Sisters met oud en nieuw tot en met menukaarten, luciferdoosjes en kleine gedichtjes die hij ergens op gekrabbeld had. Ik had zelfs nog een gedroogde rozenknop die hij geplukt had in Montauk op de dag dat we voor het eerst met elkaar vrijden. Het was echter ondraaglijk om al die spullen bij elkaar te zien.

Terwijl de politie informatie verzamelt, doe ik dat zelf ook. Er is een persoon wier gezicht me de afgelopen weken is blijven achtervolgen. Ik was Johns moeder, mevrouw O'Keefe, erg aardig gaan vinden en zij op haar beurt was ook naar mijn bezoekjes gaan uitzien. Zelfs al kon ze niet praten, ze was alert en zich bewust van alles wat zich om haar heen afspeelde. Ik heb me tijdens de kerstdagen zorgen om haar gemaakt. John Talbot zit nog steeds gevangen en ik vraag me af of ze wel weet wat er met hem gebeurd is.

Wanneer ik vanaf het station naar de ingang van Creedmore loop, vraag ik me af wat ik tegen mevrouw O'Keefe moet zeggen. De vaste receptioniste zit achter de balie, maar als ik haar begroet, zwaait ze niet naar me, zoals ze anders doet, maar vraagt ze: 'Wat kan ik voor u doen?'

Ik bedenk dat ik hier normaal gesproken altijd met John kom en dat ze me misschien niet herkent nu ik hier alleen ben. 'Mag ik even bij mevrouw O'Keefe langs?'

Haar gezichtsuitdrukking verandert van vriendelijk naar bezorgd. 'Heeft niemand u iets verteld?'

'Nee.' Ik krijg buikpijn.

'Ze is overleden.'

'Wanneer?'

'Ik zal even kijken wanneer dat was.' Ze kijkt achter de balie in een logboek. 'Sylvia O'Keefe is op 6 november jongstleden overleden.

Ik bedank de verpleegster niet. Ik draai me alleen maar om richting de uitgang. Voordat ik daadwerkelijk weg kan lopen, wil ik nog één ding weten.

'Sorry dat ik u weer moet lastigvallen,' zeg ik terwijl ik me weer omdraai. 'Maar… was ze alleen toen ze stierf?'

De receptioniste pakt mijn hand beet. 'Die lieve zoon van haar was bij haar toen ze overleed.' 6 november? Waarom heeft John me niet verteld dat zijn moeder was overleden? Wat voor man houdt dat soort informatie nou achter?

Op mijn eerste werkdag na de kerstvakantie staat Charlie Dresken rond lunchtijd voor het politiebureau op East Sixty-seventh Street op me te wachten. Als we binnen zijn zegt Charlie iets tegen de agent achter de balie. Ik loop vervolgens achter hem aan naar een kantoortje, waar we beleefd begroet worden door een aardige Italiaanse rechercheur die ongeveer van papa's leeftijd is en die volgens zijn badge M. Casella heet. Ik vertel hem allereerst dat ik langs ben geweest bij Sylvia O'Keefe. Hij blijkt er al van op de hoogte te zijn dat ze overleden is.

'Juffrouw Sartori, hoe lang kende u John Talbot?'

'Een jaar.'

'Was dat de enige naam waaronder u hem kende?'

'Heeft hij er dan nog meer?' vraag ik, met groeiend ongeloof.

'Hij gebruikte vijf aliassen, en bij allemaal gebruikte hij de voornaam John. De andere achternamen zijn O'Bannon, Harris, Acton, Fielding en Jackson. Klinkt een beetje als een advocatenkantoor, vindt u ook niet?' Hij moet lachen, maar ik niet. 'Hmm. Hij gebruikte bij u zijn echte naam.'

Ik reageer niet op de opmerking van de rechercheur. Dat het enige echte dat John aan mij prijs wilde geven zijn naam was geeft me niet bepaald een beter gevoel.

'Woonde hij bij u?' vraagt de rechercheur op zakelijke toon.

'We waren verloofd. Ik woon bij mijn familie. Daar woon ik al mijn hele leven,' zeg ik tegen hem op een toon waaruit moet blijken dat op mijn persoon niets aan te merken valt, ondanks mijn slechte smaak qua mannen.

'Hebt u ooit kennisgemaakt met ene Peggy Manney?'

'Nee.'

'Zij is de dochter van Sylvia O'Keefe. Ze was gebrouilleerd met haar moeder, wat John Talbot, zoals u hem noemt, een perfecte gelegenheid bood om zich te ontfermen over mevrouw O'Keefes financiën.' Ik moet even denken aan het moment waarop John me vertelde dat hij enig kind was. 'Meneer Talbot heeft de afgelopen jaren mevrouw O'Keefes spaargeld, contanten en spullen geplunderd.'

'Wat?'

'John Talbot is een bedrieger, juffrouw Sartori. Hij verdiende zijn geld met wat wij "diefstal in overleg" noemen. Hij bouwde een vertrouwensband op met mensen, en voor je het wist deed hij zaken met ze. Zij zorgden voor het geld, en hij gebruikte dat voor de zwendel waar hij op dat moment mee bezig was. Als de zaken verkeerd liepen, maakte hij zich uit de voeten. Dat heeft een tijdlang goed gewerkt, omdat de meeste mensen zich zo erg schamen dat ze geen aangifte durven te doen.'

'Maar denkt u dat hij zijn eigen moeder bestolen heeft?' Dat kan ik niet geloven. Ik had gezien hoe goed hun relatie was. Hij hield van haar.

'Ze was zijn moeder niet.'

'Wát?' Was er ook nog iets wél waar van wat John Talbot me verteld had?

'Talbot kwam haar tegen in de kerk, wat denkt u daarvan? Hij ging naar de Sint-Anthonie-parochie in Woodbury en volgde haar naar huis. Ze was het ideale slachtoffer: ze was rijk, woonde alleen, was vervreemd van haar dochter en zat verlegen om gezelschap, dus hij palmde haar in, en zorgde ervoor dat hij een speciale plek innam in haar leven. Ze haalde hem min of meer als haar eigen zoon binnen. Na verloop van tijd kreeg hij haar zover dat ze haar financiën door hem liet regelen. Toen ze ziek werd, bracht hij haar onder in Creedmore. Voor zover we weten heeft hij de vrouw fysiek nooit iets aangedaan, maar hij heeft haar zonder meer gehersenspoeld. Hij gebruikte haar huis in Woodbury als uitvalsbasis voor zijn praktijken.'

'Maar hij verbleef in het Carlyle Hotel.'

'Natuurlijk, hij boekte daar af en toe een suite, afhankelijk van de zaken die hij had in de stad. Raad eens met wiens geld dat gefinancierd werd? Juist, met dat van Sylvia O'Keefe. Daarom willen we precies weten wat hij u allemaal gegeven heeft, voor het geval een van die dingen aan haar rechtmatige erfgename toebehoord. Peggy Manney heeft een lijst gemaakt van vermiste juwelen.' Rechercheur Casella geeft me de lijst en ik geef hem aan Charlie. Mijn slapen beginnen te bonken en ik leg mijn hoofd in mijn handen.

'Ik weet het, het is ongelooflijk.' De rechercheur haalt zijn schouders op. 'En als mevrouw O'Keefe niet gestorven zou zijn en het geld niet op was geraakt dan zou hij nog steeds op rozen hebben gezeten.'

'En met mij getrouwd zijn,' zeg ik zachtjes.

'U boft. Net als een trits andere meisjes die hij als slachtoffer had uitgekozen. Amanda Parker, bijvoorbeeld.'

'Wat heeft zij hiermee te maken?'

'Talbot heeft haar ook aan het lijntje gehouden. Hij wilde dat haar vader een of ander bouwproject financierde waar hij mee bezig was. We hebben dit verhaal nagetrokken bij een projectontwikkelaar op Long Island…'

'Jim Laurel?' vraag ik.

'Hoe kent u Jim Laurel?'

'John had zogenaamd land bij hem gekocht voor het Cascades-project. Hij zei dat hij daar ons huis ging bouwen.'

'Zover zou het nooit komen. Jim Laurel is een slimme zakenman. Talbot zei tegen hem dat hij zaken deed met Daniel Parker en Laurel wilde wel meedoen. Maar het bleek één groot rookgordijn te zijn. Hebt u ooit geld of andere waardevolle spullen aan Talbot gegeven?'

'Bijna al mijn spaargeld. Vijfenzeventighonderd dollar.'

De rechercheur maakt een aantekening van het bedrag dat ik kwijt ben. 'Wist u dat John Talbot bij mevrouw O'Keefe was toen ze stierf?' vraag ik hem.

'Dat was wel het minste wat hij kon doen.'

'Ik denk dat hij echt om haar gaf.'

De rechercheur schudt zijn hoofd alsof hij met een gek van doen heeft. 'We hebben een opslagruimte gevonden waar allemaal spullen stonden. Dozen en dozen vol spullen van B. Altman. U werkt daar, klopt dat?'

'Ja, onze huwelijksgeschenken werden daar ook verzameld.'

'Die spullen, denkt u dat…' Hij overhandigt me een andere lijst, die ik snel doorkijk.

'Dat waren huwelijkscadeaus. Ik liet alle spullen die besteld waren naar een postbus in Huntington sturen. John zei dat hij ze daar zou ophalen en naar ons huis zou brengen.'

'Die spullen zijn dus niet gestolen. Ze moeten aan u worden teruggegeven.'

'Ik wil ze niet hebben.'

'Dat kunt u beslissen nadat we ze aan u teruggegeven hebben. Wettelijk gezien mogen we deze eigendommen niet houden wanneer ze aan u toebehoren. U bent niet degene die is aangehouden.' Hij krabbelt wat dingen neer en kijkt me dan aan. Voor het eerst zie ik een wat zachtere blik in de ogen van meneer Casella. 'Neem de spullen terug. Hij staat bij u in het krijt.'

Daarna stelt hij me nog wat vragen, met name over de plaatsen die John en ik bezocht hebben.

'Er is nog iets anders waar de dochter van mevrouw O'Keefe naar gevraagd heeft. Heeft Talbot u ooit een ring met een diamant die geslepen is als een smaragd, eenvoudig, smal en wit, in een platina zetting gegeven?'

'Ja, voor onze verloving.'

Ik kan zien dat de rechercheur wilde dat hij wat er nu volgt niet hoefde te zeggen. 'Ik moet u vragen die terug te geven. Hij was van mevrouw O'Keefe en is nu het rechtmatige eigendom van haar dochter. Ik neem aan dat u dat wel kunt begrijpen.'

Charlie knikt me toe. 'Doe maar,' zegt hij en hij geeft even een klopje op mijn hand.

Ik doe mijn handtasje open en geef de ring, die ik al die tijd in het doosje bewaard heb, aan de rechercheur. Ik sta op en wil vertrekken.

'Waar kunnen we u eventueel bereiken, mocht dat nodig zijn...' zegt de rechercheur nog.

'U kunt naar mijn kantoor bellen.' Charlie geeft zijn kaartje aan meneer Casella.

Buiten op straat word ik zo boos dat ik niet meer na kan denken. 'Wat ben ik toch een stommeling!'

'Nee, dat ben je niet. John Talbot was een fantastische oplichter,' zegt Charlie. We houden een taxi aan, en rijden zonder iets te zeggen naar mijn werk. Daar aangekomen zegt Charlie: 'Lucia? Vergeet hem. Je bent nog jong en het is niet goed voor je als je hierin blijft hangen.'

'Dank je wel dat je vandaag met me mee wilde, Charlie.'

Zelfs de geur van allerlei exotische parfums kan mijn humeur bij binnenkomst in het warenhuis niet opvijzelen. Ruth wacht op me in het atelier, ze zit klaar met een kop koffie en een kaneelmuffin van Zabar's. 'En, hoe ging het?'

Delmarr komt zijn kantoor uit en wenkt me.

'Kom mee, Ruth,' zeg ik. 'Ik kan het verhaal maar beter in één keer aan iedereen vertellen.'

'Jezus, ik heb het hele verhaal gehoord,' zegt Delmarr.

'Wat?'

'John Talbot zat achter Daniel Parkers poen aan. Hij probeerde het een en ander te lenen, en toen probeerde hij een baan te krijgen bij zijn makelaarskantoor. Maar Parker liet iemand een antecedentenonderzoek naar hem doen, en ze kwamen erachter dat er nogal wat hiaten in zijn verhalen zaten. Ze wilden ook precies weten hoeveel hij op de bank had staan. Voordat alles uit zou komen, liet John het hele plan varen, waarmee hij Amanda echter ook moest laten gaan. Dat je zo'n spelletje durft te spelen met Dan Parker, ik weet niet of dat nou juist heel dapper is of gewoon heel erg dom.'

'Heeft Amanda Parker met de politie gesproken?' vraag ik, al weet ik het antwoord al.

'Natuurlijk niet. Meisjes uit de Upper East Side worden niet naar politiebureaus overgebracht alwaar hun integriteit eens flink in diskrediet wordt gebracht. Waarom zou je alles nog erger voor háár maken?'

'Het ís al erger voor haar,' zegt Ruth. 'Het heeft in de krant gestaan.' Ze overhandigt me een artikel uit de *Herald*. De kop luidt: SOCIETYSCHURK GESNAPT. Ik sluit mijn ogen, ik wil er verder geen woord meer van lezen. Ik geef het stuk terug aan Ruth.

Nadat ik alle artikelen die op de lijst van de politie stonden heb teruggegeven, waaronder de broche in de vorm van een zeester (eveneens een sieraad van Sylvia O'Keefe), moet ik nog één ding afhandelen voordat ik voorgoed klaar ben met John Talbot. Ik wil met Patsy Marotto van de Vesuvio praten.

De taxichauffeur grijnst ondeugend naar me wanneer ik met een enorme katoenen zak in zijn wagen stap. 'Is dat voor mij?' vraagt hij.

'Nee hoor,' zeg ik.

'Er zit toch geen lijk in, hè?'

'Nee, meneer,' zeg ik op enigszins ongeduldige toon.

'Kun je het allemaal een beetje kwijt achterin?'

'Ja, meneer.' Ik zeg hem dat ik naar de Vesuvio wil. Ik heb niet echt zin in een kletspraatje.

Het wordt pas rond achten echt druk in het restaurant, dus

ga ik er rond zes uur langs. Wanneer ik de gepoetste koperen deur opendoduw, realiseer ik me onwillekeurig dat dit de eerste keer is dat hij niet door John voor me wordt opengehouden.

Ik sta in de deuropening en kijk het donkere restaurant rond, waar het naar tabak, zoete wijn en heerlijk riblapjes met rozemarijn ruikt, waarschijnlijk de dagschotel. Patsy zit waar hij altijd zit, half op een stoel, met een voet op de koperen stang en eentje voor zich uitgestoken, alsof hij elk moment kan opspringen om naar de keuken te rennen. De barman wisselt een blik met Patsy wanneer hij me ziet. Patsy haalt een sigaret tevoorschijn, en draait zich dan naar me om. 'Ik dacht al dat je een keer bij me langs zou komen.'

'Ik zal het kort houden,' zeg ik.

'Wil je iets drinken?'

'Nee, dank je.' Ik kijk naar de lege tafels. 'Kunnen we daar misschien even rustig praten?'

Patsy staat op en brengt me naar een van de tafeltjes.

'Weet u het al, van John?' vraag ik aan hem. 'Weet u dat hij in de gevangenis zit?'

'De politie is bij me langs geweest.' Hij haalt zijn schouders op.

'Nou, meneer Marotta, aangezien John me deze bontjas in uw restaurant cadeau gaf, geef ik hem maar terug aan u. Ik denk dat u wel weet waar hij vandaan komt.'

'Ik weet waar hij vandaan komt, ja.'

'Waarvandaan?'

'Van Antoine, Bontverkopers in New York en Toronto. Hij is echt het beste van het beste.'

'Antoine mag dat dan zijn, maar ik weet zeker dat deze jas gestolen is.'

'Dat is niet zo. Hij heeft hem zelf bij elkaar verdiend.'

'Dat waag ik te betwijfelen.'

'Nee, echt waar. Ik hoor wel eens wat over baantjes hier en daar en dat geef ik dan door aan John, omdat ik weet dat hij zich met nogal wat zaakjes bezighoudt. Tenminste, dat dacht ik. De eigenaars van Antoine lunchen hier een paar keer per week. Zij vertelden me dat ze op zoek waren naar iemand die voor het transport van hun bontjassen tussen New York en Toronto kon zorgen. Ze hadden al een chauffeur en een vrachtwagen, maar ze hadden een meer ervaren zakenman nodig die ervoor zou zorgen dat de spullen de grens over kwamen en die de daadwerkelijke transactie afsloot. John heeft dit een paar maanden voor ze gedaan, en hij vroeg of hij in plaats van geld een nertsmantel kon krijgen. Het was volkomen legaal.'

Daar is dat woord weer, 'legaal'. Ik krijg er de kriebels van.

Patsy gaat verder. 'Je moet die jas houden. Hij is van jou.'

Ik sta op en pak de veel te grote bundel bont op. 'Weet u, iedereen zegt de hele tijd tegen me dat ik van alles maar moet houden, alsof het me om die spullen gaat. Alsof een jas, een ring of een rechaud me ook maar iets kan schelen na alles wat er gebeurd is. Laat ik u dit vertellen, meneer Marotta: het kan me geen barst schelen. Ik put geen troost uit deze dingen.'

Patsy geeft geen antwoord. Hij staart maar wat de keuken in terwijl hij ondertussen een trekje van zijn sigaret neemt.

Ik bedank hem en aangezien ik zeker weet dat ik hier nooit meer zal komen neem ik afscheid van hem.

'Je bent een fijne meid,' is het laatste wat hij tegen me zegt.

Op 1 november 1952 zal de sluiting van de Couture-afdeling van B. Altman & Company officieel bekrachtigd worden. Ze hebben ons hier groothartig van op de hoogte gesteld door middel van een gestencilde brief die bij ieder van ons op het bureau lag, ondertekend door iemand van wie we nog nooit hadden gehoord. In de brief stond dat we exact zeven maanden de tijd hebben om alle openstaande opdrachten af te maken; maar eerst mogen jullie, zeer gewaardeerde werknemers, je door de zomerzotheid van de koopzieke meute heen wringen zodat jullie aan het eind van het seizoen te moe zijn om naar nieuw werk te zoeken.

Ruth beweert dat de sluiting van de Couture-afdeling waarschijnlijk tot winkelwerk leidt, zodat we op de werkvloer spullen moeten gaan verkopen en alle veranderingen op de voet kunnen volgen. De ratten verlaten ondertussen het zinkende schip. Elke dag komt er wel weer iemand binnen om zijn of haar ontslag mee te delen. Violet heeft ons verlaten om huisvrouw te worden. Alleen Delmarr, Ruth en ik zijn er nog. Wanneer we een keertje met Helen gaan lunchen vertellen we haar dat baby David net op tijd kwam. De pijnlijke bijkomstigheden van het langzaam ter ziele gaande warenhuis worden haar bespaard. Het begon allemaal met de voorraad eersteklas stoffen, waar geen nieuwe orders meer voor werden geplaatst. Toen haalden ze onze beste apparatuur weg en stuurde die naar godweet-waar. We worden bovendien geacht onze privéclientèle naar een nieuwe afdeling te sturen, de Persoonlijk Advies-afdeling, waar meisjes die net van school komen door de winkel rennen om kledingstukken uit te kiezen waarvan ze denken dat de klanten die mooi vinden. Dit is B. Altmans nieuwe invulling van 'persoonlijke service'. We hoorden dat het het geesteskind van Hilda Cramer was, die niet ontslagen werd, maar een gouden handdruk kreeg waarmee ze van B. Altman naar haar eigen privésalon in de White Plains vertrok. We horen haar af en toe op de radio samen met mode-expert Ilke Chase, en dan hebben ze het over mode voor de werkende vrouw. Ruth en ik zeggen dan gekscherend dat we haar eens moeten bellen voor een afspraak, aangezien wij werkloze carrièrevrouwen zijn die wel een goed advies kunnen gebruiken.

Ik draai mijn stoel om en kijk uit het raam. Vanochtend voelde ik me oké, niet beter, maar op weg naar beter. Het is nu een maand geleden dat ik ondervraagd werd door de rechercheur. Ik weet dat ik me niet meer door mijn gevoelens van het afgelopen jaar moet laten meeslepen en aan de toekomst moet denken. Gisteravond heb ik een lijstje gemaakt van de ontwerpers die ik het meest bewonder, ik heb zelfs hun adressen en telefoonnummers opgezocht. Ik wil ze allemaal bellen, zelfs Claire McCardell, om te kijken of ze een ervaren naaister nodig hebben die gespecialiseerd is in het aanbrengen van kraalwerk en andere versieringen.

Ruth roept me vanaf de balie. Zelfs onze receptioniste is vertrokken, dus degene die toevallig voorbijloopt neemt de telefoon aan. 'Het is voor jou, Lu.' Ik neem de hoorn aan.

'Lu? Met Roberto. Het gaat om pap. Hij is ingestort.'

'Ligt hij in het Sint-Vincent?' vraag ik.

'Nee, kom maar naar huis.'

Ik spring in een taxi en spoed me naar huis. Ik ren de stoep op en zie Rosemary die bij de deur staat te wachten. Ze ziet er beroerd uit. Met haar buik van zes maanden staat ze met de tranen op haar wangen bij de deur. 'Het gaat niet goed, Lucia,' zegt ze tegen me.

De jongens hebben papa de trap op getild en hem in de slaapkamer gelegd. Als ik binnenkom roep ik: 'Heeft iemand Exodus al gebeld?' Het zal wel door de aanblik van mijn vader die midden op de dag op bed ligt komen, iets wat ik nog nooit gezien heb, waardoor ik wil dat we allemaal bij elkaar zijn. Misschien wordt papa's herstel wel vertraagd doordat een van ons er niet is. Misschien kunnen we hem er met z'n allen bovenop helpen.

De deurbel gaat. Rosemary en Roberto laten dokter Goldstein binnen. Mama zit op een voetenbankje aan het voeteinde van papa's bed.

Ik pak mijn vaders hand en ga naast hem zitten bij het bed. 'Papa, gaat het wel?' vraag ik, wetende dat het niet gaat. 'Ik hou van je, dat weet je, hè? Met heel mijn hart.'

'*Grazie*,' mompelt hij zachtjes.

De dokter vraagt of we even op de gang willen wachten, maar mama blijft zitten waar ze zit. Na een paar minuten komt de dokter naar ons toe.

'Het spijt me dat ik degene ben die jullie dit moet vertellen,

271

maar jullie vader is heel erg ziek. We weten dit al een tijdje.'

'Maar zijn hart…' Ik kan bijna geen woord uitbrengen.

'Het ligt niet aan zijn hart. Hij heeft kanker. We denken dat het in de alvleesklier begonnen is en van daaruit is uitgezaaid naar zijn lever.'

'Kanker?' Ik spreek het woord zachtjes uit, omdat ik het niet kan geloven.

'We hebben het in november gediagnosticeerd. We wisten dat we wel iets tegen de pijn konden geven, maar meer niet.'

Ik wend me vol ongeloof tot mijn broers. 'Wisten jullie dit?' Ze zijn net zo geschrokken als ik.

In gedachten ga ik terug naar november, naar de avond dat papa terugkwam van de dokter terwijl wij versieringen voor de bruiloft aan het maken waren. Mama en hij vertelden ons dat alles goed was. Ze zeiden dat hij gezond was. Ze moeten toen gelogen hebben omdat ze wilden dat ik een fijne bruiloft zou krijgen. Ik begin te huilen. Orlando slaat zijn armen om me heen.

'Heeft hij veel pijn?' vraagt Roberto.

'We gaan hem straks morfine geven, die we hem toedienen via een infuus. Ik heb met jullie moeder gesproken en zij regelt een verpleegster die het infuus zal aanbrengen.'

'Hoe lang heeft hij nog te leven?' vraagt Angelo.

'Een paar dagen. Misschien minder.'

We horen gesmoord gehuil beneden bij de trap. We kijken omlaag naar Rosemary, die met haar handen voor haar ogen zit te huilen, het verlies komt bij haar net zo hard aan als bij ons.

'Wat kunnen we doen?' vraagt Orlando.

'Blijf bij hem, wees sterk voor hem. Dat is het enige wat je kunt doen. Ik kom hier meteen naartoe als dat nodig is.'

Ik zeg: 'Angelo, je moet Exodus nu bellen. Roberto, jij moet je over Rosemary ontfermen. Orlando, ga naar de delicatessen-winkel, houd de winkel open, en zorg ervoor dat alles goed loopt daar. Papa zou niet anders willen. Goed?' Orlando knikt en gaat. Ik sta een tijdje op de overloop en zeg een schietgebedje waarin ik God smeek of hij mijn vader wil redden. Daarna ga ik terug naar de slaapkamer van mijn ouders.

Ik loop zachtjes naar binnen. Mama zit nog steeds waar ze zat. Ze houdt papa's hand vast en kijkt strak naar hem, alsof de intensiteit van haar blik hem zou kunnen genezen. Papa ligt te slapen. Ik leg mijn handen op zijn gezicht en geef hem een kus op zijn wang. 'We zijn hier hoor, papa,' fluister ik tegen hem.

De jongens, mama en ik zitten dag en nacht om de beurt bij hem. Ik weet niet hoeveel dagen er al voorbij zijn, we zijn gestopt met tellen. Af en toe kijk ik naar Roberto's gezicht en dan kan ik zien dat hij zich schuldig voelt over alle ruzies die hij met papa heeft gemaakt. Ik schaam me zo voor die avond dat ik tegen mijn ouders zei dat ze naar de hel konden lopen, dat ik God smeek of hij papa alsjeblieft wakker wil maken zodat ik me kan verontschuldigen voor mijn vreselijke gedrag. Als ik dat moment kon terugdraaien, zou ik zoiets afschuwelijks nooit meer zeggen. Ik meende het ook niet. Nu weet ik bovendien dat papa al die tijd gelijk had. Hij had gelijk wat betreft John Talbot.

We houden ons alleen nog maar bezig met de zorg voor papa. Twee dagen geleden is de dokter langs geweest. Papa drinkt wat bouillon en slappe thee, en de lage doses morfine helpen hem in slaap te blijven. Hij weet dat hij op sterven ligt, maar hij is vastbesloten in leven te blijven tot Exodus er is. We hebben hem herhaaldelijk verteld dat Exodus onderweg is, hoewel Orsola vanwege haar zwangerschap thuis moest blijven. Als ik tegen papa praat, probeer ik de moed erin te houden: 'Papa, tegen de zomer hebt u twee kleinkinderen!' Daar moet hij om glimlachen. Als hij weer slaapt, moet ik huilen, omdat ik weet dat hij zijn kleinkinderen nooit zal zien.

Exodus zal als het goed is morgenochtend aankomen. Papa wordt steeds zwakker; zijn gevecht om in leven te blijven levert hij alleen maar om Exodus nog één keer te kunnen zien. Mama is verbazingwekkend dapper. Ze huilt niet, en 's nachts klimt ze bij hem in bed en houdt hem in haar armen terwijl hij slaapt.

De jongens werken afwisselend in de winkel en zijn de rest van de tijd bij papa. Het gebruikelijke gekibbel en gekift blijft achterwege, dus het verbaast me nogal dat ik onder aan de trap een gesprek op nogal ruzieachtige toon hoor. Ik kijk naar mama, die gebaart dat ik moet kijken wie er is. 'Misschien is Ex wel eerder aangekomen!' zeg ik tegen haar. Papa's ogen gaan open en hij glimlacht.

Roberto komt de trap op gelopen, gevolgd door een oudere man die ik nooit eerder heb gezien. 'Lucia, dit is Zio Enzo.'

Roberto stapt opzij. In eerste instantie steek ik mijn hand uit zoals je dat bij een vreemde zou doen, maar als ik in zijn ogen kijk en daarin mijn vader herken, val ik in zijn armen. De twee mannen lijken heel veel op elkaar. De brede schouders en de fijne handen, het grote hoofd en de peper-en-zoutkleurige krullen, het buikje, net niet groot genoeg om op dieet te moeten, maar wel om dat van tijd tot tijd te overwegen. 'Ik ben heel blij u te zien. Dank u dat u bij papa langs wilde komen,' zeg ik tegen hem.

'Ik ben zo snel mogelijk gekomen.' Zelfs zijn stem doet me aan die van mijn vader denken toen hij nog gezond en sterk was.

Ik neem mijn Zio Enzo mee naar de slaapkamer van mijn ouders. Mama staat op als ze hem ziet en voor het eerst in de afgelopen drie dagen begint ze te huilen. Papa wordt wakker van haar gesnotter. Hij kan aanvankelijk niet geloven dat zijn broer er is. Pas wanneer Enzo op het bed gaat zitten en hem omhelst, gelooft hij het echt. Papa ziet er erg broos uit. Hij maakt een geluid, een diepe kreun alsof hij eindelijk verlost is van het verdriet dat hij al die tijd met zich heeft meegedragen.

Ik gebaar naar mama dat we ze maar even alleen moeten laten. Ik leg mijn arm om haar schouder en leid haar mee de kamer uit. Voordat ik de deur dichtdoe, kijk ik nog even naar ze, twee jongens die van zo ver weg zijn gekomen om hun droom te laten uitkomen. Jaren van vervreemding en wrok vallen weg nu mijn oom mijn vader vasthoudt.

Angelo staat zijn kamer af aan Zio Enzo. De verpleegster komt langs en vertelt ons dat papa's lichaamsfuncties minder worden, maar dat hij een sterk hart heeft. Ze wil de dosis morfine opvoeren. Mama legt aan papa uit dat de morfine de pijn zal verzachten. Papa schudt vastberaden zijn hoofd. Mama neemt aan dat hij niet wil inslapen voor Exodus er is, dus zegt ze tegen de verpleegster dat ze niet meer morfine moet toedienen.

We kunnen geen van allen slapen. We blijven in papa's kamer, en als we even wat rust willen, gaan we beneden in de woonkamer zitten, waar Rosemary boterhammen en koekjes heeft gemaakt en waar altijd een verse pot koffie staat. Wat een Sartori is ze geworden. Roberto boft maar met zo'n fantastische vrouw.

We zijn allemaal opgelucht wanneer de voordeur opengaat en Exodus naar binnen komt gestormd. 'Waar is hij?' Exodus laat zijn bagage uit zijn handen vallen en rent de trap op. Wij lopen achter hem aan en wurmen ons allemaal in de slaapkamer, net als we vroeger altijd deden voordat we naar de kerk gingen. Mama liet ons naar hun slaapkamer komen om te controleren of onze schoenen wel gepoetst waren en de haartjes wel netjes gedaan waren met een beetje pommade. Zio Enzo zit aan de ene kant van papa en mama aan de andere, Exodus aarzelt als hij Zio Enzo ziet, hij kan het tafereel even niet plaatsen. Zio Enzo staat op en doet een stap opzij. Exodus legt zijn hand op de rug van zijn oom en gaat dan naast papa zitten. 'Pap, ik ben er. Kunt u me verstaan?' Papa heeft zijn ogen sinds gisteravond niet meer opengedaan. 'Knijp eens in mijn hand, papa. Ik ben het, Ex. Ik ben er. Ik heb het gehaald. Ik heb het gehaald.' Papa moet in Exodus' hand geknepen hebben, want hij roept: 'Ja, pap! Knijp maar in mijn hand! Goed zo.'

Mama strijkt met haar hand door zijn dikke krullenbos. Daarna haalt ze een zakdoek uit haar zak. Papa's ogen zijn dicht, en er rolt een traan langs zijn neus en over zijn wang. Wanneer mama de traan zachtjes afveegt, hoor ik haar zeggen: 'Hij is er niet meer.' Haar blik blijft strak gericht op zijn gezicht. 'Mijn grote liefde is er niet meer.'

Als de begrafenisondernemer papa komt ophalen, staan de jongens erop dat mama, Rosemary en ik in de woonkamer blijven tot hij in de lijkwagen is. Zio Enzo blijft bij de jongens. Het is net of hij al die tijd al deel van ons leven heeft uitgemaakt.

'Mama, wanneer hebt u Zio Enzo gebeld?'

'Ik heb hem niet gebeld.'

'Ik heb hem gebeld,' zegt Rosemary zachtjes. 'Ik kon het niet aanzien dat papa dood zou gaan zonder dat hij afscheid had kunnen nemen van zijn broer. Ik hoop maar dat het goed was.'

Mama omhelst Rosemary. 'Het was helemaal goed.'

De weken volgend op papa's dood was onze familie hechter dan ooit. We kwamen erachter wat Antonio Sartori voor de mensen in Greenwich Village had betekend. In de afgelopen jaren was papa vaak thuisgekomen met verhalen over klanten; verdrietige verhalen over families die eten nodig hadden, dat hij dan liet brengen, of geagiteerde anekdotes over wat het inhield om een ouderwetse middenstander in een moderne wereld te zijn. Het enige diepvriesproduct dat papa toestond in de winkel was het ijs dat bij de verse vis lag.

Ik heb altijd gedacht dat ik op de familie van mijn moeder leek, maar toen papa doodging, zag ik hoe erg ik op hem lijk, Hij was een perfectionist. 'Voor jou is dit gewoon een krat sinaasappels; voor mij is het een kunstwerk!' zei hij wanneer hij sinaasappels tot een prachtige piramide opstapelde met groene blaadjes van was ertussen. Hij maakte sierbomen van dozen pasta en plafondornamenten van gedroogde kruiden. De touwtjes rond het worstvel van de salami's waren echte kunststukken, hij knoopte het touw op een speciale manier en tot een bepaalde lengte zodat de klanten goed konden zien wat een delicate waar ze kochten. Ik heb hetzelfde met mijn naaiwerk. Perfectie was voor mij een opgave en voor de klant een recht, die betaalde immers. Papa had daar precies hetzelfde gevoel bij.

We kregen een apart verzoek tijdens papa's begrafenis. Toen we Domenic belden om hem het nieuws over papa te vertellen, was hij er kapot van, en hij vroeg ons om een gunst. Hij wilde dat we een foto van papa in de kist zouden maken. Toen mama dat hoorde, zei ze dat daar geen sprake van kon zijn. Maar ik zei het tegen de begrafenisondernemer, en die wilde best een foto nemen, die ik stiekem naar neef Domenic gestuurd heb, zonder het aan mama te vertellen.

Zio Enzo komt op bezoek om te vragen of we nog iets nodig hebben. We maken een groot diner voor hem klaar. Rosemary hoopt dat de twee gezinnen op een dag weer bij elkaar zullen komen. Ze is er erg mee bezig. Mama vindt het fijn om Zio Enzo te spreken, maar ze is minder blij met het idee dat ze Zia Caterina weer zou moeten zien. Wij dringen verder niet aan. Mama laat ons wel weten wanneer ze er klaar voor is, en dan maken we er één grote feestelijke reünie van.

Nadat de tafel afgeruimd is, vraag ik Zio Enzo of hij even naar de keuken wil komen. 'Weet u nog dat Zia Caterina vlak voor mijn geboorte een vloek over me uitsprak?'

'O, maar daar meende ze niks van!'

'Vast niet,' zeg ik. Hij is duidelijk even aangeslagen door de herinnering aan die vloek als mama was toen Roberto het familiegeheim vorig jaar onthulde. 'Maar evengoed ben ik benieuwd wat ze precies heeft gezegd.'

'Ze zei dat ze hoopte dat je mooi werd maar ongelukkig in de liefde zou zijn.'

'Nou, Zio, zeg maar tegen haar dat de vloek goed gewerkt heeft.'

'Lucia, ze meende het niet. Caterina is nogal overgevoelig. Ik leef daar al veertig jaar mee. Ze vervloekt alles: de priester, jou, mij, de koe. Alles.'

'Het geeft niet. Echt, het geeft niet.' Ik omhels hem. 'Als een vloek uitkomt, is hij uitgewerkt.' Ik kijk mijn oom recht aan. 'Hij is uitgewerkt. Toch?'

'*Sì, sì, finito, finito.*'

11

*A*ntonio Giuseppe Sartori II werd op 1 juni 1952 geboren.
Mama huilde toen Rosemary haar vertelde hoe ze de baby gingen
noemen. Een pasgeboren baby in huis is de beste remedie
tegen verdriet. Het is een lieve baby met een zacht karakter.

Ongeveer een maand later nodigt Delmarr me uit om met
hem te gaan lunchen als bedankje voor het feit dat ik hem door
het laatste bruidsseizoen van de Couture-afdeling heen heb gesleept.
Hij neemt me mee naar een cafetaria op Saks Fifth Avenue.
Voor een deel als grap maar vooral omdat het eten er fantastisch is.

'Schat, het was me het jaartje wel.'

'Dat kun je wel zeggen, ja.' Ik schud langzaam mijn hoofd.
'Het was het ergste om papa te verliezen.'

'Het Talbot-fiasco was anders ook niet mis. Ik voel me daar
nog steeds een beetje schuldig over. Het spijt me dat ik je aan
hem heb voorgesteld. En dat ik hem niet doorzien heb. Ik had
je beter moeten beschermen,' zegt Delmarr bedroefd.

'Het is jouw schuld niet. Ik zal je vertellen waarom ik zeker
weet dat het jouw schuld niet is.'

'Oké.'

'Na alles wat er gebeurd is... hou ik nog steeds van hem.'
Delmarr was de enige tegen wie ik dit durfde toe te geven, en
het lucht op om het eindelijk hardop te kunnen zeggen.

'Waarom, Lucia? Waarom houd je nog steeds van hem?'
vraagt Delmarr voorzichtig.

'Waarom houden mensen van iemand die hun pijn heeft gedaan?
Omdat er altijd hoop is. Papa had zijn broer dertig jaar

lang niet gesproken. Vlak voor zijn dood kwam hij hem opzoeken en ze vergaven elkaar. Altijd was er op de achtergrond die onmogelijke familieruzie, en op het allerlaatste moment kreeg mijn vader het mooiste cadeau dat hij zich kon wensen: de vergiffenis van zijn broer. Ik weet dat dat de reden is dat hij vredig stierf.'

'Ik denk niet dat Talbot vredig zal sterven.'

'Waarschijnlijk niet.'

'Ik heb een voorstel voor je,' zegt Delmarr.

'Je weet toch dat ik een net meisje ben?' zeg ik plagerig.

'Ja, helaas voor mij, schat. Maar goed, ik heb een nieuwe baan en ik wil dat je met me meegaat.'

'Ik wist wel dat Claire McCardell je zou aannemen!' Dit is een enorme opluchting. Ik hoef niet alles waar ik van hou achter te laten als ik voor Delmarr kan blijven werken.

'Nee, ik heb het gehad met retail, couture en dat soort dingen. Ik ga naar Hollywood om voor Helen Rose te werken.'

Ik ben stomverbaasd. 'Helen Rose die de bruidsjurk van Elizabeth Taylor heeft ontworpen toen ze met Nicky Hilton trouwde?'

'Dat klopt.'

'Delmarr, hoe ben je in godsnaam in contact gekomen met Helen Rose?'

'Haar tweede man liep over naar de concurrent. En ze hoorde over mij – dit geloof je echt niet – van Hilda Cramer; die was daar om de bekendste kostuumontwerpers voor de radio te interviewen.'

'Heeft Hilda je deze baan bezorgd?' Ik dacht dat ik het schokkendste nieuws al had gehoord, maar dit was echt niet te geloven.

'Ze heeft me tegenover Helen Rose de hemel in geprezen.'

'En terecht. Het wordt wel eens tijd dat de belangrijke mensen dat ook gaan inzien!' Ik ben heel blij voor Delmarr. Hij hoort thuis in Hollywood, waar charme en elegantie er nog steeds toe doen.

'Ze vroeg of ik nog getalenteerd personeel had dat ik mee wilde nemen, en toen heb ik haar alles over jou verteld.'

'Echt waar?'

'Nou en of. Ga met me mee, Lucia. Je komt meteen op de loonlijst en krijgt een vast salaris.'

'Meen je dat?'

'Yep. Pak je koffers, schat. We gaan naar Californië. Als er twee New Yorkers zijn die een nieuwe start kunnen gebruiken, dan zijn wij het wel. Er is alleen één voorwaarde: ik wil dat je me belooft dat als ik zeg dat je een man moet dumpen, je dat ook *pronto* doet. Dat is Italiaans voor "direct", weet je.'

'Ik doe alles wat je maar wilt.' Ik omhels Delmarr enthousiast. 'Dank je, dank je!'

'Nog één ding: als iemand ernaar vraagt, ben ik zesendertig. We gaan naar het land van de jeugd en schoonheid, en veertig is geen leeftijd die mensen willen horen. Het is net een slecht cijfer waardoor je van school gestuurd wordt. Veertig en je ligt eruit.'

'Geen probleem. Maar Delmarr…'

'Wat?'

'Ik dacht dat je vierendertig was.'

'Nog beter.'

'Wie zorgt er dan voor mama?' vraagt Roberto.

'Ik kan wel voor mezelf zorgen!' reageert mama. 'Ik ben geen oude dame.'

'Je bent niet oud, maar wel een dame. En er zijn nou eenmaal zaken waarvoor een moeder haar dochter nodig heeft, oké?' Roberto slaat niet al te hard met zijn vuist op tafel, net als papa altijd deed.

Roberto is merkbaar veranderd sinds papa is overleden. Alhoewel hij de ondemocratische rol van hoofd van het gezin heeft opgeëist, was het leven veel eenvoudiger toen papa nog de baas was. Papa kwam dan wel uit Italië, maar was in veel opzichten veel progressiever. Roberto gedraagt zich alsof God hem persoonlijk heeft aangewezen om de traditionele rolverdeling in het gezin, die uit de Italiaanse middeleeuwen stamt, te waarborgen in Amerika. Ik heb er nu al spijt van dat ik tijdens het avondeten op zondag heb aangekondigd dat ik een baan aangeboden heb gekregen. Ik had beter moeten weten.

'Ik vind dat Lu moet gaan,' zegt Rosemary terwijl ze baby Antonio, die in een zachte blauwe deken is gewikkeld, op haar pink laat sabbelen. 'Jullie weten het misschien nog niet, maar ze is zeer getalenteerd. Ze doet geen reparaties en maakt geen gordijnen. Ze is ontwerpster op een Couture-afdeling.'

'We weten waar ze de afgelopen acht jaar elke maandag tot en met vrijdag naartoe is gegaan, Ro,' zegt Roberto tegen haar.

'Hollywood is zo ver weg,' zegt Orlando sip.

'Er is altijd nog de Super Chief, de snelste trein in Amerika, en die rijdt in beide richtingen,' zeg ik.

'Vorig najaar was afschuwelijk. We willen niet dat iemand je ooit nog pijn kan doen, snap je?' zegt Roberto terwijl hij nog een stuk brood afscheurt. 'Je bent te lief, Lu. Dat is altijd jouw makke geweest. Je raakt in de ban van vage types. Daar kun jij niets aan doen, maar het gebeurt, en daar moeten we een stokje voor steken.'

'Ik word ouder. Als ik een nieuwe start wil maken, dan moet dat nú gebeuren.' Ik wilde dat ik aan mijn familie kon uitleggen hoe ik me voel sinds John Talbot me in de steek heeft gelaten. De veranderingen zijn subtiel, maar ik voel ze duidelijk. Ik werd voorheen achternagelopen door jongemannen uit goede families, maar dat is voorbij. De bewonderaars die me tegenwoordig benaderen zijn niet de mannen die mijn familie of ik ooit zou overwegen. Toen ik van de week 's ochtends langs het schoolplein liep op weg naar de Groceria, riepen de jongens niet eens mijn naam. Toen ik naar hen glimlachte, deden ze net alsof ze me niet zagen. Ik wil ergens naartoe waar ik opnieuw kan beginnen.

'We willen graag dat je met een aardige jongen uit de buurt trouwt en een gezin begint. En als je geen geschikte man kunt vinden, willen we je graag bij ons houden. Je bent een enorme steun voor mama en Ro met de nieuwe baby.' Roberto glimt als een trotse vader.

Ik ben mama dankbaar dat ze van onderwerp verandert. Roberto mag dan denken dat hij het laatste woord heeft over wat er in mijn leven gebeurt, maar dat is niet zo. Ik ben een moderne vrouw en ik doe wat ik zelf wil. Ik heb niet zo hard gewerkt om nu thuis te blijven en de vrijgezelle tante van mijn neefjes en nichtjes te blijven, hoeveel ik ook van hen hou. Ik moet nu beslissen hoe ík mijn leven wil inrichten, en als ik daarvoor mijn prachtige kamer en mijn leventje in New York moet opgeven, dan moet dat maar.

Na het eten help ik Rosemary met de afwas en ruim de spullen op.

'Fijn dat je het voor me opnam onder het eten,' zeg ik.

'Hoor eens, Lu, we redden ons hier prima. Ik weet dat je je tegenover je moeder verplicht voelt, maar dat is het voordeel van een grote familie: vele handen maken licht werk.'

Ik moet lachen. 'Dat heb ik gemerkt. Sinds jij bij ons bent komen wonen, is het huishouden veel minder zwaar geworden.'

'Ik vind het hier heerlijk.'

'Mis je Brooklyn dan helemaal niet?' vraag ik, omdat ik me afvraag of ik zelf heimwee zal hebben in Hollywood.

'Alleen de promenade. Ik heb iets met water. Ik wandelde elke avond na het eten langs de rivier. Dat is heel rustgevend.'

Ik heb Rosemary nooit de plek aan het water kunnen laten zien waar mijn huis gebouwd zou worden, maar ik herinner me het vredige gevoel dat ik kreeg als ik over Huntington Bay uitkeek. 'Ik vraag me af wat ik van de Stille Oceaan zal vinden.'

Mama roept: 'Telefoon voor je, Lucia!'

Ik droog mijn handen af en loop de woonkamer in om de telefoon van mama over te nemen. 'Hallo?'

'Lucia, met Dante.' Ik heb hem sinds papa's begrafenis niet meer gezien. We hebben weinig kans gehad om te praten, maar wederom waren de DeMartino's er voor ons toen we ze nodig hadden. Mijn hart smelt een beetje als ik zijn stem hoor.

'Dante, hoe is het met je?' vraag ik, en ik meen het oprecht.

'Prima. Hoe gaat het met jou?'

'We modderen maar door hier. Het is niet hetzelfde zonder papa. Nogmaals bedankt voor de prachtige bloemen die je naar de rouwkamer hebt gestuurd. En voor het feit dat je hele familie er was.'

'Je weet dat ik alles voor je zou doen.'

'Dat weet ik, ja.' Sinds november vraag ik me af waarom ik niet tevreden kon zijn met een prima vent die van me hield. Waarom moest ik op zoek gaan naar passie en gevaar, naar de gladde John Talbot? Wat was mijn drijfveer om voorbij Fourteenth Street op zoek te gaan naar liefde?

'Heb je zin om zaterdag met me uit eten te gaan?' vraagt hij. Zijn stem breekt, net als de eerste keer dat hij me mee uit vroeg.

'Ja, graag,' antwoord ik.

De laatste japon die we op de Couture-afdeling maken, is de sprookjesachtige bruidsjurk van Violet Peters met stroken kant en versiersels en een wijde rok met een lijfje van gaas en lange mouwen. De japon is volgens Delmarr te pompeus, maar hij heeft hem ontworpen om Violet een plezier te doen, die buiten zichzelf is van vreugde als ze het resultaat ziet. Hij past bij een meisje dat als ze de kerk uit komt langs een opstelling van de erewacht van de New York City Police Department zal lopen, met hun zwaarden in een zilveren boog.

Ik kan niet wachten tot ik naar Californië ga om kostuums te maken voor de film. Ik heb genoeg van alle bruidsjurken en alles wat daarbij komt kijken. Als ik ooit nog ga trouwen, draag ik een pakje, zoals gebruikelijk was in mijn moeders tijd. Mensen raken momenteel veel te veel in de ban van grootse bruiloften. Misschien komt dat nog steeds door de naoorlogse opleving: een verheerlijking van echte liefde en mannen die thuiskomen bij toegewijde echtgenotes – maar genoeg is genoeg.

Ruth, Helen en ik geven een bruidsfeestje voor Violet in het Plaza Hotel. High tea met z'n vieren. Het is een chique tent met bloemstukken van rozen met lange stelen en roze lelies die als een fontein over hun grote voetstukken golven. Alles wordt opgediend op gepoetst zilver, er worden door een ober met witte handschoenen aan koekjes en sandwiches geserveerd op een etagère met drie lagen.

Violet slaakt een kreetje van blijdschap als ze de driedelige kofferset uitpakt die we voor haar hebben gekocht en haar nieuwe initialen in goud op de handgrepen ziet staan: v.p.c. 'Dan ben ik net Wallis Simpson op mijn huwelijksreis!'

'En toen was er nog maar één!' Ik proost op mezelf met champagne en zeg luid: 'Wat moet er nou van de oude vrijster worden?' Ik ben een beetje aangeschoten.

'Ach, je hebt nog meer dan genoeg tijd,' zegt Ruth lief.

'Meiden, laten we eerlijk zijn: ik ben een slechte planner. Ik heb een beroep gekozen dat overbodig wordt en een man die, volgens de laatste berichten, in de gevangenis zit. En nu ga ik uit eten met mijn ex-verloofde.'

'Jij kunt er niets aan doen dat de Couture-afdeling opgeheven werd,' zegt Ruth.

'En hoe had je kunnen weten dat John Talbot een oplichter was?' doet Violet nog een duit in het zakje.

'Grijp Dante DeMartino. We zijn allemaal dol op hem en het moet maar eens afgelopen zijn met dat getreuzel. Trouw gewoon met hem,' zegt Helen.

'Ik wil liever Hollywood dan een man,' zeg ik met zo veel overtuiging dat de dames aan het tafeltje naast ons naar me kijken.

De meiden staren me aan. Ik realiseer me te laat hoe lomp dat was. Drie jonge vrouwen die hun baan hebben opgegeven om huisvrouw te worden, zitten niet te wachten op mijn grote plannen in de filmwereld. Wat moeten zij met palmbomen, cabrio's en zonsondergangen op het strand? En ze kunnen zich al helemaal niet voorstellen dat je in je eentje van al deze dingen zou kunnen genieten. Maar het staat me nu helder voor de geest: ik ben het buitenbeentje, de buitenstaander. Ik wil werken net als een man. Niemand zegt het op die manier, maar zo simpel is het. Dat is mijn droom. Als ik terugkijk op alles wat ik heb meegemaakt, ben ik alleen nooit teleurgesteld geweest in mijn werk.

Geen van de mooie dingen die ik door de jaren heen heb gekregen, van papa's koralen halsketting voor mijn zestiende verjaardag tot aan John Talbots nertsmantel, heeft zo veel voor me betekend als de spullen die ik voor mezelf gekocht heb van de 48,50 dollar per week die ik bij B. Altman & Company verdiende. Er is geen man ter wereld die spullen voor me kan kopen die ik niet ook zelf kan betalen. 'Laat een man dat nooit merken,' zei mama vroeger altijd tegen me. Dat advies kwam niet aan. Ik ben verstandig met mijn geld omgegaan en heb het nooit over de balk gesmeten. Ik kan me de radio, de föhn met de luxe beschermkap en het hemelbed van de Woonafdeling nog herinneren die ik van mijn eigen geld gekocht heb. Ik berekende dan hoeveel uur ik zou moeten werken om het betreffende bedrag bij elkaar te krijgen. Ik kon bij wijze van spreken het aantal steken noemen dat ik moest naaien om B. Altman uit te kunnen wandelen met het voorwerp dat ik graag wilde hebben.

Mijn grootste struikelblok wat het andere geslacht betreft is het feit dat ik in mijn eentje gelukkig kan zijn. Van nature probeer ik van elke situatie het beste te maken. Zelfs nu mijn afdeling wordt opgeheven zijn er voor iemand met mijn kwaliteiten en ervaring mogelijkheden. Ik zal misschien naar de andere kant van het land moeten reizen om mijn kans te grijpen, maar mogelijkheden zijn er wel.

'Wie zegt dat iedereen moet trouwen?' zegt Ruth.

Violet neemt een hapje van haar koekje. 'Het huwelijk is de hoeksteen van de samenleving.'

'Nou, dan moeten jullie misschien die hoekstenen vormen,' zeg ik.

'Dat klinkt niet alsof je er rouwig om bent.' Violet kijkt triest genoeg voor ons allemaal.

'Dat ben ik ook niet,' zeg ik.

'Violet, voor Lucia ligt het geluk nog in het verschiet. Daar heeft ze recht op,' zegt Ruth tegen me, en ze glimlacht. Wat zal ik haar missen als ik naar Californië verhuis. Onze vriendschap heeft me gevormd, heeft me een veilig gevoel gegeven. Ze is een vertrouwenspersoon met wie ik kan lachen. Ik heb het geluk gehad dat ik haar ben tegengekomen toen ik haar het meeste nodig had. 'Ik hoop dat je nooit meer verdriet zult hebben,' zegt ze tegen me. 'Daar heb je nu wel genoeg van gehad.'

Het is in New York die aparte tijd van het jaar, die week in september dat het niet warm en niet koud is en waarin de lucht zo drukkend is dat hij elk kapsel ruïneert. Ik laat mijn krulspelden er een uur extra in zitten om het weer geen kans te geven. Dante heeft me meegevraagd naar het San Gennaro Festival. Ik heb hem al een paar maanden niet meer gezien en ik kijk ernaar uit om met hem bij te praten.

Dante komt me stipt om zeven uur ophalen (ik heb nooit last gehad van mannen die te laat komen). Hij fluit als ik de trap af kom. 'Heb ik een afspraakje met Ava Gardner?' vraagt hij.

'Ik ben haar vervangster,' antwoord ik.

Dante weet natuurlijk niet dat ik deze combinatie heb nagemaakt uit de *Photoplay*. Ava Gardner droeg daarin tijdens een van haar feestjes met Frank Sinatra een zwarte capribroek, een witte blouse en een brede strakke rode riem met bijpassende platte sandaaltjes. Ik heb haar outfit tot in de kleinste details gekopieerd, tot aan de smalle gouden oorringen bij haar donkere haar.

Commerce Street staat vol auto's, elke parkeerplek is bezet, wat zelden het geval is. Er komen mensen uit alle buurten naar het festival, en alhoewel we twintig straten van Little Italy verwijderd zijn, staan er nu ook veel auto's in de Village geparkeerd. Als we oversteken pakt Dante niet mijn hand, maar leidt hij me de straat over door zijn hand op mijn onderrug te leggen.

'Hoe is het in de bakkerij?' vraag ik.

'Goed. Papa is chagrijnig, maar dat is hij wel vaker. En mama regelt het huishouden, net als altijd.'

Ik kijk naar Dante en bedenk dat ik bijna bij zijn familie op First Avenue en East Third Street had gewoond, met gebleekte luiers aan de lijn in de tuin en zijn moeder die zelf pasta maakt aan de houten tafel in de keuken. Eén moment stel ik me voor hoe mijn leven met Dante DeMartino eruit zou hebben gezien. Hij is knap, stoer en lief. Hij is zeer aan zijn familie gehecht, net als ik; daarom vond papa ons zo'n goed stel samen. Dante is geen oppervlakkig iemand die door het leven fladdert en zich vermaakt ten koste van andere mensen. Ruth zou hem 'echt' noemen. Als we door de menigte lopen, wordt hij door mannen begroet, en vrouwen lachen naar hem en vragen hoe het met zijn familie is. John Talbot heeft zich dan misschien in de societywereld gewurmd, maar Dante heeft hier een natuurlijk aanzien. Ik vraag me af waarom ik dat nooit eerder heb gezien.

Als we onder de glanzende witte bogen van Mulberry Street lopen, vraag ik me af hoe ik uit Greenwich Village weg zal kunnen gaan. Dit is al mijn hele leven mijn thuis. Ik ken de mensen goed, en zij kennen mij. Voor iedere man die tegen zijn hoed tikt om Dante te begroeten, is er een die mij een kus toeblaast. We zijn hier niet alleen welkom, maar ook geliefd. Zullen de Hollywoodsterren me ook met zo veel liefde en respect behandelen? Hier hoor ik thuis, in het hart van Little Italy, tussen mensen die net zo zijn als ik. Overal om ons heen staan de plantenbakken vol met kleine rood-wit-groene Italiaanse vlaggetjes en ik vraag me af of ik ooit nog zoiets zal meemaken. Zal ik net zo blij zijn met vlaggetjes in de potten voor mijn appartement in Hollywood?

Ik heb vanmorgen alleen maar een banaan gegeten als ontbijt, omdat ik een sandwich met worst en paprika wil eten met daarna een zak zeppoles die ik niet zal delen. Dante staat in de rij voor onze broodjes en ik kijk naar de Italianen van Faicco's die het worstje op de grill omdraaien en de hete paprika en de glimmende uien op het zachte witte brood schuiven en vervolgens in een zakje van vetvrij papier. Papa en ik aten elk jaar zo'n broodje op het festival en door aan deze traditie vast te houden heb ik het gevoel dat hij nog een beetje bij me is.

Nadat we alles op het festival hebben bekeken, kijk ik naar Dante, die een gokje waagt aan de roulettetafel, wat me helaas doet denken aan Ruths verhaal over John Talbot die een smak geld verloor bij de paardenrennen. Bij elke draai van het roulettewiel herinner ik me meer aanwijzingen die me voor John hadden moeten waarschuwen. Waarom heb ik niet naar mijn vader geluisterd? Arme papa, die John Talbot accepteerde omdat hij mij niet wilde verliezen. Wat was ik toch naïef. Als Dante DeMartino vroeger al van me hield dan zal hij zeker van de nieuwe Lucia Sartori houden, bedroefder maar verstandiger. Dante stopt met gokken als hij vijf dollar heeft verloren en koopt een zak zeppoles voor me voordat zijn geld op is. 'Het is maar goed dat ik je lopend naar huis kan brengen,' zegt hij met een grijns. 'Het geld voor de taxi gaat nu naar de San Gennaro-kerk.' Als we Little Italy uit lopen en teruggaan naar huis gaan, stel ik voor om op de trap voor het postkantoor te gaan zitten en onze zeppoles op te eten.

We zitten in stilte en kijken naar de mensen die het festival verlaten met ballonnen en pluchen knuffelbeesten die ze hebben gewonnen. Dan veegt Dante de poedersuiker van zijn handen en zegt: 'Lu, ik moet je iets vertellen.'

Ik zit naast Dante en het geluid van de menigte achter ons, het licht dat vanuit de ramen de straat in schijnt en de suiker op mijn lippen doen me denken aan alle feesten waar we samen heen zijn geweest. 'Nou, wat wil je me vertellen?'

'Ik ga trouwen, Lucia.' Dante staart naar zijn handen.

Gelukkig kijkt hij me niet aan, want ik heb een ogenblik nodig om dit nieuws te verwerken. Vervolgens zeg ik welgemeend, terwijl ik nonchalant probeer over te komen: 'O, Dante, gefeliciteerd! Met wie?'

'Juliana Fabrizi.'

'Volgens mij ken ik haar niet. Komt ze hier uit de buurt?'

'Ja, ze woont vlak bij ons op First Avenue. Haar vader heeft een delicatessenzaak op East Tenth Street.'

'O. Misschien herken ik haar dan als ik haar zie.'

'Ik denk het niet. Ze heeft niet met ons op school gezeten. Ze is jonger.'

'Jonger?'

'Ze is achttien.'

'Achttien.' Ik fluit zacht van verbazing. Ik kan niet geloven dat dit moment zo snel gekomen is: ik ben niet langer het jongste meisje op de dansvloer. Wie had gedacht dat Dante DeMartino de man zou zijn die me daarop zou wijzen? 'Wat is ze voor iemand? Behalve dat ze achttien is dan,' zeg ik vriendelijk.

'Ze is heel sociaal. Mooi. Lief.'

'Vindt je moeder haar aardig?' vraag ik.

'Heel erg.'

'Dan moet het wel een bijzonder meisje zijn.'

'Denk je?' Dante heeft nog steeds mijn goedkeuring nodig.

'Weet je, Juliana boft maar. Je bent een lot uit de loterij.'

'Dat is precies wat ik altijd over jou zeg. Je hebt alleen één minpuntje.'

'Eén maar? Laat maar horen dan.' Ik heb een lach op mijn gezicht, maar in mijn hart kan ik wel huilen. Het was prettiger toen ik de situatie in de hand had, toen ik wist dat Dante van me hield en, waar ik ook heen zou gaan of wat ik ook zou doen, in de bakkerij op me zou wachten. Hij was net als papa mijn vangnet, een man die van me hield en altijd op me zou wachten. Maar dat is nu allemaal veranderd omdat hij verliefd is geworden op iemand anders. 'Kom op, wat is mijn enige minpuntje?'

'Je bent geen type om te trouwen.'

Dante kijkt me eindelijk aan, maar hij houdt mijn blik niet lang vast. Het lijkt of hij moeite moet doen om niet te huilen. Ik kan zelf niet huilen omdat het waar is. Als ik dat wel zou doen, zou ik mezelf verraden. Ik sta op en klop de suiker van mijn enkelbroek. Ik steek mijn hand uit naar Dante en hij pakt hem en staat op. We kijken elkaar aan.

'Het spijt me, Dante,' zeg ik tegen hem. En ik weet dat als ik tegen hem zou zeggen dat ik hem terug wil, hij Juliana Fabrizi waarschijnlijk meteen zou laten vallen en me in zijn armen zou nemen. Hij wacht tot ik iets zeg, maar dat ga ik niet doen. Ik wil hem niet nog een keer pijn doen.

'Dat weet ik,' zegt Dante triest. Op mijn laatste afspraakje met Dante DeMartino houdt hij de hele weg naar huis mijn hand vast.

De Couture-afdeling opdoeken zou een fluitje van een cent moeten zijn, aangezien we er al sinds februari mee bezig zijn, maar er moet nog steeds een ongelooflijke stapel papierwerk afgehandeld worden. Het ingewikkeldste klusje is de laatste inventarisatie van de stoffen in het magazijn. Elk restje stof staat voor een herinnering aan een jurk die we gemaakt hebben, een pak dat we in elkaar hebben gezet of een jas die we ontworpen hebben.

'Kijk, Lu. Nonnenstof!' Delmarr legt een stuk stof op zijn hoofd. 'Hoe kunnen die vrouwen zich in dit materiaal bewegen? Ik zou er nog geen hoes voor de stoelen in mijn auto van maken.'

'Ze leggen een gelofte van soberheid af. Het zou gewoon niet gepast zijn als hun habijten van zijden chamois gemaakt waren.'

'Hier. Dit hoor jij te krijgen.' Delmarr geeft me tien meter goudlamé.

'Oudejaarsavond!'

'We hebben hier hard gewerkt. Het verbaast me dat we überhaupt nog vingers hebben.'

'Vraag je je ooit af hoe het zal zijn als we voor de laatste keer door die deuren naar buiten lopen?' Ik wijs naar de klapdeuren van het atelier die zeven jaar lang hebben aangekondigd dat er iemand binnenkwam of wegging.

'Maak je daar maar geen zorgen over.'

'Wat bedoel je?'

'Ze halen de klapdeuren morgen weg.'

'Halen ze ze weg?'

'Yep. Ze gaan deze etage opnieuw inrichten, dus de deuren gaan weg, en vervolgens de muren, en uiteindelijk zal de derde verdieping één grote open ruimte zijn stampvol rekken met machinaal gemaakte rotzooi. Zal dat er niet geweldig uitzien?'

'Afschuwelijk.'

'Lucia, grif dit moment in je geheugen: vandaag is de dag dat het cachet verdwijnt.'

Ik kijk Delmarr aan in de verwachting dat hij lacht, maar dat is niet zo. In plaats daarvan lijkt het alsof zijn hart is gebroken.

Ik ben zo blij dat mama tijdens onze eerste kerst zonder papa een kleinzoon heeft om haar aandacht op te richten. Af en toe zie ik haar huilen, maar dan spreekt ze zichzelf toe en stort zich weer op de voorbereidingen voor de feestdagen, maar ik weet dat ze het moeilijk heeft. En het helpt haar niet om mij te zien pakken voor Californië.

Delmarr is stomverbaasd op ons feest op kerstavond en is ontroerd (waarschijnlijk niet spiritueel maar in elk geval esthetisch) tijdens de mis in de Onze-Lieve-Vrouwe van Pompeii. 'Bedenk eens wat je hier allemaal hebt meegemaakt in deze kerk,' fluistert hij. 'En je komt hier nog steeds? Ik vind het ongelooflijk!'

'Dat is het lot,' fluister ik terug.

'Het is de angst voor de hel,' zegt Delmarr als hij opkijkt naar het gebrandschilderde raam achter het altaar. 'Mijn vader, een overtuigd atheïst, noemde een donatie aan de kerk altijd zijn brandverzekering.'

Mama stoot ons aan omdat we moeten ophouden met fluisteren. Als ik naar het altaar kijk, dat versierd is met kerststerren, en naar de witte anjers met rode linten die aan de kerkbanken zijn vastgemaakt, doe ik mijn ogen dicht en stel me voor hoe ik er op mijn trouwdag moet hebben uitgezien. Het is nu een jaar geleden, maar het voelt aan de ene kant alsof het in een ander leven gebeurd is; aan de andere kant zijn sommige gebeurtenissen nog zo pijnlijk en vers dat het lijkt alsof het gisteren was. Ik heb hetzelfde met papa's dood. Soms is het net alsof hij al jaren dood is en andere keren verwacht ik bijna dat hij elk moment kan komen voorrijden met de truck en mama roept om met hem ijs te gaan halen.

Delmarr kust me na de mis op de wang en knuffelt mama. Als hij zich omdraait om Cornelia Street over te steken om naar huis te gaan, draait hij zich om en roept: 'Maandagochtend om zes uur, Grand Central Station. De trein naar Chitown. En daarna de Super Chief naar Hollywood!'

Ik zwaai naar hem. 'Ik zie je daar!'

Ik heb nog één week om alles in te pakken. De hoeden zijn het lastigst. Hoeveel moet ik er meenemen en waar moet ik ze allemaal kwijt? De zon is fel in Californië en ik wil mijn blanke New Yorkse teint niet bederven.

Ik ben in het souterrain mijn laatste berg wasgoed aan het doen voordat ik naar Californië vertrek. Ik vind het onbegrijpelijk dat ik emotioneel word van de oude wasmachine, de strijkplank en het wasrek, maar ik ben heel lang de wasvrouw van de familie Sartori geweest en ik nam die taak heel serieus. Ik hoor een harde klap. Eerst denk ik dat het de wasmachine is, maar dan realiseer ik me dat het geluid ergens anders vandaan komt. Ik ren naar de aangrenzende kamer omdat ik bang ben dat de baby uit zijn wiegje gevallen is, maar Antonio ligt rustig te slapen. Ik haast me naar boven en vind mama op de grond. Ze is ingestort en er stroomt bloed uit een wond op haar voorhoofd. Ik pak de telefoon en bel een ambulance. Ik ga naast mama op de grond zitten en probeer haar hartslag te vinden. De ambulance arriveert al snel en het personeel draagt haar de wagen in. Ik bid hardop tot God: 'Neemt u haar alstublieft niet mee.'

Daar gaan we weer, denk ik als we op de dokter zitten te wachten in het Sint-Vincent. De jongens waren er kapot van toen papa ziek werd, maar dit is zo mogelijk nog erger. Dit gaat om onze moeder, en ik denk dat haar zoons zich geen wereld zonder haar kunnen voorstellen. En ik ook niet.

Na een tijdje komt de dokter naar buiten om met ons te praten.

'Gaat het goed met haar?' vraagt Roberto hem.

'Jullie moeder heeft een TIA gehad. Aanvankelijk gingen we ervan uit dat het een beroerte was, maar het is meer een soort waarschuwing voor een beroerte. We hebben wat tijd nodig om erachter te komen wat er precies met haar gebeurd is, maar als het meezit kunnen we haar medicijnen geven die dit soort dingen voorkomen.'

Mijn broers zwijgen en zijn net zo aangeslagen als ik. Zoals ze zelf al heeft gezegd, is onze moeder nog jong. 'Hoe ernstig is het, dokter?' vraag ik.

'We kunnen daar de komende vierentwintig uur weinig over zeggen. Ze reageert op prikkels, wat een goed teken is. Het spijt me. We zullen moeten afwachten.'

Angelo vecht tegen zijn tranen. Ik verzamel mijn broers in een kring om me heen en probeer ze gerust te stellen zoals mama deed toen papa ziek werd. 'We moeten hier samen doorheen en moeten afwachten wat de onderzoeken uitwijzen. En daarna gaan we bedenken wat er gedaan moet worden.'

De jongens blijven de rest van de middag in het ziekenhuis, totdat ik ze naar huis stuur. Ik blijf bij mama. Af en toe zit ik bij haar op bed en strijk zachtjes met een koud washandje over haar gezicht. Als ik moet huilen, probeer ik zo min mogelijk geluid te maken om haar niet wakker te maken.

's Ochtends voelt mijn lichaam aan als prikkeldraad. Ik ben rechtop in een stoel in slaap gevallen en werd elke keer dat mama kreunde of er een verpleegster binnenkwam wakker. Maar ik raak meteen in paniek als ik mijn ogen opendoe en zie dat haar bed leeg is. Ik ren de gang op en klamp de eerste zuster die ik zie aan.

'Mijn moeder, Maria Sartori, waar is ze? Gaat het goed met haar?'

De verpleegster zegt op geruststellende toon: 'Ze is meegenomen voor wat onderzoeken.'

'Dank u wel,' zeg ik. Alstublieft, God, ik kan mijn moeder niet missen.

Ik ga terug naar mama's kamer en wacht daar. Als mijn broers arriveren neemt de dokter ons meteen apart.

'Ik heb hoopgevend nieuws. Het was in elk geval geen beroerte. Haar hart heeft wat te verduren gekregen, maar de schade is minimaal. Het komt er eigenlijk op neer dat jullie moeder een versnelde hartslag heeft, die ze waarschijnlijk al haar hele leven heeft en die nu tot kortsluiting heeft geleid. De bloedtoevoer naar haar hersenen werd erdoor beïnvloed. Haar geluk is geweest dat jullie haar zo snel hebben gevonden.' Roberto slaat zijn arm om me heen alsof hij me wil bedanken. 'Maar ze heeft fysiotherapie nodig en veel hulp in huis.' De dokter gaat ervandoor en we omhelzen elkaar opgelucht. We hebben enorm geluk gehad.

Mama kan tegen de avond weer een beetje praten. Ze praat langzaam, en af en toe moet ze even stoppen om naar een woord te zoeken, maar ze begrijpt alles wat we tegen haar zeggen. Ze heeft trek en in onze familie is dat altijd een goed teken. Rosemary heeft een eersteklas maaltijd het ziekenhuis binnengesmokkeld van spaghetti al burro met gesneden groente.

Roberto staat erop dat ik naar huis ga. De lange hete douche voelt geweldig, maar al mijn kleren zitten in koffers, dus ik moet ze uitpakken om me te kunnen aankleden. Ik pak de stoel van mijn kaptafel en zet hem op het balkon, trek het lange snoer van de telefoon naar me toe en ga zitten om te bellen. 'Delmarr?'

'Hoe is het met je moeder?' vraagt Delmarr bezorgd. 'Rosemary heeft me gebeld.'

'Mama heeft bijna een beroerte gehad.'

'Jezus. Maar Rosemary zei dat het goed zou komen.'

'Uiteindelijk wel.' En dan bijt ik op mijn onderlip omdat ik moet huilen. 'Ik kan nu niet naar Californië gaan.'

'Dat geeft niks, liefje, je kunt later komen. Helen Rose gaat nergens heen. Ze begrijpt het wel. Ik zal haar uitleggen wat er aan de hand is.'

'Zou je dat willen doen?'

'Natuurlijk. Zij is ook maar een mens, niet zo'n kouwe kikker als het Hilda-monster.'

'Dank je wel.' Ik veeg mijn tranen weg en adem uit, terwijl ik weet dat Delmarr altijd voor me zal opkomen.

'Geen probleem, liefje. Zorg jij nou maar goed voor jezelf. En voor mama Sartori. Ik bel je als ik er ben en dan maken we wel een plan.'

Ik hang op. Het was lief van Delmarr om te zeggen dat we later wel een plan zouden maken, maar we weten allebei hoe het zit. Ik ga niet naar Californië, ik zal nooit voor Helen Rose werken en ik zal nooit kostuums voor de sterren maken. Ik blijf hier op Commerce Street 45 om voor mijn moeder te zorgen zo lang als dat nodig is. En als ik die plicht heb gedaan – en ik hoop dat dat nog jaren zal duren – kan ik nadenken over mijn eigen leven en wat ik wil. Op dit moment ben ik de dochter die mijn ouders hebben opgevoed met het idee dat familie vóór alles en iedereen gaat, dus ook voor Delmarr, Helen Rose en een leven vol glamour in Hollywood. Ik zal hier mijn draai moeten vinden, me ermee tevreden moeten stellen dat ik mijn plicht doe. Zia Caterina's vloek is wreed. Mijn hart is inderdaad gebroken, maar niet door een man. Daar heeft het opdoeken van de Couture-afdeling voor gezorgd en het verlies van kwaliteit, stijl en service dat daarmee gepaard ging.

12

*H*et theepartijtje van Lucia en Kit heeft tot ver na etenstijd geduurd en ongemerkt is het avond geworden. De zilverachtige regenwolken van die middag zijn verdwenen en hebben een donkerblauwe lucht achtergelaten. Ik zit hier al uren, denkt Kit bij zichzelf, maar wat een verhaal. Er trekt even een huivering door haar heen. De appartementen aan de achterkant van Commerce Street 45 zijn zeker koeler omdat ze niet in de volle zon liggen. Kit kijkt even naar de bontjas van tante Lu en ze vraagt zich af of ze zal vragen of ze hem even aan mag om op te warmen.

'Tante Lu, de Couture-afdeling werd dus in 1952 opgeheven, maar hoe komt het dan dat je tot 1989 bij B. Altman bent blijven werken?'

'Ik had een baan aangenomen op de afdeling Avondkleding. Ik kon dat baantje goed combineren met de zorg voor mama. Moet je dit eens zien.' Lucia laat Kit een ingelijst artikeltje zien uit het tijdschrift *New York* waarin geschreven wordt over de bruidskleding van B. Altman. De kop luidt: LUCIA SARTORI, MOEDER VAN ALLE BRUIDEN. Hoe ironisch dat een in de steek gelaten aanstaande bruid de moeder wordt voor honderden New Yorkse meisjes die op zoek zijn naar de volmaakte bruidsjurk.

'Wanneer is je moeder overleden?'

'Pas toen ik zevenenveertig was.'

'En daarom ben je nooit naar Hollywood gegaan?' zegt Kit.

'Inderdaad.'

Kit leunt achterover in haar stoel en kijkt naar de muur.

'Tante Lu… dit behang, dat is het behang dat je samen met Ruth op de muren hebt geplakt, hè?'

'Precies hetzelfde ja.' Lucia lacht.

'Was dít je kamer?' Lucia knikt. 'Waar zijn de kaptafel en de erker?'

'Die ben ik kwijtgeraakt toen ze de verdieping hebben opgesplitst,' zegt Lucia zachtjes.

'Hebben ze de kamer in tweeën gesplitst? Maar dat is schandalig! Wie heeft dat gedaan?' Kit realiseert zich dat ze nogal hard heeft gesproken en ze haalt even diep adem.

'Mijn neef Tony.'

'Nee, nou wordt-ie mooi. Je bedoelt toch niet dat míjn Tony Sartori, meneer "Isolatietape" Tony, het lieve baby'tje is dat na Maria Grace geboren werd? En hij heeft de kamer in tweeën verdeeld?'

'Die Tony, ja. Elke verdieping werd, als dat al niet gebeurd was, in twee appartementen opgedeeld. Meer huur, meer inkomsten, snap je?'

'Wat een gluiperd! Sorry hoor, Lucia, maar ik vind echt dat je zoiets niet kunt maken.'

'Het ergste was nog dat hij dat allemaal deed zodra mijn broer was overleden. Roberto was nog geen maand dood of Tony eigende zich het gebouw toe en bracht allemaal veranderingen aan.'

'Lucia, ik wil niet onbeleefd zijn, maar had jij niet de eigenaar van dit gebouw moeten zijn? Als al je broers overleden zijn, hoe komt het dan dat dit gebouw niet van jou is?'

Lucia schudt langzaam haar hoofd. Dit is duidelijk iets waar ze nog steeds mee worstelt. 'Toen papa overleed, liet hij alles na aan mijn moeder. Toen mama ziek werd, gaf zij alles door aan Roberto. Roberto had vier zoons. Hij was erg traditioneel, nog erger dan papa, en hij meende dat familie-eigendom altijd in handen van een mannelijk familielid moest blijven. Daarom kreeg ik niks. Natuurlijk stond Roberto erop dat zijn zoons goed voor me zouden zorgen. En ik neem aan dat dit appartement vandaag de dag heel wat zou kosten. Mocht ik ooit echt problemen met de jongens krijgen, dan bel ik Rosemary op, die geeft haar jongens er dan wel van langs. Het had erger gekund.'

'Maar dat is niet eerlijk! Jij hebt voor je moeder gezorgd! De familie zou je dankbaar moeten zijn, of je op een of andere manier moeten compenseren.'

'Roberto zag dat anders. De plichten van een dochter lagen in die tijd altijd bij haar familie.'

'En Rosemary?'

'Zij was geen directe familie. En ze was ook een vrouw. Mijn broer heeft haar geloof ik niks nagelaten – behalve de opdracht dat haar zoons heel goed voor haar moeten zorgen. Trouwens, zij moest voor haar eigen moeder zorgen.'

Kit staat op en beent door het appartement, kokend van woede door zo veel onrechtvaardigheid. 'Hebben ze je ook buitengesloten bij de verkoop van de delicatessenwinkel?'

'Ik heb daar nooit gewerkt, mijn broers wel, en toen ze hem verkochten hebben ze de winst onderling verdeeld. Dat vond ik prima, het was hun bedrijf,' zegt Lucia tamelijk onverschillig.

'Ik vind het vreselijk! Jij bent net zo goed een Sartori.'

'Jij bent van een andere generatie. Dit waren de regels die mijn generatie moest opvolgen. Ik ben het er niet mee eens, maar ik begrijp ze wel. Ze voeren allemaal terug naar Italië en de wijze waarop eigendommen daar verdeeld worden binnen de familie. De vrouwen komen er bekaaid vanaf, maar het is niet anders.'

'Nou, ik vind het nogal een bittere pil.' Als Kit weer gaat zitten, vallen haar de stapels geschenkdozen van B. Altman op. 'Lucia, wat zit er in die dozen?'

'Borden en zo.' Lucia is even stil. 'Het zijn mijn huwelijkscadeaus.'

'O, hemel.' Kit vraagt zich af hoe Lucia de dagelijkse herinneringen aan John Talbot al die jaren heeft overleefd. 'Waarom heb je al die spullen bewaard?'

'De politie heeft ze als bewijsmateriaal in beslag genomen nadat ze John hadden opgepakt. Zij hebben erop aangedrongen dat ik de spullen weer terug zou nemen. Ik heb vervolgens geprobeerd ze terug te geven aan degenen van wie we ze hadden gekregen, maar zij wilden de spullen niet meer. Gewoon pech gehad, zeiden ze.'

'Dus die vloek van Caterina kwam echt uit?' vraagt Kit.

'Misschien geloofde ik er wel in, en kwam hij daardoor uit. We zullen het wel nooit weten.' Lucia zet de lege theekopjes op het dienblad en staat op. 'Ik ben doodop. Jij ook?'

'Ik ook ja.'

'Ik hoop dat ik je niet verveeld heb,' zegt Lucia.

'Verveeld? Kom nou! Het was een geweldig verhaal, tot aan het einde toe. Dank je wel.'

'Kom nog eens een keer langs, dan kijken we even wat er in die dozen zit. Er zitten echt prachtige dingen bij die jij waarschijnlijk ook wel mooi zult vinden. Een handbeschilderde theepot. Kristallen vazen. Geëmailleerde theelepeltjes.'

'Graag, Lucia. Dat lijkt me heel leuk.'

Terwijl Kit de trap af loopt naar haar eigen appartement, heeft ze zo met Lucia te doen dat ze zich voorneemt de waarheid boven tafel te krijgen. Ze loopt haar appartement in met een plan. Hoewel ze graag wil weten wat er van Delmarr, Ruth en Violet geworden is, wil ze op de eerste plaats weten wat er met John Talbot is gebeurd. Ze is tot diep in de nacht bezig met een lijst waarop ze alle data, plaatsen en namen zet die ze zich uit Lucia's verhaal kan herinneren. Misschien kan ze morgen, voordat ze weer gaat schrijven aan haar toneelstuk, een bezoekje brengen aan de burgerlijke stand van New York.

De aliassen van John Talbot waren allemaal heel gewone namen, dus het zoeken naar personen die zo heetten in de periode 1951-1952 levert meer dan honderd documenten op. Het zou Kit veel te veel tijd kosten om al die documenten door te lopen. Ze gaat in de rij staan bij de informatiebalie in de hal.

Kit loopt achter de onderzoeksassistent aan de leesruimte in, waar hij kopieën maakt van alle politiedossiers van de districtsbureaus in Greenwich Village en de Upper East Side. Er zitten diverse pagina's tussen waarop melding wordt gemaakt van John Talbot. Kit neemt de stapel papieren mee naar huis om ze daar rustig door te nemen.

Een paar telefoontjes, een lange zoektocht op Google.com en drie leessessies in Starbucks later, heeft Kit een John Talbot-dossier aangelegd.

Lucia Sartori's oude vlam is weer tot leven gewekt. Het probleem is alleen dat hij wederom in de gevangenis zit. Nadat hij een straf van twaalf jaar voor diverse vergrijpen had uitgezeten, leek het even goed te gaan. Toen hij vrijkwam zocht hij zijn oude maatjes op die hem vroeger van werk hadden voorzien, onder wie Patsy Marotta in de Vesuvio, die hem een baantje bij een horecaleverancier op Long Island bezorgde. Talbot leefde een tijdlang keurig volgens de regels, maar ongeveer twintig jaar geleden verviel hij weer in zijn oude gewoontes. Hij raakte betrokken bij een reeks autodiefstallen en verscheepte onderdelen van Duitsland naar de Verenigde Staten. Kit vermoedt dat zijn meeste recente veroordeling hem voor de rest van zijn leven achter de tralies houdt.

Wanneer Kit alle feiten boven tafel heeft, beseft ze dat ze tante Lu op de hoogte moet brengen. Ze is nogal tevreden over haar detectivewerk en opgetogen bij het vooruitzicht dat ze tante Lu kan helpen bij de ontknoping van de zaak, maar ze wordt ook een beetje bang bij het idee dat ze zulk groot en naar alle waarschijnlijkheid emotioneel nieuws moet vertellen. Uiteindelijk besluit ze dat Lucia er recht op heeft om te weten wat er van hem geworden is, aangezien zij vijftig jaar met de nasleep van de zaak-John Talbot heeft moeten leven.

Alle plichtmatige beleefdheden kunnen na de theepartij die Kit en Lucia gehouden hebben achterwege worden gelaten. Kit voelt zich volkomen op haar gemak wanneer ze de trap op rent naar de vijfde verdieping en op Lucia's deur bonkt. 'Lucia?' roept ze.

'Hoe gaat het met je, Kit?' vraagt Lucia, wanneer ze de deur opendoet in haar peignoir. Lucia heeft na hun lange gesprek in de middag zeker ook het gevoel dat ze vertrouwelijker met elkaar om kunnen gaan.

'Het gaat heel goed met me, dank je. Al heb ik het wel druk. Heel druk. Eens even kijken. Ten eerste wilde ik vragen of je het leuk vindt om vanavond met mij en mijn vriend Michael uit eten te gaan. Gewoon Chinees. Bij Ma Ma Buddha.'

'Dat lijkt me enig, lieverd. Graag.' Lucia straalt.

'Goed, dan haal ik je rond zeven uur op.' Kit wil weglopen.

'Kit? Je zei "ten eerste".'

'O ja, dat houdt natuurlijk in dat er ook een ten tweede is. Ik wilde nog even zeggen dat ik John Talbot heb gevonden.'

Tante Lu kijkt naar Kit. Dan loopt ze terug de kamer in en gaat zitten op de eerste de beste stoel die ze tegenkomt.

'Lucia, gaat het wel? Ben je boos op me? Ik moest gewoon weten hoe het zat, en ik wilde je vertellen wat ik heb ontdekt, maar als je dat vervelend vindt, zal ik…'

Lucia geeft geen antwoord.

'Lucia?' zegt Kit nerveus.

Uiteindelijk ademt Lucia diep in en doet haar ogen dicht. 'Waar is hij?' vraagt ze.

'O, Lucia, het spijt me zo. Ik wilde niet…'

'Waar is hij?'

'Hij zit in de bak,' vertelt Kit naar waarheid.

De manier waarop Kit 'de bak' zegt, ontlokt Lucia een glimlachje. 'Nou ja, hij had er altijd al de nodige moeite mee om lang achtereen eerlijk te zijn.'

'Je meent het. Ik heb hem gegoogeld – ik bedoel, ik heb op internet gezocht en vond daar allerlei artikelen over hem. Ik heb ook stukken uit zijn politiedossiers. Hij zit in de Sing Sing.

Dat is de staatsgevangenis in Ossining, vlak bij de Hudson.'

'Kit, ik hoop dat je het niet onbeleefd van me vindt als ik je vraag of je nu weer weg wilt gaan. Ik wil even alleen zijn. Ik moet nadenken.'

'Natuurlijk,' zegt Kit. Ze doet Lucia's deur achter zich dicht en loopt met een bezwaard gemoed naar beneden. Wat bezielde haar om in het kerkhof van Lucia's verloren liefde te gaan graven? Ze had moeten weten dat Lucia niet het type vrouw is dat alle losse eindjes aan elkaar wil knopen. Als ze dat wel had gewild, was ze zelf wel op zoek gegaan naar John Talbot.

Als Kit achter haar laptop gaat zitten om weer aan haar toneelstuk te gaan schrijven, wordt er op de deur geklopt. Tot haar verbazing staat tante Lu voor de deur, nog steeds gekleed in een peignoir.

'Kom verder.' Kit nodigt haar binnen en doet de deur dicht, ze weet dat Lucia onder normale omstandigheden veel te netjes en te zedig zou zijn om haar peignoir buiten haar eigen appartement te dragen. Ze is zichzelf niet, denkt Kit, en dat is mijn schuld.

Lucia kijkt naar Kit. 'Ik wil hem zien. Maar ik kan de reis niet in mijn eentje ondernemen. Wil jij met me meegaan?'

'Natuurlijk,' zegt Kit tegen haar. 'Ik regel het allemaal wel en dan gaan we komend weekend.'

'Komend weekend?' Tante Lu frummelt aan haar haar.

'Ja, zaterdag is bezoekdag. Maar we kunnen rond lunchtijd gaan zodat je eerst nog, net als elke zaterdag, je haar kunt laten doen,' Kit kent tante Lu's zaterdagse rituelen net zo goed als die van zichzelf. Elk weekend hangt na Lucia's bezoekje aan Village Coiffures de geur van Aqua Net in de gang.

'Dat zou fijn zijn,' zegt Lucia tegen Kit. 'Ik wil er graag op mijn best uitzien.'

Kit wacht Lucia in de hal op, ze zullen straks de metro naar het station nemen. Ze kijkt naar het oude bankje en stelt zich voor hoe Lucia en John daar afscheid nemen van elkaar. Ze kijkt naar de roze ruitjes in de deur, en ze ziet de jonge Lucia voor zich die naar buiten tuurt en op haar vriendje staat te wachten. Kit heeft het gebouw nog nooit zo aandachtig bestudeerd. Ze kijkt omhoog naar het plafond en ziet een sierlijke kroonluchter hangen; wanneer ze hem wat nader bestudeert, ziet ze dat de veelkleurige kristallen die eraan hangen allerlei vruchten van glas voorstellen.

Lucia roept vanaf de overloop: 'Ik kom eraan, Kit!'

'Doe maar rustig aan!' roept Kit terug. Ze kijkt nog even verder rond in de hal, met een nieuwe blik, tot Lucia naar beneden komt.

'Lucia?' Kit wijst naar boven. 'Is dat jouw kroonluchter?'

'Ja, inderdaad,' zegt ze. 'Het heeft weinig zin hem in een doos te bewaren. Er moet van genoten worden.' Ze haalt haar schouders op.

Het uitzicht vanuit de trein naar Ossining is zo rustgevend dat Kit niet echt verbaasd reageert wanneer Lucia haar vertelt dat er een beweging in de schilderkunst was die zich de Hudson River School noemde. Lucia blijkt colleges kunstgeschiedenis te hebben gevolgd bij de New School for Social Research op aanbeveling van Arabel Dresken. De gekliefde heuvels, het tinkleurige water en de victoriaanse huizen geven Kit het gevoel dat ze door een ander tijdperk reist. Ze neemt zo veel mogelijk rustgevende indrukken tot zich. Haar maag trekt samen van angst bij het idee dat de ontmoeting tussen Lucia en John op een ramp zal uitlopen.

'Waarom ben jíj zo nerveus?' vraagt Lucia aan Kit.

'Ik ben doodsbang dat John Talbot een enorme engerd blijkt te zijn.'

'Hij is geen engerd. Hij zal wel zijn wat hij altijd geweest is, een gladjakker, zeker van zichzelf en verbitterd.'

'Hoe weet je dat?' vraagt Kit zich af.

'Ik ben een oude dame, en ik loop al een tijdje mee. Er is één regel die op iedereen van toepassing is, vanaf het moment dat ze geboren worden tot de dag dat ze sterven. Mensen veranderen niet. Misschien een klein beetje, maar nooit echt. We zijn wat we zijn, vermoed ik. En dat is maar goed ook, omdat ik een hoop dingen aan John te vragen heb.'

'Ik heb ook nog wel een paar vragen. Maar niet aan hem. Aan jou,' zegt Kit, die op zoek was naar een geschikte overgang.

'Nou, barst maar los.' Lucia gaat rechtop zitten en trekt haar rok recht.

'Wat is er geworden van die andere meisjes bij B. Altman, zoals Helen Gannon?'

'Die lieve Helen. Ze kreeg nog een zoon, Albert. Haar man vond een goede baan op Wall Street. Ze verhuisden naar Scarsdale. Ik ging vaak met de trein naar haar toe om er een weekendje te logeren. We praten nog regelmatig bij aan de telefoon.'

'En Violet?'

'Violet is twee jaar geleden overleden. Ze was tot het eind van haar leven getrouwd met politieagent Cassidy. Hij is vlak daarna hertrouwd,' zegt ze nogal sceptisch.

'Tjonge, wat snel.'

'Dat vond ik nou ook.'

'Hadden ze kinderen?'

'Nee.'

'En Ruth?'

'Ruth Kaspian Goldfarb,' zegt Lucia met warmte in haar stem. 'Harvey en zij zijn naar Florida verhuisd. Ze hebben drie dochters, die het allemaal behoorlijk ver geschopt hebben. Een is lerares aan de Modeacademie. Ik zie Ruth één keer per jaar, als ze hierheen komt om Rosh Hashanah, het joodse nieuwjaar, met haar zus te vieren. En ik spreek haar minimaal één keer per week.'

'O... En Delmarr! Wat is er van hem geworden?'

'Hij heeft het helemaal gemaakt in Hollywood. Hij maakte kostuums voor de televisie, voor alle grote zang-en-dansshows. Elke keer als hij in New York was, kwam hij bij me langs en zei dan: 'Schat, wanneer kom je nou met me naar het westen om rijk en beroemd te worden?' Het heeft niet zo mogen zijn. Hij is nooit getrouwd, en hij heeft het altijd geweldig naar zijn zin gehad. Hij heeft van oost naar west een spoor van gebroken harten achtergelaten. Ik heb verder nooit iemand ontmoet die zich zo halsstarrig weigerde te binden als Delmarr. Tot het eind toe was hij een einzelgänger in een bijzonder sociale bedrijfstak. Hij is vorig jaar overleden. Ik heb het heel moeilijk gehad met zijn dood.'

'En je broers?'

'Van Roberto weet je het. Angelo werd kloosterbroeder bij de Maryknoll-orde. Orlando trouwde met een lief joods meisje, Rachel, en ze kregen een dochter, Rafaella. En dan mijn lieve broertje Exodus; Orsola en hij kregen zeven kinderen, vier meisjes en drie jongens, die allemaal nog steeds in Italië wonen en met wie het allemaal goed gaat. Ik ben vaak naar Veneto geweest om bij ze te logeren. De kinderen vonden het geweldig wanneer Zia Lucia honkbalhandschoenen van de Yankees en Hershey's-chocola voor ze meebracht. Helaas is geen van de mannen in mijn familie erg oud geworden. Mijn broers werden stuk voor stuk niet veel ouder dan papa.'

'Tante Lu, ben je ooit getrouwd geweest?'

'Nee. Maar er is wel een tijdlang een man in mijn leven geweest. Hij was al weduwnaar toen ik hem leerde kennen, hoewel hij pas in de veertig was. Hij en zijn vrouw waren kinderloos gebleven. Ik was niet de liefde van zijn leven en hij niet die van mij, maar we hadden een heerlijke, ongecompliceerde relatie. We hielden op onze eigen manier van elkaar. Hij was bijzonder aangenaam gezelschap.'

Wanneer de trein het station binnenrijdt kijkt Kit hoe de vrouwen en kinderen van de gevangenen, allemaal op hun paasbest gekleed, de trein uit stappen en naar de bezoekersingang lopen. De stemming is verbazingwekkend opgewekt, ook al zijn alle reizigers op weg naar een deprimerend oord.

Lucia haalt een poederdoos uit haar handtasje en strijkt de ronde poederdons over haar gezicht, ze haalt hem er geen moment vanaf, maar brengt de kleur met voorzichtige bewegingen op haar huid aan. Vervolgens doet ze opnieuw lippenstift op. Ze biedt Kit een pepermuntje aan, en stopt er zelf ook een in haar mond. 'Hoe zie ik eruit?' vraagt ze.

'Prachtig,' zegt Kit. Lucia draagt een zwarte rok en een witte blouse met een mintgroene sjaal. Ze heeft haar nertsmantel aan. Ze is net naar de kapper geweest.

'Nou, laten we maar eens kijken wat John Talbot te melden heeft,' zegt Lucia.

De vrouwen lopen achter hun medepassagiers aan naar het voetgangerspad waar dikke pijlen en het woord BEZOEKERS op staan die hun de weg moeten wijzen. Kits nervositeit komt tien keer zo hard terug. Er komen vreselijke scenario's in haar op. Stel nou dat John Talbot een gestoorde gek blijkt te zijn? Stel nou dat ze terechtkomen in een vechtpartij? Stel nou dat er iets vreselijks gebeurt met tante Lu en Kit dat aan Tony moet gaan vertellen?

Kit en Lucia worden bij de ingang naar metaaldetectors geleid (waardoor het eigenlijk best wel lijkt op een bezoek aan een wedstrijd van de Knicks, denkt Kit). Helaas neemt een van de bewakers Lucia's koektrommeltje in beslag. Vervolgens wordt hun verzocht even te blijven wachten. Na bijna een halfuur worden ze naar een grote ruimte vol bezoekers gebracht die vol staat met bewakers.

'Hoe herkennen we hem?' vraagt Kit als ze ergens gaan zitten.

'Ik herken hem wel,' zegt Lucia.

De grote metalen deuren die tot het plafond reiken zwaaien open, wat doet denken aan het Paard van Troje dat door de kasteelpoorten naar binnen wordt gebracht in al die B-films. Wanneer het metaal over het beton schraapt, is er wat geroeze-

moes te horen, gevolgd door de binnenkomst van een vloed-
golf aan gevangenen in oranje overalls in de enorme bezoe-
kersruimte. Lucia kijkt snel de menigte door.

'Daar is-ie.' Ze wijst.

Kit ziet een lange man met dik wit haar vlak bij de deuren
staan, een beetje terzijde. 'Wacht hier even,' zegt ze tegen Lucia.
Ze loopt snel door de menigte en gaat naar hem toe. 'Bent u
John Talbot?'

'Ja. En bent u juffrouw Zanetti?'

'Ja, meneer.' Kit bloost. Niemand noemt haar ooit juffrouw
Zanetti, en ze vindt het een beetje uitdagend klinken.

'Waar is juffrouw Sartori?' Zijn stem slaat over. Hij schraapt
zijn keel en leunt op zijn stok.

'Ze zit daar.' Kit wijst over de menigte heen naar Lucia. 'Ik zal
u naar haar toe brengen.' Ze draait zich om en wil weglopen,
maar realiseert zich dan dat ze te snel gaat. Ze vertraagt haar
tempo en pakt hem bij de arm. Hij loopt nog prima, maar het
gaat langzaam.

'Ik zie haar,' zegt John.

Lucia blijft staan. Kit kan aan Lucia zien dat ze probeert geen
emotie te tonen. Wanneer Lucia en John elkaar begroeten, lijkt
ze een beetje te ontdooien. John pakt Lucia's handen beet. Ze
kijken naar elkaar met het soort wijsheid dat alleen oude geliefden met elkaar kunnen delen. Heel even lijken de jaren van
hen af te glijden, net of een mistvlaag het heden heeft wegge-
blazen en alleen hun jeugd heeft achtergelaten; toen mannen
nog jongens waren en vrouwen nog meisjes, en naarmate de
dagen langer werden, werden de handschoenen van de dame
dat ook. 'Lucia, nog net zo mooi als vroeger,' zegt John plechtig.

'Dank je, John.'

'Ik laat jullie even alleen zodat jullie rustig kunnen praten,'
zegt Kit.

'Nee, nee, kom hier zitten.' Lucia wijst naar een stoel naast
zich. Kit gaat erop zitten, ze schaamt zich er een beetje voor dat

ze net zo graag als Lucia wil horen wat John te vertellen heeft. John helpt Lucia in haar stoel en gaat vervolgens tegenover haar zitten. Lucia zit rechtop, haar rug stokstijf, en John buigt naar haar toe, terwijl ze praten houdt hij één hand op zijn stok.

'Hoe is het met je familie?' vraagt John. Terwijl Lucia hem alles vertelt, moet Kit onwillekeurig een beetje lachen. De laatste keer dat hij hen zag, heeft Roberto hem in elkaar geslagen.

'Ben je ooit getrouwd, Lucia?' vraagt John.

'Nee.' Ze haalt diep adem. 'En jij?'

'Vier keer,' antwoordt hij. Lucia lacht als ze ziet dat John zijn hand naar zijn hoofd brengt alsof hij zichzelf van iets wil doordringen. 'Twee keer met dezelfde vrouw, maar vier keer in totaal.'

'Kinderen?' vraagt Lucia.

'Geen kinderen.' Kit ziet dat Lucia verbaasd is, terwijl ze probeert deze man in verband te brengen met de knappe verloofde uit haar jeugd. Hij heeft waarschijnlijk hetzelfde.

'John, ik ben hierheen gekomen om je te bedanken,' zegt Lucia, natuurlijk tot Johns grote verbazing. 'In 1979 heb je me een brief gestuurd. Het was een prachtige brief, en je had er een cheque bij gedaan ter waarde van vijfenzeventighonderd dollar.' John knikt langzaam. 'Ik vond het heel dapper van je dat je contact met me opnam en je schuld na al die jaren hebt afgelost. Ik wilde je daarvoor persoonlijk bedanken.'

'Het zat me dwars dat ik geld van je gestolen had. Ik weet dat dat gek klinkt uit de mond van een man die momenteel in de staatsgevangenis verblijft.' John lacht. 'Maar ik wist wat dat geld voor je betekende. Ik heb altijd geweten dat ik vreselijke dingen deed. Een goede vrouw kan een man tot het juiste inzicht brengen. En in mijn leven was jij die vrouw.'

Lucia kijkt omlaag. 'Dank je,' zegt ze. Ze zitten een poosje zwijgend tegenover elkaar. Vervolgens kijkt Lucia weer op. 'John, we moeten een hoop zaken uit de wereld helpen. Ik heb me altijd afgevraagd waarom je met Kerstmis naar mijn huis kwam. Wat wilde je me toen vertellen?'

John staart uit het raam en denkt na over haar vraag. 'Dat is heel simpel, Lucia. Ik kwam je vertellen dat ik van je hield.' Hij trekt de kraag van zijn gevangenisuniform recht. 'Ik weet dat je dit waarschijnlijk niet gelooft, maar ik was er echt niet op uit om je te kwetsen.'

'O, John, je had vanaf het eerste moment dat je me zag bepaalde plannen met me,' zegt Lucia. 'Ja, toch?'

'Natuurlijk. Aanvankelijk dacht ik dat je me van pas kon komen. Ik geloof dat ik in eerste instantie altijd bedacht hoe ik ergens zelf beter van kon worden. Maar je was zo lief en zo talentvol dat ik echt verliefd op je ben geworden. Daardoor werd alles zo ingewikkeld. Zoiets had ik nog nooit meegemaakt, echt niet. Ik heb zelfs geprobeerd je vader voor me te winnen, die me niet zag zitten. Ik zou tienduizend dollar van hem krijgen als ik weg zou gaan, maar ik heb het aanbod afgeslagen.'

'Heeft mijn vader je geld geboden?' Lucia is stomverbaasd.

'Hij stond nogal te kijken toen ik het afwees. Maar kijk, ik wilde echt met je trouwen. Jij wilde dezelfde dingen als ik. Maar toen kreeg ik een slechte hand. De slechtste hand uit mijn leven.'

'Een slechte hand?' Lucia spreekt de woorden langzaam uit, ze weet duidelijk niet wat ze aan moet met een man die het gelukkigste jaar van haar leven afdoet met een vergelijking met een kaartspelletje.

'Luister, alles ging mis in het jaar dat ik met jou was. Alles wat ik aanraakte veranderde in modder. Jim Laurel trok zich terug uit onze Huntington-deal. Daniel Parker heeft mijn reputatie in de Upper East Side volkomen geruïneerd. Hij had bedacht dat mijn zaakjes niet helemaal legaal waren. En je vader zou me nooit vertrouwen. Ik zag wel in dat hij me nooit deel zou laten uitmaken van de familie of me mee zou laten helpen met de exploitatie van de delicatessenwinkel. De druppel was dat Sylvia een week voor onze bruiloft overleed. Ik weet niet wat de politie tegen je gezegd heeft, Lucia, maar ze was echt als een moeder voor me. Ze wílde dat ik haar geld aannam. Ik heb heel goed voor haar gezorgd. Ik had het verdiend. Wíj hadden het verdiend. Maar die rotdochter van haar heeft alles ingepikt.'

Lucia kijkt toe hoe John het web van zijn fabeltje spint, deze vreemde versie van de waarheid. Kit kan merken dat ze eigenlijk wil dat hij stopt met praten, maar hij heeft een bepaalde blik in zijn ogen. Zo moet hij in 1952 ook gekeken hebben, toen hij die adembenemende voorstelling van hun toekomst samen voor haar schetste. Het is een manische blik, uitdagend en wild, maar ook de blik van een verkoper. John is zo overtuigend, je kunt er bijna geen weerstand aan bieden. Kit kan zien dat Lucia gelijk had: John Talbot is geen spat veranderd. Hij kan elke misdaad waarvoor hij veroordeeld is rechtvaardigen. Het enige waar hij, in zijn optiek, schuldig aan is, was dat hij probeerde er zelf beter van te worden, dat hij een belangrijk zakenman wilde worden.

'Eerlijk gezegd werd het me allemaal een beetje te veel. En dan was jij er ook nog, en de bruiloft en het leven met je familie. Ik kon het allemaal niet aan. Ik kon het geen minuut langer meer volhouden dat ik in staat zou zijn een normaal leven te leiden met een schoonmoeder en een schoonvader en met rennende kinderen door het huis. Ik had een joker nodig, maar die kreeg ik niet. Het leek net alsof ik vervloekt was; alles zat me tegen. Dus deed ik wat alle lafaards doen. Ik smeerde 'm.'

Kit kijkt naar Lucia's ogen waarin het oude zeer zichtbaar is. De excuses zijn nogal zwak, net als het karakter van de man met wie ze zou gaan trouwen. Lucia steekt haar hand op ten teken dat hij moet ophouden. 'John, ik heb genoeg gehoord.' Hij kijkt verrast. Er zijn blijkbaar maar weinig mensen die John onderbreken wanneer hij zijn verhaal vertelt. 'Ik wil nog maar één ding weten.' Lucia haalt diep adem. 'De dag voor onze bruiloft, toen we naar Huntington reden om het huis te bekijken, hoe had je je daar in hemelsnaam uit willen redden? *Er was helemaal geen huis!*'

John schudt licht met zijn hoofd. 'Dat was mijn enige geluk-je in een heel lange tijd. Je liet me ermee wegkomen, Lucia. En ik denk dat je dat zelf ook wel wist. Dankzij jou kon ik makke-lijk weglopen. Als je had aangedrongen om het huis te mogen zien, had ik je de waarheid moeten vertellen. Maar je gaf me vierentwintig uur extra de tijd om uit te vogelen wat ik moest doen. En ik kon niks verzinnen, dus ging ik er maar vandoor.'

Lucia denkt even na. 'En dan te bedenken dat ik je tot het eind van de wereld gevolgd zou zijn.'

John haalt een pakje sigaretten uit zijn uniform en biedt Lucia er een aan, maar ze slaat het aanbod af. 'Maar weet je, Lucia, ik hoefde me om jou geen zorgen te maken. Jij had me niet nodig.'

'Waar heb je het over?' Lucia leunt naar voren.

'Jij had ook een leven zonder mij. Je hield van je werk. Je had een thuis. Familie. Je was een zelfstandige werkende vrouw. Het zou allemaal wel goed komen met jou. Geloof me, ik ken zat vrouwen die een man nodig hebben om voor ze te zorgen. Dat soort meisjes kun je niet voor het altaar laten staan.'

Het rumoer in de ruimte neemt toe. Aangezien de gevange-nen en het bezoek maar weinig tijd hebben om elkaar te zien, praten mensen nogal luid, alsof hun mededelingen dan be-langrijker worden. Er gaat een harde en angstwekkende sirene af, waarmee het einde van de bezoektijd wordt aangekondigd.

Lucia, John Talbot en Kit staan op. Hij fluistert iets in Lucia's oor, kust haar op beide wangen en vervolgens heel licht op de mond. Hij houdt haar vast, met dichtgeknepen ogen alsof hij het beeld dat hij zich herinnert nog levendiger voor zich wil zien. John loopt weg door de metalen deuren zonder zich om te draaien.

'Gaat het?' vraagt Kit.

'Het was goed zo,' zegt Lucia zachtjes.

Wanneer ze de mensenmassa naar de trein volgen, blijft Lucia even staan om het zicht op de gevangenis, naast de Hudson, in zich op te nemen.

'Wat is er?' vraagt Kit.

'Hij zei tegen me dat hij zich elke nacht voor hij gaat slapen voorstelt hoe ik in een witte katoenen jurk in de deuropening sta. We zijn dan alleen, hij pakt mijn hand en zegt: "Kom hier en kijk samen met me naar de oceaan, Lucia. Dat is alles wat ik je kan geven." En weet je wat daar zo grappig aan is?'

'Nou, wat dan?'

'Ik ben achtenzeventig en ik heb nooit vlak bij het water gewoond, maar John wel. Hij zit in een cel zonder raam, maar wel aan het water.'

Kit helpt Lucia in de trein op haar plek bij het raam en gaat zelf aan het gangpad zitten. Ze zitten een tijdje zwijgend naast elkaar en denken allebei aan de gedistingeerde man met het witte haar, die ooit de knapste verschijning op het debutantenbal was in het Plaza Hotel in New York. Kit wendt zich tot Lucia. 'Heb je ergens spijt van? Zou je na alles wat er met je gebeurd is en de wendingen die je leven heeft genomen willen dat de dingen anders waren gelopen?'

'Er zullen altijd nare dingen gebeuren in je leven,' zegt Lucia. 'En de goede dingen – volgens mij heb je daar zelf ook niet de hand in. Dat is gewoon geluk.'

'Dus het antwoord is nee. Geen spijt,' zegt Kit, en ze gaat ontspannen achteroverzitten.

'Ik heb geen spijt van de dingen die me zijn overkomen, omdat die dingen op een of andere manier móésten gebeuren. Het enige wat ik gewild had is dat ik op sommige gebeurtenissen anders had gereageerd. Ik laat me gauw door mijn verdriet meeslepen en blijf daar dan in hangen, en dat duurde soms te lang. Ik geloofde dat ik de slechte dingen op een bepaalde manier onder controle had, maar daarin bleek ik me flink te vergissen. Dingen keren zich alleen ten goede wanneer ze daartoe bestemd zijn. Je kunt het niet afdwingen.'

Wanneer ze weer in Commerce Street zijn nodigt Lucia Kit uit om even binnen te komen. 'Het duurt maar eventjes,' belooft ze als ze de voordeur opent. 'Ik wil je iets geven.'

Ze loopt door de kamer en komt terug met een grote tas met een jurk erin. Kit doet hem open en haalt er de jurk van goudlamé uit die Lucia met oud en nieuw in het Waldorf droeg.

'Van alle kledingstukken die ik ooit gedragen heb, was dit me het dierbaarst.'

'O, Lucia,' zegt Kit, en ze omhelst haar. 'Ik zal deze jurk mijn hele leven lang koesteren.' Ze houdt de jurk tegen zich aan. 'En als iets me mijn hele leven lang op mijn streefgewicht zal houden, dan is het wel deze jurk.'

Na hun bezoek aan John Talbot gaat het leven van Lucia en Kit weer gewoon z'n gangetje, met één verschil: Kit gaat nu vaker bij Lucia langs en neemt haar één keer per week mee uit eten. Het is een zware maandag geweest. Ze hebben bezuinigd op Wall Street en de helft van de tijdelijke werknemers ontslagen waardoor Kit nu voor twee moet werken. Ze heeft geen tijd om aan haar toneelstuk te schrijven, alleen maar om voor haar bedrijf te werken. Kit loopt langzaam de trap op. Tegen de tijd dat ze bij haar appartement is aangekomen heeft ze al haar post geopend.

Er zit een brief bij van het Cherry Lane Theater. Wat ironisch, denkt Kit, theaters die noodlijdende toneelschrijvers om een donatie vragen. Kan het nog erger allemaal? Ze opent de brief toch maar, omdat er misschien goed nieuws in staat over een toneelschrijver die wel mazzel heeft gehad, over geplande voorstellingen en workshops. Al lezende komt Kit erachter dat ze helemaal geen geld willen. De brief is afkomstig van de artistiek leider, Angelina Fiordellisi en gaat over Kits toneelstuk *Dingen die je zegt onder het dansen*. De artistiek leider vond het een geweldig stuk en ze wil dat Kit er bij haar in het theater aan komt werken. Ze vraagt of Kit haar zo snel mogelijk wil bellen.

Kit doet de deur open en gooit de rest van de post op de bank, en zonder ook maar een slokje water te nemen, rent ze de trap op en klopt ongeduldig aan bij Lucia, die ongetwijfeld op-getogen zal zijn bij het horen van dit nieuwtje.

'Lucia, Kit hier!'

'Ik kom eraan,' hoort ze vanuit het appartement.

Lucia doet de deur open. Ze ziet er geweldig uit in haar roze pak met een grote broche erop, een emaillen gele roos.

'Je ziet er fantastisch uit,' zegt Kit. 'Ik heb nieuws. Eindelijk is er iemand in de Amerikaanse theaterwereld die met me wil werken. Het Cherry Lane Theater wil een van mijn stukken gaan opvoeren!'

'Maar dat is geweldig!' roept Lucia stralend uit. Ze vraagt Kit echter niet om even verder te komen. Sterker nog, ze schermt met haar lichaam de deuropening af.

'Sorry. Heb je bezoek?'

'Dat klopt,' zegt Lucia, die iets probeert te zeggen met haar ogen.

'O? Wie?' fluistert Kit. 'Een man?' Lucia knikt. 'O, wauw!'

'Nee, nee, kom maar even binnen,' zegt Lucia, en ze doet de deur verder open.

Een hoffelijke, oudere heer in een klassiek marineblauw sportjack en een donkergrijze pantalon zit in een van haar stoelen. Zijn grijze haar is netjes gekapt, en zijn dunne snorre-tje doet oude tijden herleven.

'Kit, dit is meneer Dante DeMartino.'

'O, mijn hemel, ik heb zo veel over u gehoord.' Als hij gaat staan om haar te begroeten, ziet Kit dat hij de foto van Lucia op die bewuste oudejaarsavond vasthoudt. 'Ze was adembene-mend mooi, hè?'

Dante kijkt Lucia recht aan, en Kit moet onwillekeurig den-ken aan hoe John Talbot zijn ogen dichtdeed en de voorkeur leek te geven aan een beeld uit zijn herinnering. 'Hoe mooi ze ook is op deze foto, vanbinnen was ze nog mooier,' zegt Dante. 'Dat is ze nog steeds.'

Kit besluit een luchtiger toon aan te slaan. 'U lijkt écht op don Ameche. Ik heb beneden de dvd van *Midnight*.'

'Wat heeft Lucia nog meer over me verteld, behalve dat ik sprekend op meneer Ameche lijk?'

'Alleen maar mooie dingen over hoe het leven was toen jullie zo oud waren als ik. Hoe de Village eruitzag. Hoe jullie leefden. Ze vertelde me dat je toen nog geen pistool in je tasje hoefde mee te nemen als je naar het San Gennaro Festival ging, en dat vrouwen handschoenen droegen en mannen in het familiebedrijf werkten, en dat iedereen blij en tevreden was.'

'Dan heeft ze je de waarheid verteld,' lacht Dante.

'Over het Italiaanse volksgedeelte dan toch, hè? En, wat gaan jullie doen vanavond?'

'Ik neem Lucia mee uit eten.'

'Een afspraakje?' grijnst Kit.

'Ik hoop het.' Dante knipoogt naar Lucia. De manier waarop hij knipoogt is sexy, besluit Kit, en dat is voor haar een kleine openbaring. Dat mannen van haar opa's leeftijd nog sexy kunnen zijn!

'Nou, dan laat ik jullie verder maar met rust,' zegt Kit. 'Ik wens jullie een heerlijke avond.'

Lucia loopt met Kit mee naar de deur en komt de gang op. Kit steekt twee duimen in de lucht.

'Gefeliciteerd met het toneelstuk, Kit. Ik ben trots op je.' Ze gaat wat zachter praten. 'En dank je wel. Dante is al drie jaar weduwnaar, maar ik heb hem nooit durven bellen. Onze reis naar de Sing Sing heeft ervoor gezorgd dat het verleden is afgesloten, zoals het ook hoort. Daar wil ik je graag voor bedanken.'

Kit gaat terug naar haar appartement en haalt een Cola light uit de koelkast. Ze pakt de brief van mevrouw Fiordellisi en leest hem net zo vaak tot ze hem uit haar hoofd kent. Ze laat bij al haar vrienden die in haar telefoon staan voorgeprogrammeerd precies dezelfde boodschap achter, waarin ze hen van alles op de hoogte stelt. Daarna gaat ze in de vensterbank zitten en kijkt uit over Commerce Street, en ze leunt zo ver naar voren dat ze de vuurrode schuurdeuren van het Cherry Lane Theater kan zien, een theater waarvan ze altijd al gehoopt had dat het een van haar stukken zou willen uitvoeren. Kit kijkt naar haar straat, met zijn stoepjes en bloembakken en in elkaar getrapte vuilnisbakken en ze weet weer waarom ze naar New York verhuisd is. Haar passie voor het verhalen vertellen heeft haar hierheen gebracht; het verlangen om een kunstenaarsleven te leiden in een plaats die haar inspireert, houdt haar hier. Ze neemt even de tijd om daar dankbaar voor te zijn en om zichzelf eraan te herinneren dat talent dan een gave mag zijn, maar dat doorzettingsvermogen je eigen verdienste is.

Ze hoort hoe de buitendeur dichtslaat en leunt uit het raam om te kijken wie het pand verlaat. Ze heeft onlangs een weddenschapje met zichzelf gesloten over de kale plek op Tony Sartori's hoofd die elke maand groter lijkt te worden. Ze durft te voorspellen dat hij, met een ego als het zijne, tegen de kerst een toupet heeft. Maar het is Tony niet.

Dante DeMartino en Lucia Sartori lopen samen hand in hand door Commerce Street, op weg naar een restaurant. Als de stoep even smaller wordt, legt hij zijn hand onder op haar rug om haar te ondersteunen. Ze draait zich om en lacht naar hem. Een ander stel, ongeveer van Kits leeftijd, komt de hoek om. Als ze Dante en Lucia voorbijgelopen zijn, stoot de vrouw haar vriend aan alsof ze wil zeggen: kijk, dat zouden wij kunnen zijn als we oud zijn. 'Als jullie heel veel geluk hebben', wil Kit uit het raam roepen. 'Dat is niet zomaar een vrijgezelle vrouw tijdens een avondje uit, dat is de mooiste vrouw van heel Greenwich Village. En op een dag ga ik een toneelstuk over haar schrijven.'

Dankbetuiging

Wat heb ik toch een geluk dat ik een van de zeven Trigiani-kinderen ben! Ik heb heel veel geleerd van mijn broers en zussen, die allemaal geweldige mensen zijn, die ik allemaal graag als vriend of vriendin zou willen hebben als we geen familie waren. Ze hebben me allemaal op hun eigen manier iets speciaals meegegeven en het is fantastisch om ze daar eindelijk voor te kunnen bedanken, dus bij dezen: Mary Yolanda, ik ben je dankbaar voor je elegantie, Lucia Anna 'Pia' voor je mededogen, Antonia 'Toni' voor je kracht, Michael voor je humor en creativiteit, Carlo voor je vasthoudendheid en Francesca voor je levensvreugde. Ik zal jullie altijd dankbaar blijven voor jullie trouw en grote harten.

Bij Random House wil ik mijn redacteur, de briljante Lee Boudreaux, bedanken; Todd Doughty, wiens vakmanschap en positieve instelling me inspireren. Dank ook aan Laura Ford, Anna McDonald, Vicky Wong, Dan Rembert, Beth Thomas, Allison Saltzman, Libby McGuire, Janet Cook, Tom Nevins, Allyson Pearl, Carol Schneider, Tom Perry, Sherry Huber, Ed Brazos, Eileen Becker, Ivan Held, Steve Wallace, Stacy Rockwood-Chen, Maureen O'Neal, Allison Heilborn, Kim Hovey, Allison Dickens, Candice Chaplin, Cindy Murray en Beth Pearson. Gina Centrello wil ik bedanken voor haar steun, energie en Italiaanse temperament.

Suzanne Gluck ben ik zeer dankbaar omdat ze de beste agent ter wereld is, en een nog fijnere vriendin. Hetzelfde geldt voor WMA's prachtmeiden Emily Nurkin, Karen Gerwin, Jennifer Rudolph Walsh, Tracy Fisher, Alicia Gordon en Cara

Stein. Bij ICM wil ik mijn heldin, de geweldige Nancy Josephson, bedanken, en ook de fantastische Jill Holwager. In de filmwereld dank aan Lou Pitt, Jim Powers, Todd Steiner en Michael Pitt.

Ik weet niet hoe ik me had moeten redden zonder de verbazingwekkende Lorie Stoopack, die hard werken leuk maakt, en zonder de intelligente 'Manuscript book club' van Mary Trigiani, Jean Morrissey en Mary Testa. Zonder jullie ben ik nergens.

Voor hun sprankelende en heldere herinneringen aan het Manhattan van de jaren vijftig veel dank aan Helen McNeill, Ralph Stampone en June Lawton. Dank aan de bibliothecarissen van de New York Public Library voor hun hulp. De recepten komen uit de verzameling van mijn overleden vriendin en geliefde grootmoeder Viola Trigiani. Mijn grootmoeder Lucia Bonicelli, een geboren naaister en ontwerpster, was de inspiratiebron voor de passages over mode in het boek. Ik wil B. Altman-expert David Manning, hoofd Publiciteit aan het Graduate Center, City University of New York, bedanken voor zijn uitstekende onderzoek. Aan de beeldschone Elena Nachmanoff en Dianne Festa: aan jullie en aan Saul en Steward ben ik voor altijd verknocht.

Veel dank en liefde voor: Nancy Bolmeier Fisher, Kate Crowley, Eydie Collins, Elaine Martinelli, Elizabeth Dawson, Tom Dyja, Ruth Pomerance, Pam McCarthy, Nigel Stoneman, Ian Chapman, Suzanne Baboneau, Carmen Elena Carrion, Melissa Weatherhill, Rosanne Cash, Charles Randolph Wright, Bill Persky, Joanna Patton, Larry Sanitsky, Debra McGuire, John Melfi, eerwaarde Tony Rodrigues, Grace Naughton, Dee Emmerson, Gina Casella, Sharon Hall, Constance Marks, James Miller, Wendy Luck, Sharon Watroba Burns, Nancy Ringham, John Searles, Helen en Bill Testa, Cynthia Rutledge Olson, Jasmine Guy, Jim Horvath, Craig Fissé, Kate Benton, Jim Doughan, Ann Godoff, Joanne Curley Kerner, Max Westler, Dana en Richard Kirshenbaum, zuster Jean Klene, Daphne en Tim Reid, Caroline Rhea, Kathleen Maccio Holman, Rosemary en Anthony Cassiole, Susan en Sam Franzeskos, Jake Morrissey, Beáta en Steven Baker, Eleanor Jones, Brownie en Connie Polly, Aaron Hill en Susan Fales-Hill, Karol Jackowski, Christina Avis Krauss en Sonny Grosso, Susan Paolercio, Greg Cantrell, Rachel en Vito Desario, Mary Murphy, en Matt Williams en Angelina Fiordellisi.

Michael Patrick King, ik ben dol op je. Als er leven is na de dood dan hoop ik dat ik daar ook beneden je woon.

Dank aan de families Trigiani en Stephenson, onze Italiaanse familieleden, de Spada's, Majs en Bonicelli's. Heel veel liefde voor de beste moeder ter wereld, Ida Trigiani. Mijn eeuwige dank aan de mensen in Big Stone Gap, Virginia. Aan de geweldige Jim Burns: houd een oogje op ons vanuit de hemel. Mijn lieve papa, Anthony, ik mis je net zo veel als dat ik van je hou, en dat is oneindig veel.

En dank aan mijn man, Tim Stephenson, die met meer temperament te maken heeft dan tien mannen bij elkaar. Je karakter en je grote hart ontroeren me nog steeds. Wanneer je me aan je hand door het ouderschap loodst, ben ik blij dat jij me gekozen hebt. Dank je voor onze prachtige dochter, die geluk heeft met zo'n geweldige papa.